카프카 전집 3

Der Prozeß

소송

소송

장편소설

프란츠 카프카 지음 | 이주동 옮김

솔

결정본 '카프카 전집'을 간행하며

불안과 고독, 소외와 부조리, 실존의 비의와 역설…… 카프카 문학의 테마는 현대인의 삶 속에 깊이 움직이고 있는 난해하면서도 심오한 여러 특성들과 연관되어 있다. 그러나 지금 카프카 문학이 지닌 깊이와 넓이는 이러한 실존적 차원에 국한되지 않는다. 카프카의 문학적 모태인 체코의 역사와 문화가 그러했듯이, 그의 문학은 동양과 서양 사이를 넘나드는 매우 중요하면서도 인상 깊은 정신적 가교架橋로서 새로운 해석을 요청하고 있으며, 전혀 새로운 문학적 상상력과 깊은 정신적 비전으로 현대와 근대 그리고 미래 사이에 가로놓인 장벽들을 뛰어넘는, 또한 근대 이후 세계 문학에 대한 인식틀들을 지배해온 유럽 문학 중심/주변이라는 그릇된 고정관념들을 그 내부에서 극복하는, 현대 예술성의 의미심장한 이정표이자 마르지 않는 역동성의 원천으로서 오늘의 우리들 앞에 다시 떠오른다.

일러두기

1. 한자 및 외국어는 필요한 경우에 병기하였다.
2. 외국어 우리말 표기는 국립국어원 지침에 따랐으나 특별한 경우 예외를 두었다.
3. 부호와 기호는 아래와 같다.

　　—책명(단행본)·장편소설·정기간행물·총서: 겹낫표(『 』)
　　—논문·시·단편 작품·연극·희곡: 낫표(「 」)
　　—오페라·오페레타·노래·그림·영화·특정 강조: 홑화살괄호(〈 〉)
　　—대화·인용: 큰따옴표(" ")
　　—강조: 작은따옴표(' ')

차례

체포*

　누군가 요제프 카(독일어의 K — 옮긴이)를 모함한 게 틀림없다. 왜냐하면 무슨 나쁜 짓을 한 적이 없는데도 어느 날 아침 그가 체포되었으니 말이다. 하숙집 주인인 그루바흐 부인이 데리고 있는 식모가 매일 아침 여덟 시쯤 일찍 그에게 아침식사를 가져왔는데, 오늘따라 오지 않았다. 지금까지 이런 일은 한 번도 없었다. 카는 잠시 더 기다리다가 베개를 베고 누운 채 전에 없던 호기심으로 자기를 살펴보고 있는 건너편 집의 노파를 바라보고는 언짢기도 하고 배가 고프기도 해서 벨을 울렸다. 곧 노크 소리가 나더니 이 집에서는 한 번도 본 적이 없는 웬 남자가 들어왔다. 그는 늘씬하고 건장한 체격을 하고 있었고, 꼭 맞는 검은 옷을 입고 있었는데, 그것은 여행복처럼 여러 가지 주름과 주머니와 버클과 단추, 벨트가 달려 있어서 무엇에 쓰이는 것인지 분명하진 않지만 무척 실용적으로 보였다. "누구십니까?" 카는 침대에서 반쯤 몸을 일으키며 물었다. 그러나 그 남자는 자신이 나타난 것이 당연하다는 듯이 그가 묻는 말엔 아랑곳하지 않고 그저 이렇게 말할 뿐이었다. "당신이 벨을 울렸지요?" "안나가 아침식사를 가져와야 하는데." 카가 말했다. 그러고는 아무 말도 하지 않은 채 우선 마음을 가다듬고 곰곰이 생각

---

* 막스 브로트판 『소송』에서는 이 장의 제목이 「체포. 그루바흐 부인과의 대화. 다음에 뷔르스트너 양」으로 되어 있고, 또한 제1장으로 표시되어 있으나 비판본에서는 「그루바흐 부인과의 대화. 다음에 뷔르스트너 양」 부분이 장 표시 없이 두 번째 장에 들어 있다. 막스 브로트판에서 브로트가 카프카의 원고를 임의로 조종했음을 알 수 있다.

하면서 도대체 이 남자가 누구인지 짐작해보려고 애썼다. 그러나 그 남자는 어느새 그의 시선에서 벗어나 문 쪽으로 향하고 있었다. 그는 문을 조금 열고는 분명 문 뒤에 바짝 서 있는 듯한 누군가에게 이렇게 말했다. "안나가 자기에게 아침식사를 가져다주길 바라는데." 옆방에서 나지막하게 킬킬거리는 웃음소리가 들렸는데, 몇 사람이나 웃고 있는지 소리만 들어서는 분명하지 않았다. 낯선 남자는 그러한 웃음소리로 앞서 몰랐던 것을 새로 알게 된 것도 아닐 텐데 뭘 보고라도 하는 투로 카에게 이렇게 말했다. "그건 안 됩니다." "별일도 다 있군." 카는 이렇게 말하고는 침대에서 벌떡 일어나 급히 바지를 입었다. "옆방에 어떤 자들이 있는지 그리고 내게 이런 소란을 피우는 것에 대해 그루바흐 부인이 뭐라고 해명할는지 좀 알아봐야겠소." 이런 말은 크게 할 필요가 없으며, 또 그렇게 하면 그 낯선 남자의 감시권을 어느 정도 인정하는 셈이 된다는 생각이 곧 들기는 했지만 그런 것은 지금 중요치 않게 여겨졌다. 그럼에도 그 낯선 남자는 여전히 그의 말을 그런 식으로 알아들었다. 왜냐하면 그가 "그냥 여기 있는 게 어때요?"라고 말했기 때문이다. "난 여기에 있고 싶지도 않고 또 당신이 자기소개를 하지 않는 한 당신 이야기는 듣고 싶지도 않소." "난 선의에서 한 말이오" 하고 낯선 남자가 말하고는 자진해서 문을 열었다. 생각보다 천천히 카가 들어간 옆방은 첫눈에 보기에 어제저녁과 거의 다른 게 없었다. 그곳은 그루바흐 부인의 거실이었으며 가구와 이불과 자기와 사진들로 가득 차 있었는데, 오늘은 여느 때보다 좀더 빈자리가 많아 보였다. 그러나 곧 그렇지 않다는 것을 알 수 있었는데, 웬 남자가 방 안에 있다는 사실 때문에 완전히 달라진 기분을 주었다. 그는 열린 창가에 앉아서 책을 읽다가 고개를 쳐들었다. "당신은 방에 그냥 있어야 했소. 프란츠가 그런 말을 하지 않던가요?" "했지요. 도대체 무슨 일이지요?" 카는 새로 알게 된 사람에게서 고개를 돌려 문에 서 있던 프란츠라는 사람을 쳐다보고는 다시 눈을 돌렸다. 열린 창문을 통해서 또다시 노파가 보였는데, 그녀는 노인다운 호기심으로 모든 것을 계속 지켜보려고 건너편 창가에 와 있었다. "하지만 그 루바흐 부인을 봬야 할 텐데……"라고 카가 말하고는 두 남자가 저만큼 멀리 떨어져 서 있는데도 그들을 뿌리치려는 듯 움직이더니 계속 가려고 했다. "안 됩니다." 창가에 서 있던 남자가 책을 탁자에 던지고는 일어섰다. "가면 안 됩니다. 당신은 체포당한 겁니다." "그런 것 같군요." 카가 말했다. 그러고는 "그런데 도대체 이유가 뭡니까?"라고 물었다. "우리는 그런 걸 말할 처지가 못 됩니다. 당신 방에 가서 기다리세요. 이제 소송 절차가 시작되었으니 때가 되면 모든 걸 알게 될 겁니다. 이렇게 친절하게 충고해주는 것만 해도 내 권한 밖의 일입니다. 프란츠 이외에 아무도 듣는 사람이 없기를 바라지만, 저 친구가 당신에게 친절하게 대하는 것도 모두 규정 위반이에요. 우리들이 당신의 감시원으로 배정된 것처럼 앞으로도 많은 운이 따른다면 당신은 안심해도 좋을 겁니다." 카는 앉고 싶었지만 창가에 놓여 있는 안락의자 이외엔 방 안에 앉을 자리가 없다는 것을 알았다. "이 모든 게 사실이라는 것을 곧 알게 될 겁니다"라고 프란츠가 말하고는 다른 남자와 함께 카에게 다가왔다. 다른 남자는 카보다 훨씬 키가 컸는데 번번이 카의 어깨를 두드렸다. 두 사람은 카가 입고 있는 잠옷을 찬찬히 살펴보더니 이제부터 훨씬 나쁜 내의를 입어야 하니까 그것을 나머지 내의와 함께 자기네들이 맡아두었다가 사정이 나아지면 그에게 다시 돌려주겠노라고 말했다. "그것들을 보관소에 두는 것보다 우리에게 맡겨두는 게 나을 겁니다"라고 그들은 말했다. "보관소에서는 가로채는 일도 흔하고 일정 기간이 지나면 해당 소송 절차가 끝나든 말든 상관없이 물건들을 모조리 팔아치우니까 말입니다. 게다가 특히 최근에 일어나는 이런 종류의 소송은 얼마나 오래 끄는지 모릅니다! 물론 언젠가는 보관소에서 물건 값을 돌려받을 테지만 팔 때의 물건 값은 제안하는 가격의 수준에 따라 결정되는 게 아니라 뇌물의 액수에 따라 결정되기 때문에 이 물건 값이란 게 우선은 적을 수밖에 없습니다. 그리고 둘째로 경험상으로 볼 때 그런 돈은 해를 거듭할수록 이 손 저 손 저 손을 거치면서 점점 줄어드는 법이지요." 카는 이런 말에는 조금도 개의치 않았다. 자기 물건에 대한 처분권이야 아직은 자기가 가지고 있을 테지만 그것은 대단치 않게 여겨졌다. 훨씬 중요하게 생각되는 것은 자신의 처지를 분명하게 아는 일이었다. 하지만 이 사람들이 있기 때문에 제대로 생각할 수가 없었다. 두 번째 감시인의 복부가―물론 이들은 감시인에 불과할 뿐이다―제법 정답게 계속해서 카에게 부딪쳐왔지만 올려다보니 몸은 뚱뚱한데 얼굴은 어울리지 않게 메마르고 앙상했으며 코는 옆으로 심하게 비뚤어져 있었다. 이런 얼굴로 그는 카의 머리 너머로 다른 감시원과 이야기하고 있었다. 이들은 도대체 어떤 사람들일까? 이들은 무엇에 대해서 이야기하는 걸까? 어느 기관에 속해 있는 걸까? 하지만 카는 법치국가에 살고 있지 않은가? 모든 곳이 다 평화롭고 모든 법이 똑바로 서 있는데 누가 감히 집에 있는 그를 급습한단 말인가? 그는 모든 일을 되도록 대수롭지 않게 여기고 최악의 일은 그것이 닥쳐온 뒤에야 비로소 믿고, 어떤 위협에 처하더라도 미래에 대해 사전 준비를 하지 않는 것이 예사였다. 그러나 지금은 그것이 여의치 않은 듯했다. 하기야 이 모든 것을 장난으로, 아마도 오늘이 그의 서른 번째 생일이라서 그런지는 모르지만 은행 동료들이 어떤 알 수 없는 이유에서 꾸며낸 심한 장난이라고 볼 수도 있다. 물론 그것은 가능한 일이다. 아마 그가 어떻든 간에 감시인들의 얼굴을 보면서 웃어주기만 하면 이들도 함께 따라 웃을지도 모를 일이다. 이들은 길모퉁이의 짐꾼들인지도 모른다. 그들과 비슷하지 않은 것도 아니다──그러나 감시인 프란츠를 처음 본 순간부터 카는 어찌 됐든 이번에는 이들에 대해서 아무리 하찮은 이점이라도 포기하지 않으리라고 결심했다. 장난을 이해할 줄도 모르는 사람이라고 후에 남들이 말할 위험이 어느 정도 있긴 했지만──경험으로부터 무엇을 배우는 것이 그의 습성은 아니었지만──그는 예전에 대수롭지 않은 몇 가지 일에서 자기가 친구들과는 다르게 혹시 있을지 모르는 결과에 대해서 조금도 신경을 쓰지 않고 의도적으로 경솔하게 행동하다가 바로 그 때문에 그 결과에 대한 대가를 치렀던 일을 회상해보았다. 그런 일이 다시 일어나서는 안 된다. 적어도 이번만은 없어야 한다. 이것이 희극이라면 그는 함께 연기할 생각이었다.

아직 그는 자유로운 몸이었다. "실례합니다." 카가 말하고는 두 감시인 사이를 지나 서둘러 자기 방으로 들어갔다. "정신은 멀쩡한 것 같군." 뒤에서 들려오는 말이었다. 방에서 그는 곧바로 책상 서랍을 열었다. 모든 것이 제자리에 있었지만 흥분한 탓으로 그가 찾는 신분증명서들은 언뜻 눈에 들어오지 않았다. 결국 그는 운전면허증을 찾았는데 그걸 감시인에게 가지고 가려 했지만 너무 변변치 않게 여겨져 다른 것을 찾다가 출생증명서를 발견했다. 그가 다시 옆방으로 돌아왔을 때 마침 맞은편 문이 열리면서 그루바흐 부인이 들어오려 했다. 그녀를 본 것도 한순간이었다. 그녀는 카를 보자마자 분명 당황하는 기색이었으며 죄송하다는 말만 하고는 사라지더니 조심스럽게 문을 닫았다. 카가 "어서 들어오세요"라고 말할 틈은 있었다. 그러나 그는 증명서들을 든 채 방 가운데 서서 다시 열리지 않는 문을 바라보다가 두 감시인이 부르는 소리를 듣고서야 흠칫 놀랐다. 카는 그제야 그들이 열린 창가의 작은 탁자에 앉아서 자기 아침식사를 먹어치운 것을 알았다. "어째서 저 부인이 들어오지 않았을까요?" 하고 카가 물었다. "그 부인은 들어와선 안 돼요." 키 큰 감시인이 말했다. "당신은 체포됐다니까요." "어째서 내가 체포된 겁니까? 더구나 이런 식으로 말이오?" "또 시작이군." 감시인이 말하고는 버터 바른 빵을 꿀 그릇에 담았다. "그런 질문엔 대답할 수 없소." "대답해야 할 겁니다." 카가 말했다. "이게 내 신분증명서들입니다. 그러니 이제 당신들의 증명서도 보여주시고 먼저 체포영장 좀 봅시다." "답답한 사람이군!" 감시인이 말했다. "당신은 자기 처지에 순응할 줄 모르는군. 지금 다른 누구보다도 당신에게 가장 가까운 사이라고 할 수 있는 우리들을 공연히 긁어 부스럼을 만들 생각인 모양이지." "정말 그렇습니다. 내 말을 믿으세요." 프란츠가 말하고는 손에 든 커피잔엔 입도 대지 않은 채 의미심장하고도 알 수 없는 시선으로 오랫동안 카를 응시했다. 카는 본의 아니게 프란츠와 눈싸움을 하기에 이르렀으나 이윽고 증명서들을 탁 치며 이렇게 말했다. "이게 내 신분증명서들이란 말이오." "그게 도대체 무슨 소용이 있다는 겁니까?" 키 큰 감시인이 외쳤다. "어린 애보다도 못되게 구는군요. 도대체 뭘 원하는 겁니까? 당신은 그래 우리 감시인들과 증명서나 체포영장을 따지면서 당신의 엄청나게 불쾌하기 짝이 없는 그 소송 사건을 빨리 끝장낼 생각인 모양이지요? 우리는 말단 직원이라서 신분증명서 같은 것은 제대로 볼줄도 모르고 당신 문제에 대해서는 그저 매일 열 시간씩 당신을 지키면서 보수나 받을 뿐입니다. 우리의 신분에 관해서는 이게 전부입니다. 그렇지만 우리가 근무하고 있는 상급기관이 이러한 체포를 시달하기 이전에 체포 사유나 체포자의 신분에 대해서 자세한 정보를 입수하고 있다는 사실 정도는 알 만하지요. 이 문제에 있어서는 어떤 착오도 없습니다. 나야 말단직만 알 뿐이지만 내가 알기로 우리

당국은 주민들한테서 죄를 찾는 것이 아니라 법조문에도 적혀 있듯이 죄에 이끌려서 우리에게 감시인들을 보내는 게 틀림없어요. 이게 법입니다. 그러니 어디 착오인들 있겠습니까?" "난 그런 법은 모릅니다." 카가 말했다. "그러니까 더욱 나쁘다는 겁니다." 감시인이 말했다. "그런 법은 당신들 머릿속에나 있겠지요." 카가 말했다. 그는 어떻게 해서든 감시인들의 생각 속으로 몰래 들어가 그것을 자신에게 유리하게 돌리거나 자신 스스로 그들 생각에 동화되고 싶었다. 그러나 감시인은 그저 거부하듯 이렇게 말했다. "당신도 차차 그것을 느끼게 될 것이오." 프란츠가 끼어들며 이렇게 말했다. "이 사람 시인하는 걸 보게, 빌렘. 이 사람은 법을 모른다면서 동시에 죄가 없다고 주장하잖아." "자네 말이 맞네. 이 사람에겐 아무것도 이해시킬 수가 없어." 다른 감시인이 말했다. 카는 더 이상 대답하지 않고 생각했다. 이런 말단직 기관원들과 ─ 이들 스스로도 시인하고 있지만 ─ 말씨름이나 하면서 더 혼란에 빠질 필요가 있을까? 이들은 어떻든 자신들도 전혀 이해하지 못하는 일들에 대해 떠들고 있지 않은가. 이들의 자신 있는 태도는 그저 어리석기 때문일 거야. 나와 같은 수준의 사람과 몇 마디 얘기만 나누어도 이들과의 장황한 얘기에 비할 바 없이 모든 게 훨씬 더 분명해질 거야. 카는 몇 차례 방 안의 빈 공간을 이리저리 오갔다. 그는 건너편에서 노파가 훨씬 더 나이 든 노인을 창가로 끌고 와서 껴안고 있는 것을 보았다. 카는 이렇게 구경거리가 되는 것을 끝장내야 한다고 생각하고 이렇게 말했다. "나를 당신들 상관에게 데려다 주시오." "상관이 원할 때면 그렇게 하겠소. 하지만 그 전엔 안 됩니다." 빌렘이라고 불렸던 감시인이 말했다. 그는 덧붙여 말했다. "충고하는데, 방으로 가서 잠자코 앞으로 당신에게 취해질 조치를 기다리고 있어요. 쓸데없는 생각으로 멍청하게 굴지 말고 마음을 가다듬고요. 앞으로 당신에게 많은 요구사항이 있을 겁니다. 당신은 우리가 당신에게 대해준 만큼 잘하지 못했소. 우리가 어떤 신분이든 적어도 현재의 당신에 비하면 자유로운 사람들이라는 것을 잊고 있었소. 이건 적지 않은 이점이지요. 그래도 당신에게 돈이 있다면 건너편 카페에서 간단한 아침식사를 사다 드리겠소."

이 제안에 아무런 대답도 하지 않고 카는 잠시 동안 조용히 서 있었다. 만약 지금 옆 방문을 열거나 응접실 문을 연다고 해도 이 두 사람은 감히 막으려 하지 않을지 모른다. 극단적으로 몰고 가는 것이 문제 전체를 가장 간단하게 해결할 수 있는 방책일지 모른다. 그러나 그들은 그를 붙잡을 것이고 그리고 한번 메어쳐서 쓰러지게 되는 날에는 어떤 면에서 지금 그들에게 가지고 있는 우월함마저도 한꺼번에 잃게 될지 모른다. 그러므로 그는 일의 자연스러운 진행이 가져다줄 안전한 해결책을 택하기로 하고 자기 방으로 되돌아갔다. 그의 편에서나 감시인 편에서나 더 이상 아무 말이 없었다.

그는 침대에 몸을 던지고 어제저녁에 아침식사를 위해 준비해두었던 맛있는 사과를 침대용 탁자에서 집었다. 지금 그것이 유일한 아침식사였다. 어쨌든 한 입 크게 베어 먹어보니 기껏 감시인들의 호의로 얻어먹었을지 모를 저 지저분한 야간 카페의 아침식사보다 훨씬 더 나았다. 그는 기분이 좋았으며 마음이 든든했다. 비록 오늘 오전엔 은행 일을 못하지만 은행에서 차지하고 있는 그의 비교적 높은 지위에서는 그것쯤은 쉽게 변명할 수 있다. 하지만 결근하게 된 진짜 사유를 알려야 할까? 그는 그렇게 할 생각이었다. 그럴 경우 가능한 일이지만 은행에서 그를 믿지 않는다면 그루바흐 부인이나 지금쯤 맞은편 창으로 이동하고 있을, 저 건너편 두 노인들을 증인으로 내세울 수 있을 것이다. 카가 놀랍게 생각한 것은 감시인들이 그를 방 안으로 몰아넣고는 자살의 가능성이 많은데도 이곳에 혼자 있게 내버려두었다는 것이다. 그것은 적어도 감시인의 사고방식으로 생각해도 이상했다. 동시에 그는 자신의 생각을 더듬어서 자살할 만한 무슨 이유라도 있는지 자문해보았다. 이를테면 두 감시인이 나란히 앉아서 그의 아침식사를 가로챘다고 해서 자살할 수 있을까? 자살이란 워낙 무의미해서 혹시 자살할 뜻이 있다 하더라도 그것이 무의미하다는 생각 때문에 그렇게 하지는 못할 것이다. 감시인들의 정신적 한계가 그렇게 뚜렷하게 드러나 있는 것은 아니지만 그들 역시 똑같은 확신에서 카를 혼자 두는 것을 위험하게 여기지 않고 있는 거라고 생각할 수 있을 것이다. 카는 좋은 독주를 넣어둔 작은 벽 찬장으로 가서 첫 잔은 아침식사 대용으로, 둘째 잔은 용기를 북돋우기 위해서 마셨으며, 나중 잔은 용기가 필요하게 될 만일의 사태에 대비하기 위해서였다. 아마 생각만 있었다면 감시인들도 이 광경을 엿볼 수 있었을 것이다.

이때 카는 옆방에서 부르는 소리에 깜짝 놀라서 술잔에 이를 부딪혔다. "감독관이 불러요" 하는 소리였다. 그를 놀라게 한 것은 그 외치는 소리뿐이었다. 그것은 짧고 투박한 군대식 외침 소리였는데, 감시인 프란츠가 낸 소리는 아닌 것 같았다. 명령 자체는 카에게 아주 적절한 것이었다. "이제야!" 카는 맞장구를 치고는 벽 찬장을 닫은 뒤 옆방으로 서둘러 갔다. 거기에는 두 감시인이 서 있었는데, 그들은 그렇게 할 수밖에 없다는 듯 그를 다시 그의 방으로 쫓아 보냈다. "무슨 짓입니까?" 그들은 외쳤다. "셔츠 바람으로 감독관 앞에 나설 작정입니까? 그분은 당신을 두들겨 패게 할 겁니다. 우리들까지도 말이오!" "제기랄, 좀 내버려둬요." 그때 이미 옷장 있는 곳까지 되밀려 온 카가 외쳤다. "잠자리에 있는 사람을 급습해놓고는 정장 차림으로 나타나기를 기대할 수는 없잖소." "그래봤자 소용없어요." 감시인들이 말했다. 카가 외칠 때면 그들은 언제나 아주 조용히, 아니 거의 슬픈 표정이 되었는데 그들의 표정 때문에 그는 당황하기도 하고 어느 정도 정신이 들기도 했다. "웃기는 격식이로군!" 그는 투덜대면서 의자에서 상의를 집어서 감시인들의 판단을 구하려는 듯 잠시 두 손에 들고 있었다. 그들은 머리를 저었다. "검은 상의라야 합니다." 그들이 말했다. 그러자 카는 상의를 바닥에 던지고는 ── 어떤 뜻에서 그런 말을 했는지 자신도 몰랐다 ── 이렇게 말했다. "아직은 공판이 아니잖소." 감시인들은 빙긋이 웃었지만 자신들의 말을 고수했다. "검은 상의라야 된다니까요." "그렇게 해서 일이 빨리 진행된다면 그렇게 하지요." 카가 말하고는 스스로 옷장을 열고, 한참 동안 많은 옷 속을 들추다가 제일 좋은 검은 옷을 골라냈다. 그것은 허리 맵시가 좋아서 아는 사람들 사이에서 거의 화제를 불러일으켰던 신사복이었다. 그는 이제 셔츠도 꺼내어 조심스럽게 입기 시작했다. 마음속으로 그는 감시인들이 자기를 목욕시키는 것을 잊은 탓으로 모든 일이 빨리 진행된 것이라고 생각했다. 그들이 혹시 그런 생각을 하지 않을까 해서 눈여겨보았지만, 전혀 그럴 생각은 없어 보였다. 그와는 반대로 빌렘은 카가 옷을 입고 있다고 보고하도록 프란츠를 감독관에게 보내는 것을 잊지 않았다.

카는 옷을 다 입고 나서 빌렘의 바로 앞을 지나 비어 있는 옆방을 거쳐 다음 방으로 가야 했다. 방문은 이미 양쪽 다 열려 있었다. 카가 잘 알고 있듯이 이 방에는 얼마 전부터 타이피스트인 뷔르스트너 양이 살고 있었다. 그녀는 아주 일찍 일하러 나가는 게 보통이었고 저녁 늦게야 집으로 돌아오기 때문에 카하고는 몇 마디 인사말 정도만을 나누었을 뿐이었다. 그녀 침대 옆의 작은 탁자는 이제 심문용 탁자로 사용하기 위해 방 안 한가운데로 밀쳐져 있었고, 감독관이 그 뒤에 앉아 있었다. 그는 다리를 포개고 한쪽 팔은 의자 등받이에 올려놓고 있었다. 방 한쪽 구석에는 세 명의 젊은 사람들이 서서 벽에 걸린 매트에 꽂혀 있는 뷔르스트너 양의 사진을 보고 있었다. 열린 창문 손잡이에는 흰 블라우스가 걸려 있었다. 맞은편 창문에는 또다시 그 두 노인이 와 있었는데 숫자가 늘어 있었다. 그들 뒤에는 그들보다 훨씬 키가 큰 한 남자가 서 있었는데, 그는 가슴까지 셔츠를 풀어헤치고 손가락으로 자신의 불그스레한 턱수염을 누르기도 하고, 돌리기도 했다.

"요제프 카입니까?" 감독관이 물었는데 아마 산만한 카의 시선을 자기에게 돌리려고 했던 것 같다. 카는 고개를 끄덕였다. "오늘 아침 일로 아마 굉장히 놀라셨겠지요?" 감독관이 물으면서 두 손으로 침대용 작은 탁자 위에 놓여 있던 양초와 성냥, 책, 바늘 쌈지 등 몇 가지 물건을 마치 심문에 필요한 물건들인 것처럼 밀어놓았다. "그렇고말고요." 카가 대답하고는 드디어 합리적인 사람과 마주 서서 자기 문제를 이야기할 수 있게 되어 흐뭇한 기분이 들었다. "정말 놀랐습니다. 그러나 절대로 크게 놀란 건 아닙니다." "크게 놀란 게 아니라고요?" 감독관이 물으면서 이제 양초들을 작은 탁자 한가운데 세워놓고 다른 물건들을 그 주위에 모아놓았다. "혹시 제 말을 오해하시지 않았는지 모르겠군요." 카가 서둘러 말을 꺼냈다. "실은……" 여기서 카는 말을 멈추고 안락의자를 찾으려고 주위를 둘러보았다. "앉아도 되겠습니까?" 그가 이렇게 묻자, "앉는 건 상례가 아니오" 하고 감독관이 대답했다. "실은," 카는 쉬지 않고 말을 이었다. "물론 저는 굉장히 놀랐습니다. 그러나 사람이 세상에 태어나 서른 살이 되도록 저의 경우처럼 주어진 것을 혼자서 헤쳐나가다 보면 놀라는 일에 단련이 돼서 그것을 대단치 않게 여기게 되지요. 특히 오늘 있었던 일들은 더욱 그렇습니다." "어째서 오늘 일이 특별히 그렇다는 겁니까?" "내가 이 모든 걸 장난으로 본다는 뜻은 아닙니다. 그렇게 보기에는 일어난 일들이 너무나 방대하다 싶으니까요. 틀림없이 하숙집 사람 모두가, 그리고 당신들까지도 그 일에 관여한 듯싶은데, 그건 장난의 한계를 넘어선 거나 다름없습니다. 그러니까 장난이라고 말씀드리고 싶지 않은 겁니다." "정말 맞는 말입니다." 감독관이 말하고는 성냥갑 안에 성냥개비가 얼마나 있는지를 살폈다. "그러나 다른 한편으로" 카는 말을 계속하면서 모든 사람을 돌아보았는데, 사진을 바라보고 있는 세 사람 역시 자기를 쳐다봤으면 했다. "그러나 다른 한편으로 생각해볼 때 이 사건은 그리 중요한 것이 못 된다는 것입니다. 그 까닭은 내가 기소당하긴 했지만, 실은 나를 기소할 만한 아무런 죄도 발견할 수 없다는 것입니다. 그러나 그것 역시 부수적인 문제이고, 중요한 문제는 누가 나를 기소했느냐 하는 것입니다. 어떤 기관이 이런 조치를 취하고 있는 건가요? 당신들은 관리인가요? 한 분도 제복을 입지 않았습니다. 당신의 복장은" 이때 그는 프란츠 쪽으로 몸을 돌렸다. "제복이라기보다는 차라리 여행복이라는 게 낫겠어요. 나는 이 물음에 대해 해명할 것을 요구합니다. 해명만 해주신다면 우리는 서로 기꺼운 마음으로 헤어질 수 있을 것입니다." 감독관은 성냥갑을 탁자 위로 내던졌다. "당신은 큰 착각을 하고 있소" 하고 그가 말했다. "여기 이분들이나 나는 당신 용건에 대해 부차적인 역할밖에 못합니다. 우린 당신 문제에 관해 아무것도 모르는 거나 다름없소. 우리는 정식 제복을 입을 수도 있지만 그런 제복을 입지 않았다고 해서 당신 문제가 조금이라도 더 악화될 리는 없을 것이오. 나는 당신이 고소되었다고 해도 결코 그 사실을 말해줄 수는 없을 것이오. 아니 나는 당신이 실제 어떤 상태인지 모른다는 편이 나을 것이오. 당신이 체포되었다는 것은 맞는 말이오. 그 이상은 모르오. 감시인들이 다른 무언가를 수다 떨었을지는 모르지만, 그랬다면 그것은 수다 떤 것에 불과할 뿐이오. 그러니까 난 당신의 질문에 대한 답을 줄 수 없지만 우리들에 관해서나 당신에게 일어난 일에 관해 생각하기보다는 오히려 자기 자신에 대해 더 생각하라고 충고하고 싶소. 그리고 그렇게 당신이 결백하다는 식으로 떠들어대지 말아요. 그렇게 하면 당신이 평소에 가지고 있던 과히 나쁘지 않던 인상마저 망치고 말 거요. 또한 이야기할 때도 말을 신중하게 해야 할 겁니다. 당신의 한두 마디 말만으로도 지금까지 말한 모든 것을 당신의 태도에서 다 알아차릴 수 있을 것입니다. 게다가 그런 말은 당신에게 이로울 게 하나도 없었어요."

카는 감독관을 응시했다. 자기보다 손아래 같아 보이는 사람에게 지금 학생처럼 훈계를 듣고 있지 않은가? 자신의 솔직함 때문에 질책을 받고 있는 것인가? 게다가 체포된 이유나 그것을 지시한 사람에 대해서는 아무것도 모르고 있지 않은가? 그는 다소 흥분하여 이리 왔다 저리 갔다 했는데, 어느 누구도 막지 않았다. 그는 셔츠의 커프스를 다시 밀어넣기도 하고, 가슴을 만져보기도 하고, 머리카락을 매만지기도 하다가 세 남자 곁을 지나가면서 이렇게 말했다. "참 어리석은 짓이군." 그러자 이들은 그에게로 몸을 돌리더니 그의 뜻을 인정한다는 듯이 진지하게 쳐다보았다. 카는 마침내 또다시 감독관 탁자 앞에 멈춰 섰다. "하스테러 검사가 내 친한 친구인데 그에게 전화해도 될까요?" 카가 말했다. "그럼요." 감독관이 말했다. "하지만 그게 무슨 의미가 있을지 모르겠군요. 개인적인 일로 그분과 얘기한다면 모릅니다만." "무슨 의미가 있느냐고요?" 화가 나서라기보다는 오히려 깜짝 놀란 목소리로 카가 외쳤다. "당신은 도대체 누구요? 의미를 찾는다는 분이 어째서 세상에서 가장 무의미한 짓을 하고 있는 겁니까? 그건 너무하지 않소? 처음엔 나를 급습하더니 이젠 여기에 앉아 있지 않으면 둘러서서 당신 앞에서 높은 기량을 선보이도록 하잖습니까? 내가 체포당한 거라고 말하면서 검사에게 전화해봤자 별수 없다는 건가요? 좋습니다. 그렇다면 전화는 걸지 않겠소." "아니 그렇다면" 하고 감독관은 전화가 있는 응접실 쪽으로 손을 내밀었다. "어서 전화를 해보세요." "아니오, 걸지 않겠소." 카는 말하고는 창가로 갔다. 건너편 창가에는 아직도 사람들이 있었는데, 카가 창가로 다가가자 조용히 구경하던 분위기가 조금 깨어진 듯싶었다. 노인들은 일어서려고 했지만 그들 뒤에 있던 남자가 진정시키고 있었다. "저쪽에도 저런 구경꾼들이 있잖소." 카는 감독관에게 큰 소리로 외친 뒤에 집게손가락으로 밖을 가리켰다. 그러고는 "물러들 가요" 하고 건너편에 대고 소리쳤다. 세 사람은 즉시 두서너 걸음 물러섰고, 두 노인 또한 남자 뒤로 물러섰다. 남자는 널찍한 몸으로 그들을 감싸준 다음 입을 놀리는 것으로 보아 무슨 말인가 하는 것 같았지만 멀어서 알아들을 수가 없었다. 그러나 그들은 아주 가버리지 않은 채 몰래 다시 창가로 다가갈 수 있는 기회를 노리는 것 같았다. "끈질기고 뻔뻔스러운 자들 같으니라고!" 카가 방 쪽으로 돌아서면서 말했다. 카가 곁눈으로 보니까 감독관 또한 그의 말에 어느 정도 동의하는 듯했다. 그러나 그는 전혀 경청하지 않을 수도 있었다. 왜냐하면 그는 한 손을 책상 위에 얹어놓고는 손가락 길이를 비교하고 있는 듯 보였기 때문이었다. 두 감시인은 장식용 덮개가 덮인 트렁크 위에 앉아서 무릎을 문지르고 있었다. 세 명의 젊은 남자는 양손을 허리에 대고 목적 없이 주위를 둘러보고 있었다. 텅 비어 있는 사무실처럼 조용했다. "자, 여러분!" 카가 외쳤다. 한순간 자기가 마치 이 모든 사람들을 책임지고 있는 듯한 생각이 들었다. "당신들의 태도를 보니 제 문제는 끝이 난 것 같군요. 제 생각에는 당신들의 행동에 대해서 더 이상 옳고 그르고를 따질 것 없이 서로 악수나 하고 사이좋게 매듭짓는 게 상책일 것 같습니다. 모두가 저와 같은 생각이시면 어서……"
그는 감독관의 책상 곁으로 가서 손을 내밀었다. 감독관은 눈을 치
켜보고, 입술을 깨물더니 카가 내민 손을 쳐다보았다. 카는 여전히
감독관이 악수를 해주리라고 믿고 있었다. 그러나 감독관은 일어나
서 뷔르스트너 양의 침대에 놓여 있던 빳빳한 둥근 모자를 집어든
뒤에 마치 새 모자를 시험 삼아 써보는 것처럼 두 손으로 조심스럽
게 쓰면서 "모든 게 만만히 보이는 모양이지!" 하고 카에게 말했다.
"사이좋게 일을 매듭짓자는 말씀인 모양인데, 그런가요? 어림없는
소리요. 정말 그렇게는 안 됩니다. 그렇다고 희망을 버리라는 뜻으
로 말하는 건 아닙니다. 아니, 그럴 필요는 없습니다. 당신은 체포
되었을 뿐이지 그 이상은 아니니까요. 나는 그것을 당신에게 알려
야만 했는데, 이미 그것을 알려드렸고, 당신이 그것을 어떻게 받아
들이는가도 보았습니다. 오늘은 그것으로 충분하니 헤어져도 됩니
다. 물론 잠시 동안이긴 하지만 말입니다. 그럼 당신은 이제 은행
으로 갈 거지?" "은행에요?" 카가 물었다. "난 내가 체포되었는 줄
알았는데." 카가 약간 반발하는 투로 물었다. 악수는 받아들여지지
않았지만 특히 감독관이 자리에서 일어선 뒤부터는 이들 모두로부
터 점차 해방되는 느낌이 들었기 때문이었다. 그는 그들을 데리고
장난을 하고 있었다. 그들이 가야 한다고 하면 대문까지 따라가 자
기를 잡아가라고 말할 작정이었다. 그래서 그는 재차 이렇게 말했
다. "난 체포된 몸인데 어떻게 은행에 간단 말입니까?" "아, 그런가
요." 이미 문가에 가 있던 감독관이 말했다. "내 말을 못 알아들으
셨군요. 당신이 체포된 건 분명합니다. 하지만 당신이 일하는 것을
방해하지는 않습니다. 당신 일상생활도 방해하지 않습니다." "그렇
다면 체포되었다는 게 그다지 나쁜 게 아니군요." 카가 말하고는
감독관에게로 다가갔다. "난 나쁘다고 말한 적은 없습니다." 감독

관이 말했다. "그렇다면 체포당했다는 사실을 알리는 것도 꼭 필요한 것이 아니지 않습니까?" 카가 말하고는 그에게 더 가까이 다가갔다. 다른 사람들 역시 가까이 왔다. 모두 문가의 비좁은 공간으로 모였다. "그건 내 의무였습니다." 감독관이 말했다. "어리석은 의무였습니다." 카는 굽히지 않고 말했다. "그럴지도 모르지요." 감독관이 대답했다. "하지만 그따위 이야기로 시간을 낭비하고 싶지 않소. 난 당신이 은행에 갈 거라고 생각했소. 당신이 말 한 마디 한 마디 모두 신경을 쓰니까 하는 말인데, 난 당신에게 은행에 꼭 가야 한다고 강요하는 게 아니오. 당신이 그러리라고 생각했을 뿐이오. 그리고 가는 걸 수월하게 해드리고, 은행에 도착했을 때 가능한 한 눈에 띄지 않도록 하기 위해서 당신의 직장 동료들인 이 세 분들을 동행시키고자 데리고 왔습니다." "뭐라고요?" 카는 외치면서 그 세 사람을 놀라서 쳐다보았다. 아까 사진을 구경하던 사람들로만 기억하고 있는 이 특징 없는 창백한 젊은이들은 사실 그의 은행 직원들이었다. 그들을 동료라고 부르는 것은 지나친 말이었고, 이는 모든 것을 다 알고 있는 것 같았던 감독관의 지식에 결함이 있음을 드러내는 것이었지만 그들이 은행의 말단 직원들임에는 틀림없었다. 어째서 그것을 미리 알아차리지 못했을까? 감독관과 감시인들 때문에 이 세 사람을 알아보지 못한 게 틀림없었다. 양팔을 흔들어대는 무뚝뚝한 라벤슈타이너, 눈이 움푹 들어간 금발의 쿨리히, 만성적인 근육경련 때문에 흉측스러운 미소를 짓는 카미너. "안녕들 하시오!" 잠시 있다가 카가 말하고는 깍듯이 머리를 숙인 세 사람에게 손을 내밀었다. "전혀 알아보지 못했소. 그럼 직장에 가볼까요?" 그들은 머리를 끄덕이고는 줄곧 이 말만 기다렸다는 듯 웃으며 서둘러댔다. 그런데 카가 자기 방에 놓아둔 모자를 찾자 그들 모두가 그것을 가져오려고 잇달아 달려갔는데, 이것은 그들이 조금 당황하고 있다는 표시였다. 카는 조용히 서서 열린 두 개의 문을 통해 그들에게서 시선을 떼지 않았다. 맨 마지막 사람은 물론 무관심한 성격의 라벤슈타이너였는데, 그는 그저 우아하게 빨리 걷는 시늉만 했다. 카미너가 모자를 건네주었는데, 은행에서도 항상 그렇게 생각했듯이 지금도 카는 카미너의 미소는 전혀 고의적인 것이 아니라고, 말하자면 카미너는 어떤 경우에도 고의적으로 미소를 지을 수 있는 사람이 아니라고 생각했다. 그런 다음 현관에서 그루바흐 부인이 일행에게 문을 열어주었는데, 그녀는 조금도 죄책감을 느끼지 않는다는 표정이었다. 예전에도 종종 그랬던 것처럼 카는 그녀의 육중한 몸을 불필요할 정도로 깊이 파고 들어간 앞치마 끈을 내려다보았다. 아래로 내려선 카는 손에 시계를 든 채 이미 반 시간이나 늦은 출근을 쓸데없이 더 늦추지 않기 위해서 택시를 타기로 결심했다. 차를 불러오기 위해서 카미너가 길모퉁이로 달려갔고, 나머지 두 사람은 분명 카의 마음을 풀어주려고 애쓰는 것 같았다. 그때 갑자기 쿨리히가 건너편 집 대문을 가리켰는데, 거기에는 금발의 뾰족 수염을 한 남자가 나타났다가 순간 자기 몸 전체를 드러낸 것이 좀 당황스러웠던지 벽 쪽으로 물러서서 거기에 몸을 기댔다. 두 노인은 아직도 계단을 내려오는 중일 것이다. 카는 쿨리히가 그 남자를 가리켜준 것에 화가 났다. 카 자신이 이미 먼저 그를 보았을 뿐 아니라 그가 나타나리라고 예측까지 했던 것이다. "그쪽을 쳐다보지 말아요!" 카는 이런 식의 말투가 성인들에게 얼마나 이상하게 들릴지 생각지 못하고 불쑥 말했다. 그러나 아무런 해명도 필요가 없게 되었다. 마침 자동차가 왔기 때문이었다. 모두 좌석에 앉자 차가 출발했다. 그때 카는 감독관과 감시인들이 떠나는 것을 전혀 깨닫지 못했다는 생각이 들었다. 아까는 감독관이 이 세 사람을 안 보이도록 막았지만 이번에는 이들이 감독관을 못 보게 한 것이다.

이것은 주의력이 높지 않다는 증거였기 때문에 카는 그런 일에 더 주의하기로 마음먹었다. 그러나 그는 자신도 모르게 고개를 돌려 혹시 감독관과 감시인을 볼 수 있지 않을까 해서 자동차 뒷좌석 너머로 고개를 내밀었다. 그러나 그는 곧 다시 고개를 되돌려 차 귀퉁이에 몸을 편안히 기대고는 누구도 찾아보려고 생각하지 않았다. 내색은 하지 않았지만 카는 이 순간에 누군가라도 위로의 말이라도 해줬으면 했을지 모른다. 그런데 동행인들은 지친 듯 보였다. 라벤 슈타이너는 차의 오른쪽을, 쿨리히는 왼쪽을 내다보았고, 다만 카미너만 히죽 웃고 있었는데, 그런 미소에 대해 농담을 한다는 것은 인간적으로 있을 수 없는 일이었다.

그루바흐 부인과의 대화. 다음에 뷔르스트너 양*

　그해 봄, 카는 일을 마친 뒤──그는 대개 아홉 시까지 사무실에 앉아 있었다──가능하다면 혼자 혹은 아는 사람들과 함께 간단한 산책을 하다가 맥줏집에 들러 주로 나이 든 사람들이 모이는 단골 탁자에 앉아 보통 열한 시까지 어울려 있는 식으로 저녁 시간을 보내기 일쑤였다. 그러나 이 같은 저녁 생활에도 예외는 있었는데, 이를테면 카가 자신의 작업 능력과 성실성을 높이 평가한 은행 지점장의 청으로 드라이브를 함께 하거나 그의 별장에서 저녁식사를 같이 할 때였다. 그 밖에 그는 일주일에 한 번 엘자라는 처녀에게 갔는데, 그녀는 밤에는 늦은 아침까지 술집에서 여급으로 일했으며, 낮에는 침대에서 손님을 맞이했다.
　그런데 오늘 저녁에는──낮 시간은 힘든 일과 수많은 찬사와 정다운 생일 축하 인사를 받는 가운데 빨리 지나갔다──곧장 집으로 가려고 했다. 낮에 일을 하는 동안 잠시 틈이 날 때마다 그는 이런 생각을 했다. 그 까닭을 정확히 알지는 못하겠지만 카에게는 그루바흐 부인의 집 전체가 오늘 아침의 사건 때문에 대혼란에 빠졌을 것이며, 그 질서를 다시 바로 잡으려면 누구보다도 자기가 필요하리라는 생각이 들었다. 질서가 다시 회복되면 모든 사건의 흔적은 지워질 것이고 모든 것이 본래의 상태로 돌아갈 것이다. 특히 문제

＊ 막스 브로트판에서는 이 「그루바흐 부인과의 대화. 다음에 뷔르스트너 양」은 제1장에 함께 포함되어 있으며, 제2장은 「첫 심문」으로 되어 있다.

의 세 행원들에 대해서는 조금도 두려워할 것이 없었다. 그들은 다시 수많은 은행 직원들 속에 파묻혔으며, 아무런 변화도 느낄 수가 없었다. 카는 때때로 그들을 개별적으로 또는 세 사람 모두 자기 방으로 불러보았는데, 그것은 단지 그들의 태도를 살피기 위해서였다. 그러나 그는 매번 안심하고 그들을 돌려보낼 수 있었다.

저녁 아홉 시 반에 그가 살고 있는 집 앞에 도착했을 때 대문에서 한 젊은이와 마주쳤다. 그는 거기에 다리를 떡 벌리고 서서 파이프 담배를 피우고 있었다. "누구시지요?" 이렇게 묻고 나서 얼굴을 젊은이에게로 가까이 가져갔지만 현관이 좀 어두워서 잘 보이지 않았다. "전 집 관리인의 아들입니다, 선생님." 젊은이는 대답하고 나서 입에서 파이프를 떼면서 옆으로 비켰다. "집 관리인 아들이라고요?" 하고 카가 물으며 초조하게 지팡이로 바닥을 두드렸다. "선생님, 무슨 부탁이라도 있으신가요? 아버님을 모셔올까요?" "아니, 아니오." 카의 목소리에는 젊은이가 무슨 나쁜 짓을 했지만 용서해주겠다는 투가 섞여 있었다. "됐습니다" 하고 말하고는 그는 앞으로 계속 걸어갔는데, 계단에 오르기 전에 다시 한 번 돌아보았다.

그는 곧장 자기 방으로 갈 수도 있었지만 그루바흐 부인과 이야기하고 싶어서 그녀의 방문을 두드렸다. 그녀는 식탁에서 양말을 꿰매고 있었다. 식탁 위에는 아직도 한 무더기의 낡은 양말들이 쌓여 있었다. 카는 어색한 태도로 이렇게 늦게 찾아와서 죄송하다는 변명을 했지만 그루바흐 부인은 매우 친절했으며 그의 변명 따위엔 아랑곳하지 않았다. 그가 자기와 아무 때나 이야기할 수 있고 가장 선량하고 가장 마음에 드는 하숙인이라는 것을 스스로 잘 알고 있지 않느냐는 거였다. 카는 방 안을 둘러보았다. 전과 다름없었다. 아침에 창가의 작은 탁자 위에 놓여 있던 아침식사용 그릇들도 이미 다 치우고 없었다. 여자의 손이란 남몰래 많을 것을 해치운다고

28

카는 생각했다. 자기 같으면 당장에 식기를 부숴버렸을 것이고 분명 내갈 수도 없었을 것이다. 그는 감사하는 마음으로 그루바흐 부인을 바라보았다. "어째서 이렇게 늦게까지 일을 하시나요?" 그가 물었다. 이제 두 사람은 모두 식탁에 앉아 있었고 카는 이따금 양말 속에 손을 집어넣곤 했다. "일거리가 많아요." 그녀가 말했다. "낮에는 하숙인들에게 매달려야 하니까 제 일을 챙기려면 저녁 시간밖에 없어요." "오늘은 제가 너무 큰 수고를 끼치지 않았나 싶습니다." "무슨 일로요?" 그녀는 좀 성급해하는 듯한 말투로 묻고서 일감을 무릎 위에 놓았다. "오늘 아침 여기에 왔던 사람들 말입니다." "아, 그거 말이군요" 하고 그녀는 말하고는 다시 안정을 되찾았다. "그게 무슨 특별한 수고랄 게 있겠어요." 그는 그녀가 다시 양말을 꿰매는 모습을 말없이 지켜보았다. 그는 이렇게 생각했다. '내가 그 이야기를 꺼낸 것에 이 여자가 놀라워하는 것 같다. 내가 그 이야기를 꺼낸 걸 옳지 않다고 여기는 것 같다. 그러니까 더욱 그 이야기를 해야 한다. 나이 든 여자하고나 그 이야기를 할 수 있는 것 아닌가.' "아닙니다. 정말 수고하셨습니다." 그가 말했다. "하지만 다시는 그런 일이 없을 겁니다." "그럼요. 다시는 그런 일이 없으셔야죠." 그녀는 다짐하듯이 말하고는 카에게 애달파하는 듯한 미소를 지어 보였다. "진담이신가요?" 카가 물었다. "그럼요." 그녀는 나지막하게 말했다. "하지만 우선 그 일을 너무 어렵게 생각하지 마세요. 세상엔 별일이 다 있으니까요! 카 씨, 저에게 그렇게 솔직하게 말씀하시니까 저도 터놓고 이야기하지만, 저는 문 뒤에서 조금 엿듣기도 했고 또 두 감시인들이 저에게 몇 가지 이야기해준 것도 있어요. 그건 카 씨의 행운을 좌우하는 일이어서 정말이지 걱정이 되는군요. 어쩌면 제가 필요 이상으로 걱정하는지도 모르겠어요. 저야 하숙집 주인에 불과하니까요. 그런데 제가 몇 가지 들은 게 있다고 했는데, 특별히 나쁜 일이라고 할 수는 없어요. 당신은 체포되긴 했지만 도둑처럼 체포된 것은 아니지요. 도둑처럼 체포된다는 것은 나쁜 일이지요. 하지만 이런 체포는…… 그것은 무언가 새겨둘 만한 것으로 여겨져요. 어리석은 말이라면 용서하세요. 제가 이해하지도 못거니와 또 이해할 필요조차 없는 어떤 새겨둘 만한 것으로 여겨져요.”

“그루바흐 부인, 부인의 말씀은 조금도 잘못된 게 없습니다. 적어도 저 역시 부분적으로는 아주머니와 같은 생각입니다. 단지 제가 문제 전체를 아주머니보다 더 예리하게 판단하고 있다는 거지요. 저로서는 이 일을 조금도 새겨둘 만한 것으로 보지 않고, 전혀 아무 일도 아니라고 생각합니다. 저는 기습을 당한 겁니다. 그것뿐입니다. 제가 잠에서 깨어났을 때 안나가 나타나지 않은 것에 혼란스러워하지 않고 곧바로 일어나서 나를 방해하는 사람 따위에는 개의치 않고 아주머니에게 왔더라면 예외적이지만 부엌에서 아침식사를 했을 것이고, 또 아주머니한테 제 방에서 옷가지를 가져와 달라고 부탁했을 겁니다. 요컨대 제가 이성적으로 굴었더라면 더 이상 아무런 일도 일어나지 않았을 테고, 생겨나려고 했던 사건도 진정되었을 것입니다. 마음의 준비가 전혀 안 돼 있었던 거지요. 예컨대 은행에서는 준비가 돼 있어요. 거기서는 그런 일이 일어날 수 없지만요. 그곳엔 제가 부리는 사환이 있고, 일반 전화와 구내전화가 제 앞 책상에 있으며, 줄곧 사람들이, 즉 고객들과 행원들이 드나듭니다. 게다가 거기서는 항상 일에 매달려 있어서 언제나 정신을 차리고 있습니다. 그곳에서 오늘 아침과 같은 사건에 부딪혔다면 그건 즐거운 일거리에 불과했을 겁니다. 이제 지나간 일이니 저로서는 사실 그 일에 대해 더 이상 이야기하고 싶지 않습니다. 다만 저는 아주머니의 판단을, 즉 사리에 밝은 여자 분의 판단을 들어보고 싶었을 뿐입니다. 우리가 이 문제에 대해 같은 생각을 가지고 있어서 여간 기쁘지 않습니다. 이제 저와 악수해주십시오. 이 같은 일에 대한 의견의 일치는 악수로 굳게 다져지는 법이니까요."

'이 여자가 악수를 해줄까? 감독관은 악수를 하지 않았지.' 그는 이렇게 생각하면서 아까와는 달리 그녀를 꼼꼼히 살펴보았다. 그가 일어섰기 때문에 그녀도 일어섰다. 그녀는 카가 말했던 것을 완전히 이해하진 못했기 때문에 약간 당황하고 있었다. 당황했기 때문에 그녀는 전혀 생각지도 않았던 말을 그것도 그 자리에는 어울리지도 않는 말을 했다. "카 씨, 너무 어렵게 생각지 마세요." 이렇게 말하는 그녀의 목소리엔 울음이 섞여 있었으며, 악수하는 것은 물론 잊고 있었다. "전 어렵게 생각하지 않고 있어요"라고 말한 카는 갑자기 피곤해졌으며, 그녀의 동의 따위는 무의미하다는 것을 깨달았다.

문 곁에서 그는 이렇게 또 물었다. "뷔르스트너 양은 집에 있나요?" "없어요." 그루바흐 부인은 이 퉁명스러운 대답에 대해 뒤늦게나마 응분의 관심을 표시하느라고 미소를 지어 보였다. "그녀는 극장에 갔어요. 무슨 부탁이라도 있나요? 제가 말씀을 전해드릴까요?" "아, 그녀와 그저 몇 마디 나눌까 해서요." "안됐지만 언제 돌아올지 모르겠어요. 극장에 가면 대개 늦게 돌아오거든요." "그건 아무래도 괜찮아요" 하고 카는 수그린 머리를 문 쪽으로 돌리면서 나가려고 했다. "그저 오늘 제가 그녀의 방을 쓴 것에 대해 사과할 생각이었습니다." "카 씨, 그럴 필요는 없어요. 카 씨는 정말 세심하군요. 그 아가씨는 아무것도 몰라요. 아침 일찍 나가서 아직도 안 돌아왔어요. 모든 걸 제대로 정리해놓았어요. 직접 보세요." 그리고 그녀는 뷔르스트너 양의 방문을 열었다. "고맙습니다. 그렇군요." 카는 열린 문으로 다가갔다. 달이 고요히 어두운 방 안을 비추고 있었다. 보이는 것은 모두가 정말 제자리에 있었다. 블라우스도 더 이상 창문 고리에 걸려 있지 않았다. 침대 속의 베개가 눈에 띄게 높이 솟아 있는 것 같았고 그 일부는 달빛을 받고 있었다. "그 아가씨는 종종 집에 늦게 올 때가 많더군요." 카는 말하고는 그 책임이 그루바흐 부인에게 있다는 듯이 그녀를 쳐다보았다. "젊은 사람이니까 그렇죠." 그루바흐 부인은 이렇게 변명했다. "그렇습니다. 그래요." 카가 말했다. "그렇지만 정도가 지나칠 수가 있어요." "그럴 수 있지요." 그루바흐 부인이 말했다. "카 씨, 너무도 옳은 말씀이에요. 어쩌면 우리 아가씨도 그런지 몰라요. 저는 뷔르스트너 양을 모함할 생각은 없어요. 그녀는 착하고 귀여운 처녀지요. 친절하고, 얌전하고, 시간 잘 지키고, 부지런하지요. 이 모든 걸 높이 칭찬하고 싶어요. 하지만 한 가지 부정할 수 없는 일은, 그녀가 더 자존심을 가져야 하고 더 삼가는 태도를 가져야 한다는 거예요. 이번 달에도 벌써 두 번이나 외진 거리에서 그녀를 본 적이 있는데 그때마다 다른 남자와 있었어요. 정말 괴로워요. 카 씨, 이 얘기는 맹세코 카 씨에게만 말씀드리는 거예요. 하지만 앞으로 아가씨에게 직접 이에 대해 말하지 않을 수 없을 거예요. 그리고 의심가는 일이 그뿐만이 아니에요." "말씀이 빗나가고 있습니다." 카가 화를 내며 말했는데, 그것을 거의 숨길 수가 없었다. "여하튼 아주머니께서는 아가씨에 관한 제 이야기를 오해하고 계시는 게 분명해요. 그런 뜻으로 말한 게 아닙니다. 솔직히 말해두지만 아가씨에게는 아무런 말씀도 하지 마세요. 아주머니께서는 정말이지 잘못 생각하고 있으니까요. 전 아가씨를 잘 알고 있어요. 말씀하신 이야기는 전혀 맞지 않아요. 아니 제가 지나칠지는 몰라요. 아주머니를 막지는 않겠습니다. 하고 싶은 말을 아가씨에게 하세요. 안녕히 주무세요." "카 씨," 그루바흐 부인은 애원하듯 말하면서 카가 앞서 열어놓았

던 문까지 따라왔다. "아직은 아가씨에게 아무 말도 하고 싶지 않
아요. 물론 그녀를 앞으로도 더 살필 생각입니다. 제가 알고 있었
던 일을 카 씨한테만 털어놓은 거예요. 결국 이 하숙집을 깨끗이 하
는 일은 모든 하숙인의 일이어야 하지요. 제가 바라는 건 그것뿐이
랍니다." "깨끗이 한다고요!" 카는 문틈으로 외쳤다. "이 하숙집을
깨끗이 유지하려면 우선 저를 내보내시지요." 그런 다음 그는 문을
탁 닫았고, 나지막한 노크 소리에도 더 이상 아랑곳하지 않았다.
그는 전혀 잘 기분이 나지 않아서 잠을 자는 대신 이 기회에 뷔르스
트너 양이 언제쯤 돌아오는지 알아보기로 결심했다. 적합한 시간은
아니지만 그녀와 몇 마디 말을 나누는 일이 가능할지도 모를 일이
었다. 그는 창가에 누워 피곤한 눈을 감고 그루바흐 부인을 혼내준
다든가 아니면 뷔르스트너 양에게 자기와 함께 이 집을 나가자고
설득한다든가 하는 생각을 잠시 해보았다. 그러나 곧 그런 일은 너
무 지나친 짓이라고 여겨졌고, 아침에 있었던 일 때문에 숙소를 옮
길 생각까지 하는 자신이 언짢게 생각되었다. 그것만큼 어리석고
또 무모하고 우스운 일은 없을 것 같았다.

  그는 텅 빈 거리를 내다보는 것에 싫증이 나자 집 안에 들어오는
사람이 누구든 소파에서 곧 볼 수 있도록 응접실 쪽 방문을 조금 열
어놓고 소파에 누웠다. 열한 시쯤까지 시가를 피우며 조용히 소파
에 누워 있었다. 그때 이후부터는 더 이상 거기에 있지 못하고 마치
뷔르스트너 양이 빨리 도착하게 하려는 듯 응접실로 조금 나갔다.
그는 그녀와 특별히 만나고 싶다는 생각을 가진 것도 아니고 그녀
가 어떻게 생겼는지 제대로 기억할 수도 없었다. 그러나 어쨌든 그
녀와 이야기하고 싶었고, 그녀가 늦게 들어옴으로 해서 오늘 하루
의 마지막이 불안과 무질서로 끝나야 된다는 것에 화가 났다. 그는
오늘은 저녁도 먹지 않았으며, 엘자를 찾아가려던 계획을 그만둔

것 또한 그녀 탓이었다. 물론 지금이라도 그가 엘자가 일하는 술집에 간다면 그 두 가지를 만회할 수가 있다. 그는 뷔르스트너 양과 이야기를 마친 후에 그럴 생각이었다.

열한 시 반이 지나 층계 쪽에서 인기척이 들렸다. 여러 가지 생각에 잠긴 채 응접실을 자기 방처럼 부스럭대며 왔다 갔다 하고 있던 카는 자기 방문 뒤로 도망갔다. 들어온 사람은 뷔르스트너 양이었다. 그녀는 문을 잠글 때 으스스 떨고 있었으며, 실크 숄로 좁은 어깨를 감쌌다. 이제 그녀가 자기 방으로 들어갈 것이 틀림없었는데, 카로서는 이 밤중에 그리로 들어갈 수는 없는 노릇이었다. 그러니까 지금 말을 건네야 한다. 그러나 불행히도 그가 자기 방의 전등을 켜는 것을 잊었기 때문에 캄캄한 방에서 나가야 하는데 이렇게 하면 습격이라도 하는 것 같고 적어도 깜짝 놀라게 할 것이 틀림없었다. 어찌해야 좋을지 모르는 데다 시간은 급하고 해서 그는 문틈으로 이렇게 소곤거렸다. "뷔르스트너 양!" 그것은 부르는 것이 아니라 애원하는 소리처럼 들렸다. "거기 누구에요?" 하고 뷔르스트너 양은 눈을 휘둥그렇게 뜨고 돌아다보았다. "접니다" 하고 카가 앞으로 나섰다. "어머, 카 선생님 아니세요." 뷔르스트너 양은 미소를 지으며 말했다. "안녕하세요" 하며 그녀는 그에게 손을 내밀었다. "몇 마디 말씀드릴까 하는데, 지금 괜찮겠습니까?" "지금요?" 뷔르스트너 양이 물었다. "꼭 지금이어야 하나요? 좀 이상하지 않나요?" "아홉 시부터 기다리고 있었습니다." "그러세요. 저는 극장에 갔었어요. 선생님이 기다릴 줄은 알 리 없었죠." "제가 말씀드리고자 하는 이야기는 오늘 벌어진 일 때문입니다." "그러시다면 거절할 이유가 전혀 없겠군요. 피곤해서 쓰러질 것 같지만 말이에요. 그럼 제 방에 잠깐 들어오세요. 여기서 이야기할 수는 없잖아요. 남들을 모두 깨우게 될 테니까요. 남들보다 우리 자신을 위해서도

34

더욱 그러고 싶지 않군요. 제 방에 불을 켤 테니까 그때까지 여기서 기다리다가 여기 불을 좀 꺼주세요." 카는 그렇게 했지만 뷔르스트너 양이 자기 방에서 나직한 소리로 들어오라고 다시 한 번 재촉할 때까지 그냥 기다리고 있었다. "앉으세요" 하고 그녀는 소파를 가리켰다. 피곤하다고 말했으면서도 침대 다리에 기대어 서 있었다. 그녀는 숱한 꽃으로 장식한 자그마한 모자도 벗지 않았다. "그런데 무슨 일이지요? 정말 궁금하군요." 그녀는 살짝 다리를 포갰다. "아마 아가씨는," 카가 말하기 시작했다. "지금 이야기해야 할 정도로 긴박한 것이 못 된다고 하겠지만." "전 언제나 서론 같은 것은 듣지 않아요." "그러시다면 제 부담이 덜어지는군요" 하고 카가 말했다. "아가씨 방이 오늘 아침에 제 탓으로 조금 어질러졌습니다. 뜻하지 않게도 모르는 사람들이 그렇게 했습니다. 그렇지만 말씀드린 대로 그건 제 탓입니다. 그래서 용서를 빌려는 것입니다." "제 방이요?" 뷔르스트너 양은 이렇게 묻고는 방 안 대신에 카를 유심히 쳐다보았다. "그렇습니다" 하고 카가 말했고, 이제 처음으로 두 사람의 눈이 마주쳤다. "무슨 일이 벌어졌는지는 말할 만한 가치도 없습니다." "그렇지만 재미있겠는데요." 뷔르스트너 양이 말했다. "아닙니다." 카가 말했다. "그럼," 뷔르스트너 양이 말했다. "비밀은 캐묻지 않겠어요. 재미없다고 하시니까 굳이 알고 싶지 않군요. 그리고 용서를 빈다고 하셨는데 기꺼이 용서해드리겠어요. 더구나 어질러진 흔적도 전혀 찾아볼 수 없으니까요." 그녀는 펼친 양손을 허리에 꼭 대고 방 안을 돌았다. 사진이 붙은 벽걸이 매트 곁에서 그녀는 걸음을 멈췄다. "이것 보세요!" 그녀가 외쳤다. "제 사진들이 정말 엉망이 됐군요. 보기가 흉해요. 그러니까 누군가가 허락도 없이 제 방에 들어왔군요" 하고 뷔르스트너 양이 말했다. 카는 고개를 끄덕이고, 행원 카미너가 뭐든지 공연히 미련하게 부산 떠는 습성을 잠시도 누르지 못한 것을 속으로 원망했다. "이상한 일이에요." 뷔르스트너 양이 말했다. "선생님이 스스로 알아서 삼가셔야할 일을 제가 삼가시라는 말씀을 드려야 하니까 말이에요. 즉 제가 없는 동안에는 제 방에 들어오지 말라는 말씀 말예요." "하지만 분명히 말씀드렸지요." 카가 말하고는 사진들이 있는 곳으로 갔다. "아가씨의 사진을 만진 것은 제가 아닙니다. 제 말을 믿지 않으시니까 실토합니다만, 심리위원회 사람들이 은행원 셋을 데리고 왔는데, 그중 한 사람이 사진을 만진 것 같습니다. 다음 기회에 그자를 은행에서 내보낼 작정입니다." "그래요, 심리위원회 사람들이 여기에 있었습니다." 뷔르스트너 양이 의아스러운 눈길로 쳐다보았기 때문에 카는 이렇게 덧붙였다. "선생님 때문에요?" 그녀가 물었다. "그래요." 카가 대답했다. "그럴 리 없어요" 하고 그녀가 외치며 웃었다. "정말입니다." 카가 말했다. "그렇다면 제가 아무런 죄가 없다고 생각하십니까?" "글쎄, 아무런 죄가 없다고……" 하고 그녀가 말했다. "저는 중대한 영향을 미칠지도 모르는 판단 같은 것은 지금 하고 싶지 않아요. 그리고 선생님에 관해서도 잘 알지 못해요. 하지만 심리위원회에서 사람을 보낸 것을 보면 중범자임에 틀림없어요. 그런데 지금 선생님이 자유로우신 것을 보니 — 적어도 지금 침착한 태도로 계시는 걸 보니 감옥에서 탈출하신 건 아니겠지요 — 중한 범죄를 저지르진 않았군요." "그렇습니다." 카가 말했다. "그런데 심리위원회는 제가 아무런 죄가 없다거나 혹은 예상했던 것보다 적다고 생각했을 수도 있습니다." "물론 그랬을 거예요." 뷔르스트너 양은 매우 조심스럽게 말했다. "그런데, 아가씨는 재판 일엔 별로 경험이 없겠지요." "네, 전 없어요." 뷔르스트너 양이 말했다. "그래서 가끔 후회가 돼요. 전 무엇이든지 다 알고 싶으니까요. 더구나 재판 일에 대해선 굉장히 흥미를 느껴요. 재판은 뭔가 독특하게 마음을 끄는 힘이 있나 봐요. 그렇지 않나요? 하지만 저는 이 방면에 충분한 지식을 가지게 될 거예요. 다음 달에 제가 변호사 사무실의 사무원으로 들어가니까 말이에요." "아주 잘됐군요." 카가 말했다. "그렇게 되면 제 소송 때 조금이라도 도와주실 수 있겠군요." "그럴지도 몰라요." 뷔르스트너 양이 말했다. "그럼요, 제 지식을 발휘해보겠어요." "전 진담으로 말씀드리는 겁니다." 카가 말했다. "아가씨가 반만 진담이라고 생각하신다면 적어도 그 정도로 변호사를 부르기에는 사건이 너무 사소해요. 하지만 조언자가 있다면 저로서는 더할 나위 없이 좋은 일이지요." "좋아요. 하지만 제가 조언자가 되려면 무슨 사건인지 알아야 되지 않겠어요" 하고 뷔르스트너 양이 말했다. "그게 바로 문제입니다." 카가 말했다. "그걸 저 자신도 모르니까요." "그렇다면 저를 놀리신 거군요." 뷔르스트너 양은 굉장히 실망해서 말했다. "그러시려고 이렇게 늦은 밤에 찾아오시다니 정말이지 쓸모없는 짓이군요." 그녀는 그들이 그때까지 함께 서 있던 사진 앞에서 물러섰다. "그런 게 아닙니다. 아가씨." 카가 말했다. "놀리려는 게 아닙니다. 절 믿으려 하시지 않는군요! 제가 알고 있는 건 전부 말씀드렸습니다. 더구나 제가 잘 모르는 것까지도 말입니다. 실은 심리위원회 사람들이 온 게 아닙니다. 저로서는 마땅한 명칭을 몰라서 그렇게 칭했을 뿐입니다. 아무런 조사도 없었어요. 전 다만 체포되었을 뿐입니다. 어떤 위원회 사람들에 의해서 말입니다." 소파에 앉아 있던 뷔르스트너 양이 다시 웃었다. "도대체 어떻게 된 거예요?" 그녀가 물었다. "끔찍해요." 카는 이렇게 말했지만, 이 말엔 전혀 신경 쓰지 않고 뷔르스트너 양을 쳐다보는 데 정신이 팔려 있었다. 그녀는 한 손으로는 얼굴을 괴고 있었고 ─ 팔꿈치는 소파의 쿠션 위에 놓여 있었다 ─ 다른 한 손으로는 천천히 허리를 어루만지고 있었다. "너무나도 흔한 일이지요." 뷔르스트너 양이 말했다. "무엇이 그리도 흔한 일이란 말입니까?" 카가 물었다. 그는 생각을 가다듬고는 다시 물었다. "어떤 일이 있었는지 보여드릴까요?" 그는 움직이려 했지만 그렇다고 나가려는 것은 아니었다. "이젠 피곤해요." 뷔르스트너 양이 말했다. "당신이 너무 늦게 오셨어요." 카가 말했다. "결국엔 제가 핀잔을 듣는군요. 그래도 싸지요. 선생님을 방 안에 들여놓지 말았어야 하는 건데. 지금 보니까 그럴 필요도 없는 건데 말이에요." "그럴 필요가 있습니다. 이제 알게 될 겁니다." 카가 말했다. "저 작은 탁자를 침대에서 이쪽으로 치워도 될까요?" "무슨 생각이세요?" 뷔르스트너 양이 말했다. "물론 그건 안 돼요." "그렇다면 보여드릴 수가 없습니다." 그 말 때문에 엄청난 손해라도 입은 사람처럼 카가 흥분해서 말했다. "좋아요. 일을 실제로 보여주시는 데 필요하다면 조용히 옮겨놓으세요." 뷔르스트너 양은 이렇게 말하고는 잠시 후 나지막한 목소리로 말을 이었다. "제가 너무 지쳐 있어서 필요 이상으로 허용하고 있는 거예요." 카는 그 작은 탁자를 방 한가운데에 세워놓고 그 뒤에 앉았다. "사람들의 배치를 잘 떠올려보세요. 흥미롭습니다. 제가 감독관이고, 저기 트렁크 위에 두 감시인이 앉아 있고, 사진 옆에 세 젊은이가 서 있습니다. 그리고 그냥 곁들여 말씀드리지만 창문 고리에는 흰색 블라우스가 걸려 있습니다. 이제 시작됩니다. 참 저 자신을 빠뜨렸군요. 그러니까 제일 중요한 인물인 저는 여기 탁자 앞에 서 있습니다. 감독관은 아주 편한 자세로 앉아 있습니다. 두 다리를 포개고 손은 팔걸이 위로 축 늘어뜨린 게 무례하기 짝이 없습니다. 이제 정말 시작되는 겁니다. 감독관이 저를 깨워야 되는 것처럼 소리를 칩니다. 그는 진짜로 소리를 질러요. 제대로 알려드리려면 어쩔 수 없이 저도 소리를 쳐야 하지만 말입니다. 그런데 그가 그렇게 소리친 것은 제 이름뿐이었습니다." 웃으면서 듣고 있던 뷔르스트너 양은 카가 소리 치지 못하게 하려고 집게손가락을 입에 갖다대었지만 때는 이미 늦었다. 카는 자기 역할에 너무 몰두하고 있었던 것이다. 그는 천천히 "요제프 카"라고 외쳤다. 그러나 그것은 그가 위협적인 소리를 흉내 내려 했던 것만큼 큰 소리는 아니었다. 그러나 그가 갑자기 내지른 외침은 점차 온 방 안에 울려 퍼지는 것 같았다.

그때 서너 번 강하고 짧게, 규칙적으로 옆 방문을 두드리는 소리가 들렸다. 뷔르스트너 양은 얼굴이 창백해진 채 손을 가슴에 갖다 대었다. 카는 잠시 아침에 일어난 사건과 그것을 재현해 보여주고 있는 아가씨 이외에는 아무것도 생각하지 못했던 까닭에 더욱 놀랐다. 정신을 차리고 나서야 그는 뷔르스트너 양에게 뛰어가서 그녀의 손을 잡았다. "겁낼 것 없어요." 그가 소곤거렸다. "제가 모든 걸 처리하겠습니다. 누구일까요? 이 옆에는 거실뿐이고 거기선 아무도 자지 않는데요." "그렇지 않아요." 뷔르스트너 양이 카의 귀에 대고 소곤거렸다. "어제부터 거기서 그루바흐 부인의 조카가 자요. 대위예요. 지금으로선 다른 빈방이 없으니까요. 저도 그걸 잊고 있었어요. 꼭 그렇게 소리를 질러야 했나요? 제가 곤란하게 됐어요." "그럴 이유가 전혀 없습니다." 카가 말하고는 그녀가 쿠션에 몸을 젖히자 그녀의 이마에 키스를 했다. "나가세요, 나가요" 하고 그녀는 말하고는 재빨리 다시 몸을 일으켰다. "어서 가세요, 어서요. 뭘 하시는 거예요. 그분이 문에서 엿듣고 있어요. 다 듣고 있어요. 제발 절 괴롭히지 마세요." "아가씨가 조금이라도 진정할 때까지는," 카가 말했다. "나가지 않겠습니다. 저쪽 구석으로 가세요. 거기 있으면 우리를 엿듣지 못할 겁니다." 그녀는 그쪽으로 끌려갔다. "이런 일이 불쾌하시겠지만 절대로 위험하지 않다는 걸 생각하지 못하고 있는 겁니다. 이 일에 대해서 결정할 수 있는 사람은 그루바흐 부인이고, 저기 있는 대위는 더구나 그 부인의 조카가 되는데, 아시겠지만 그루바흐 부인께서는 저를 여간 존경하지 않으며, 제가 하는 말은 무엇이든 절대로 믿으시지요. 게다가 그루바흐 부인은 제게 신세를 지고 있지요. 저한테서 거액의 돈을 빌리고 있으니까요. 우리가 여기에 함께 있는 것에 대해서 아가씨께서 어떤 해명을 제안하든 그것이 조금이라도 이치에 맞기만 한다면 전 수락할 겁니다. 그리고 그루바흐 부인으로 하여금 그 해명을 남들 앞에서 인정하게 할 뿐만 아니라 실제로, 진심으로 믿게 할 것을 약속합니다. 이 일에 있어서 저를 조금이라도 걱정하실 필요가 없습니다. 제가 아가씨에게 달려들었다고 소문을 내고 싶으시다면 그루바흐 부인에게 그렇게 알리겠습니다. 그분은 그것을 그대로 믿으실 테지만, 그것 때문에 저에 대한 신뢰를 버리게 되지는 않을 겁니다. 그만큼 그분은 저에게 크게 의존하고 있으니까요." 뷔르스트너 양은 약간 지친 듯 조용히 방바닥을 내려다보았다. "제가 아가씨에게 달려든 사실을 그루바흐 부인이 알면 안 될 이유는 없잖습니까?" 카가 말을 덧붙였다. 그는 그녀의 머리칼을 쳐다보았다. 불그스레한 색깔의 머리칼인데 가르마를 타고 있고, 약간 불룩하며 꽉 묶여 있었다. 그는 그녀가 자기에게로 눈길을 돌리리라고 생각했는데 그녀는 앞서와 같은 자세로 이렇게 말했다. "죄송합니다. 전 갑작스러운 노크 소리 때문에 그렇게 놀랐어요. 대위님이 있다는 사실 때문에 그런 건 아니에요. 선생님께서 소리를 지른 다음 너무나 조용했는데 그때 노크 소리가 난 거예요. 그래서 너무 놀랐던 거예요. 게다가 저는 문 가까이 앉아 있었기 때문에 바로 곁에서 노크하는 것 같았어요. 선생님의 제안은 고맙기는 하지만 받아들이지 않겠어요. 제 방에서 일어난 일에 대해선 모두 제가 책임을 지겠어요. 어떤 사람에 대해서도요. 그리고 선생님의 제안에는 저에 대한 모욕이 담겨 있다는 사실을 모르고 계시는 것 같아서 이상스럽게 여겨져요. 물론 거기에는 인정할 만한 좋은 의도도 있지만 말이에요. 하지만, 자 이젠 가세요. 절 혼자 내버려두세요. 이젠 아까보다 더 절실하게 혼자 있고 싶어요. 선생님은 몇 분이면 된다고 했는데 이제 반시간도 더 되었어요." 카는 그녀의 손을 잡은 다음 손목을 쥐었다. "저한테 화내고 있나요?" 카가 말했다. 그녀는 그의 손을 뿌리치며 이렇게 대답했다. "아니, 아니에요. 전 절대 화내지 않아요. 어느 누구에게도요." 카는 다시 그녀의 손목을 잡았다. 그녀는 이번에는 그대로 잡게 놔둔 채 그런 상태로 카를 문까지 데리고 갔다. 카는 정말 나갈 생각이었다. 그러나 막상 문 앞에 서자 그는 거기에 문이 있다는 것을 예상하지 못했던 사람처럼 걸음을 멈추었다. 뷔르스트너 양은 그 순간을 이용해서 몸을 빼고 문을 열더니 응접실로 살그머니 들어가서는 나지막하게 카에게 말했다. "자 이리로 오세요. 저것 좀 보세요."—그녀는 아래로 불빛이 새어나오고 있는 대위의 방문을 가리켰다—"그분이 불을 켜고 우리 이야기를 즐기고 있어요." "갑니다" 하고 카가 말하고는 앞으로 달려가더니 그녀를 잡고 그녀의 입에, 그 다음에는 온 얼굴에 키스를 했다. 목이 타는 짐승이 마침내 발견한 샘물을 혀로 핥듯이 키스를 했다. 마지막에는 후두가 있는 목에 키스를 하더니 거기에 오래도록 입술을 대고 있었다. 대위의 방에서 무슨 소리가 나자 그는 얼굴을 들었다. "이젠 가겠습니다." 그가 말했다. 그는 뷔르스트너 양의 세례명을 불러주고 싶었지만 이름을 몰랐다. 그녀는 피곤한 듯 머리를 끄덕이고 반쯤 몸을 돌린 채 마치 아무것도 모르는 척 그에게 키스하도록 손을 내주었다. 그러고는 머리를 숙인 채 자기 방으로 들어갔다. 잠시 후 카는 자기 침대에 누웠다. 그러고는 곧바로 잠이 들었다. 잠들기 전에 잠시 자신의 행동에 대해 곰곰이 생각했으나 만족스러웠다. 그러나 그는 좀더 만족하지 못한 게 이상했다. 그는 대위 때문에 뷔르스트너 양에 대해 진지하게 걱정했다.

첫 심문*

카는 다음 일요일에 자신의 사건에 대한 간단한 심문이 있을 것임을 전화로 통지받았다. 이제 정기적으로 이 같은 심문을 하게 되는데, 매주는 아니더라도 더욱 자주 잇따라 하게 될 테니 그 점에 유의하라는 얘기였다. 한편으로는 소송을 빨리 끝내는 것이 일반적인 관심이긴 하지만, 다른 한편으로 심문이란 모든 면에서 철저해야 하고, 이에 따라 각고의 노력이 따르기 때문에 절대로 너무 오래 끌어서는 안 되는 것이다. 이 때문에 심문은 빠른 시일 안에 되풀이하되 그 시간은 짧게 한다는 비상책을 택한 것이다. 심문 날짜를 일요일로 정한 것은 카의 직장 일을 방해하지 않으려는 의도에서였다. 카가 이 날짜에 동의하리라고 예상은 하지만, 만일 다른 날짜를 원할 경우에는 될 수 있는 한 그것을 받아들이겠다는 것이다. 이를테면 심문은 야간에도 할 수 있지만, 그 시각에는 카의 정신이 맑지 못할지도 모른다는 것이다. 어쨌든 카가 이의가 없는 한 일요일로 해두겠다는 것이다. 카가 어김없이 출두해야 한다는 것은 자명하다. 이에 대해 그에게 주의시킬 필요조차 없는 것이다. 출두해야 할 집의 주소를 카에게 일러주었다. 그것은 카가 한 번도 가본 적이 없는 외딴 교외의 거리에 있는 집이었다.

이 통지를 받은 카는 아무런 대답도 하지 않고 수화기를 내려놓았다. 그러나 그는 곧 일요일에 가기로 결심을 했다. 이건 분명 어

---
* 막스 브로트판에서는 이 「첫 심문」이 제2장으로 표시되어 있다.

쩔 수 없는 일이었다. 소송이 시작되었으니 이에 대처하는 수밖에 없다. 이번 첫 심문이 마지막이 되어야 한다. 그는 아직 생각에 잠겨 전화기 옆에 서 있었다. 그때 뒤에서 차장의 목소리가 들렸다. 차장이 전화를 걸려고 했는데, 카가 길을 막고 있었던 것이다. "나쁜 소식입니까?" 차장이 무심코 물었다. 무엇을 알고자 해서가 아니라 카를 전화기에서 물러나게 하려는 뜻에서였다. "아닙니다. 아니에요." 카는 말하고 옆으로 비켜섰지만, 자리를 뜨지는 않았다. 차장은 수화기를 들고 전화 연결을 기다리는 동안 수화기 너머로 이렇게 말했다. "카 씨, 한 가지 물어볼 게 있어요. 일요일 아침에 내 요트를 타고 뱃놀이를 할 생각인데 참석해주시겠소? 큰 모임이 될 겁니다. 분명 아는 분도 있을 거고요. 하스테러 검사도 참석할 겁니다. 오시겠소? 꼭 오세요!" 카는 차장이 하는 말에 주의를 기울이려고 했다. 그의 말은 카에게 여간 중요한 것이 아니었다. 카와의 사이가 결코 그리 좋았던 적이 없는 차장이 이렇게 그를 초대한다는 것은 그쪽에서부터 화해를 시도함을 뜻하는 것이고, 동시에 그것은 이젠 카가 은행에서 중요한 인물이 되었으며, 카의 우정이나 적어도 카의 중립적인 태도가 은행에서 두 번째로 높은 사람에게 가치 있는 것으로 보였음을 의미하는 것이었다. 이 초대는 그저 전화 연결을 기다리면서 수화기 너머로 한 말이긴 하지만, 차장이 체면을 꺾고 한 것이었다. 그러나 카로서는 또 한 번 체면을 꺾게 하지 않을 수가 없었다. 카는 이렇게 말했다. "감사합니다. 하지만 죄송하게도 일요일엔 시간이 없습니다. 이미 선약이 있거든요." "유감입니다" 하고 차장은 때마침 연결된 전화에 열중했다. 짧은 대화는 아니었지만 카는 정신이 나가서 내내 전화기 곁에 서 있었다. 차장이 전화를 끝냈을 때야 그는 놀라서 쓸데없이 거기에 서 있었던 것을 조금이라도 변명하려는 듯 이렇게 말했다. "조금 전에 전화가 걸려왔는데 어디론가 와달라는 것이었습니다. 그렇지만 저한테 시간이 언제인지 말하는 걸 잊었습니다." "그럼 다시 물어보시지요" 하고 차장이 말했다. "그건 별로 중요치 않습니다." 카가 말했다. 이렇게 말함으로써 그렇지 않아도 미흡했던 앞서의 변명이 더욱 이상해지고 말았다. 차장은 걸어가면서 다른 일들에 관해 말했다. 카는 마지못해 대답은 했지만, 실은 평일에도 이 시간엔 모든 법원이 집무를 시작하니까 일요일 오전 아홉 시에 그곳으로 가는 게 가장 좋을 거라고 생각하고 있었다.

일요일은 날이 흐렸다. 어제 카는 밤늦게까지 술집에서 단골손님들끼리의 축하 자리에 있었기 때문에 무척 지쳐 있었다. 하마터면 늦잠을 잘 뻔했다. 곰곰이 생각할 만한, 그리고 일주일 동안 짜냈던 여러 가지 계획들을 정리할 만한 시간도 없이 그는 서둘러 옷을 입고 아침도 들지 않은 채 그들이 일러준 교외로 달려갔다. 주위를 살필 여유도 없었는데 기묘하게도 그는 자신의 사건 때문에 왔던 세 명의 은행원 라벤슈타이너, 쿨리히 그리고 카미너를 만났다. 처음 두 사람은 전차를 타고 카의 길을 앞질러 지나갔으며, 카미너는 어느 카페의 테라스에 앉아 있다가 카가 지나가자 호기심에 차서 난간 위로 몸을 구부렸다. 그들 모두가 카를 쳐다보며 상관의 이 행차에 대해 의아해했다. 카가 차를 타지 않은 것은 어떤 반항심 때문이었다. 그는 이 일에 있어서 조금이라도 어떤 도움을 받는 것이 싫었으며, 또 부탁을 한다든가 하여 누구를 추호도 끌어들이고 싶지 않았다. 그리고 너무나 정각에 출두하여 심리위원들이 자신을 낮춰보게 할 생각도 전혀 없었다. 비록 그의 출두 시간이 정해져 있는 것은 아니었지만 될 수 있는 대로 아홉 시에 도착하기 위해서 걸음을 재촉하고 있었다.

그는 스스로가 정확히 예측해보지도 않았던 어떤 표시에 의해서,

혹은 입구 앞에서의 어떤 특이한 움직임에 의해서 출두해야 할 집을 멀리서도 알아볼 수 있으리라고 생각했다. 그런데 그 집이 있다고 들었던 거리, 초입에서 그가 잠시 걸음을 멈추고 서 있던 율리우스가街의 양쪽엔 거의 똑같은 형태의 집들, 즉 빈민들이 거주하는 잿빛의 높은 임대 가옥들이 있었다. 일요일 아침인 지금 대부분의 창문은 사람들이 차지하고 있었다. 셔츠 바람의 남자들이 창에 기대어 서서 담배를 피우거나 어린아이를 창턱에 놓고 조심스럽고 정겹게 안고 있었다. 그렇지 않은 다른 창문들에는 이불이 높이 잔뜩 널려 있었으며 그 위로 여자의 흐트러진 머리가 언뜻 보이기도 했다. 작은 길 건너를 향해 서로 소리쳐 부르는 사람들도 있었는데, 그런 외침 소리 하나가 바로 카의 머리 위에서 커다란 웃음을 터뜨리게 했다. 긴 거리의 도로보다 낮은 지면에는 두세 개의 계단을 내려가 이르게 되는 작은 각종 식료품 가게가 일정한 간격으로 늘어서 있었다. 여자들이 그곳에 들락거리거나 계단에 서서 수다를 떨고 있었다. 창문에 대고 물건을 사라고 소리치고 있던 과일장수가 카와 마찬가지로 주의하지 않다가 자기 손수레로 하마터면 카를 넘어뜨릴 뻔했다. 바로 그때, 좀 넉넉하게 사는 동네 쪽에서 낡은 전축 소리가 정신이 나갈 정도로 울리기 시작했다.

카는 마치 시간이 넉넉하기라도 한 것처럼, 혹은 마치 예심판사가 어느 창문에서 그를 보고 그가 도착했음을 알고나 있는 것처럼 천천히 작은 거리 안쪽으로 깊숙이 들어갔다. 아홉 시가 조금 지난 시각이었다. 그 집은 꽤 멀리 떨어져 있었고, 보기 드물 정도로 넓었다. 특히 정문 진입로는 높고 넓었다. 그곳은 화물 차량들이 출입하는 곳이 분명했다. 지금은 문이 닫혀 있는 각종 창고가 커다란 마당으로 둘러싸여 있고 회사의 이름이 적혀 있었는데, 그중 몇 개는 카가 은행 업무로 알고 있는 이름이었다. 그는 평소의 습관과는 달리 이 같은 모든 외형적인 것들을 자세히 살펴보면서 마당 입구에 잠깐 서 있기까지 했다. 그와 가까운 데 있는 한 상자 위엔 맨발을 한 남자가 앉아서 신문을 읽고 있었다. 손수레에서는 두 명의 사내아이가 그네를 타듯이 앞뒤로 몸을 흔들고 있었다. 펌프 앞에는 약해 보이는 어린 소녀가 가운만 걸친 채 서서 물을 양동이로 흘려보내면서 카를 쳐다보았다. 마당 한쪽 구석에는 두 개의 창문 사이로 줄이 매여 있었는데, 거기엔 빨래가 널려 있었다. 한 남자가 아래에 서서 몇 마디 외치며 일을 지시하고 있었다.

카는 심리실로 가기 위해 층계 쪽으로 몸을 돌렸다가 그냥 가만히 서 있었는데, 마당에서 보니 이 층계 외에도 다른 층계가 세 개나 더 있고, 마당 한쪽 끝에 있는 작은 통로는 다른 마당으로 통하는 것 같았기 때문이었다. 그는 그들이 자기한테 방의 위치를 좀더 자세하게 가르쳐주지 않은 것에 화가 났다. 그를 이렇게 대한다는 것은 이상스러운 태만이나 무관심이라고 할 수 있었다. 그는 이것에 대해 커다란 목소리로 분명하게 따질 생각이었다. 마침내 그는 층계를 올라갔다. 그때 그는 죄가 법원을 끌어당긴다고 했던 감시인 빌렘의 말을 떠올리면서 그 생각을 했는데, 사실 그렇다면 심리실은 카가 우연히 택한 층계에 있어야 한다는 결론이 내려졌다.

올라갈 때 그는 층계에서 놀고 있는 많은 아이들 때문에 방해가 됐는데, 사이를 뚫고 지나가자 그들은 화가 난 시선으로 그를 쳐다보았다. "다음에 다시 이곳에 오게 되면," 그는 중얼거렸다. "호감을 사도록 사탕이라도 가져오거나 아니면 때려줄 막대기를 들고 와야겠다." 이층에 거의 다 와서는 아이들의 구슬치기가 끝날 때까지 잠시 기다려야 했다. 그러는 동안 장성한 불량배처럼 험상궂은 얼굴을 한 두 명의 어린 소년이 그의 바지를 붙잡았다. 그가 뿌리치려고 했다면 그들은 틀림없이 기분 상해했을 것이다. 그는 그들이 소리라도 치지 않을까 두려웠다.

이층에서 그는 방을 찾기 시작했다. 그러나 심리위원회에 대해 물어볼 수가 없었기 때문에 란츠라는 이름의 목수를 떠올렸다 — 그 이름이 떠오른 것은 그루바흐 부인의 조카인 대위와 이름이 같았기 때문이었다. 그는 집집마다 목수 란츠가 거기에 살고 있지 않느냐고 물어보면서 방 안을 들여다볼 기회를 얻으려고 했다. 그러나 대개는 굳이 애쓰지 않아도 들여다볼 수 있었다. 왜냐하면 거의 모든 문들이 열린 채 아이들이 들락날락하고 있었기 때문이었다. 방들은 대개 작고 창문이 하나였으며, 거기서 음식도 끓였다. 많은 부인들이 팔에는 젖먹이를 안고 있었고 빈손으로는 부뚜막 일을 하고 있었다. 앞치마만 입은 어린 티가 나는 소녀들이 부지런히 이리저리 뛰어다니고 있었다. 방마다 침대에는 아직 사람이 있었다. 병자나 아직 자고 있는 사람, 혹은 옷을 입은 채 쉬고 있는 사람들이 누워 있었다. 문이 닫혀 있으면 노크를 하고 혹시 목수 란츠가 살고 있지 않느냐고 물었다. 주로 여자가 문을 열었는데, 그녀는 카의 묻는 말을 듣고서는 방 안 침대에서 일어나는 누군가에게 돌아서서 말했다. "저분이 목수 란츠가 여기 사느냐고 묻는데요." "목수 란츠라고?" 침대 쪽에서 누군가가 물었다. "네." 카가 대답했다. 심리위원회가 거기에 없는 것이 틀림없고, 따라서 그의 용건은 끝났는데도, 많은 사람들은 목수 란츠를 찾는 일이 카에게 무척 중요하리라고 믿고서 한동안 생각하다가 란츠라는 이름이 아닌 다른 목수를 대거나 혹은 란츠라는 이름과 아주 거리가 먼 이름을 댔다. 또 그들은 이웃 사람에게도 물어보았고, 혹은 카를 상당히 멀리 떨어진 집의 문까지 데려다주기도 했는데, 그들의 말로는 거기에 그런 사람이 새들어 살고 있는 것 같다고 하거나 자기들보다 사정이 더 밝은 사람이 있을 거라고 말했다. 마침내는 카가 직접 나서서 물어볼 필요조차 없게 되었고, 그런 식으로 그는 층층을 따라다녔다. 그는 처음에 꽤 쓸모 있으리라고 생각했던 자기의 계획을 후회했다. 육층 앞에서 그는 찾는 일을 포기하기로 결심하고 그를 더 데리고 올라가려 하는 친절한 젊은 노동자에게 작별을 고한 뒤 아래로 내려왔다. 그러나 그때 그는 이 모든 노력이 허사가 된 것에 다시 화가 났다. 그는 다시 되돌아가서 육층의 첫 번째 문을 두드렸다. 그 작은 방에서 그가 맨 처음 본 것은 이미 열 시를 가리키고 있는 커다란 벽시계였다. "목수 란츠가 여기에 사나요?" 하고 그가 물었다. "저기예요." 눈이 검고 반짝이는 한 젊은 여자가 큰 대야에 아이 옷가지들을 넣고 빨다가 젖은 손으로 옆방의 열린 문을 가리켰다.

카는 어떤 집회에 들어가는 기분이었다. 각양각색인 사람의 무리가 ─ 어느 누구도 들어오고 있는 그를 거들떠보지도 않았다 ─ 창문이 둘 달린 중간 크기의 방을 채우고 있었다. 그 방의 천장 가까이엔 회랑이 빙 둘러 있었는데 그곳 역시 만원이었다. 그곳에 있는 사람들은 몸을 굽혀야 겨우 설 수 있었고, 머리와 등은 천장에 닿았다. 공기가 너무 탁하다는 느낌이 든 카는 다시 밖으로 나와서 자기 말을 잘못 알아들은 것 같아 그 젊은 여자에게 이렇게 말했다. "저는 목수를, 란츠라는 사람을 찾았는데요?" "그래요." 그녀가 말했다. "어서 들어가 보세요." 만약 그녀가 다가와 문고리를 잡고서 다음처럼 말하지 않았다면 카는 그녀의 말을 따르지 않았을 것이다. "당신이 들어간 다음에는 문을 닫아야 합니다. 아무도 더 들어가서는 안 돼요." "지당한 말씀입니다." 카가 말했다. "하지만 벌써 초만원인데요." 그런데도 그는 다시 안으로 들어갔다.

문 바로 옆에서 두 남자가 이야기하고 있었는데 ─ 한 사람은 양손을 쭉 뻗치고 돈을 세는 시늉을 했고, 다른 사람은 그 남자의 눈을 날카롭게 쳐다보았다 ─ 그 두 사람 사이에서 웬 손 하나가 나오더니 카를 잡았다. 그것은 자그마한 홍안의 소년이었다. "따라오세요. 어서." 소년이 말했다. 카는 그가 이끄는 대로 따라갔다. 복작거리는 사람들 속에 좁은 길이 나 있었는데, 아마도 그것으로 그들이 두 개의 파로 분리돼 있는 듯했다. 그리고 첫 번째 열의 좌우에선 카 쪽으로 얼굴을 돌린 사람을 거의 볼 수 없었으며, 사람들이 자기 파 사람만을 향해 말하고 몸짓하고 있어서 그들의 등만 보인다는 사실 역시 그것을 입증해주었다. 대부분의 사람들은 길고 축 늘어진 낡은 검정 예복을 입고 있었다. 그 옷차림만으로도 카는 어리둥절했다. 그렇지 않았다면 그는 그 사람들을 어느 정치적인 지구당 모임으로 보았을 것이다.

카가 인도되어 간 홀의 다른 편 끝에는 무척 낮은, 그러나 역시 사람으로 가득 차 있는 연단이 있고, 그 위에 작은 책상이 가로로 놓여 있었다. 그 책상 뒤에는 연단의 모서리에 가까운 곳에서 작고 뚱뚱하고 씩씩거리는 남자가 앉아서 자기 뒤에 서 있는 사람과 — 이 사람은 팔꿈치를 의자 등에 기대고 다리는 포개고 있었다 — 큰 소리로 웃으며 이야기하고 있었다. 누군가를 흉내 내는 것처럼 그는 허공에 대고 팔을 저었다. 카를 인도했던 소년은 그가 도착했다는 사실을 알리기가 힘들었다. 벌써 두 번씩이나 발끝을 세우고 무엇인가 알리려 했으나 위에 있는 남자는 알아차리지 못했다. 연단 위에 있는 사람 가운데 하나가 그 소년에 대해 주의를 환기시키자 그때서야 그 남자는 얼굴을 돌리고 수그린 채 소년이 나지막하게 보고하는 소리를 들었다. 그 다음엔 시계를 꺼내어 보고는 힐끗 카를 쳐다보았다. "당신은 한 시간 오 분 전에 출두했어야 합니다." 그 남자가 말했다. 카는 무엇인가 대꾸를 하려고 했지만 그럴 틈이 없었다. 왜냐하면 그 남자가 말을 하자마자 홀의 오른쪽 중간에서 한꺼번에 투덜거리는 소리가 들려왔기 때문이었다. "당신은 한 시간 오 분 전에 출두했어야 합니다." 남자가 목소리를 높여서 또 한 번 말하고 또 힐끗 홀 쪽을 내려다보았다. 곧 투덜거리는 소리가 더 커졌지만 남자가 더 이상 아무런 말도 하지 않자 점차 가라앉았다. 이제 홀 안은 카가 들어올 때보다 훨씬 조용해졌다. 다만 회랑에 있는 사람들만이 떠들기를 멈추지 않았다. 어두컴컴하고 연기와 먼지가 차 있는 위쪽을 어느 정도 구분해보니 그들은 밑에 있는 사람들보다 옷차림이 더 나빠 보였다. 많은 사람들이 머리가 눌려 상처가 나지 않도록 쿠션을 가져와 머리와 방 천장 사이에 그것을 끼웠다.

카는 말을 하느니보다는 오히려 관찰해야겠다고 결심했기 때문에 그가 너무 늦게 왔다는 주장에 대해 무슨 변명을 하는 것을 그만두고 다만 이렇게 말했다. "너무 늦게 왔는지는 모르지만 이렇게 여기 와 있지 않습니까." 오른쪽 홀 중간에서 박수갈채가 일었다. '환심을 사기 쉬운 사람들이로군' 하고 카는 생각했다. 다만 그의 뒤쪽 바로 홀의 왼쪽 절반이 잠자코 있는 것이 마음에 걸렸다. 거기에서는 단지 한두 번 손뼉 치는 소리만 들릴 뿐이었다. 한꺼번에 모든 사람의 환심을 사는 것이 불가능하다 하더라도 잠시만이라도 다른 사람들의 환심이라도 사려면 무슨 말을 해야 할까 곰곰이 생각했다.

"그렇지요." 그 남자가 말했다. "하지만 나로서는 지금은 당신을 심리할 의무가 없습니다." ──다시 투덜거리는 소리가 났는데, 이번에는 납득이 잘 안 갔다. 왜냐하면 남자가 그 사람들에게 조용히 하라고 손짓을 하면서 계속 이렇게 말했기 때문이다 ── "그렇지만 오늘만은 예외적으로 심리를 하겠습니다. 이렇게 지각하는 일이 두 번 다시 있어서는 안 됩니다. 그러면 이제 앞으로 나서시오!" 누군가 한 사람이 연단에서 뛰어 내려왔기 때문에 카가 올라설 자리가 비었으므로 그는 그곳으로 올라갔다. 그는 책상 곁으로 바짝 다가

섰다. 그의 뒤에 있는 사람들이 하도 많아서 예심판사의 책상과 그 판사까지도 연단에서 밀어내지 않으려면 그들에 맞서 버티고 있지 않으면 안 되었다.

하지만 예심판사는 그런 것에는 개의치 않고 아주 편안히 의자에 앉아서 자기 뒤에 있는 남자에게 무엇인가 종결짓는 말을 하고 나서 작은 메모 책을 집었다. 그것이 책상 위에 놓여 있는 유일한 물건이었는데 학생용 노트 모양이었고, 낡은 데다 너무 뒤적거려서 제 모양이 나지 않았다. "그러니까," 예심판사는 노트를 넘기면서 단정적인 어조로 카에게 물었다 "당신은 내장공이지요?" "아닙니다." 카가 말했다. "큰 은행의 대리입니다." 이렇게 대답하자 밑에 있던 오른쪽 패거리가 웃음을 터뜨렸다. 너무나 호의적인 웃음이어서 카도 따라 웃지 않을 수 없었다. 사람들은 두 손을 무릎 위에 올려놓고 심한 기침이 날 때처럼 몸을 흔들었다. 회랑에서도 두세 사람이 웃어댔다. 잔뜩 화가 난 예심판사는 아래쪽 홀 안에 있는 사람들에겐 위세를 부릴 수 없었던지 회랑 쪽에다 화풀이를 하려고 벌떡 일어나서 위층 석을 향해 위협적인 태도를 취했다. 그때까지 조금도 눈에 띄지 않던 짙고 검은 눈썹이 그의 눈 위에 크게 드러나서 움씰거렸다.

그러나 홀의 왼쪽 절반은 여전히 조용했다. 그쪽 사람들은 얼굴을 연단을 향한 채 줄을 서 있었고, 단상에서 주고받는 말이나 다른 쪽 패거리의 소음도 잠자코 듣고만 있었다. 게다가 그들 대열의 몇 사람이 때때로 다른 쪽 패거리에게 말을 건네는 것도 내버려두었다. 왼쪽 패거리의 사람들은 그 숫자도 적어서 실제로는 오른쪽 패거리의 사람들만큼 그렇게 중요하다고 할 수는 없지만 그들의 조용한 태도로 인해 한층 중요한 존재로 보였다. 카는 지금 말을 시작하면서 그들의 입장에서 말하고 있음을 확신했다.

"예심판사께서는 제가 내장공이 아니냐고 물으셨는데 —실은 물으신 게 아니고 단정해서 말씀하신 거지만 —그 물음은 지금 저에 대해 행해지고 있는 재판 태도의 전체적인 성격을 보여주는 것입니다. 예심판사께서는 이건 아무런 재판도 아니라고 반박할지도 모르겠습니다. 그건 지당한 일입니다. 제가 이것을 재판으로 인정할 때만 재판이 되는 것이니까요. 그러니까 지금 이 순간 저는 이 재판을 인정합니다만, 그건 말하자면 동정에서입니다. 재판을 완전히 존중하고자 할 때는 동정하는 마음으로 대하는 수밖에 없지요. 제 말씀은 이 재판이 미흡한 성질의 것이라는 것이 아닙니다. 하지만 판사님의 자아인식을 돕고자 그 같은 표현을 쓰고 싶었던 것입니다."

카는 말을 중단하고 홀 아래를 내려다보았다. 그의 말은 날카로웠다. 자신이 의도했던 것보다 한층 더 날카로웠다. 하지만 옳은 말이었다. 여기저기서 갈채가 있을 만도 한데 모두가 잠잠했다. 사람들은 다음에 일어날 일을 초조하게 기다리고 있을 것이 분명했다. 아마도 이 침묵 속에서 모든 것을 끝장낼 폭발적인 것이 마련되고 있을 것이다. 그런데 이때 홀의 끝에 있는 문이 열리더니 젊은 세탁부가 일을 마쳤는지 안으로 들어왔는데, 아주 조심하긴 했지만 여러 사람의 시선을 끌기에 충분했다. 이로 인해 카는 화가 났다. 그러나 예심판사만은 카에게 직접적인 기쁨을 주었다. 왜냐하면 카의 말에 그가 즉각 충격을 받은 것처럼 보였기 때문이었다. 아까 그가 회랑을 향해 서 있었을 때 카가 갑자기 말을 걸었기 때문에, 그는 지금까지 그대로 선 채 이야기를 들었던 것이다. 이제 말이 중단된 틈을 타서 그는 자리에 앉았는데, 마치 이를 남들에게 보이지 않으려는 듯이 천천히 앉았다. 자기 안색을 누그러뜨리기나 하려는 듯이 그는 다시 메모 책을 들여다보았다.

"그건 아무 소용도 없습니다." 카는 말을 계속했다. "예심판사님,

그 메모 책도 제 말을 확인해줄 겁니다." 모르는 사람들의 모임에서 자기의 차분한 말소리를 듣는 것만으로 기고만장해진 카는 거침없이 예심판사에게서 메모 책을 빼앗아 마치 만지기 싫거나 한 것처럼 중간 종이쪽을 손가락 끝으로 들고 있어서, 빽빽하게 쓴, 때 묻고 가장자리가 누런 종이쪽들이 양편으로 축 늘어졌다. "이것이 예심판사님의 서류들이군요." 그가 말하고는 그 노트를 다시 책상 위에 떨어뜨렸다. "예심판사님, 그것을 조용히 계속 읽어보세요. 이따위 범죄기록부는 조금도 두렵지 않습니다. 그건 제가 들여다봐서는 안 되는 것이지만, 두 손가락 끝으로 만질 수는 있지요." 예심판사는 책상 위에 떨어진 메모 책을 집어들고 그것을 약간 추스르더니 다시 그것을 계속 읽기 시작했는데, 이 태도는 깊은 겸손의 표시이거나 아니면 최소한 그런 뜻으로 이해되어야 할 것 같았다.

맨 앞줄에 있는 사람들이 너무나 긴장된 표정으로 카를 쳐다보고 있어서 카는 잠시 동안 그들을 내려다보았다. 그들은 모두 나이 든 사람들이었으며, 더러는 수염이 하얬다. 아마도 이들이 여기에 모인 모든 사람들에게 영향을 줄 수 있는 결정적인 인물들인지도 모른다. 그들은 카가 말한 뒤부터 미동도 하지 않았는데, 예심판사가 겸손을 부려도 조금도 흐트러지지 않았다.

"저한테 일어났던 일은," 카는 아까보다 약간 낮은 소리로 말을 계속하면서 줄곧 앞줄 사람들의 얼굴을 살폈는데 그 때문에 그의 말이 조금 산만해졌다. "저한테 일어났던 일은 개인적인 사건이고, 그것 자체로서는 별로 중요하지 않습니다. 저 자신이 그걸 별로 중요시하지 않으니까요. 그렇지만 그 일은 숱한 사람들에게 행해지는 처사의 일례이지요. 그 숱한 사람들을 옹호하고자 제가 여기에 있는 것이지 저 자신을 위해서 있는 것은 아닙니다."

그는 자기도 모르게 언성을 높였다. 어디선가 손을 쳐들고 박수를 치며 이렇게 외쳤다. "옳소! 그렇소. 옳소. 몇 번이고 옳소." 앞 줄에 있는 사람들 가운데 더러는 수염을 만지작거렸지만 어느 누구도 그 외침 소리에 뒤를 돌아보지 않았다. 카 역시 그것에 별 의미를 두지 않았지만 그래도 힘이 솟았다. 이제 와서 카는 모두의 박수가 필요치 않다고 생각했으며, 다수의 사람들이 그 문제를 깊이 생각하기 시작하고 이따금씩이라도 설득당하는 사람이 하나라도 있다면 그것으로 족했다.

이런 생각에서 카는 다음과 같이 말했다. "저는 웅변으로 이겨보려는 것이 아닙니다. 그럴 수도 없습니다. 아마 예심판사께서 훨씬 말씀을 잘하실 테고, 또 그게 그분 직업에 속하기도 하고요. 제가 바라는 것은 공적인 폐해에 대해 공적으로 논의하자는 것뿐입니다. 들어보세요. 저는 열흘 전쯤에 체포당했습니다. 그 체포라는 사실 자체가 가소로운 것이지만 지금 여기에서 할 말은 아니지요. 저는 아침에 침대에 누워 있다가 급습을 당했습니다. 아마 그들은 ── 예심판사님의 말씀으로 미루어보면 있을 법한 일입니다 ── 바로 저처럼 아무 죄도 없는 어떤 내장공을 체포하라는 명령을 받은 모양인데, 저를 택했던 것입니다. 제 옆방은 두 명의 무례한 감시인에게 점령당했습니다. 제가 위험한 강도라 해도 그 이상의 조처는 취하지 않았을 것입니다. 게다가 그 감시인들은 무례하기 짝이 없는 악당들이었습니다. 그들은 제 귀가 따갑도록 지껄여댔습니다. 그들은 뇌물을 받으려고 했고, 농간을 부려 제 내복과 옷가지들을 사취하려 했고, 제 아침식사를 제가 보는 앞에서 버젓이 먹어치운 뒤 아침식사를 가져다주겠으니 돈을 내라고 했습니다. 그것만이 아닙니다. 저는 또 다른 방에 있는 감독관 앞으로 인도되었습니다. 그것은 제가 무척 존경하고 있는 숙녀의 방이었는데, 그 방이 제 잘못도 없이 저 때문에 감시인들과 감독관에 의해 더럽혀지는 것을 목격하지 않을 수 없었습니다. 잠자코 있기가 쉽지 않았습니다. 그렇지만 저는 아무것도 할 수 없었으며 감독관에게 아주 조용히 — 그가 여기에 있다면 그 사실을 확인해줄 겁니다 — 어째서 제가 체포되었는지 물었습니다. 방금 언급했던 그 숙녀의 의자에 그가 우직하기 그지없는 교만한 모습으로 버티고 앉아 있던 모습이 지금도 눈에 선합니다만, 그때 그가 뭐라고 대답했는지 아십니까? 여러분, 그는 아무 대답도 하지 않았습니다. 그는 아무것도 모르는 것 같았습니다. 그는 저를 체포했고 그것으로 만족했습니다. 게다가 그는 다른 짓도 했습니다. 그 숙녀의 방으로 제가 다니는 은행의 하급 직원 세 명을 데려왔는데, 그들은 그 숙녀의 사진이나 물건에 손을 대고 어질러놓았습니다. 그들을 데려다 놓은 데는 물론 또 다른 목적이 있었습니다. 그들이 제 집 여주인이나 가정부와 마찬가지로 제가 체포당한 사실을 사방으로 퍼뜨려서 저의 사회적 체면을 손상시키고 특히 은행에서의 제 위치를 떨어지게 하자는 것이었습니다. 이 중에 달성된 게 아무것도 없습니다. 아주 단순한 사람이신 제 집 여주인조차 — 존경하는 뜻에서 그 이름을 말씀드립니다만 그루바흐 부인이라고 합니다 — 그루바흐 부인조차 그런 체포는 충분한 보살핌을 받지 못한 아이들이 골목길에서 벌이는 장난에 불과하다는 것을 잘 알고 있었습니다. 거듭 말씀드립니다만 그 모두가 저에게는 그저 불쾌감과 잠시 동안의 분노를 일으켰을 뿐이지만 혹시 더 나쁜 결과라도 가져오지 않을지 모르겠습니다."

여기서 카가 말을 중단하고 조용히 있는 예심판사 쪽을 바라보았을 때, 판사가 마침 눈짓으로 군중 속의 누군가에게 어떤 신호를 보내고 있다는 느낌이 들었다. 카는 미소를 지으면서 말했다. "방금 여기 제 곁에 계신 예심판사께서 여러분들 중 누군가에게 어떤 비밀스러운 신호를 보냈습니다. 그러니까 여러분들 중에는 이 위로부터 지휘를 받고 있는 자가 있습니다. 그 신호가 지금 쉬 소리를 내라는 것인지 아니면 갈채를 보내라는 것인지 저로서는 알 수 없지만, 그 일을 미리 누설했기 때문에 그 신호의 뜻을 알아볼 생각은 일부러 단념합니다. 그 뜻이 무엇이든 전혀 개의치 않습니다. 저는 판사님께 매수한 저 아래에 있는 고용인들에게 비밀 신호 대신에 큰 소리로 '이젠 쉬쉬하라' 든가 혹은 '다음번엔 박수를 쳐라' 든가 하는 식의 말로 직접 명령을 내리도록 공개적으로 허용하겠습니다."

당황해서인지 아니면 초조해서인지 예심판사는 안락의자에서 이리저리 몸을 움직였다. 아까 함께 이야기했던 뒤에 있는 남자가 다시 그에게로 몸을 굽혔다. 그것은 그에게 그저 용기를 북돋아주거나 아니면 특별한 조언을 주기 위해서였을 것이다. 아래에서는 사람들이 낮은 목소리로 이야기하고 있었지만 활기가 넘쳤다. 아까는 서로 다른 의견을 가진 것처럼 보였던 양쪽 패거리의 사람들이 서로 뒤섞이고, 어떤 사람들은 카에게 손가락질을 하고, 어떤 사람들은 예심판사에게 손가락질을 했다. 방 안의 뿌옇고 탁한 공기는 무척 참기 어려웠고, 게다가 멀리 있는 사람들을 정확히 볼 수 없게 했다. 특히 회랑에 있는 사람들에게는 그 공기가 틀림없이 방해가 되었을 것이다. 그들은 겁먹은 곁눈질로 예심판사를 쳐다보면서 무슨 일이 일어나고 있는지 정확히 알고자 모임의 참석자들에게 낮은 소리로 물어보지 않으면 안 되었다. 그 대답은 손으로 입을 가리고 낮은 소리로 오고 갔다.

"곧 끝납니다." 카가 말하고는 종이 없었기 때문에 주먹으로 책상을 쳤다. 그 소리에 놀라 예심판사와 그의 조언자의 서로 맞대고 있던 머리가 순간 떨어졌다. "사건 전체가 저하고는 아무 관계도 없습니다. 그래서 저는 사건을 냉정히 판단할 수 있습니다. 소위 이 법원이 여러분들에게 무엇인가 중요한 것이라고 여겨진다면 여러분들은 제 말을 경청함으로써 큰 이득을 얻을 것입니다. 제가 말씀드리는 것에 대해서 서로 토론하는 것은 나중으로 미뤄주시기 바랍니다. 저는 시간이 없어서 곧 가야 하니까요."

곧 조용해졌다. 그 정도로 이미 카가 이 모임을 지배하고 있었다. 처음처럼 마구 소리치는 사람도 없었고, 갈채를 보내는 사람도 없었다. 사람들은 이미 어떤 확신이 섰거나 아니면 거의 확신이 서는 단계에 있는 것처럼 보였다.

"의심할 여지없이," 카는 아주 낮은 소리로 말했는데, 그것은 모임 전체가 숨을 죽이고 귀를 기울이고 있어서 기분이 좋았던 때문이었다. 이러한 정적 속에서 어디선가 소곤대는 소리가 났다. 그것은 열광적인 갈채보다 더 자극적이었다. "의심할 여지없이 이 법원의 모든 언행 배후에는, 그러니까 제 경우에 있어서 체포와 오늘의 심리 배후에는 거대한 조직체가 있습니다. 그것은 부패한 감시인, 멍청한 감독관 그리고 기껏해야 유리한 사건의 경우에나 맡을 수 있는 예심판사뿐 아니라, 나아가서는 어떻든 상급과 최상급의 판사들과 더불어 꼭 필요한 수많은 부하들인 정리, 서기, 경관, 다른 보조원, 그리고 서슴지 않고 말하지만 아마 사형 집행인까지도 거느리고 있는 거대한 조직체일 것입니다. 그럼 여러분, 이 거대한 조직체의 의미는 무엇일까요? 죄 없는 사람들을 체포하고, 그들을 무의미하고 대개는 제 경우처럼 아무런 성과도 없는 소송 절차로 끌어들이는 데 그 의미가 있는 것입니다. 전체가 이렇듯 무의미한 존재이니 어찌 관리들의 극악한 부패를 피할 수 있겠습니까? 그건 불가능한 일입니다. 최상급의 판사라도 결코 어쩔 수 없을 것입니다. 그러니까 감시인은 체포된 사람들에게서 옷을 훔치려 하고, 그러니까 감독관은 불시에 남의 집을 침입하고, 그러니까 죄 없는 사람들을 심리받게 할 뿐만 아니라 모두가 모인 사람들 앞에서 모욕을 당하게 하는 것입니다. 감시인들은 저에게 체포된 사람들의 소유물들을 맡아두는 보관소에 대해 얘기했습니다. 저는 한번 그 보관 장소를 보았으면 합니다. 체포된 사람들이 애써 모은 재산이 도벽이 있는 보관소 직원들한테 도둑맞지 않고 있다면 아마 거기서 썩고 있을 것입니다."

카의 얘기는 홀의 끝 쪽에서 나는 날카로운 비명 소리 때문에 중단되었다. 그는 그쪽을 바라보기 위해 손으로 눈 위를 가렸다. 흐릿한 햇살이 탁한 실내 공기를 허옇게 반사시켜 눈을 부시게 했기 때문이었다. 소란을 피운 장본인은 세탁부였는데, 그녀가 들어올 때 카는 이미 그녀를 큰 골칫거리라고 생각했었다. 지금 벌어진 일에 대해 그녀의 잘못이 있는지 없는지는 알아낼 수가 없었다. 단지 카가 목격한 것은 웬 남자가 그녀를 문가에 있는 구석으로 끌고 가서 꽉 껴안는 장면이었다. 하지만 날카로운 비명을 지른 것은 그녀가 아니라 남자였다. 남자는 입을 쩍 벌린 채 천장을 바라보고 있었다. 두 사람 주위엔 몇몇 사람이 모여 있었다. 그 부근의 회랑 사람들은 카가 이 모임에 끌어들인 진지한 분위기가 그런 식으로 깨져버린 것에 무척 기뻐하는 듯했다. 카는 처음 느낌 같아서는 당장 그곳으로 달려가고 싶었고, 다른 사람들 역시 거기서 질서를 되찾고 적어도 두 사람을 홀에서 내쫓고 싶어한다고 생각했다. 그러나 그의 앞에 있는 맨 앞줄의 사람들은 꼼짝도 하지 않았다. 아무도 움직이지 않았으며, 아무도 카에게 길을 내주지 않았다. 길을 내주기는커녕 그의 길을 방해했다. 늙은이들은 팔을 쳐들었으며, 누군가의 손이 ─ 카는 돌아다볼 틈도 없었다 ─ 그의 목덜미를 잡았다. 카는 두 사람에 대해선 더 이상 생각하지 않았고, 자신의 자유가 구속되는 느낌이었으며, 이제 정말 체포당한 느낌이었다. 그는 정신없이 연단에서 뛰어내렸다. 이제 그는 군중들의 눈을 마주 보고 섰다.

이 사람들을 제대로 판단하지 못했던 것일까? 연설에서 지나친 효과를 기대했던 것일까? 발언하는 동안에는 이들이 가장된 태도를 보이더니, 이제 결론에 이르니까 그 가장된 태도에 신물이 난 것일까? 그들은 어떤 얼굴로 카를 둘러싸고 있을까? 작고 검은 눈들이 이리저리 민첩하게 움직였고, 뺨은 마치 술 취한 사람들처럼 축 늘어져 있었으며, 긴 수염은 뻣뻣하고 듬성듬성해서 그것을 잡으면 수염이 아니라 발톱이라도 잡은 듯한 느낌이었다. 그런데 수염 아래로 — 이것은 카 자신이 발견해낸 것이다 — 상의 칼라에는 여러 가지 상이한 크기와 색깔로 된 배지가 반짝거리고 있었다. 보이는 사람들은 모두가 그런 배지를 달고 있었다. 좌우 양 패거리로 보였던 그들 모두가 한패였다. 그리고 카가 갑자기 돌아섰을 때 그는 양손을 무릎에 놓고 조용히 내려다보고 있는 예심판사의 칼라에서도 똑같은 배지를 보았다. "그렇군요!"라고 카가 외치고는 양팔을 치켜들었다. 갑작스러운 인식이 말문을 열게 한 것이다. — "이제 보니 당신들은 모두 직원들이야. 바로 내가 공박했던 부패한 작당들이야. 당신들은 여기에 몰려와 듣는 자의 역할과 첩자의 역할을 겸하면서 겉으로만 파당을 만들고 한 패는 나를 떠보려고 박수를 쳤지. 당신들은 죄 없는 사람들을 어떻게 속여먹을지 배우려는 거야. 그렇다면 당신들 여기서 헛수고하지 않으면 좋겠군. 당신들은 내가 무죄의 변호를 기대하는 통에 재미를 보았거나 아니면 — 비켜, 이러면 갈길 테야." 카가 자기 옆으로 유난히 가까이 다가와 부들부들 떨고 있는 한 노인에게 이렇게 외쳤다. "아니면 당신들은 실제로 무언가를 배웠을 테지. 그럼 당신들의 영업이 잘되길 바란다." 카는 책상의 가장자리에 놓여 있던 모자를 재빨리 집어들고 온통 침묵으로 뒤덮인 속을, 완전히 당혹스러운 침묵 속을 뚫고 출구까지 밀고 나아갔다. 그런데 카보다 더 빨랐던지 예심판사가 문에서 기다리고 있었다. "잠깐만," 예심판사가 말했다. 카는 걸음을 멈추었으나 예심판사는 보지도 않고 그가 이미 손잡이를 잡고 있는 문을 보고 있었다. "당신에게 주의해두겠는데," 예심판사가 말했다. "그건 당신이 오늘 — 아직은 이것을 모르는 것 같은데 — 심리가 체포된 자에게 어떤 경우라도 주게 되어 있는 이득을 스스로 포기해버렸다는 것이오." 카는 문을 보면서 웃었다. "거지 같은 자식들." 그가 외쳤다. "앞으로 모든 심리는 거부하겠어." 그는 문을 열고 급히 계단을 내려갔다. 그의 뒤에서는 모인 사람들의 다시 활기 띤 소음이 일었는데, 아마 그들은 이번 사건을 연구하는 사람들의 방식대로 논의하기 시작한 듯했다.

빈 법정에서. 대학생. 사무처[*]

카는 다음 주 내내 매일같이 새 출두 통지를 기다렸다. 그는 심리를 포기한다는 자기의 말이 액면 그대로 받아들여졌으리라고는 생각하지 않았다. 기다리던 통지가 토요일 저녁까지도 끝내 오지 않자 그는 동일한 집에 동일한 시각에 재출두하라는 무언의 소환을 받은 것으로 받아들였다. 그래서 그는 일요일에 다시 그곳으로 갔는데, 이번에는 곧바로 계단과 복도를 지나갔다. 그를 기억하는 몇몇 사람들은 집 문에서 그에게 인사했지만, 그는 누구에게 물어볼 필요도 없이 곧장 예의 그 문에 당도했다. 그가 노크하자 곧 문이 열렸다. 문 옆에 전에 보았던 여자가 서 있었는데, 그는 그 여자를 거들떠보지도 않고 곧장 옆방으로 들어가려고 했다. "오늘은 휴정인데요." 그 여자가 말했다. "어째서 개정하지 않는 거죠?" 카는 이렇게 물으며 그 말을 믿으려 하지 않았다. 그러나 여자는 옆방 문을 열어서 그에게 확인시켜 주었다. 방은 정말 비어 있었으며, 그렇게 비어 있으니까 지난주 일요일보다 훨씬 허술해 보였다. 연단 위에 그대로 놓여 있는 책상 위에 책이 몇 권 놓여 있었다. "저 책들을 봐도 되겠습니까?"라고 카가 물었지만 그것은 별다른 호기심이 있어서가 아니라 아무런 보람도 없이 이곳에 왔다 가는 것이 싫어서였다. "안 돼요." 여자가 말하고는 다시 문을 닫았다. "그건 금지되어 있어요. 그 책들은 예심판사님 거예요." "아, 그렇습니까." 카가 고개를 끄덕였

---

[*] 막스 브로트판에서는 이 「빈 법정에서. 대학생. 사무처」가 제3장으로 표시되어 있다.

다. "아마 법률 책일 테지요. 죄가 없는데도 본인이 모르는 사이에 유죄 판결을 내리는 것이 이 재판소의 방식이지요." "그럴 거예요." 그의 말을 제대로 이해하지 못했는지 여자가 말했다. "자, 그러면 돌아가야겠군요." 카가 말했다. "예심판사님에게 전할 말씀이라도 있나요?" 여자가 물었다. "판사님을 아시나요?" 카가 물었다. "물론이죠." 여자가 말했다. "제 남편이 재판소 정리예요." 그제야 카는 전에는 빨래통 하나밖에 없던 방이 지금은 제대로 꾸며진 거실로 변해 있음을 알아차렸다. 여자는 그가 놀라는 것을 보고 이렇게 말했다. "네, 우리는 이 방을 무료로 쓰고 있어요. 하지만 개정하는 날이면 방을 비워야 해요. 남편의 직위 때문에 불리한 점이 많아요." "저는 방 때문에 그렇게 놀란 게 아니라." 카는 화난 듯이 그녀를 쳐다보면서 말했다. "오히려 당신이 결혼했다는 사실에 놀랐습니다." "당신의 연설을 방해했던 지난번 개정 때의 일 때문에 빈정거리시는 건가요?" 여자가 물었다. "물론이죠." 카가 말했다. "이젠 다 지나간 일이고 거의 잊고 있지만 그때는 정말이지 화가 났습니다. 그리고 당신 스스로가 유부녀라고 말하고 있고요." "당신 연설이 중단됐다고 해서 손해본 것은 없어요. 나중에 사람들은 그 연설에 대해서 아주 나쁘게 평했어요." "그럴지도 모르지요." 카는 말머리를 돌리면서 말했다. "하지만 그것으로 용서되는 것은 아닙니다." "그래도 저를 아시는 분들은 누구나 다 용서해주시는데요." 여자가 말했다. "그때 저를 껴안았던 남자는 벌써 오래전부터 저를 쫓아다녀요. 저는 대체로 남자들에게 매력이 없는 것 같은데 그 남자에게는 그렇지 않아요. 그를 막을 도리가 없어요. 남편도 그대로 놔두고 있어요. 일자리를 지키려면 그걸 참을 수밖에 없어요. 그 남자는 대학생이니 장차 상당한 권력을 쥐게 될 테니까요. 그는 줄곧 나를 따라다녀요. 당신이 오시기 바로 전에 자리를 떴어요." "다른 것도 모두 그런 식이지요." 카가 말했다. "전 그런 것 때문에 놀라진 않습니다." "당신은 여기서 무언가 개선해볼 생각인가 보지요?" 여자는 자신이나 카에게 무슨 위험한 것이라도 말하는 것처럼 천천히 조심스럽게 물었다. "당신의 연설에서도 그걸 알 수 있어요. 연설은 개인적으로 참 맘에 들었어요. 물론 일부만 들은 것이긴 하지만요. 앞부분은 놓치고 말았고, 끝부분 동안에는 대학생과 바닥에 누워 있었어요. 여기가 정말 싫어요." 그녀는 잠시 쉬었다가 말하더니 카의 손을 잡았다. "당신은 개선할 수 있다고 믿으시나요?" 카는 미소를 지으면서 그녀의 부드러운 양손 안에 있는 자기의 손을 약간 돌렸다. "실은," 카가 말했다. "당신이 말씀하듯이 저는 여기서 무엇을 개선할 그런 입장에 있지 못하며, 혹시 당신이 예컨대 판사에게 그런 말을 한다면 당신은 웃음거리가 되거나 아니면 처벌받게 될 겁니다. 사실 완전한 자유의사로는 그런 문제에 개입할 리가 없고, 이 사법제도를 개선해야 한다고 해서 잠을 설치는 일도 결코 없을 것입니다. 하지만 저는 체포되었다는 사실 때문에——남들 말이 채포됐다고 합니다——어쩔 수 없이 개입하게 되었고, 또 저 자신을 위해서이기도 하고요. 그런데 혹시 제가 당신에게 무언가 도움되는 일이 있다면 물론 기꺼이 돕도록 하겠습니다. 그건 이웃사랑 때문에서만은 아니고 당신 역시 저를 도울 수 있다고 생각돼서입니다." "제가 어떻게 도울 수 있을까요?" 여자가 물었다. "이를테면 저 책상 위의 책들을 보여준다든가 해서지요." "그럼 그렇게 하지요." 여자는 외치며 재빨리 그를 끌고 갔다. 그것은 낡고 닳은 책들이었는데 어느 책은 표지의 한가운데가 거의 갈라졌고 책장들은 겨우 실밥으로만 붙어 있었다. "여기 있는 것은 모두 아주 더럽군요." 고개를 저으면서 카가 말했다. 카가 책들을 집기 전에 여자는 앞치마로 겉에 있는 먼지만이라도 대강 닦아냈다. 카는 맨 위에 있는 책을 폈는데, 점잖지 못한 그림이 나왔다. 남녀가 벌거벗은 채 소파에 앉아 있었는데, 화가의 속된 의도를 훤히 알 수 있었다. 하지만 그 솜씨가 아주 서툴러서 남녀의 몸뚱어리만 지나치게 부각되고, 너무나 곧추 앉아 있으며, 잘못된 원근법 때문에 너무 거북스럽게 마주 향해 있었다. 카는 더 이상 책장을 넘기지 않고, 두 번째 책은 속표지만 대충 보았는데 그것은 '그레테가 남편 한스에게 당한 고통'이란 제목의 소설이었다. "이것들이 이곳에서 연구하는 법률 책이군요." 카가 말했다. "이런 인간들한테 재판을 받아야 하다니." "당신을 도와드리겠어요." 여자가 말했다. "어때요?" "그러다가 본인 스스로가 위험에 빠질 수도 있을 텐데요. 아까 말씀으로는 남편께서 상관에게 꼼짝 못한다고 하지 않았습니까." "그래도 도와드리겠어요." 여자가 말했다. "오세요, 우리 의논해보도록 하지요. 제 위험에 대해선 더 이상 말하지 마세요. 아무리 위험한 일이라도 그저 겁을 집어먹을 때만 위험할 뿐이지요." 그녀는 연단을 가리키면서 그 계단에 앉자고 했다. "당신은 아름다운 검은 눈을 가지고 있군요." 그들이 함께 앉은 후에 그녀는 이렇게 말하면서 밑에서 카의 얼굴을 바라보았다. "제 눈도 아름답다고들 하지만 당신 눈은 훨씬 더 아름다워요. 당신은 처음 이곳에 들어섰을 때부터 제 맘에 꼭 들었어요. 게다가 당신 때문에 제가 나중에 이 집회실로 들어온 거예요. 다른 때 같으면 전 절대로 들어오지도 않거니와 절대 금물이지요." '그러니까 그게 전부이군.' 카는 생각했다. '이 여자는 나에게 몸을 내맡기고 있으며 이곳 주위 사람들과 마찬가지로 부패해 있어. 이 여잔 법원 직원들에게 싫증이 난 거야. 그건 이해할 만도 하지. 그러니까 모르는 사람한테도 눈이 어떻다느니 찬사를 하면서 반기는 거야.' 카는 마치 자기가 생각한 바를 큰 소리로 이야기하고, 그것으로써 그 여자에게 자기 태도를 밝히기나 한 것처럼 묵묵히 자리에서 일어났다. "당신은 저를 도울 수

소송 65

없을 거예요. 정작 나를 도우려면 고관들과 연줄이 있어야 합니다. 하지만 당신이 아는 사람이라곤 여기서 뭉쳐 다니는 말단직원들뿐이지요. 당신은 분명 그들을 잘 알고 있어서 그들을 통해 많은 것을 해낼 수 있을 거예요. 하지만 그들에게서 해낼 수 있는 일이란 아무리 큰일이라 할지라도 재판의 최종 결과를 위해서는 아무런 의미도 없을 겁니다. 그리고 그렇게 하다가 몇몇 친구들을 잃게 될 수도 있습니다. 저는 그걸 원치 않습니다. 이곳 사람들과의 지금까지의 관계를 계속 유지하십시오. 당신한테는 그것이 절대적으로 필요하다고 생각되니까요. 이런 말을 하니 마음이 아프군요. 당신의 호의에 혹시 보답이라도 될까 해서 말씀드리지만, 저도 당신이 마음에 들어요. 지금처럼 절 슬프게 쳐다볼 때 더욱 그렇습니다. 그런데 당신이 그렇게 슬퍼할 이유는 아무것도 없잖아요. 당신은 제가 맞서 싸워야 하는 사람들 무리 속에 끼여 있지만, 그 안에서 잘 지내고 있잖아요. 당신은 대학생까지도 사랑하고 있잖습니까. 혹시 당신이 그를 사랑하지 않는다 해도 적어도 당신은 남편보다는 그를 더 좋아하겠지요. 당신 말에서 쉽게 그걸 알 수 있어요." "아녜요." 그녀는 외치며 앉은 채로 카의 손을 붙잡았다. 카는 손을 뺄 수 있을 만큼 그렇게 민첩하진 못했다. "지금 가시면 안 돼요. 저에 대해 잘못된 판단을 내린 채 가버리면 안 돼요. 정말 지금 가실 생각이세요? 잠깐만이라도 더 계실 수 없겠어요? 그렇게도 제가 가치 없는 사람으로 보이세요?" "그건 오해입니다." 카가 말하고는 자리에 앉았다. "제가 여기에 있기를 진심으로 바란다면 그렇게 하고 싶습니다. 시간도 있고요. 오늘도 심리가 있으리라 기대하고 여기에 왔어요. 제가 아까 말씀드린 것은 다름이 아니라 제 소송 문제로 저를 위해 아무 일도 하지 말아 달라는 것입니다. 이렇게 말한다고 해서 마음 상하실 필요가 없습니다. 저는 소송 결과에 전혀 개의치 않으며, 만약 유죄 판결이 난다

해도 그걸 웃어넘길 수 있다는 것을 아셔야 합니다. 이것도 소송이 실제로 어떤 결말을 맺는다는 전제 아래 말씀드리는 것인데, 그렇게 되리라고는 믿지 않아요. 오히려 태만하거나 건망증 때문에, 혹은 관리들의 공포심 때문에 재판 진행이 이미 중단되었거나 가까운 시일 안에 중단되리라 생각합니다. 아마도 상당한 뇌물을 기대하면서 형식적으로 소송을 속행할지도 모르지요. 하지만 제가 오늘 미리 말하지만 그건 아무 소용이 없을 겁니다. 저는 어느 누구도 매수하지 않으니까요. 당신이 예심판사나 중요한 소식을 퍼뜨리기 좋아하는 사람들에게 저라는 사람은 어떤 일이 있어도 그리고 그들이 할 수 있는 어떤 수단을 쓰더라도 절대로 매수당하지 않을 거라고 전해주시면 여간 고맙지 않겠습니다. 전혀 가망이 없을 거라고 그들에게 분명히 말해주세요. 어쩌면 그들 스스로가 이미 그것을 눈치 챘을지 모릅니다. 만약 그렇지 않다 해도 그들이 지금 그걸 알든 모르든 그런 문제는 저에게 별로 중요치 않습니다. 알고 있다면 그 양반들이 노고를 덜게 될 것이고, 물론 저 역시 불쾌한 일을 면하게 되겠지요. 그런데 저로서는 그들에게 한방 먹일 수만 있다면 불쾌한 일이라도 감수하겠어요. 그리고 실제로 그렇게 되도록 노력해보겠습니다. 그런데 당신은 정작 예심판사를 알고나 있나요?" "그럼요." 여자가 말했다. "제가 당신을 돕는다고 말했을 때 그분을 맨 먼저 떠올렸죠. 저는 그가 하급관리에 지나지 않는다는 건 몰랐어요. 하지만 당신이 그렇게 말씀하니까 맞는 말이겠지요. 그래도 그분이 상부에 올리는 보고서는 어느 정도 영향력이 있을 거예요. 그리고 그분이 쓰는 보고서는 여간 많지 않아. 당신은 관리들이 게으르다고 말씀하시지만 모두가 다 그런 것은 아니에요. 특히 예심판사님은 그렇지 않아요. 그분은 아주 많이 쓰지요. 이를테면 지난 일요일에도 재판이 저녁때까지 계속됐어요. 다른 사람들은 다 가고 판사님만 홀에 남았어요. 내가 그분에게 등잔을 갖다드려야 했는데, 가진 거라곤 작은 부엌용 등잔뿐이었어요. 하지만 그분은 그걸로 만족하고 즉시 쓰기 시작했어요. 그러는 중에 마침 일요일에 휴가를 받은 남편이 돌아왔어요. 우리는 가구들을 가져와 다시 방을 정돈했어요. 그런 뒤 이웃 사람들이 와서 저희들은 촛불 하나를 켜놓고 이야기했어요. 간단히 말해서 우리는 판사님에 대해 잊어버리고 잠자러 갔어요. 밤이 이미 깊었을 때였어요. 그 밤중에 제가 갑자기 깨었는데, 침대 곁에 판사님이 서 있는 거예요. 제 남편한테 불빛이 가지 않도록 그분이 손으로 등잔을 가리고 있었어요. 사실 그렇게 조심할 필요가 없었거든요. 제 남편은 잠이 들면 불빛이 비쳐도 깨어나지 않으니까요. 저는 너무 놀라서 하마터면 소리를 지를 뻔했어요. 그렇지만 판사님은 매우 친절하셨어요. 조심하라고 저에게 주의를 준 후 자기가 지금까지 글을 썼으며 이제 등잔을 돌려주겠노라고, 그리고 잠자는 내 모습을 결코 잊을 수 없을 거라고 저에게 속삭였어요. 제가 이런 말씀을 드리는 것은 판사님이 실제로 보고서를 많이 쓰며, 특히 당신에 대해서 많이 쓰고 있다는 얘기를 하기 위해서예요. 당신에 대한 심리가 지난 일요일 재판 중에 가장 중요한 사안이었기에 그런가 봐요. 그렇게 긴 보고서가 결코 완전히 무의미할 수야 없겠지요. 그리고 그 밖에도 지난번 일로도 아실 수 있겠지만 판사님은 저를 탐내고 있고 그리고 저를 주시하게 된 지 얼마 되지 않았으니까 지금이야말로 제가 그분에게 큰 영향을 끼칠 수 있을 거예요. 그분이 제게 관심이 많다는 사실에 대해서는 다른 증거도 있어요. 어제는 그분이 크게 신임하고 있으며 자기 일을 거들어주고 있는 대학생을 시켜 제게 실크 스타킹을 선물로 보내왔어요. 말로는 제가 법정을 청소하기 때문이라고 했지만, 그건 구실에 지나지 않아요. 왜냐하면 그 일은 제 의무인 데다 그 대가를 제 남편에게 지불하고 있으니까요. 예쁜 스타킹이에요. 보세요." 그녀는 다리를 뻗고 스커트를 무릎까지 올리더니 자신도 스타킹을 쳐다보았다. "예쁜 스타킹이에요. 하지만 너무 고와서 저에게는 어울리지 않아요."

갑자기 그녀가 얘기를 중단하고 그를 안심시키려는 듯 그의 손 위에 자기 손을 얹어놓으며 이렇게 소곤거렸다. "조용히 해요, 베르톨트가 우리를 보고 있어요!" 카는 천천히 눈을 들었다. 법정 문에 한 젊은 남자가 서 있었다. 그는 키가 작고 다리는 곧질 않았는데, 짧고 듬성듬성 난 불그레한 수염을 계속 손가락으로 만지작거리면서 위엄을 보이려고 했다. 카는 신기한 듯이 그를 쳐다보았다. 그는 카가 소위 개인적으로 처음으로 만나보는 안면이 없는 법학 대학생이었다. 어쩌면 앞으로 높은 관직에 오르게 될지 모르는 사람이었다. 그와 반대로 그 대학생은 카에 대해 전혀 개의치 않는 것 같았으며, 단지 수염에서 잠시 떼어낸 한 개의 손가락으로 여자에게 신호를 보내고는 창가로 갔다. 여자는 카에게 몸을 수그리고 소곤거렸다. "저에게 화내지 마세요. 제발 부탁이에요. 저를 나쁘게도 생각하지 마세요. 지금 저 사람에게 가봐야 해요. 저 지긋지긋한 인간에게요. 저 굽은 다리를 좀 보세요. 하지만 곧 돌아올게요. 돌아온 뒤에는 당신이 데리고 간다면 따라가겠어요. 어디든 원하시는 데로 가겠어요. 그리고 제게 무엇이든 원하시는 대로 할 수 있어요. 될수록 오랫동안 이곳에서 벗어나 있으면 행복할 거예요. 물론 제일 좋은 것은 이곳에서 영원히 벗어나는 것이고요." 그녀는 카의 손을 어루만지더니 벌떡 일어나 창가로 달려갔다. 카는 무의식적으로 그녀의 손을 잡으려고 허공을 더듬었다. 여자가 유혹하고 있지 않은가. 그는 아무리 생각해봐도 그가 유혹에 빠지면 안 되는 합당한 이유를 찾지 못했다. 그 여자가 법원을 위해 그를 낚아채려는 속셈이라는 생각이 얼핏 들기도 했지만, 그는 이런 의혹을 쉽게 떨쳐버렸다. 그녀가 어떤 식으로 나를 낚아챌 수 있을까? 아직은 적어도 내 문제에 있어서는 법원 전체를 쳐부술 만한 자유가 있지 않은가? 이렇게 적게나마 자신에 대한 신뢰감을 가질 수는 없을까? 저 여자가 나를 도와주겠다는 제의는 정직한 것으로 들리고 모르긴 해도 그것은 무가치한 것은 아닌 것 같다. 예심판사와 그의 추종자들에 게서 저 여자를 빼앗아 내 것으로 만드는 것보다 더 통쾌한 복수는 없을 것 같다. 그렇게 되면 언젠가 한번은 예심판사가 카에 관한 허위 보고서를 꾸미느라 애를 쓰다가 늦은 밤중에 저 여자의 침대가 비어 있는 것을 발견하게 될 경우도 생길 것이다. 침대가 비어 있는 까닭은 그녀가 내 것이기 때문이다. 창가에 있는 저 여자가, 거칠고 무거운 천으로 만든 검은 옷을 입은 저 풍만하고 유연하며 따스한 육체가 완전히 카의 것이기 때문이다.

카는 이런 식으로 그 여자에 대한 여러 가지 생각을 지워버린 후였는데, 그때 창가에서 주고받는 낮은 소리의 대화가 너무 오래 지속되고 있다는 생각이 들어서, 연단의 바닥을 손가락 마디로 두드렸다가 다음에는 주먹으로 두드렸다. 대학생은 여자 어깨 너머로 힐끗 카를 쳐다보았지만, 개의치 않고 여자에게 바짝 몸을 밀착시키더니 그녀를 껴안았다. 여자는 그의 말을 열심히 듣고 있는 것처럼 고개를 푹 수그렸다. 그녀가 몸을 굽히자 그는 목에다 요란하게 키스를 했는데, 그러는 중에도 말은 별로 중단되지 않았다. 그때 여자가 투덜거리자 그는 여자에게 난폭하게 굴었다. 그 난폭한 짓을 목격한 카는 일어나서 방 안을 왔다 갔다 했다. 그는 곁눈질로 대학생 쪽을 쳐다보며, 되도록 빨리 그를 쫓아낼 방법이 없을까 생각했다. 그렇기 때문에 가끔 발을 구르면서 카가 왔다 갔다 하는 것에 기분이 거슬린 대학생이 다음과 같이 말을 건넸을 때 그다지 불쾌하지는 않았다. "그렇게 못 참겠으면 가면 되지 않소. 벌써 나갔어야지. 당신 없다고 아쉬워할 사람은 아무도 없어요. 사실 내가 들어왔을 때 벌써 가버렸어야 했어요. 빨리요." 이 말 속에는 갖은 분노가 드러나는 것 같았는데, 어떻든 거기에는 장차 법원 관리가 될 사람이 언짢은 피고에 대해 말할 때의 거만스러운 태도가 들어 있었다. 카는 그의 곁에 바짝 다가서서 미소를 지으며 이렇게 말했다. "참을 수 없는 것은 사실이지만 이렇게 초조한 기분은 당신이 가버리면 아주 간단히 없어질 것이요. 혹시 당신이 공부하러 여기에 왔다면 ── 당신이 대학생이라 들었소 ── 내가 자리를 내드리고 이 여자와 나가드리지요. 사실 당신은 판사가 되기까지 공부를 많이 해야 할 테니까요. 나는 당신네들의 사법제도에 대해서는 아직 잘 모르긴 해도 당신이 뻔뻔스럽게 마구 내뱉는 난폭한 언사만으로는 어림도 없을 겁니다." "저런 자를 이렇게 멋대로 돌아다니게 내버려두다니." 카의 모욕적인 언사에 대해서 여자에게 무슨 설명이라도 하는 것처럼 대학생이 말했다. "이건 잘못이야. 판사에게도 말했었지. 이런 자는 심리를 하는 동안에는 적어도 자기 방에다 가둬두어야 하는 건데. 가끔은 예심판사를 이해할 수 없단 말이야." "쓸데없는 소리 집어치워요." 카가 말하고는 여자에게 손을 내밀었다. "이리 와요." "어, 그런가요." 대학생이 말했다. "안 돼요, 안 돼. 이 여자는 안 돼요." 그는 남이 예상할 수 없는 힘으로 한쪽 팔에다 그녀를 안아들고 등을 구부린 채 정답게 그녀를 바라보면서 문까지 뛰어갔다. 그 행동에서 카에 대한 두려움 같은 것을 엿볼 수 있었다. 그런데도 그는 자유로운 손으로는 여자의 팔을 어루만지고 붙잡으면서 거리낌 없이 계속 카의 비위를 건드렸다. 카는 몇 걸음 그의 곁을 따라갔는데, 그를 붙잡을 작정이었고, 필요하면 목까지 조를 생각이었지만, 그때 여자가 이렇게 말했다. "아무 소용 없어요. 예심판사가 저를 데려가는 거예요. 당신과 함께 가서는 안 돼요. 이 작은 도깨비 같으니." 그때 그녀가 손으로 대학생의 얼굴을 어루만졌다. "이 작은 도깨비가 저를 놓아주지 않아요." "당신 스스로도 풀려나고 싶지 않은 모양인데." 카가 외치며 대학생의 어깨 위에 손을 얹었다. 그는 그 손을 물려고 했다. "안 돼요." 여자가 외치며 양손으로 카를 밀쳤다. "안 돼요, 안 돼. 제발 이것만은 안 돼요. 도대체 무슨 생각이에요. 이건 절 망하게 하는 거예요. 이 사람을 놓아주세요. 제발 빌어요. 놓아주세요. 이 사람은 단지 판사의 명령을 이행할 뿐이고, 저를 판사에게 데리고 가는 거예요." "그렇다면 가도 좋아요. 그 대신 당신을 더 이상 만나지 않겠소." 실망한 나머지 화가 난 카는 이렇게 말하면서 대학생의 등을 떼밀었다. 대학생은 잠시 비틀거리더니 넘어지지 않은 것이 기뻐서 더욱 높이 뛰면서 여자를 들고 갔다. 카는 천천히 그들 뒤를 따랐다. 그는 이것이 이들로부터 당한 첫 번째 패배임을 깨달았다. 물론 그것 때문에 겁먹을 이유는 결코 없었다. 그가 패배를 당한 것은 오로지 그가 싸움을 걸었기 때문이었다. 만약 집에 머물면서 일상적인 생활을 한다면 이들 중 누구보다도 훨씬 우세할 것이며, 누가 됐든 간에 한 발로 차서 길을 비키게 할 수 있었을 것이다. 그리고 그는 이 비열한 대학생이, 이 건방진 자식이, 이 다리가 굽은 털보 자식이 엘자의 침대 앞에 무릎을 꿇고 손을 합장한 채 자비를 청할 때나 있을 법한, 그런 아주 우스꽝스러운 장면을 상상해보았다. 카는 그 장면이 매우 마음에 들었기 때문에 기회만 닿으면 대학생을 한번 엘자에게로 데리고 가기로 결심했다.

호기심에서 카는 문으로 서둘러 달려갔다. 그는 여자가 어디로 끌려가는지 보고 싶었다. 대학생은 길 건너까지 그녀를 팔에 안고 갈 수야 없을 것이다. 길은 생각한 것보다 훨씬 짧았다. 집 바로 맞은편에 좁은 나무 계단이 있었는데, 그것은 아마도 지붕 다락방까지 나 있는 것 같았다. 계단은 중간에 구부러져 있어서 그 끝까지는 볼 수가 없었다. 대학생은 그 계단 위로 여자를 안고 갔다. 나중에는 걸음이 아주 느려지고 끙끙 소리를 냈다. 왜냐하면 거기까지 달려오느라 힘이 빠졌기 때문이었다. 여자는 카를 향해 밑으로 손을 흔들었고, 어깨를 들먹거리며 유괴당하고 있는 사실에 자기는 아무 죄도 없다는 것을 알리고자 했다. 그러나 그 동작에서 크게 유감스러워하는 기색은 보이지 않았다. 카는 낯선 사람을 대하듯 무표정하게 그녀를 쳐다보았다. 그는 자기가 실망했다는 것도, 그리고 그 실망을 쉽사리 이겨낼 수 있다는 것도 겉으로 드러내려 하지 않았다.

두 사람은 이미 사라지고 없었다. 그러나 카는 여전히 문간에 서 있었다. 카는 그녀가 자신을 기만했을 뿐 아니라 예심판사에게 데려가겠다던 얘기도 거짓말이었다고 생각하지 않을 수 없었다. 판사가 지붕 다락방에 앉아서 기다린다는 것은 있을 수 없다. 나무 계단을 쳐다보았지만 역시 아무런 해답도 주지 않았다. 그때 카는 계단 입구 측면에 작은 쪽지를 보고 그리로 건너가 서툰 글씨로 "법원 사무처로 오르는 계단"이라고 쓴 것을 읽었다. 그러니까 이 임대 가옥의 지붕 다락방에 법원 사무처가 있다는 말인가? 그것은 결코 주의를 끌 만한 시설은 아니었다. 이 법원이 극빈자들에 속해 있다고 생각하는 임대생활을 하는 사람들이 쓸모없는 잡동사니를 내던지는 그런 곳에 사무처를 두고 있다는 사실로 미루어볼 때 얼마나 빈약한 재정상태에 처해 있는지를 생각할 수 있는데, 그런 생각은 피고인에게 위안을 주는 것이었다. 법원이야 돈을 충분히 가지고 있겠지만 법원의 목적을 위해 사용하기 이전에 관리들이 그 돈을 착복할 가능성도 물론 배제할 수 없었다. 카의 지금까지 경험으로 보아서는 그럴 가능성이 매우 높다. 법원의 그런 부패는 피고인에게 위신을 잃는 짓이 되지만 근본적으로는 피고인에게 법원의 궁핍보다도 더 위안을 주는 것이었다. 이제 카는 이들이 처음 심문을 할 때 피고인을 지붕 다락방으로 소환하기가 부끄러워서 그 대신 그의 집에서 그를 괴롭힌 것이라고 생각하기도 했다. 카 자신은 은행에서 대기실까지 달린 큰 방을 쓰고 있으며, 커다란 창문을 통해 활기찬 도시 광장을 내려다볼 수 있는 반면에, 예심판사는 지붕 다락방에 앉아 있는 신세이니 판사에 비해 카는 얼마나 좋은 위치에 있는가 말이다. 물론 카는 뇌물이나 횡령에 따른 부수입이 없었고 심부름꾼을 시켜 여자를 팔에 안은 채 사무실로 데려올 수도 없었다. 그러나 카는 적어도 지금과 같은 생활에서는 그런 짓은 기꺼이 단념하고 싶었다.

카가 아직 안내문 쪽지 앞에 서 있을 때 한 남자가 계단을 올라왔다. 그는 열린 문으로 거실 안을 들여다보았는데, 그 방에서도 법정 안을 들여다볼 수 있었다. 마침내 그는 카에게 혹시 조금 전에 여기서 여자를 못 보았느냐고 물었다. "당신이 정리이지요, 그렇지요?" 카가 물었다. "네." 그 남자가 말했다. "아, 그렇군요. 당신이 피고인 카군요. 이제야 알아보겠습니다. 반갑습니다." 그는 카로서는 전혀 기대치 않았던 악수를 청했다. 카가 말이 없자 정리는 "오늘은 개정하지 않습니다"라고 말했다. "알고 있습니다." 카가 말하고는 정리가 입고 있는 사복을 살펴보았다. 그 사복은 몇 개의 보통 단추와 함께 유일하게 관직을 표시해주는 금색 단추가 두 개 달려 있었다. 그 금색 단추는 낡은 장교용 외투에서 떼어낸 것으로 보였다. "조금 전에 당신 부인과 얘기했습니다. 지금은 여기에 없습니다. 대학생이 부인을 예심판사에게 데리고 갔습니다." "그렇다니까요." 정리가 말했다. "항상 아내를 제게서 빼앗아가지요. 오늘은 일요일이어서 근무를 안 해도 되는데 저를 여기서 떨어뜨려놓기 위해서 저에게 아무 쓸데도 없는 전갈을 주어 내보낸 겁니다. 저를 보낸 데가 멀지 않아서 아주 서두르면 제때에 돌아올 수도 있었을 겁니다. 그러니까 힘껏 달려가서 심부름을 보내는 사무소의 문틈으로 저쪽에서 알아듣지 못할 정도로 숨을 헐떡이면서 전갈을 외치고는 다시 냅다 달려왔다면 말입니다. 그러나 대학생은 저보다 훨씬 더 빨라요. 게다가 물론 그의 길은 더 가깝습니다. 그는 다락방 밑 계단만 내려가면 되지요. 제가 이렇게 얽매인 몸이 아니라면 그 대학생 놈을 이 벽에 짓눌러 죽인 지 오래였을 겁니다. 여기 이 안내문 쪽지 옆에다 대고 말입니다. 항상 그런 꿈을 꾸지요. 여기 이 바닥 조금 위에 그 녀석이 짓눌려 있고, 양팔은 쭉 뻗어 있고, 손가락은 쫙 펴지고, 굽은 두 다리는 원을 만들고 사방엔 피가 튀어 있는 겁니다. 그러나 지금까지 그런 건 그저 꿈이었을 뿐입니다." "다른 방법은 없나요?" 카가 미소를 지으며 물었다. "전혀 모르겠어요." 정리가 말했다. "그런데 이젠 일이 더 악화됐어요. 이전까지는 그놈이 제 아내를 자신을 위해 데리고 갔는데, 이젠 예심판사한테도 데리고 가는 겁니다. 물론 그렇게 하리라고 오래전부터 예상은 했지만 말입니다." "그것에 대해서 당신 부인은 아무 죄가 없나요?" 카가 물었다. 그는 그렇게 물으면서 자신을 억제해야만 했다. 그 또한 지금 매우 질투심이 일었던 것이다. "죄가 있고말고요." 정리가 말했다. "아내의 죄가 가장 크지요. 그녀 스스로 그에게 달라붙었으니까요. 그 대학생으로 말하자면 여자란 여자는 모두 따라다니지요. 이 건물에서만도 다섯 집이나 슬그머니 들어갔다가 쫓겨난 걸요. 이 건물 전체에서는 물론 제 아내가 가장 미인이지요. 저로서는 방어할 형편이 못 되지요." "사정이 그렇다면 정말 방도가 없겠군요." 카가 말했다. "어째서 없다는 겁니까?" 정리가 물었다. "그 대학생은 겁쟁이니, 다시 한 번 제 아내에게 손을 대려고 하면 두 번 다시 그런 짓을 못하도록 호되게 패줘야겠어요. 하지만 저는 할 수가 없어요. 다른 사람들도 모두가 그의 힘이 두려워 저에게 호의를 보이려 들지 않아요. 오직 당신 같은 남자만이 그렇게 할 수 있을 거예요." "그걸 어떻게 제가?" 카가 놀라서 물었다. "당신은 고소당한 사람이니까요." 정리가 말했다. "그래요." 카가 말했다. "그렇지만 그가 소송의 결과에는 영향력이 없다 해도 예심에는 그럴 수 있을 거라고 생각돼서 더욱 두려워지는데요." "네, 그렇지요." 마치 카의 의견이 자신의 의견과 같이 꼭 옳다는 듯 정리가 말했다. "하지만 우리 법원에서는 결과를 예측할 수 없는 소송은 보통 하지 않습니다." "저는 그렇게는 생각하지 않아요." 카가 말했다. "하지만 그렇다고 해서 대학생을 처리하는 일을 마다하지는 않을 겁니다." "정말 감사합니다." 약간 정중하게 정리가 말했다. 그러나 그는 자기가 가장 바라는 것이 이루어지리라고는 믿지 않는 듯했다. "아마도," 카가 말을 이었다. "당신네 직원 중 일부가, 아니 어쩌면 직원 모두가 그렇게 똑같이 취급되어야 할 것입니다." "그래요, 맞습니다." 무엇인가 당연한 말을 들었다는 듯 정리가 이렇게 대답했다. 그 다음에 그는 신뢰하는 눈으로 카를 쳐다보았는데, 지금까진 무척 친절하긴 했지만 그런 태도를 보인 적은 없었다. 그가 말을 덧붙였다. "모두가 언제든지 반란을 일으킬 태세가 되어 있어요." 그러나 이런 대화가 그에게 약간 불쾌하게 여겨진 듯싶었다. 왜냐하면 그는 그 얘기를 중단하고 다음과 같이 말했기 때문이다. "이제 사무처에 가봐야 해요. 함께 가시겠어요?" "전 거기에 아무런 용무가 없는데요." 카가 말했다. "구경만 해도 됩니다. 아무도 당신에게 신경을 쓰지 않을 겁니다." "구경할 만한가요?" 카는 주저하면서 물었지만 따라가 보고 싶은 생각이 간절했다. "글쎄요." 정리가 말했다. "함께 가시지요." 그러고 나서 그는 정리보다 더 빨리 계단을 내려갔다.

그는 들어가려다가 하마터면 넘어질 뻔했다. 왜냐하면 문 뒤에 계단이 하나 더 있었기 때문이었다. "방문객에 대해선 그리 관심이 없군요." 그가 말했다. "전혀 관심도 없어요." 정리가 말했다. "여기 이 대기실 좀 보세요." 그것은 긴 복도였는데, 그 옆에 딸려 있는 엉성하게 짜인 문들이 다락방의 각 부서들과 통하고 있었다. 빛이 직접 들어오는 곳은 없었지만, 아주 캄캄하지는 않았다. 사무실 가운데 어떤 것은 복도 쪽이 완결된 판자 벽 대신에 천장까지 이어진 나무 격자로 돼 있어서 그것을 통해서 조금씩 빛이 들어왔고, 또 그 나무 격자를 통해서 몇몇 직원들도 볼 수 있었다. 어떤 사람은 책상에서 글을 썼고, 어떤 사람은 격자 나무 옆에 서서 그 틈 사이로 복도에 있는 사람들을 살폈다. 일요일이어서 그런지 복도에는 사람들이 적었다. 그들은 매우 겸허한 인상이었다. 그들은 일정한 간격을 두고 복도 양쪽으로 놓인 두 개의 긴 나무 의자에 앉아 있었다. 모두가 아무렇게나 옷을 입고 있었으나 대부분이 얼굴 표정, 태도, 수염의 모양새, 그 밖의 가늠하기 어려운 여러 가지 소소한 것 등으로 미루어보아 상류계층에 속하는 사람들이었다. 옷걸이가 없는 까닭에 저마다, 아마 다른 사람의 예를 따라서인지 모자를 의자 아래 놓아두었다. 바로 문 옆에 있던 사람들이 카와 정리를 보자 일어서서 인사를 했는데, 그들 옆에 있던 사람들도 그걸 보더니 인사를 해야 한다고 생각한 모양인지 두 사람이 지나가자 모두가 차례로 일어섰다. 그들은 결코 꼿꼿이 서지 않았다. 등을 굽히고 무릎을 꺾은 채 거리의 거지들처럼 서 있었다. 조금 뒤떨어져 오는 정리를 기다렸다가 카가 말했다. "이 사람들은 정말 겸손하군요." "네." 정리가 말했다. "피고인들이에요. 여기 있는 사람들 모두가 피고인들입니다." "그래요!" 카가 말했다. "그렇다면 내 동료들이로군요." 그러고 나서 그는 옆에 있는, 키가 크고 호리호리하며 거의 백발이 다 된 남자에게 얼굴을 돌렸다. "여기서 뭘 기다리십니까?" 카가 점잖게 물었다. 그런데 이 예기치 않은 물음에 그 남자는 당황했다. 그 남자는 세상 경험이 많은 사람, 즉 다른 데서라면 잘 처신하고 타인에 대한 자신의 우세한 위치를 포기하지 않는 사람이었을 테고, 바로 그런 사람이었기 때문에 그렇게 당황하는 것은 더욱 딱한 일이었다. 여기서 그는 그 간단한 질문에도 답변하지 못하고, 마치 다른 사람들이 자신에게 협조할 의무라도 있다는 듯이, 그리고 다른 사람들의 도움이 없다면 아무도 그로부터 대답을 요구할 수 없다는 듯이 다른 사람들을 쳐다보았다. 그때 정리가 다가가서 그 남자를 진정시키고 용기를 북돋아주려고 말했다. "이분께서는 그저 당신이 뭘 기다리시는가 물어보았을 뿐입니다. 어서 대답해봐요." 그에게 익숙한 정리의 목소리가 더 큰 효과를 낸 듯싶었다. "제가 기다리는 것은……" 하고 그는 이야기를 시작했지만 곧 말문이 막혔다. 질문에 대해 아주 정확히 대답하려고 이렇게 말머리를 꺼낸 것 같은데, 더 이상 계속하지 않았다. 기다리고 있던 사람들 가운데 몇이 다가와서 그 세 사람 주위를 둘러섰기 때문에 정리는 그들에게 말했다. "비켜요, 비켜. 길을 비키세요." 그들은 조금 물러났지만 전에 있던 자리로 돌아가지는 않았다. 그러는 동안 질문을 받은 남자가 마음을 가다듬고 살짝 미소까지 띠고서 이렇게 대답했다. "한 달 전에 저의 사건 때문에 증거 신청을 했는데, 그 결과를 기다리고 있습니다." "참 애 많이 쓰시는군요." 카가 말했다. "그래요." 남자가 말했다. "그건 제 사건이니까요." "모두가 당신처럼 생각하는 것은 아닙니다." 카가 말했다. "진실로 거짓 없이 말씀드리지만 저도 고소를 당했습니다만 아무런 증거 신청도 안 했고, 그 밖의 어떤 비슷한 일도 하지 않았습니다. 당신은 그런 것이 필요하다고 생각하십니까?" "자세한 것은 모르겠습니다." 남자는 다시 아주 불확실한 태도로 말했다. 분명히 그는 카가 농담을 하고 있다고 생각했으며, 그 때문에 아마도 실수를 하지 않을까 하는 두려움에 아까 했던 대답을 그대로 되풀이하고 싶은 듯했다. 그러나 그는 카의 초조한 눈빛을 보자 다음과 같이 말할 뿐이었다. "저로 말하자면 증거 신청을 했습니다." "당신은 제가 고소당했다는 것을 안 믿으십니까?" 카가 물었다. "아, 죄송합니다. 믿고말고요"라고 남자가 말하고는 옆으로 약간 비켜섰는데, 그 대답에는 확신이 아닌 두려움만 있었다. "그러니까 제 말을 안 믿으시지요?" 카가 묻고는 자기도 모르게 그 남자의 겸손한 태도에 자극되어 그의 팔을 잡았는데, 그것은 마치 그를 강제로 믿게 하려는 것 같았다. 카는 그를 아프게 하려는 생각은 없었고, 또한 그를 그저 슬쩍 잡았을 뿐이었다. 그런데도 그 남자는 카가 두 손가락이 아니라 불에 달아오른 집게로 잡기라도 한 것처럼 소리를 질렀다. 이 우스꽝스러운 비명에 카는 그 남자에게 넌더리가 났다. 고소당했다는 것을 믿지 않는다면 더욱 잘된 일이었다. 아니 그를 판사라고까지 생각했을지도 모를 일이다. 카는 작별하려고 그를 더욱 세게 붙잡고 긴 의자로 떼밀며 앞으로 나아갔다. "피고인들은 대부분 저렇게 예민하지요." 정리가 말했다. 그들 뒤에서는 기다리고 있던 거의 모든 사람들이 이젠 비명을 그친 그 남자 주위로 몰려와서 그 돌발 사건에 관해 자세히 캐묻는 것 같았다. 그때 카의 맞은편에서 경비원 한 명이 오고 있었는데, 칼을 차고 있어서 그가 누구인지 단박에 알 수 있었다. 색깔로 보아 그 칼집은 알루미늄으로 돼 있는 것 같았다. 그걸 보고 카는 놀라서 만져보려고 손을 내밀었다. 비명 소리를 듣고 나타난 경비원은 무슨 일이냐고 물었다. 정리는 한두 마디 말로 그를 안심시키려고 했지만 경비원은 자신이 알아봐야 한다고 말한 뒤 경례를 하고 매우 빠르게 가버렸는데 중풍이라도 걸렸는지 잔걸음으로 걸었다.

카는 경비원과 복도의 사람들에게 더 이상 신경 쓰지 않았다. 특히 그가 복도의 중간쯤에 왔을 때, 문이 없는 공간을 지나서 오른쪽으로 접어들게 되자 더욱 그랬다. 카는 그것이 맞는 길인지 정리에게 물었다. 정리는 고개를 끄덕였고, 카는 실제로 그곳으로 접어들었다. 그는 계속 정리보다 한두 걸음 앞서 가고 있는 것이 언짢았다. 적어도 이 장소에서는 그가 체포돼서 연행되어 가고 있는 것 같은 인상을 줄지도 모를 일이었다. 그래서 그는 여러 번 정리를 기다리곤 했지만, 정리는 곧 다시 뒤로 처지는 것이었다. 언짢은 기분을 떨쳐버리기 위해서 결국 카는 이렇게 말했다. "이곳이 어떻게 생겼는지 보았으니 그만 나가야겠소." "아직 다 보신 게 아닙니다." 정리는 아무런 악의도 없이 말했다. "다 보고 싶진 않습니다." 이렇게 말한 카는 실은 피곤하기도 했다. "가겠습니다. 나가는 데가 어디지요?" "벌써 길을 잃은 것은 아닐 텐데요?" 놀라서 정리가 물었다. "여기서 모퉁이까지 가다가 오른쪽으로 돌아서 복도를 곧장 내려가면 문이 나옵니다." "함께 갑시다." 카가 말했다. "길을 가르쳐주세요. 길을 잘못 들 것 같아요. 여긴 길이 아주 많으니까요." "길은 하나뿐입니다." 정리는 벌써 책망하는 투였다. "저는 당신과 함께 되돌아갈 수가 없어요. 저는 보고도 해야 하는데, 그새 당신 때문에 많이 지체됐어요." "함께 갑시다." 카는 마침내 정리의 잘못이라도 포착한 것처럼 이번에는 더 날카롭게 말했다. "그렇게 소리치지 마세요." 정리가 속삭였다. "여기는 모두 사무실이에요. 혼자 돌아가기 싫거든 함께 조금만 더 가시거나 제가 보고를 마칠 때까지 여기서 기다리시든가 하세요. 기다리신다면 그때 기꺼이 함께 돌아가지요." "아니, 아니에요." 카가 말했다. "기다리지 않겠어요. 당신은 지금 저와 함께 가야 합니다." 지금까지 카는 자기가 있는 장소를 조금도 둘러보지 않았는데, 주변의 많은 나무 문 가운데 하나가 열리자 비로소 그리로 눈길을 돌렸다. 카가 크게 말하는 소리를 듣고 나온 한 아가씨가 앞으로 나서며 이렇게 물었다. "저분은 왜 그렇지요." 그녀 뒤쪽 멀찍이 어두컴컴한 곳에서 또 한 남자가 다가오는 것이 보였다. 카는 정리를 쳐다보았다. 아무도 카에 대해서 신경을 쓰지 않을 거라고 정리가 말했는데 벌써 두 사람이 나타나지 않았는가. 아무렇지도 않은 일이었는데도 관리들이 그에게 신경을 쓰지 않는가. 혹시 그가 여기에 있는 까닭에 대해서 해명을 요구할지도 모를 일이다. 단 한 가지 납득할 수 있고 인정될 수 있는 해명은 그가 피고이며 다음번 심리 날짜를 알고 싶어 왔다는 것이지만 그로서는 그런 해명까지는 하고 싶지 않았다. 무엇보다 그것이 사실과 다른 것이 그가 여기에 온 이유는 그저 호기심 때문에서요, 아니면 그것 역시 해명하기엔 더욱 어려운 일이긴 하지만 이 법원이 내부나 외부나 똑같이 역겹다는 사실을 확인하고픈 욕구에서였다. 그의 이런 생각은 옳은 것 같았다. 그는 더 이상 따지고 들고 싶지 않았다. 그가 지금까지 본 것만으로도 충분히 구속감을 느꼈다. 그는 지금으로서는 어느 문 뒤에서라도 불쑥 나타날지도 모르는 고관을 대할 만한 마음의 준비가 되어 있지 않았다. 그는 이 자리를 뜨고 싶었다. 정리와 함께 가거나 어쩔 수 없다면 혼자라도 나가고 싶었다.

그러나 그가 아무 말 없이 서 있는 것이 사람들의 주의를 끈 게 틀림없었다. 사실 아가씨와 정리는 다음 순간 틀림없이 그에게 어떤 큰 변화가 일어날 것이며 한사코 그것을 보고야 말겠다는 듯한 표정으로 그를 쳐다보았다. 그리고 앞서 카가 멀찍이 보았던 그 남자가 문간에 서 있었는데, 그는 나직한 데크 기둥에 바짝 몸을 기대고 서서 성미 급한 구경꾼처럼 발돋움을 하고 약간 몸을 흔들었다. 그런데 그 아가씨는 카의 태도가 그런 것은 어딘가 몸이 좀 불편한 때문이라 생각했던지 의자를 가져와서 이렇게 물었다. "앉지 않으시겠어요?" 카는 곧 의자에 앉아서 좀더 편한 자세를 취하기 위해 팔꿈치를 팔걸이에 얹었다. "좀 어지러운 거지요?" 그녀가 그에게 물었다. 그는 이제 자기 앞 가까이에서 그녀의 얼굴을 보았다. 그녀의 얼굴은 한창 젊은 시절의 뭇 여성들에게서 볼 수 있는 그런 새침한 인상을 하고 있었다. "그것에 대해선 괘념치 마세요." 그녀가 말했다. "그런 것은 여기서는 전혀 이상한 일이 아니에요. 처음 오면 대개 누구나 그런 증세를 보이니까요. 여기는 처음이세요? 아, 그렇군요. 그러니 전혀 이상할 게 없어요. 이곳 지붕에 햇볕이 내리쬐어 나무가 뜨거워지면 공기가 탁하고 침침해져요. 그래서 사실 이곳은 사무실로는 아주 적합하지 않아요. 물론 그 밖에 좋은 점도 있어요. 그러나 공기에 대해 말하자면 손님들의 왕래가 많은 날에는, 거의 매일같이 그렇지만, 거의 숨을 쉬기 힘들 정도예요. 그리고 여기엔 온갖 빨래들이 널려 있다는 것도 생각하셔야 해요—세 든 사람들에게 그걸 완전히 막을 수는 없지요—그러니까 당신께서 몸이 좀 불편하다고 해서 이상할 게 없지요. 하지만 누구나 결국엔 이런 공기에 그만 익숙해지지요. 두세 번쯤 여기에 오시게 되면 더 이상 답답하다고 느끼지 않으실 거예요. 이젠 좀 나아지셨나요?" 카는 대답하지 않았다. 이렇게 갑자기 몸이 불편해서 이곳 사람에게 몸을 맡기다시피 한 일이 너무나 고통스러웠다. 게다가 그가 몸이 불편한 이유를 알게 되자 기분이 나아지기는커녕 더 나빠진 것 같았다. 아가씨는 그걸 금방 알아채고는 카가 맑은 공기를 쐬이도록 벽에 기대어 있는 갈고리 달린 막대기로 카의 머리 위쪽에 있는 바깥으로 통하는 작은 통풍창을 밀어 열었다. 그러나 그을음이 너무 많이 떨어져서 아가씨는 곧 다시 통풍창을 닫았다. 그런 다음 손수건으로 카의 손에 떨어진 그을음을 닦아주어야만 했다. 왜냐하면 카는 너무나 지쳐 있어서 스스로 닦아낼 수 없었기 때문이었다. 카는 걸어갈 수 있을 만큼 원기를 회복할 때까지 거기에 가만히 앉아 있고 싶었다. 그리고 자신에 대해 사람들이 신경을 덜 쓸수록 더욱 빨리 회복될 것 같았다. 그런데도 아가씨는 이렇게 말했다. "여기 계시면 안 돼요. 통행에 방해가 되니까요." ─ 카는 도대체 무슨 통행에 방해가 되느냐고 눈짓으로 물었다 ─ "원하시면 병실로 모시고 가겠어요. 어서 좀 도와주세요." 그녀가 문간에 서 있는 남자에게 말하자 그가 즉시 다가왔다. 그러나 카는 병실로 갈 마음이 없었다. 더 이상 끌려다니고 싶지도 않았으며, 끌려가면 갈수록 점점 더 화가 날 것만 같았다. 그래서 "혼자 갈 수 있어요"라고 말하고는 자리에서 일어났지만 편히 앉아 있었던 탓인지 몸이 떨렸다. 그러나 그런 뒤에도 그는 똑바로 설 수가 없었다. "안 되겠군." 카는 고개를 저으면서 말하고는 한숨을 쉬며 다시 앉았다. 그는 정리가 생각났다. 그래도 정리라면 자신을 쉽사리 데리고 나갈 수 있을 것 같았다. 그러나 그는 이미 오래전에 떠나버린 듯했다. 카는 자기 앞에 서 있는 아가씨와 남자 사이로 바라보았지만 정리는 보이지 않았다.

"제 생각에는," 남자가 말했다. 그 남자는 말쑥하게 차려입고 있었는데 양쪽 끝이 길고 뾰쪽하게 재단된 회색빛 조끼가 특히 눈에 띄었다. "이분이 불편한 것은 이곳 환경 때문이니까 병실로 데려갈 게 아니라 사무실 밖으로 모시고 나가는 게 가장 좋을 것이고 또 본인도 그것을 제일 바랄 겁니다." "그렇습니다." 카는 너무나 기뻐서 그 남자의 말에 끼어들면서 외쳤다. "정말이지 금방 좋아질 겁니다. 저는 그렇게까지 약한 사람은 아니니까요. 조금만 부축해주시면 됩니다. 별로 큰 수고를 끼치지는 않을 겁니다. 길도 멀지 않아요. 저를 문까지만 데려다주십시오. 계단에 조금 앉아 있으면 곧

회복될 겁니다. 지금껏 이런 증세로 고생한 적이 없거든요. 저 자신도 놀랐습니다. 저도 역시 관리라서 사무실 공기엔 익숙한 사람이지만, 당신들 말씀대로 여기는 공기가 아주 나쁜 것 같군요. 조금만 데려다주시면 고맙겠습니다. 정말 현기증이 나 혼자 일어서면 더 나빠질 겁니다." 그런 뒤 그는 두 사람이 부축하기 좋도록 어깨를 쳐들었다.

그러나 남자는 그 요청에는 응하지 않고 양손을 가만히 바지 주머니에 넣은 채 큰 소리로 웃었다. "그거 봐요." 그 남자가 아가씨에게 말했다. "그러니까 내가 바로 맞힌 거예요. 이 양반은 여기서만 편치 않은 거지, 어디서나 다 그런 건 아닙니다." 아가씨도 미소를 지었지만, 그 남자가 카를 너무 놀리는 것 같아서 손가락 끝으로 그 남자의 팔을 살짝 쳤다. "왜 그래요." 남자가 계속 웃으면서 말했다. "그야 물론 이 양반을 모시고 나가긴 하겠지만." "그럼 좋아요." 아가씨가 예쁘게 손질한 머리를 잠시 갸웃하면서 말했다. "웃는 것에 대해 너무 심각하게 생각하지 마세요" 하고 아가씨가 카에게 말했지만 카는 다시 우울한 기분이 되어 멍하니 앞만 쳐다볼 뿐 설명 같은 건 필요 없는 듯했다. "이분은 ― 소개해도 되겠지요?" (남자는 좋다는 듯이 손짓을 했다) ― "그러니까 이분은 안내 담당자예요. 기다리는 사람들에게 필요에 따라 모든 정보를 주지요. 우리 법원이 일반인들에게 그리 알려져 있지 않기 때문에 문의사항이 많아요. 이분은 어떤 물음에도 대답할 수 있어요. 생각이 있으시면 한번 시험해보세요. 그렇지만 그것이 이분의 유일한 특기는 아닙니다. 또 다른 특기는 말쑥하게 옷을 입는다는 거지요. 저희들, 즉 관리들 생각으로는 안내 담당자는 항상, 그리고 맨 처음으로 손님을 대하는 사람이니까 좋은 첫인상을 주기 위해서라도 말쑥하게 입어야 한다는 거예요. 지금 저를 보셔도 아시겠지만 저희 같은 사람들은 정말이지 아주 형편없고 유행에 뒤떨어진 옷을 입고 있지요. 또한 저희들에겐 옷에다 돈을 들인다는 것이 별반 의미도 없지요. 저희들은 거의 사무처에 처박혀 지내고 잠도 여기서 자니까요. 그렇지만 아까 말씀드렸듯이, 안내 담당자한테는 좋은 옷이 필요하다고 생각합니다. 그런데 이렇게 말하면 좀 이상합니다만, 옷은 당국으로부터 지급받을 수 없기 때문에 우리가 모금해서 — 피고인들도 역시 찬조금을 냈지요 — 이분에게 이 예쁜 옷과 또 다른 물건을 사다 드렸지요. 좋은 인상을 줄 여건이 다 마련된 셈이지만, 웃는 통에 그것을 망쳐버리고 사람들을 놀래게 하지 뭐예요." "그건 그래요." 남자가 비웃듯이 말했다. "하지만 아가씨, 이분에게 우리들의 내막을 모두 얘기하는 까닭을 모르겠네요. 아니, 억지로 듣게 하는군요. 본인이 알고 싶어하지도 않는데 말입니다. 잘 보세요. 이분은 자기 일 때문에 여기에 앉아 있는 거예요." 카는 전혀 반박할 생각이 없었다. 아가씨의 의도는 좋은 듯했다. 그녀는 그의 생각을 분산시키려 하거나 아니면 그가 정신을 차릴 수 있는 기회를 줄 생각이었는지는 모르지만 그 수단은 틀린 것이었다. "저는 이분에게 당신의 웃음에 대해 설명하지 않을 수 없었어요." 아가씨가 말했다. "그것은 정말 모욕적이었어요." "나중에라도 밖으로 모시고 나가준다면, 이분은 더 심한 모욕도 용서해줄 거라고 생각해요." 카는 아무 말도 하지 않고 쳐다보지도 않았다. 그 두 사람이 자기에 대해 마치 무슨 사건이나 따지듯이 하고 있는 것을 그냥 참고 있었다. 그렇게 하는 것이 그에게는 오히려 가장 좋기까지 했다. 그런데 갑자기 카는 한쪽 손을 안내 담당자가, 다른 쪽 손을 아가씨가 붙잡는 것을 느꼈다. "자, 일어서요. 이 변변치 못한 사람아." 안내 담당자가 말했다. "두 분께 정말 감사합니다." 카는 기뻐서 어쩔 줄을 모르며 이렇게 말하고 천천히 일어서서 부축하기에 가장 편한

곳으로 두 사람의 손을 이끌었다. "자칫하면," 복도로 다가가는 동
안에 아가씨가 나지막이 카의 귀에다 대고 말했다. "안내 담당자를
좋게 보이도록 하는 것이 특히 저에게 아주 중요한 일인 것처럼 보
일지 몰라요. 그렇지만 저를 믿어도 될 거예요. 사실대로 말씀드릴
게요. 이분은 무정한 사람이 아니에요. 아픈 피고인을 밖으로 데리
고 나가는 게 그의 직책이 아닌데도 보시다시피 그는 그 일을 하고
있어요. 아마도 저희들 중에 무정한 사람은 하나도 없을 거예요.
저희들은 모두 도와주기를 좋아해요. 그러나 저희들은 법원 관리이
니까, 냉정해서 어느 누구도 도와주려 하지 않는다는 인상을 받기
가 쉽지요. 바로 그 때문에 우리가 괴로운 거예요." "여기에 좀 앉
지 않으시겠습니까?" 안내 담당자가 물었다. 그들은 이미 복도에
나와 있었고 막 아까 카가 말을 건넸던 피고인 앞에 와 있었다. 카
는 그 사람한테 어느 정도 창피한 느낌이 들었다. 아까는 그렇게 꼿
꼿하게 그의 앞에 서 있었는데 지금은 두 사람의 부축을 받고 있으
며, 모자는 안내 담당자가 손가락 끝으로 균형을 잡아주고 있고,
머리 모양은 헝클어지고, 머리카락은 땀에 젖은 이마까지 내려와
있지 않은가. 그러나 그 피고인은 그런 것은 전혀 보지 않는 것 같
았으며, 자기를 힐긋 보는 안내 담당자 앞에 겸허하게 서서 다만 자
기가 거기 와 있는 것에 대해 변명하려고 애썼다. "저는," 그가 말
했다. "오늘도 제 신청에 대한 결정이 나지 않을 걸 알고 있습니다.
그러나 여기서 기다리는 것은 괜찮을 거라고 생각했고, 일요일이라
시간도 있고 여기에 있어도 그리 방해가 될 것 같지 않아서 온 것입
니다." "그렇게까지 변명하실 필요는 없어요" 하고 안내 담당자가
말했다. "당신의 세심함은 칭찬할 만합니다. 당신이 공연히 여기서
자리를 차지하고 있긴 해도 그것이 저에게 폐를 끼치지 않는 한, 당
신이 소송 문제의 진행과정을 세밀히 추적하는 걸 조금도 방해할

생각은 없습니다. 자기의 의무를 창피할 정도로 소홀히 하던 사람들을 보고 나니 당신 같은 분에 대해서는 참아야 한다는 것을 배우게 되는군요. 앉으세요." "저분은 피고인들과 얘기하는 솜씨가 대단해요." 아가씨가 소곤거렸다. 카는 고개를 끄덕였으나 그때 안내 담당자가 "여기 앉지 않으시겠습니까?"라고 묻는 통에 깜짝 놀랐다. "아뇨." 카가 말했다. "전 쉬고 싶지 않습니다." 그는 최대한 분명하게 말했지만 실은 앉으면 아주 편했을지 모른다. 마치 뱃멀미를 하는 것 같았다. 거친 파도를 만난 배를 타고 있는 듯한 기분이었다. 물결이 나무 벽에 부딪치고, 복도의 저쪽 끝에서부터 파도가 부서질 때 나는 소리처럼 쏴아 소리가 들리고, 복도가 비스듬히 흔들리고, 양쪽에서 기다리고 있던 피고인들이 가라앉았다가 떠올랐다가 하는 것 같았다. 그렇기 때문에 자기를 데리고 가는 아가씨와 그 남자의 태연한 태도가 카로서는 더욱 이해가 되지 않았다. 그는 그들의 손에 몸을 내맡기고 있기 때문에 그들이 손을 놓기만 하면 널빤지처럼 쓰러질 게 뻔했다. 그들은 작은 눈을 예리하게 이리저리 굴리고 있었다. 그들의 규칙적인 발걸음을 느꼈지만, 그들과 보조를 맞출 수는 없었다. 그는 매 걸음마다 거의 들려 가다시피 했기 때문이다. 나중에 그들이 자기에게 뭐라고 말하는 듯하였지만 한마디도 알아들을 수가 없었다. 모든 곳을 가득 채우고 있는 소음만 들릴 뿐이었는데, 그 소리로 인해 생긴 어떤 불변의 높은 소리가 마치 사이렌 소리처럼 울리는 것 같았다. "좀더 큰 소리로요." 그는 고개를 숙인 채 속삭이는 자신이 부끄러웠다. 자기는 알아듣지 못했지만, 그들이 충분히 큰 소리로 말했다는 사실을 알고 있었기 때문이었다. 그때 마침내 앞의 벽이 뚫린 것처럼 신선한 바람이 불어왔고, 옆에서 이야기하는 소리가 들려왔다. "저 사람은 처음에는 떠나고 싶어하더니, 여기가 출구라고 수백 번 말해도 꼼짝도 하지 않는군요." 카는 아가씨가 열어준 출입문 앞에 서 있다는 것을 깨달았다. 그는 온 힘이 단숨에 다시 되돌아오는 듯한 느낌이 들었다. 자유를 빨리 맛보기 위해서 그는 곧 계단 위로 올라섰다. 그리고 거기서 자기 쪽으로 몸을 굽히고 있는 두 전송자들에게 작별을 고했다. "대단히 감사합니다"라고 몇 번씩 말한 다음, 그는 몇 번이나 두 사람과 악수를 하다가 그들이 사무처 공기에 찌들어 있어서 계단에서 불어오는 비교적 신선한 공기에는 견디기 어려울 거라는 생각이 들었을 때에야 비로소 손을 놓았다. 그들은 채 대답도 할 수 없었다. 만일 카가 재빨리 문을 닫아주지 않았더라면 아가씨는 아마 쓰러졌을지도 모른다. 카는 잠시 멈춰 서서 손거울을 보고 머리를 똑바로 매만지고는 다음 층계참에 있는 모자를 집어들었다 ─ 안내 담당자가 그것을 그리로 내던진 모양이었다 ─ 그러고는 계단을 뛰어 내려갔는데 너무나 상쾌하게, 너무나 성큼성큼 뛰어 내려갈 수 있었던 까닭에 이러한 갑작스런 변화에 대해 거의 불안을 느낄 정도였다. 평소 건강한 상태에서도 이렇듯 놀라운 변화를 일으킨 적이 없었다. 앞서의 심리를 그리 어렵지 않게 견디어냈으니, 그의 육체가 혁명을 일으켜서 그에게 새로운 심리에 대비케 하려는 것은 아닐까? 그는 다음 기회에 의사에게 가야겠다는 생각을 완전히 떨쳐버릴 수 없었으나, 하여튼 ─ 그는 이 점에 있어서는 스스로에게 다짐할 수 있었다 ─ 앞으로의 일요일 오전은 오늘보다 좀더 보람 있게 보내려고 마음먹었다.

태형리*

　며칠이 지난 후 어느 날 저녁 카가 그의 사무실과 중앙계단 사이로 난 복도를 지나가고 있을 때 — 그날 그는 거의 맨 마지막으로 귀가했는데, 발송부에만 아직 사환 둘이 남아서 백열등의 희미한 불빛 아래서 일하고 있었다 — 전에 한 번도 들여다본 적은 없지만 막연히 창고일 거라고 생각하고 있던 방의 문에서 신음 소리가 들렸다. 그는 깜짝 놀라 걸음을 멈추고 혹시 잘못 들은 것이나 아닌가 확인해보려고 귀를 기울였다 — 잠시 조용하더니 다시 신음 소리가 들렸다 — 처음에 그는 증인이 필요할지도 모른다는 생각에 사환을 부르려 했지만, 걷잡을 수 없는 호기심 때문에 문을 활짝 열어젖혔다. 그가 추측한 대로 그 방은 창고였다. 문지방 뒤에는 못 쓰는 낡은 인쇄물이 보이는가 하면, 도기로 만든 빈 잉크병들이 나동그라져 있었다. 그러나 방 안에는 세 명의 남자가 서 있었는데 방이 낮아 몸을 수그리고 있었다. 선반 위에 고정시켜 놓은 촛불이 그들을 비추고 있었다. "여기서 뭣들 하는 거요?" 카가 흥분해서 정신없이 물었지만 큰 소리는 아니었다. 한 남자가 다른 두 사람을 제압하고 있어서 카의 시선을 먼저 끌었는데, 일종의 거무스레한 가죽옷을 입었지만 목에서 가슴팍 깊숙이까지 그리고 양팔도 온통 맨살이 드

＊ 막스 브로트판에서는 이 「태형리」가 제5장에 속해 있고, 이 앞 장인 제4장 「뷔르스트너 양의 여자친구」는 비판본 본문에는 빠져 있다. 그것은 미완성 원고에 「B의 여자 친구」라는 제목으로 별도로 실려 있다.

러나 있었다. 그 남자는 대답하지 않았다. 그러나 다른 두 사람이 외쳤다. "선생님, 선생님이 예심판사에게 우리를 비난하셨기 때문에 매를 맞아야 한다는 겁니다." 그제야 카는 그 두 사람이 감시인 프란츠와 빌렘이라는 것을, 그리고 세 번째 남자는 그들에게 매질을 하기 위해 손에 회초리를 들고 있는 것을 알아보았다. "글쎄," 하고 카는 말하고는 그들을 바라보았다. "난 비난하지 않았소. 단지 내 집에서 일어났던 일을 그대로 얘기했을 뿐이오. 그리고 당신들 행동에 비난의 여지가 전혀 없는 것도 아니었소." "선생님," 빌렘이 말했다. 프란츠는 그의 뒤에 서서 세 번째 사람에게서 몸을 피하려고 애썼다. "우리 봉급이 얼마나 형편없는지 아신다면, 우리를 좀더 생각하셔야 할 겁니다. 저로 말하면 식구들을 부양해야 하고, 여기 있는 프란츠는 결혼을 앞두고 있습니다. 누구나 다 어떻게 해서든 치부하려고 애쓰는데, 아주 힘든 일이라 해도 일만 해가지고는 안 됩니다. 당신의 좋은 내복이 절 유혹했지요. 물론 그런 행동은 금지되어 있고 부당한 일이지만, 내복이 감시인의 물건이 된다는 것은 관례가 되어 있으며, 항상 그래 왔습니다. 정말입니다. 그건 사실 납득이 갈 만한 일이지요. 체포될 정도로 운수가 나쁜 사람한테 그런 물건이 무슨 소용이 있겠습니까? 그런데도 이런 문제를 공공연하게 털어놓으면 처벌이 따르게 마련이지요." "지금 당신이 무슨 뜻으로 그런 말을 하는 건지 모르겠소. 난 당신들을 벌주라고 요구한 적이 절대로 없어요. 나에게는 원칙이 중요했으니까요." "프란츠," 빌렘이 다른 감시인에게 말을 건넸다. "이 선생님께선 우리의 처벌을 요구하지 않았을 거라고 내가 말했지? 또 우리가 처벌당할 것을 이분께서 전혀 몰랐다는 말을 자네도 들었지?" "이런 말에 동요해선 안 돼요." 세 번째 남자가 카에게 말했다. "처벌은 정당하고 불가피한 것이니까요." "그 사람 말을 듣지 마세요" 하고 빌렘은 회초리에 얻어맞은 손을 얼른 입에 대느라 말을 중단했다. "당신이 우리를 고발했기 때문에 우리는 처벌받고 있는 겁니다. 그렇지만 않았더라면 혹시 우리들의 행동을 알더라도 아무 일도 생기지 않았을 겁니다. 이런 것을 공정하다고 할 수 있습니까? 우리 두 사람, 특히 나는 감시인으로 오랫동안 아주 무사히 지내왔어요 — 당신 스스로도 우리가 해왔던 일은 관청의 입장에서 잘한 일임을 시인하셔야 할 겁니다 — 우리는 승급할 전망이 있었고, 틀림없이 곧 이 사람과 같은 태형리가 되었을 겁니다. 이 사람은 단지 운이 좋아서 아무한테도 고발당하지 않았을 뿐이지요. 실은 이런 고발이란 아주 드문 일이지요. 선생님, 이제 모든 게 끝났어요. 출셋길도 막히고 말았어요. 우리는 감시근무보다 못한 일이나 할 수밖에 없어요. 게다가 이렇게 지독하게 아픈 매를 맞고 있어요." "그 회초리가 그렇게 아픈가요?" 하고 카는 태형리가 앞에서 흔들어대던 회초리를 살펴보았다. "우리는 완전히 발가벗어야 해요." 빌렘이 말했다. "아, 그렇죠" 하고 말하고는 카는 태형리를 유심히 살펴보았다. 그는 마도로스처럼 갈색으로 탔고, 거칠고 건강한 얼굴을 하고 있었다. "두 사람에게 매질을 하는 걸 그만두게 할 수는 없나요?" 카가 그에게 물었다. "없어요." 태형리는 빙글빙글 웃으면서 고개를 저었다. "너희들 옷 벗어." 그가 감시인들에게 명령했다. 그리고 카에게 말했다. "저 사람들 말을 다 믿어선 안 돼요. 매질에 대한 공포 때문에 약간 정신이 이상해졌으니까요. 예를 들면 여기 이 자는 — 그는 빌렘을 가리켰다 — 자기 출셋길이니 뭐니 하지만, 그건 정말 웃기는 거지요. 얼마나 살이 쪘나 보십시오 — 처음에 때리는 매질은 살 때문에 아무렇지도 않아요 — 어떻게 해서 저렇게 살이 쪘는지 아십니까? 그는 체포당한 사람들의 아침식사를 먹어치우는 습관이 있지요. 당신 아침식사는 안 먹었나요? 그런데 이미 말했지요. 배가 저런 사람은 절대 태형리가 될 수 없다는 겁니다. 절대 불가능하지요." "그런 태형리도 있어요." 바지 혁대를 풀고 있던 빌렘이 말했다. "없어." 태형리가 말하고는 빌렘이 움찔할 만큼 회초리로 그의 목덜미를 후려쳤다. "남의 얘긴 참견 말고 옷이나 벗어." "당신이 이 사람들을 풀어주면 그 대가를 후하게 치르겠소" 하고 카는 태형리의 얼굴은 쳐다보지도 않고 — 그런 일이란 서로 눈을 내리깔고 진행하는 게 상책이다 — 자기 지갑을 꺼냈다. "그런 뒤엔 날 고발할 생각이로군요." 태형리가 말했다. "그리고 나도 매를 맞도록 할 생각이군요. 안 돼요, 안 돼." "정신 차리십시오." 카가 말했다. "내가 만약 이 두 사람이 처벌당하길 바란다면 돈을 써서 그들을 풀어주려고 하지도 않을 거예요. 그저 이 문을 닫고 더이상 듣지도 보지도 않고 집으로 가면 되는 거지요. 그렇지만 난 그렇게 하지 않아요. 나는 진심으로 이들을 풀어주고 싶소. 이들이 처벌당하리라고, 또는 처벌당할 수 있을 거라고 예감이라도 했더라면 난 이들의 이름을 대지 않았을 거요. 말하자면 나는 이들이 죄가 있다고 전혀 생각지 않습니다. 죄가 있는 것은 기관이지요. 죄가 있는 것은 고위관리들입니다." "그래요." 두 감시인이 그렇게 외치자 곧 그들의 벌거벗은 등 위로 매가 한 대 날아갔다. "만약 당신 회초리 아래 고위 판사가 서 있었다면," 하고 카는 말을 계속하면서 다시 쳐올리려는 회초리를 잡아 눌렀다. "나는 당신이 매질하는 걸 막지는 않을 겁니다. 반대로 그 착한 일에 힘을 북돋우도록 돈을 줄 것입니다." "당신 얘기는 그럴듯하게 들리지만," 태형리가 말했다. "난 매수되고 싶지 않아요. 난 매질하는 직책을 맡고 있으니까 매질을 하겠습니다." 카가 끼어들었으니 좋은 해결책이 나오겠지 하면서 그때까지 몸을 수그리고 있던 감시인 프란츠가 바지만 입은 채로 다가서서 무릎을 꿇고 카의 팔에 매달려 나지막하게 말했다.

"우리 두 사람을 보호해줄 수 없다면 적어도 나 하나만이라도 석방시켜 주십시오. 빌렘은 나보다 나이가 많고 언제나 덜 예민합니다. 그리고 이,삼 년 전에도 가벼운 태형을 받은 적이 있어요. 그렇지만 나는 아직 형벌을 받은 적이 없고, 내가 한 짓은 전부 빌렘을 따라 한 것뿐입니다. 좋은 일에나 나쁜 일에나 그는 내 스승입니다. 지금 은행 앞에는 내 불쌍한 약혼녀가 결말을 기다리고 있어요. 창피해 죽을 지경입니다." 그는 눈물이 쏟아지는 얼굴을 카의 상의로 닦았다. "나는 더 이상 기다리지 못하겠소" 하고 태형리는 양손으로 회초리를 잡더니 프란츠를 때렸다. 그러는 동안 빌렘은 구석에 쪼그리고 앉아서 감히 고개를 돌리지 못하고 몰래 쳐다보고 있다. 프란츠의 비명 소리가 한결같이 그리고 변함없이 계속 들렸다. 그것은 인간에게서 나오는 소리가 아닌 무슨 고문당하는 기계에서 나오는 소리 같았다. 그 소리는 온통 복도에 울려 퍼졌다. 집 전체가 울릴 정도였다. "소리치지 말아요." 카가 외쳤다. 그는 자신을 억제할 수 없었다. 사람들이 올지 모르는 방향을 긴장해서 쳐다보면서, 그가 프란츠를 떠밀었다. 별로 세지 않았지만 상당히 힘을 주고 있었기 때문에 정신이 나가 있던 프란츠는 쓰러져 부들부들 몸을 떨면서 두 손으로 땅바닥을 더듬었다. 그러나 매질을 피할 도리가 없었다. 그가 바닥에 넘어져 있는데도 매는 계속 날아왔다. 그가 회초리 아래에서 뒹굴고 있는 동안에도 매의 끝은 규칙적으로 위아래로 움직였다. 그러자 멀리서 사환 하나가 나타났는데 그의 몇 발자국 뒤에는 다른 사환이 따르고 있었다. 카는 재빨리 문을 닫고 마당 방향으로 난 창문 쪽으로 걸어가 창문을 열었다. 비명은 완전히 그쳤다. 사환들이 다가오지 못하도록 하기 위해서 그가 외쳤다. "나올시다." "안녕하십니까, 대리님"이라고 외치는 소리가 들려왔다. "무슨 일이라도 있습니까?" "아니에요, 아닙니다." 카가 대답했다. "마당에서 개가 짖은 것뿐입니다." 그래도 사환이 그대로 있자 그가 말을 이었다. "당신들 일이나 계속하세요." 사환들과의 대화를 피하기 위해 그는 창밖으로 몸을 구부렸다. 잠시 뒤 복도 안을 들여다보니 그들은 없었다. 그러나 카는 그냥 창가에 서 있었다. 그는 창고에 들어가 볼 엄두도 나지 않았고, 집에 갈 마음도 없었다. 그가 내려다보고 있는 것은 네모난 작은 마당이었는데, 그 주위는 사무실로 둘러져 있었다. 창문은 모두 컴컴했고, 맨 위층에 있는 창만은 달빛을 받고 있었다. 카는 의도적으로 손수레 몇 대가 세워져 있는 컴컴한 마당구석을 내려다보려고 했다. 매질을 막지 못한 것이 마음 아팠다. 그러나 그렇게 하지 못한 것이 그의 잘못은 아니었다. 프란츠가 비명을 지르지 않았더라면 — 하긴 상당히 아팠을 테지만 결정적인 순간에는 자제를 해야 하는 법이다 — 그가 비명을 지르지 않았더라면 카는 태형리를 설득하는 방법을 찾아냈을 것이다. 적어도 그럴 확률이 여간 크지 않았을 것이다. 하급 관리들이야 전부 무뢰한들이고, 비인간적인 직책을 갖고 있는 태형리도 예외일 리 없다. 카는 그가 지폐를 보자 눈을 번득이는 것을 놓치지 않고 보았다. 아마 그는 뇌물의 액수를 조금 높여보려고 진지한 태도를 보였는지도 모른다. 그리고 카로서는 인색하지 않았을 것이다. 그에겐 정작 감시인들을 석방해주는 것이 중요했다. 법원의 부패에 맞서 싸우기 시작한 이상, 이쪽 편에서 공격하는 것은 당연한 일이었다. 그러나 프란츠가 비명을 지르기 시작한 순간 모든 것이 끝장이 나고 말았다. 카는 사환이나 그 밖의 어떤 사람이라도 와서 창고에 있는 자들과 흥정하고 있는 자기를 불시에 덮치도록 할 수는 없었다. 사실 어느 누구도 카에게 그런 희생을 요구할 수는 없었다. 그가 희생할 의도가 있었더라면 일은 더 간단할 수 있었을 것이다. 카 자신이 옷을 벗고 감시인들을 대신해서 태형리에게 자기 몸을 내밀었더라면 말이다. 그렇지만 보나마나 태형리는 대신 매 맞아주는 것을 용납하지 않았을 것이다. 그렇게 해주어봤자 자기한테는 아무런 이익도 되지 않을뿐더러 심한 배임 행위만 하게 될 테니까 말이다. 소송 중인 동안에는 법원의 어떤 직원도 손을 대서는 안 되기 때문에 어쩌면 이중의 배임 행위를 하는 셈이 될 것이었다. 물론 거기에는 특수 규정이 적용될 수 있을 것이다. 어쨌든 카로서는 그때 문을 닫는 수밖에 별 도리가 없었다. 문을 닫았다고 해서 그가 완전히 모든 위험에서 벗어난 것이라고 할 수는 없었고, 나중에 프란츠를 떼민 것이 후회스러웠지만 흥분했다는 것이 용서받을 수 있는 이유가 될 수 있었다.

그는 멀리서 사환들의 걸음 소리를 들었다. 그들 눈에 띄지 않도록 창문을 닫고 중앙 계단 쪽으로 갔다. 그는 창고 문 앞에 잠시 서서 귀를 기울여보았다. 아주 조용했다. 그 남자가 감시인들을 때려 죽였을지도 모를 일이다. 감시인들은 그의 손아귀에 있었으니까 말이다. 카는 손잡이를 잡으려고 손을 내밀었다가 움츠리고 말았다. 이젠 아무도 도울 수가 없었다. 사환이 금방 올 게 틀림없었다. 그는 이 사건을 화제에 올려, 한 명도 감히 나타나지 못하고 있는 진짜 범인인 고위 관리들이 자기 힘이 미치는 한 응분의 처벌을 받게 하고 말겠다고 속으로 맹세했다. 은행의 옥외계단을 내려가면서 그는 지나가는 사람들을 유심히 살펴보았지만, 멀리까지 둘러보아도 누군가를 기다리는 아가씨는 눈에 띄지 않았다. 약혼녀가 자기를 기다리고 있다는 프란츠의 말은 거짓말임이 증명되었다. 그것은 조금이라도 동정을 얻어보려는 목적에서 한 짓이니 용서할 수 있었다.

다음 날까지도 감시인들이 카의 머리를 떠나지 않았다. 그는 근무 중에도 정신이 산만해서, 사무처리를 마치기 위해 전날보다 좀

더 늦게까지 사무실에 남아야 했다. 퇴근길에 창고 앞을 지나면서 마치 습관처럼 문을 열어보았다. 어두울 것이라고 예상했지만 뜻밖에도 눈앞에 보이는 것은 그를 깜짝 놀라게 할 장면뿐이었다. 모든 것이 전날 문을 열었을 때 보았던 것과 똑같았다. 문지방 바로 뒤엔 인쇄물과 잉크병이 있었고, 회초리를 든 태형리와 홀딱 벗은 감시인들이 있었고, 선반 위엔 촛불이 있었다. 감시인들이 울부짖으면서 외치기 시작했다. "선생님!" 카는 금방 문을 닫고는 더 단단히 닫으려는 듯 주먹으로 문을 치기까지 했다. 거의 울상이 되어 그는 사환에게 달려갔다. 그들은 복사기 곁에서 조용히 일을 하다가 놀라서 일을 멈추었다. "창고 좀 치우시오." 그가 외쳤다. "오물에 빠져 죽을 지경이란 말이오." 사환들이 내일 그렇게 하겠노라고 하자 카는 고개를 끄덕였다. 지금 그 일을 하라고 강요할 수는 없었다. 그는 사환을 잠시 곁에 붙들어두기 위해 잠깐 앉아 복사한 것을 뒤적거렸는데, 그것을 검사하는 듯한 인상을 주기 위해서였다. 사환들이 자기와 함께 곧바로 퇴근하려는 기미를 보이지 않자 그는 지치고 넋을 잃은 사람처럼 집으로 갔다.

숙부. 레니*

어느 날 오후——우편물 마감 시간이라 카는 몹시 바빴다——서류를 들고 들어오는 두 명의 사환 사이로, 시골 소지주인 카의 숙부인 카알이 방 안으로 밀치고 들어왔다. 이미 오래전에 카는 숙부가 온다는 소식으로 한번 놀랐기 때문에 그날은 숙부를 보고도 별로 놀라지 않았다. 숙부가 틀림없이 오리라는 것은 이미 한 달쯤 전부터 정해진 사실이었다. 그때 그는 이미 숙부가 지금처럼 구부정한 모습으로 찌그러진 파나마 모자를 왼손에 든 채 멀리서부터 그를 향해 오른손을 내밀고 도중에 있는 물건들을 모두 밀쳐 넘어뜨리면서 허둥지둥 책상 너머로 손을 내미는 모습을 보는 것 같았었다. 숙부는 항상 서둘렀다. 무리한 생각에 쫓기고 있었던 까닭이다. 그는 수도에 항상 하루밖에 안 묵으면서 계획한 일을 전부 다 처리하고 게다가 때때로 생기는 대담, 사업, 유흥 등 그 어느 것 하나도 놓치지 않으려고 했다. 숙부가 전에 그의 후견이었기 때문에 카는 그가 올 때마다 모든 일을 특별히 돌봐주어야 했고, 뿐만 아니라 자기 집에 묵도록 해야 했다. 그는 숙부를 '시골 도깨비'라고 부르곤 했다.
　인사를 하자마자 곧바로——카는 숙부에게 안락의자에 앉으시라고 권했지만 숙부는 시간이 없었다——숙부는 둘이서 잠시 얘기 좀 하자고 청했다. "꼭 해야 돼," 숙부는 심히 고통스러운 듯이 침을 삼키면서 말했다. "마음을 안정시키기 위해 꼭 필요하지." 카는 아

---

*막스 브로트판에서는 「숙부. 레니」가 제6장으로 되어 있다.

무도 들여보내지 말라는 지시와 함께 곧 사환들을 방에서 내보냈다. "요제프, 내가 무슨 얘기를 들은 줄 아니?" 두 사람만 남게 되자 숙부는 외쳤고, 책상에 앉더니 좀더 자리에 편안히 앉기 위해 무엇인지는 보지도 않고 여러 가지 서류들을 밑으로 쑤셔넣었다. 카는 아무 말도 하지 않았다. 무슨 얘기를 하려는 것인지 알았지만 갑자기 앞서의 고된 일로부터 긴장이 풀어지면서 그는 우선 편안한 느낌을 주는 무기력한 상태에 빠졌다. 그는 창문을 통해 길 건너편을 바라보았는데, 그가 앉은 자리에선 자그마한 삼각형의 단면만 보였다. 그것은 두 개의 진열장 사이의 빈 벽이었다. "넌 창밖만 보는구나." 숙부가 양팔을 쳐들며 소리쳤다. "요제프, 제발 대답 좀 해봐라, 그게 사실이냐? 사실일 수 있는 거냐 말이다!" "숙부님," 카는 멍한 상태에서 깨어나 말을 했다. "무슨 말씀인지 전혀 모르겠습니다." "요제프," 숙부가 경고하듯 말했다. "내가 알기로는 넌 늘 진실을 말해왔지. 네가 지금 한 말을 나쁜 징조로 생각해도 되겠니?" "무슨 말씀인지 대충 알겠습니다." 카가 공손하게 말했다. "아마 제 재판에 대해서 들으신 모양이군요." "그렇다." 숙부가 천천히 고개를 끄덕이면서 대답했다. "네 소송에 대해서 들었다." "누구한테서 들으셨나요?" 카가 물었다. "에르나가 나에게 편지했다." 숙부가 말했다. "그 애는 너하고 왕래가 없지. 섭섭하지만 넌 그 애한테 별로 신경을 쓰지 않고 있지. 그래도 그 앤 그 사실을 알고 있더라. 오늘 편지를 받고 즉시 달려온 거야. 올 만한 다른 이유는 없었지만 이 일이 충분한 이유가 되는 것 같구나. 너와 관계되는 구절을 읽어주마." 숙부는 지갑에서 편지를 꺼냈다. "여기로군. 이렇게 썼다. '요제프 오빠를 오랫동안 만나지 못했어요. 지난주에 한번 은행에 갔었는데 요제프 오빠가 바빠서 만날 수 없었지요. 한 시간쯤 기다리다가 피아노 시간이 되어서 집으로 돌아와야 했습니다. 오빠를 꼭 만나보고 싶었는데 아마 곧 기회가 있겠지요. 제 영명축일(자기와 같은 이름의 성인의 날—옮긴이)에 오빠가 커다란 초콜릿 한 상자를 보내주었어요. 정말 마음씨 좋고 세심하기도 하세요. 그때 편지로 알려드린다는 것이 그만 잊어버리고 말았는데 아버지께서 여쭈어보시니까 지금에야 생각이 나는군요. 기숙사에서는 초콜릿이라면 금방 동이 나버리지요. 초콜릿을 선물 받았다는 생각을 하기가 무섭게 초콜릿은 벌써 사라지고 없지요. 그런데 요제프 오빠에 관해 더 말씀드릴 것이 있어요. 말씀드린 대로 제가 은행으로 오빠를 만나러 갔지만 만나지 못했어요. 오빠가 어떤 분하고 상담을 하고 있는 중이었어요. 한동안 그냥 기다리다가 한 사환에게 상담이 아직도 오래 걸리게 될 것인지를 물었어요. 그가 말하기를 대리님의 소송에 관한 일이니까 한참 걸릴 거라는 거예요. 그래 도대체 무슨 소송이냐, 착각하고 있는 것은 아니냐고 제가 물었지요. 사환말이 자기가 착각하고 있는 것은 아니며, 소송이 실제 벌어졌고, 그것이 아주 중한 소송이라는데 그 이상에 대해서는 자신도 모른다는 것, 그리고 대리님이 선량하고 정직한 분이라서 자신이 도와드리고 싶지만 어떻게 손을 써야 할는지를 모르고 있으며, 영향력 있는 분이 보살펴드리기를 바랄 뿐이라는 것, 분명 그렇게 될 것이고 결국 좋은 결말을 보게 되겠지만, 대리님의 기분으로 보건대 지금으로선 영 좋지 않은 것 같다는 등의 이야기였어요. 전 물론 그런 말에 별로 큰 의미를 부여하지는 않았지만, 그 단순한 사환을 진정시킨 다음에 다른 사람에게는 그것에 관해 얘기하지 말라고 당부해놓았어요. 전 전부 실없는 말이라고 생각해요. 하지만 아버님, 다음 방문하실 땐 이 사건을 알아보시는 게 좋을 듯싶어요. 아버님이 자세하게 알아보신 다음에 실제로 필요하다면 아버님이 아시는 유력한 인사들을 통해서 이 사건에 개입하는 것이 쉬울 거라고 생각

돼요. 그렇게 할 필요까지는 없다 해도 대개는 그렇게 될 가능성이 무척 높으리라고 생각합니다만, 적어도 아버님의 딸에게 곧 아버님을 포옹할 수 있는 기회를 주신다면 기쁘겠어요.' 참 좋은 아이야." 편지를 다 읽고 난 숙부는 이렇게 말한 다음 눈에서 눈물을 닦아냈다. 카는 고개를 끄덕였다. 그는 최근 여러 가지 문제들 때문에 에르나에 대해서는 완전히 잊고 있었다. 그 애의 생일까지도 잊어버렸다. 그리고 초콜릿에 대한 이야기는 분명 숙부와 숙모에게 그를 감싸주려고 꾸며낸 것이었다. 그것은 너무나 감동적이어서 그가 이제부터 정기적으로 보내주기로 작정한 극장표만으로는 충분한 보상이 되지 못할 것 같았다. 그렇다고 해서 기숙사를 찾아가 열일곱 살짜리 어린 김나지움 여학생하고 환담이나 한다는 것은 아무래도 그의 형편에 맞지 않을 성싶었다. "그래 어찌된 일이냐?" 숙부가 물었다. 그는 조급한 마음과 흥분을 다 잊어버리고 다시 한 번 편지를 읽고 있는 듯 보였다. "네, 숙부님." 카가 말했다. "그건 사실입니다." "사실이라고?" 숙부가 외쳤다. "뭐가 사실이란 말이냐? 도대체 그게 어떻게 사실일 수 있단 말이냐? 무슨 소송이냐? 형사소송은 아니겠지?" "형사소송입니다"라고 카가 대답했다. "그런데 넌 여기 가만히 앉아서 형사소송을 걱정하고 있단 말이냐?" 숙부가 외쳤는데 언성이 점점 높아졌다. "가만히 있을수록 결말이 더 좋아집니다." 카가 지쳐서 말했다. "아무 걱정도 하지 마세요." "나는 그걸로 안심이 안 돼!" 숙부가 소리쳤다. "요제프, 요제프, 널 생각해봐, 네 친척들, 우리들의 명예를 생각해봐. 넌 지금까지 우리들의 명예였어. 넌 우리들의 수치가 되어선 안 돼. 네 태도는," 그는 고개를 옆으로 숙인 채 카를 쳐다보았다. "내 마음에 들지 않아. 아직 힘이 있는 죄 없는 피고인이라면 그런 태도를 취해선 안 된다. 무슨 일 때문인지 어서 말해라. 그래야 도울 수 있잖느냐. 은행에 관한 일이겠지?" "아닙니다." 카가 말하고서 일어섰다. "숙부님, 그런데 너무 크게 말씀하지 마세요. 사환이 문 뒤에서 듣고 있을 거예요. 그건 기분 나빠요. 우리가 나가는 게 낫겠어요. 그런 다음 숙부님의 질문에 할 수 있는 대로 모두 다 대답해드리겠어요. 집안사람들에게 해명을 해야 한다는 것쯤은 저도 잘 알고 있습니다." "그렇지." 숙부가 소리쳤다. "그렇고말고. 자, 요제프. 빨리 서둘러라. 빨리." "아직 몇 가지 지시해놓을 게 있는데요." 카가 말하고는 전화로 대리인을 불렀다. 그가 금방 들어왔다. 평상시 같으면 뻔한 일이었을 텐데도 흥분한 탓으로 숙부는 대리인을 부른 것은 카라고 손으로 카를 가리켜주는 것이었다. 쌀쌀하지만 주의 깊게 듣고 있는 젊은 이에게 책상 앞에 선 카는 여러 가지 서류들을 내보이면서 오늘 자기가 없는 동안 처리해야 할 것을 낮은 목소리로 설명해주었다. 숙부가 눈을 크게 뜨고 신경질적으로 입술을 깨물고 서 있어서 방해가 되었다. 물론 말을 경청하고 있지는 않았지만 그런 모습만으로도 방해되기에 충분했다. 그 다음엔 방 안을 왔다 갔다 하면서 창 앞이나 그림 앞에 서서, "정말 알 수 없는 일이야!" 또는 "도대체 어떻게 되는 판인지 말 좀 해보지!" 등 이러쿵저러쿵 혼자 중얼거렸다. 젊은이는 아무것도 듣지 않는 척하면서 카의 지시를 조용히 끝까지 듣고 몇 가지 메모한 다음 카와 숙부에게 인사하고 나갔다. 그러나 그때 숙부는 그 대리인한테 등을 돌린 채 창밖을 내다보면서 양손을 내밀어 커튼을 움켜잡았다. 문이 닫히자마자 숙부가 소리쳤다. "이제야 꼭두각시가 사라졌군. 이제 나가도 되겠구나. 이제야!" 현관 홀에선 행원들 몇 명과 사환들이 여기저기 서 있고 차장도 지나가고 있었지만 소송에 관한 질문을 하는 숙부를 막을 도리가 없었다. "그러니까 요제프," 둘러 서 있던 사람들이 인사를 하자 가볍게 답례를 하면서 숙부가 말을 꺼냈다. "이제 무슨 소송인지 털어놓고 얘기해봐." 카는 몇 마디 내용이 없는 말을 하고는 약간 웃음을 머금고 계단이 있는 곳에 와서야 사람들 때문에 드러내놓고 얘기하고 싶지 않다고 숙부에게 말했다. "네 말이 맞다." 숙부가 소리쳤다. "하지만 이젠 말해봐라." 숙부는 머리를 숙인 채 시가를 허겁지겁 피워가면서 얘기를 듣고 있었다. "하여튼, 숙부님." 카가 말했다. "일반 법원의 소송이 아닙니다." "그건 좋지 않군." 숙부가 말했다. "어째서요?" 카가 말하면서 숙부를 바라보았다. "그건 좋지 않단 말이다." 숙부가 반복해서 말했다. 그들은 거리로 통하는 옥외계단 위에 서 있었다. 수위가 듣고 있는 것 같아서 카는 숙부를 아래로 끌어당겼다. 그들은 교통이 복잡한 거리로 들어섰다. 카의 팔을 잡고 오던 숙부는 소송에 대해서 더 이상 서둘러 묻지 않았다. 그들은 잠시 동안 아무 말도 없이 걸어가기만 했다. "어떻게 된 일이냐?" 마침내 숙부가 물었다. 그때 그가 갑자기 걸음을 멈추어 서는 바람에 뒤에 오던 사람들이 깜짝 놀라 피했다. "그런 일이란 갑자기 나타나는 것이 아니고 오래전부터 만들어지는 것이니까 틀림없이 그 징조가 있었을 텐데, 어째서 나한테 편지를 하지 않았니? 내가 널 위해선 무슨 일이라도 한다는 걸 알잖니? 난 아직도 어느 정도는 네 후견인이라고 할 수 있고, 지금까지도 그걸 자랑스럽게 생각하고 있지. 지금도 물론 널 도와줄 생각이야. 그런데 소송이 벌써 진행 중이라면 상당히 어렵다. 어쨌든 제일 좋은 것은 네가 잠시 휴가를 받아서 우리 시골로 오는 것일 거야. 이제 보니 너도 좀 야위었구나. 시골이라면 건강해질 것이고 그건 좋은 일이지. 앞으로는 분명 힘든 일이 있을 거야. 그 밖에 시골로 내려가면 어느 정도는 법원으로부터 벗어난 상태가 되겠지. 여기선 그네들이 필요에 따라 너를 멋대로 부릴 수 있는 온갖 권력수단을 갖고 있지. 그렇지만 시골에 있으면 기껏해야 기관에 있는 사람들을 파견하거나 혹은 그저 편지나 전보 또는 전화를 통해서나 너에게 얘기할 수 있을 거다. 시골에 있는 것이 물론 작용력을 약화시키고, 널 해방까진 못 시킨다 해도 편안히 숨쉬게 해주는 거지." "그들은 제가 떠나는 것을 금할지 모릅니다." 숙부의 말에 약간 솔깃해진 카가 말했다. "그네들이 그러리라고는 생각지 않는다." 숙부가 심각하게 말했다. "네가 여행을 떠난다고 해도 그들의 권력 손실은 그리 크지 않을 거야." "제 생각에는," 하고 카는 숙부가 걸음을 멈추는 것을 막으려고 숙부의 팔 아래를 잡았다. "숙부님이시라면 문제 전체에 대해 저보다도 의미를 덜 부여하리라 생각했는데, 지금 보니까 아주 심각하게 생각하고 계시는군요." "요제프" 하고 숙부가 외치고는 걸음을 멈추기 위해 그를 뿌리치려 했지만 카가 놓아주지 않았다. "넌 달라졌어. 넌 항상 옳은 판단력을 갖고 있었는데, 이젠 그게 사라진 모양이구나. 넌 소송에 질 생각이냐? 그게 무슨 뜻인지 알기나 하니? 그렇게 되면 넌 간단히 말살되는 거야. 그리고 친척들까지 모두 휩쓸리게 되거나 아니면 크게 수치를 당하게 되는 거야. 요제프 제발 정신 좀 차려라. 네가 그렇게 무관심하다니 알다가도 모를 일이구나. 널 쳐다보면 '그런 재판은 하나마나 진 것이다' 라는 옛말이 맞는 것 같구나." "숙부님," 카가 말했다. "흥분은 도움이 안 됩니다. 숙부님에게나 저에게나 다 그렇습니다. 흥분해서는 소송에 이길 수가 없어요. 숙부님의 경험이 절 당황하게 할 때도 있지만 그래도 전 항상, 그리고 지금도 그것을 대단히 존경하고 있으니 저의 실제적인 경험도 좀 알아주세요. 가족이 소송 때문에 함께 수난을 당하게 될 것이라고 말씀하셨으니까 —저로서는 전혀 이해가 안 되고, 또 그런 것은 부차적인 문제일 뿐입니다 —전 숙부님 말씀에 전적으로 따르고 싶습니다. 다만 제가 시골에 가는 문제는 숙부님의 생각을 인정하긴 하지만 그것이 이롭지 못하다고 생각합니다.

왜냐하면 그것은 도주이며 죄를 인정하게 되는 거니까요. 그리고 여기선 압력을 더 받긴 하지만 대신에 제가 나서서 사건을 더 많이 추진할 수 있으니까요." "네 말이 옳구나." 숙부가 이제야 드디어 서로 가까워진 투로 말했다. "내가 그런 제안을 했던 것은 네가 그냥 여기에 있으면 네 무관심 때문에 사건이 위험스러워질 거라고 생각하고 너 대신에 내가 나서서 일을 하는 게 더 나을 것 같았기 때문이다. 너 스스로가 전력을 다해서 일을 추진하겠다면 물론 그게 훨씬 더 낫지." "그 점에 있어서 우리는 의견이 일치한 거군요." 카가 말했다. "제가 우선 무엇을 해야 할지, 혹시 무슨 제안이라도 있으신가요?" "물론 그 사건을 좀더 숙고해봐야겠다." 숙부가 말했다. "벌써 이제 이십 년째 계속 시골에 살고 있기 때문에 내가 이런 방면에 대해선 감각이 둔하다는 걸 알아야 한다. 이런 문제에 대해서 나보다 더 잘 알 만한 사람들과의 여러 가지 중요한 연락이 자연히 끊어지고 말았지. 너도 잘 알겠지만 난 시골에 좀 고립해서 살고 있지. 이런 일이 닥치고 보니까 몸소 그걸 느끼겠구나. 게다가 이런 사건은 별로 예측도 못하고 있었으니까. 그래도 이상한 일이지만 에르나의 편지를 받고서 난 이런 일을 예측했고, 오늘 네 얼굴을 보자마자 그걸 확신하게 되었지. 그렇지만 그건 아무래도 괜찮다. 중요한 것은 시간을 잃지 않는 일이야." 얘기를 하는 도중에 그는 발끝을 돋우면서 택시를 부르더니 운전사에게 주소를 일러주고는 카를 차 안으로 끌어들였다. "지금 홀트 변호사에게 가는 거야." 그가 말했다. "그는 내 학교동창이지. 너도 그 이름을 알고 있지? 모른다고? 그거 이상하구나. 그 사람은 변론인이자 극빈자 변호사로서 상당한 명성을 가지고 있지. 그렇지만 난 무엇보다 인간으로서의 그에게 커다란 신뢰를 가지고 있지." "숙부님이 하시는 일이라면 뭐든지 좋습니다." 카는 이렇게 말했지만 숙부가 일을 서두르면서 급하게 처리하는 태도가 불안감을 주었다. 피고인으로서 극빈자 변호사에게 간다는 것 역시 썩 기분 좋지는 않았다. "전 말입니다." 카가 말했다. "이런 사건에 변호사까지 댈 줄은 몰랐어요." "당연하지." 숙부가 말했다. "그건 당연한 거야. 있어야 하고말고. 사건에 대해 알 수 있도록 지금까지 일어난 일을 말해다오." 카는 하나도 숨기지 않고 곧 이야기를 시작했다. 탁 놓고 이야기하는 것이 소송을 대단한 수치라 여기는 숙부에게 할 수 있는 유일한 항거였다. 뷔르스트너 양의 이름을 그는 단 한 번 언뜻 비쳤는데, 그것이 그의 솔직한 태도를 약화시키지는 않았다. 왜냐하면 뷔르스트너 양은 재판과는 아무런 관계도 없기 때문이었다. 얘기를 하는 동안 그는 창밖을 내다보면서 지금 그들이 법원 사무처가 있는 교외로 가까이 가고 있다는 것을 알았다. 그가 숙부에게 그 사실에 대해 주의를 환기시켰지만 숙부는 그러한 우연의 일치를 별로 대수롭게 여기지 않았다.

자동차가 어느 침침한 집 앞에 섰다. 숙부가 일층 첫 번째 문에서 초인종을 눌렀다. 기다리는 동안 그가 미소를 지으면서 커다란 이를 드러내고는 낮은 목소리로 말했다. "여덟 시로구나. 소송의뢰인이 방문하기에 적당한 시간이 아니로군. 그래도 훌트는 나쁘게 생각하지 않을 거야." 문에 달린 자그마한 구멍 창에 크고 검은 눈 두 개가 나타나더니 잠시 동안 두 방문객을 쳐다보고는 사라졌다. 그런데도 문은 열리지 않았다. 숙부와 카는 두 개의 눈을 보았음을 서로 확인했다. "새로 온 하녀가 낯선 사람을 두려워하는 모양이로군." 숙부가 말하고 다시 한 번 노크했다. 다시 눈이 나타났는데, 거의 슬프게 보이는 눈이었다. 그러나 그것은 머리 가까이에서 요란하게 쉿쉿 소리를 내며 타고 있는 가스등의 희미한 빛 때문에 생긴 착각인지도 모른다. "문을 열어요." 숙부가 외치고는 주먹으로 문을 두드렸다. "우린 변호사의 친구요." "변호사께서는 편찮으십니다." 그들 뒤에서 속삭이는 소리가 들렸다. 작은 복도의 다른 쪽 끝에 한 남자가 잠옷 바람으로 서서 아주 낮은 소리로 그렇게 전해주었다. 오래 기다려서 화가 난 숙부가 홱 돌아서며 외쳤다. "아파요? 그가 아프단 말씀이지요?" 그러고는 그 남자가 병이라도 되는 것처럼 거의 위협적으로 그에게 다가갔다. "문은 아까부터 열어놨어요." 남자는 변호사의 집 문을 가리키더니, 잠옷을 여미며 사라져버렸다. 문은 실제로 열려 있었고, 한 젊은 여자가 ─ 앞서 본 검고 약간 튀어나온 눈을 카는 다시 알아보았다 ─ 길고 하얀 앞치마를 두른 채 서 있었는데, 손에는 촛불을 들고 있었다. "다음번엔 문을 좀 빨리 열어주시오." 인사를 하는 대신 숙부는 이렇게 말했다. 그때 그 처녀는 무릎을 조금 굽혀서 인사했다. "들어가자, 요제프." 처녀 곁을 천천히 지나가고 있는 카에게 숙부가 소리쳤다. "변호사께서는 편찮으세요." 숙부가 걸음을 멈추지 않고 문 쪽으로 급히 걸어가는 것을 보고 처녀가 말했다. 처녀가 거실 문을 다시 닫으려고 돌아서는 동안 카는 그녀를 놀란 듯이 쳐다보았다. 그녀의 얼굴은 인형처럼 둥글었다. 파리한 뺨과 턱도 그랬지만 관자놀이와 이마가 동그스름했다. "요제프," 숙부가 다시 외치더니 처녀에게 물었다. "심장병인가?" "그러신 것 같아요." 처녀가 말했다. 그러면서 그녀는 여유를 되찾아 초를 들고 앞장서서 가서는 방문을 열었다. 촛불이 아직 미치지 못한 방 한구석에 긴 수염을 한 얼굴이 침대에서 나타났다. "레니, 누가 왔니?" 촛불 때문에 눈이 부셔서 손님들을 알아보지 못한 변호사가 물었다. "자네의 오랜 친구 알베르트일세." 숙부가 말했다. "아, 알베르트." 변호사는 이 손님한테라면 체면 차릴 필요가 없다는 듯이 다시 베개에 머리를 두고 누웠다. "정말 그렇게 심한가?" 숙부가 묻고서 침대가에 앉았다. "난 그렇게 생각하지 않는데. 자네 심장병이 도진 것이니 전에도 그랬듯이 곧 나을 걸세." "그렇겠지." 변호사가 나지막하게 말했다. "그렇지만 여느 때보다 더 심해. 숨쉬기가 힘들고 잠을 통 못 자는 데다 매일 기력이 떨어지거든." "저런." 숙부는 말하고는 큰 손으로 파나마 모자를 무릎 위에 꽉 눌렀다. "그거 나쁜 소식이로군. 간호는 제대로 받고 있나? 여긴 너무 답답하고 어두워. 내가 왔다 간 지 오래되었지. 전에는 훨씬 아늑했던 것 같은데. 저 작은 아가씨도 별로 명랑해 보이지 않는군. 아니면 괜히 그런 척하는 것인지도 모르지만." 처녀는 아직도 초를 든 채 문가에 서 있었다. 그녀의 아리송한 눈길로 보건대, 그녀는 자신에 대해 말하고 있는 숙부보다는 오히려 카를 쳐다보고 있었다. 카는 처녀 옆으로 밀어놓은 안락의자에 기대고 있었다. "나처럼 병이 들면," 변호사가 말했다. "쉬어야 해. 난 슬프지 않아." 그가 잠시 쉬었다가 말을 이었다. "그리고 레니는 날 잘 돌봐주고 있어. 정말 참하지." 그러나 이런 말은 숙부에게 확신을 줄 수 없었다. 그는 시중드는 아가씨에 대해서 눈에 띄게 편견을 가지고 있었다. 숙부는 환자의 말에 아무런 이의도 달지 않았지만 그 시중드는 아가씨의 거동을 쌀쌀맞은 시선으로 쫓고 있었다. 그때 그녀는 탁자 위에 촛불을 놓고 환자한테 몸을 수그린 다음 베개를 바로 잡아주면서 그와 귓속말을 했다. 숙부는 환자에 대한 생각은 거의 다 잊어버리고 일어나서 아가씨 뒤를 이리저리 따라다니고 있었다. 숙부가 그녀의 스커트를 잡고 침대에서 끌어당겼다고 해도 카는 놀라지 않았을 것이다. 카는 이 모든 것을 조용히 바라보고 있었다. 변호사가 아프다는 사실이 그로서는 아주 반갑지 않은 일은 아니었다. 자기 소송 문제에 대해 숙부가 갖게 된 성화를 막을 길이 없었다. 자기가 관여하지 않고도 지금 그 성화가 다른 데로 쏠리고 있는 것을 기꺼이 묵인했다. 오로지 시중드는 여자를 모욕하기 위한 의도에서였는지 숙부가 그때 이렇게 말했다. "아가씨 잠시 자리 좀 비켜주시오. 내 친구하고 개인적인 용건에 대해서 상담할 게 있소." 그러자 아직도 환자에게 몸을 수그리고서 지금 벽 쪽의 시트를 반듯하게 펴고 있던 아가씨가 고개만 돌린 채 조용히 대답했다. 그것은 화가 나서 말을 더듬다가 다시 성급하게 말하는 듯한 숙부의 말투와는 현저하게 대조를 이루었다. "보시다시피 선생님께서는 편찮으세요. 어떤 용건에 대해서도 상담할 수가 없으세요." 단지 편하기 때문에 숙부의 용어를 그대로 반복한 것 같기도 했지만, 제삼자가 보더라도 그녀의 말은 조롱하는 투로 여겨질 수 있었다. 숙부는 무엇에 찔리기라도 한 것처럼 펄쩍 뛰었다. "빌어먹을 것." 그는 이렇게 말했지만 너무나 흥분한 목소리였기 때문에 거의 알아들을 수가 없었다. 그렇게 될 거라고 예측은 했지만 카는 깜짝 놀랐으며, 두 손으로 입을 막으려는 생각에 급히 숙부에게로 다가갔다. 다행이 처녀 뒤에서 환자가 몸을 일으켰다. 숙부는 무슨 역겨운 것을 삼키는 것처럼 어두운 얼굴을 하더니 더욱 조용하게 말했다. "우리는 아직 이성을 잃지는 않았어. 들어주기 불가능한 것이라면 내가 그것을 요구하지도 않을 거야." "자, 이젠 나가주세요." 시중드는 여자는 숙부를 향해 얼굴을 돌린 채 침대 옆에 똑바로 서 있었으며, 그때 카가 보기엔 한 손으로는 변호사의 손을 어루만지고 있었다. "레니 앞에선 무슨 말이든 해도 되네." 분명히 애원하는 투로 환자가 말했다. "그건 내 문제가 아닐세." 숙부가 말했다. "내 비밀이 아니란 말일세." 그러고는 상의하는 데 더 이상 개입하려는 것은 아니지만 잠시 생각할 여유를 주겠다는 듯이 몸을 돌렸다. "그럼 도대체 누구 일인가?" 변호사는 꺼져가는 목소리로 묻더니 다시 뒤로 누웠다. "내 조카 일일세." 숙부가 말했다. "그를 여기에 데리고 왔네." 그러고는 숙부는 카를 소개했다. "은행 대리

요제프 카일세." "오오," 환자가 한결 기운을 차리고 말하면서 카에게 손을 내밀었다. "미안해요. 전혀 알아보지 못했어요. 레니, 나가줘." 그가 시중드는 여자에게 말하자 그녀는 더 이상 거부하지 않았다. 오랫동안 작별이라도 하는 사람처럼 그는 그녀에게 손을 내밀었다. "그러니까 자네는," 숙부가 마음이 풀려 가까이 다가가자 그가 숙부에게 이렇게 말했다. "병문안이 아니라 일 때문에 온 거로군." 그가 지금껏 그렇게 무기력하게 보였던 이유가 마치 병문안 왔다는 생각 때문이었던 것 같았다. 이제 그는 제법 기력이 있어 보였다. 상당히 힘들 것 같은데도 한쪽 발꿈치로 계속 몸을 버티고 서 있었다. 그리고 계속해서 수염 한 가닥을 잡아당기고 있었다. "자네 한결 건강해 보이는걸." 숙부가 말했다. "그 마귀 같은 년이 나가니까 말일세." 그가 말을 중단하고 나직이 말했다. "틀림없이 엿듣고 있을 거야" 하고 그는 문으로 달려갔다. 그러나 문 뒤에는 아무도 없었다. 숙부는 되돌아왔는데, 실망했다기보다는 비통한 기분이었다. 왜냐하면 엿듣지 않는 것이 더 나쁜 짓으로 생각된 까닭이었다. "자네 그 여자를 잘못 생각하고 있는 거야" 하고 변호사는 말했지만 시중드는 여자를 더 이상 감싸주지는 않았다. 아마도 그렇게 함으로써 그녀를 감쌀 필요가 없다는 것을 알리려는 것 같았다. 그러나 훨씬 정다운 어조로 그는 계속 말을 했다. "자네 조카일 말인데 그 어려운 문제를 처리할 만큼 내가 힘이 충분하다면 얼마나 좋겠나. 그럴 힘이 있을는지 걱정이 되는군. 그렇지만 아무런 시도도 안 하진 않겠네. 그리고 내가 힘이 미치지 못한다면 다른 사람더러 해보라고 주선해보겠네. 솔직히 말해서 그 사건은 상당히 흥미가 있어서 사건에 관여하는 것을 완전히 포기하고 싶진 않다네. 만약 내 심장이 견디어내지 못한다면 그때서야 적어도 완전히 포기할 구실이 생기는 셈이지." 카는 이 모든 말을 하나도 이해하지 못한 느낌이었다. 그는 설명을 구할까 해서 숙부를 쳐다보았지만 숙부는 손에 초를 든 채 침실용 탁자 위에 앉아 있었는데, 거기에서 약병 하나가 양탄자 위로 굴러 떨어져 있었다. 그는 변호사가 하는 말에 고개를 끄덕이며 모든 것에 동의했다. 그리고 때때로 카를 쳐다보면서 그렇게 동의하기를 요구하는 것 같았다. 숙부가 변호사에게 이미 소송에 관해 얘기한 것일까? 그렇지만 그건 불가능한 일이다. 지금까지의 일이 그것과 모순되지 않는가. 그래서 그는 이렇게 말했다 "저는 무슨 말씀이신지 이해하지 못하겠어요 ─" "그래요? 그럼 내가 당신을 오해한 모양이지요." 변호사가 카만큼이나 놀라고 당황해서 물었다. "내가 아마 너무 성급한 모양이군요. 그럼 나에게 하실 말씀이 무엇인가요? 나는 당신 소송 문제인 줄 알았는데." "물론 그렇지"라고 숙부가 말하고 카에게 물었다. "대체 왜 그러는 거니?" "맞아요. 하지만 어디서 저와 제 소송에 대해 들으셨나요?" 카가 물었다. "아, 네"라고 변호사가 웃으면서 말했다. "난 변호사니까 법원 사람들과 왕래가 있지요. 거기서는 여러 가지 소송에 관해서 말들을 하는데, 주목되는 소송, 특히 친구 조카와 관계되는 것은 기억에 남지요. 그건 조금도 이상한 일이 아닙니다." "왜 그러느냐?" 숙부가 카에게 다시 물었다. "아주 불안해 보이는구나." "법원 사람들하고 왕래가 있으시다고요?" 카가 물었다. "그래요." 변호사가 말했다. "어린애 같은 질문을 하는구나." 숙부가 말했다. "같은 분야 사람들이 아니면 내가 누구하고 왕래하겠습니까?" 변호사가 덧붙여 말했다. 그 말은 조금도 반박할 여지가 없게 들렸기 때문에 카는 아무 대답도 하지 않았다. '그렇지만 당신께서 일하시는 곳은 법원청 안에 있는 법정이지 다락방은 아니지 않습니까?' 라고 카는 말하고 싶었지만, 실제로 그렇게 말할 수는 없었다. "그렇지만 말입니다." 변호사는 당연한 것을 필요 없이 그리고 지나가는 말로 한다는 투로 얘기를 이었다. "그렇지만 그런 왕래를 통해서 내 소송 의뢰인들에게 상당한 이익이 돌아온다는 것을 아셔야 합니다. 그것도 여러 가지 면에서 그렇지요. 이런 일에 대해서는 아무 때나 말할 것이 못 됩니다. 물론 나는 지금 병 때문에 약간 지장을 받고 있습니다만 법원에서 일하는 좋은 친구들이 찾아와 주기 때문에 상당히 알고 있지요. 극히 건강한 몸으로 하루 종일 법원에서 지내는 사람들보다 내가 훨씬 많이 알고 있을지도 모릅니다. 이를테면 지금도 반가운 방문객이 와 계십니다." 그리고 그는 컴컴한 방구석을 가리켰다. "어디 말씀이신가요?" 카는 처음에는 놀라서 거의 당돌하게 물었다. 그는 불안하게 이리저리 둘러보았다. 초가 작아서 불빛이 건너편 벽까지는 미치지 못했다. 그런데 실제로 그 방구석에서 무엇인가 움직이기 시작했다. 숙부가 지금 높이 들어올린 촛불로 보니까 작은 책상 옆에 한 중년 남자가 앉아 있는 게 보였다. 그는 거의 숨도 안 쉬었던 모양이었다. 그렇지 않고서야 어찌 그렇게 오랫동안 눈에 띄지 않을 수 있었겠는가. 그는 이제 어물쩍거리며 일어났는데, 사람들의 시선이 자기에게 돌려진 게 분명 못마땅한 모양이었다. 그는 두 손을 짧은 날개처럼 움직였는데 그렇게 함으로써 모든 소개와 인사를 거부하려는 듯 보였다. 그리고 자기 때문에 절대로 다른 사람을 방해하고 싶지 않다는 것과 자기를 어둠 속에 있도록 내버려두고 자기의 존재를 잊어달라고 애원하는 것 같았다. 그러나 이젠 그럴 수도 없는 노릇이었다. "당신네들은 우리를 놀라게 했어요." 설명을 하기 위해서 변호사가 이렇게 말하고 그 남자한테는 손짓을 해 가까이 오도록 재촉했지만 그 남자는 주저하는 듯이 천천히 주위를 살피면서 어느 정도 위엄 있는 태도로 걸어왔다. "사무처장님께서는 ── 아, 그렇군요. 실례 했습니다. 그만 소개를 안 했군요. 이분은 내 친구 알베르트이고 여기는 알베르트의 조카인 은행 대리 요제프 카 씨이고, 여기는 사무처장님 ─ 사무처장님께서 친절하게도 날 찾아와 주셨네. 이렇게 찾아오시는 게 얼마나 고마운 일인지는 처장님이 얼마나 일 더미에 파묻혀 계신 분인지를 아는 사람만이 깨달을 수 있지. 그렇게 바쁘신데도 와주셨고, 우리는 내 건강에 해가 되지 않도록 조용히 얘기하고 있던 중이었지. 레니에게 손님을 들여보내지 말라는 당부까지는 안 했다네. 찾아올 사람도 없었으니까 말일세. 하지만 우리는 단둘이만 있어야 한다고 생각은 했었지. 그런데 알베르트, 자네가 주먹으로 두드리는 통에 사무처장님께서 의자와 책상을 갖고 방구석으로 피신을 가신 거라네. 그렇지만 우리가 혹시, 그럴 의향이 있다면, 한 가지 공동문제에 대해서 의논해야 할 모양이니 그럴 거라면 차라리 자리를 함께 하도록 하지. 자, 처장님." 그가 고개를 숙이고 아첨하는 듯한 미소를 띤 채 침대 곁에 있는 안락의자를 가리켰다. "미안하지만 난 잠깐밖에 시간이 없어요." 사무처장이 친절하게 말하고는 안락의자에 떡하니 앉아 시계를 들여다보았다. "일이 밀려서 말입니다. 그렇긴 해도 내 친구의 친구를 알게 되는 기회를 놓치고 싶지는 않군요." 그가 숙부에게 고개를 가볍게 수그렸다. 숙부는 이렇게 새로 사귀게 된 것에 극히 만족한 것처럼 보였지만 천성대로 존경심을 표현하진 못했고, 사무처장의 말에 당황한 듯한 요란한 웃음만 지었다. 꼴사나운 모습이 아닌가! 어느 누구도 자신에 대해서 관심을 갖지 않았기 때문에 카는 조용히 모든 것을 관찰할 수 있었다. 사무처장은 일단 끼어들자 그것이 그의 습관인 양 대화의 주도권을 잡았으며, 변호사는 처음에 아프다고 한 것도 단지 새 손님을 쫓아 보내기 위한 구실이었던 것처럼 손을 귀에다 대고는 열심히 귀를 기울이고 있었으며, 초를 손에 들고 있는 숙부는 ─ 그는 초를 넓적다리 위에 놓고 균형을 잡았고 변호사는 걱정이 되는지 자꾸만 그쪽을 쳐다보았다 ── 곧 당황하는 태도에서 벗어나 사무처장의 말투나 그가 말할 때 부드럽게 파도처럼 흔드는 손동작에 매료되었다. 침대 기둥에 기댄 카는 사무처장에 의해 의도적으로 완전히 도외시되는 것 같았고, 나이 든 사람들에게는 청중 구실만 하고 있었다. 게다가 그는 그들이 무엇에 대해 얘기를 하고 있는지 알 수가 없었다. 그는 한번은 시중드는 여자에 대해서, 숙부가 그 여자에게 나쁘게 대하던 일에 대해서 생각을 하다가 또 한번은 자기가 사무처장을 어디선가 본 적이 없는지, 첫 번째 심리 모임에서 보지나 않았는지 생각해보았다. 착각인지는 모르지만 그래도 사무처장은 모임에 참석한 사람 중의 제 일렬에 있던, 수염이 듬성듬성 났던 노인네들 사이에 끼여 있던 사람인 것 같았다.

그때 현관에서 사기그릇이 깨지는 것 같은 소리가 들려왔기 때문에 모두들 귀를 기울였다. "제가 무슨 일인지 알아보고 오겠습니다." 카가 말하고는 다른 사람들에게 자기를 제지할 기회를 주려는 것처럼 천천히 밖으로 나갔다. 그가 현관에 들어서서 어둠 속에서 길을 더듬기 시작하자 문을 잡고 있던 그의 손 위에 작은 손이, 카의 손보다 훨씬 작은 손이 놓이더니 문을 조용히 닫았다. 그것은 거기서 기다리고 있던 시중드는 여자였다. "아무 일도 없어요." 그녀가 소곤거렸다. "당신을 불러내려고 접시 하나를 벽에다 던졌을 뿐이에요." 주저하면서 카가 말했다 "저도 당신을 생각했어요." "더 잘됐군요." 시중드는 여자가 말했다. "이리 오세요." 몇 걸음 안 가서 뿌연 유리가 달린 문이 있었다. 시중드는 여자는 카 앞에 있는 그 문을 열었다. "들어가세요." 그녀가 말했다. 그곳은 변호사의 사무실이었다. 달빛이 두 개의 커다란 창문 앞의 작고 네모난 부분의 바닥을 비추고 있었는데, 그 사무실은 묵직하고 낡은 가구로 장식되어 있었다. "이리 오세요" 하고 시중드는 여자는 나무장식 등받이가 있는 칙칙한 궤짝을 가리켰다. 카는 거기에 앉은 뒤 방 안을 둘러보았다. 방은 높고 컸다. 극빈자 변호사의 의뢰인들은 여기서 어리둥절했을 것이다. 카는 그 손님들이 거대한 책상 앞으로 조심스럽게 걸어가는 모습을 보는 듯한 기분이 들었다. 그러고는 그런 것을 곧 잊어버리고 시중드는 여자에게만 눈을 주었다. 그녀는 바싹 다가앉아 그를 거의 옆 등받이 쪽으로 밀고 있었다. "전 말예요." 그녀가 말했다. "제가 먼저 당신을 부르지 않더라도 당신 스스로 오실 줄 알았어요. 정말 이상했어요. 처음에 당신은 들어서자마자 절 계속 쳐다보시더니, 그 다음엔 날 기다리게 만들었어요." "저를 그냥 레니라고 부르세요." 그녀는 이 말의 어느 순간도 놓칠 수 없다는 듯 급히 거침없이 덧붙였다. "좋아요." 카가 말했다. "레니, 내가 이상하다고 했는데, 그건 간단히 설명할 수 있어요. 첫째로 난 노인네들의 수다 떠는 말에 귀를 기울이는 수밖에 별 도리가 없었어요. 이유 없이 떠날 수야 없으니까요. 둘째로 난 뻔뻔스럽지 못하고 수줍어하는 편이지요. 그리고 레니, 당신은 결코 단숨에 유혹할 수 있는 여자로는 보이지 않았고요." "그렇지 않아요." 레니가 말하고는 팔을 의자 등받이에 올려놓고서 카를 쳐다보았다. "그렇지만 내가 당신 마음에 들지 않았고 지금도 마음에 들지 않는 모양이군요." "마음에 든다는 말로는 부족할지 모릅니다." 카가 발뺌하듯이 말했다. "어머나!" 그녀가 미소를 지으면서 말했는데 카의 말과 이 외마디 외침을 통해서 그녀는 어느 정도 우월감을 갖게 되었다. 그래서 카는 잠시 아무 말도 하지 않았다. 이제 그는 방 안의 어두움에 익숙해졌기 때문에 내부 시설의 세세한 부분까지 구별할 수 있었다. 문 오른쪽에 걸린 커다란 그림이 유난히 눈에 띄었다. 그는 그림을 자세히 보려고 몸을 수그렸다. 법관복을 입은 어떤 남자가 그려져 있었다. 그는 높은 옥좌 모양의 의자에 앉아 있었는데,

의자의 도금이 그림에서 여러 가지로 돋보였다. 이상한 점은 이 판사가 가만히 위엄 있게 앉아 있는 것이 아니라 왼팔은 등받이와 팔걸이에 꽉 붙이고 오른팔은 기댄 데가 없이 그냥 손으로 팔걸이를 잡고 있다는 것이었다. 그것은 마치 금방이라도 난폭해져서 격분한 태도로 펄쩍 튀어 일어나 무엇인가 결정적인 이야기를 하거나 혹은 판결이라도 내리려는 듯 보였다. 피고인은 층계의 발치에 있는 것으로 생각되는데, 그림에서는 노란 양탄자가 깔려 있는 계단의 윗부분만 보였다. "아마 내 담당 판사인지도 모르겠군." 카가 말하고서는 손가락으로 그림을 가리켰다. "전 그분을 알아요" 하고 레니는 그림을 쳐다보았다. "그분은 여기에 자주 오세요. 그림은 젊었을 적 모습인데, 그분하고는 전혀 닮지도 않았어요. 그분은 거의 난쟁이만큼이나 작으니까요. 그런데도 그림에는 그렇게 크게 그리게 했어요. 여기에 있는 다른 사람들과 마찬가지로 허영심이 엄청 많아서 그렇지요. 하지만 저도 허영심이 많아요. 제가 당신 마음에 전혀 들지 않는다는 게 무척 섭섭해요." 마지막 말에 대해 카는 단지 레니를 껴안아 끌어당기는 것으로 응답을 했다. 그녀는 머리를 조용히 그의 어깨에 기댔다. 그녀의 나머지 말에 대해선 이렇게 말했다. "그 사람 지위가 무엇이지요?" "예심판사예요." 그녀가 말하고는 자기를 껴안고 있는 카의 손을 잡고 손가락을 만지작거렸다. "또 겨우 예심판사야." 카가 실망해서 말했다. "고위 관리들은 전부 숨어 있군. 하지만 옥좌 모양의 의자에 앉아 있는 것은 뭐야." "그건 모두 조작이에요." 레니는 머리를 카의 손 위로 수그린 채 말했다. "사실은 부엌 의자에 앉은 거예요. 그 위에 낡은 말안장 덮개를 얹어놓은 거예요. 그런데 당신은 계속 소송에 대해서 생각해야 하나요?" 그녀가 천천히 말을 이었다. "아니오. 전혀 그렇지 않습니다." 카가 말했다. "재판에 대해서 실제로는 너무나 조금밖에 생각하지 않고 있어요." "그건 당신 잘못이 아녜요." 레니가 말했다. "당신이 너무 고집을 부린다는 말을 들었어요." "누가 그런 말을 하던가요?" 카가 물었다. 그는 자기 가슴에 닿은 그녀의 육체를 느꼈으며, 숱이 많고 꼭 땋아 내린 그녀의 검은 머리를 내려다보았다. "그걸 말하면 너무 많이 누설하는 거예요." 레니가 대답했다. "제발 이름은 묻지 말아주세요. 당신 잘못을 버리고 더 이상 고집부리지 마세요. 아무도 이 법원에 맞서 싸울 수는 없어요. 반드시 고백을 해야 하니까요. 다음 기회에 고백하도록 하세요. 그런 다음에야 빠져나갈 수 있을 거예요. 그런 다음에야 말이에요. 그렇지만 그것조차도 남의 도움 없이는 불가능해요. 당신은 그런 도움 때문에 걱정할 건 없어요. 그것은 제가 해드릴 테니까요." "당신은 이 법원과 거기에서 필요한 속임수에 대해 많은 것을 알고 있군요" 하고 카는 너무 세게 달라붙는 그녀를 자기 무릎에다 올려놓았다. "그렇게 해주니 좋아요." 그녀가 말하고는 스커트를 펴고 블라우스도 바로잡으면서 그의 무릎에서 자세를 편하게 했다. 그런 다음엔 두 손으로 그의 목에 매달리더니 몸을 뒤로 젖히고 그를 한참 쳐다보았다. "그런데 내가 고백하지 않는다면 날 도울 수 없나요?" 카가 떠보느라고 물었다. '나는 여성 협조자를 구하고 있는 거군.' 그는 거의 놀란 기분에서 이렇게 생각했다. '처음엔 뷔르스트너 양, 다음엔 정리의 부인, 이번엔 이 자그마한 시중드는 여자. 이 여자는 나한테 이해할 수 없는 욕망을 갖고 있는 것 같군. 이 여자는 마치 내 무릎이 자기의 유일한 보금자리인 양 거기에 앉아 있지 않은가!' "안 돼요" 하고 레니는 대답하고는 천천히 고개를 흔들었다. "그렇게 하지 않으면 도울 수 없어요. 하지만 당신은 제 도움 같은 건 전혀 원치 않아요. 당신은 그런 것에는 관심이 없어요. 당신은 고집이 세서 남의 말을 믿게 만들 수도 없군요." "당신 애인 있으세요?" 하고 잠깐 있다가 그녀가 물었다. "없어요." 카가 말했다. "있으실 거예요." 그녀가 말했다. "네, 사실 있어요." 카가 말했다. "애인이 없다고 말했지만 애인 사진을 지니고 다니기까지 해요." 그녀가 애걸하는 통에 그는 엘자의 사진을 보여주었다. 그의 무릎에서 몸을 구부린 채 그녀는 사진을 유심히 살폈다. 그것은 스냅 사진으로 술집에서 엘자가 즐겨 추는 선회 춤을 춘 후에 찍은 것이었다. 스커트는 선회했을 때의 주름이 그대로 남은 채 몸에 감겨 있었고 두 손은 탄탄한 허리에 대고서 목을 뺀 채 웃으면서 옆을 보고 있었다. 누구를 보고 웃고 있는지는 사진으로는 알 수가 없었다. "꼭 졸라맸군요." 레니는 이렇게 말하고 그렇게 보이는 곳을 가리켰다. "이 여자는 마음에 안 들어요. 무뚝뚝하고 거칠어요. 그렇지만 당신에게는 부드럽고 다정할지도 모르지요. 사진을 봐서도 그건 알 수 있어요. 이렇게 크고 억센 여자들은 부드럽고 다정한 것밖에 모르거든요. 하지만 그녀가 당신을 위해 희생할 수 있을까요." "없어요." 카가 말했다. "그 여자는 부드럽지도 다정하지도 않으며 날 위해 희생할 수도 없어요. 그리고 난 그 어느 것도 그 여자에게 요구해본 적이 없습니다. 그래요. 난 당신처럼 사진을 자세하게 본 적도 없어요." "그럼 당신은 그 여자에 대해서 별로 관심이 없으시군요." 레니가 말했다. "그렇다면 그녀는 당신 애인이 아니에요." "내 애인입니다." 카가 말했다. "난 내 말을 취소하지 않겠습니다." "그녀가 당신 애인이라고 해도," 레니가 말했다. "당신이 만약 그녀를 잃게 되거나 다른 사람, 예를 들어 저와 바꾸게 된다 해도 섭섭하지 않으시겠지요." "물론이지요." 카가 웃으면서 말했다. "그렇게 생각할 수도 있습니다. 그렇지만 그 여자는 당신과 비교할 때 큰 장점이 있습니다. 그녀는 내 재판에 대해서 아무것도 모르고 있고 혹시 알게 된다고 해도 그런 것에 대해선 별로 깊이 생각하지도 않을 겁니다. 그

여자는 나에게 순종하라고 설득하지도 않을 거고요.""그건 장점이
아니에요." 레니가 말했다. "만약 그녀에게 다른 장점이 없다면 전
용기를 잃지 않겠어요. 그 여자에게 육체적인 결함은 없나요?""육
체적인 결함 말입니까?" 카가 물었다. "그래요." 레니가 말했다.
"전 육체적으로 자그마한 결함이 있거든요. 보세요." 그녀는 오른
쪽 둘째손가락과 셋째손가락 사이를 벌렸는데 그 손가락 사이의 연
결 피부가 짧은 손가락의 윗마디까지 닿아 있었다. 그녀가 무얼 보
여주는지 카는 어둠 속에서 금방 알아볼 수가 없었다. 그녀는 만져
보라고 그의 손을 끌어당겼다. "자연의 장난이란 묘하군요" 하고
카는 손 전체를 다 보고 나서 말을 이었다. "정말 예쁜 손톱이군
요." 일종의 자부심을 가지고 레니는 그가 놀란 듯 자꾸만 자기의
손가락 두 개를 벌렸다 모았다 하는 것을 바라보았다. 그는 살짝 손
에 키스를 하고 손을 놓았다. "어머!" 그녀가 금방 소리쳤다. "제게
키스하셨군요." 입을 벌린 채 그녀는 그의 무릎 위로 기어 올라왔
다. 카는 당황해서 그녀를 쳐다보았다. 그녀가 자기한테 그렇게 가
까이 다가오자 후추처럼 쓰고 자극적인 냄새가 났다. 그녀는 그의
머리를 끌어당겨 그의 위로 몸을 수그리더니 목을 깨물고 키스를
했다. 결국엔 그의 머릿속까지 깨물었다. "당신은 애인을 저로 바
꾸신 거예요." 그녀는 때때로 그렇게 소리를 질렀다. "보세요. 당
신은 이제 애인을 바꾸신 거예요!" 그때 그녀의 무릎이 미끄러졌기
때문에 그녀는 짤막한 비명 소리와 함께 거의 양탄자 위에 쓰러졌
다. 카가 그녀를 붙잡으려고 껴안았지만 그 여자에게 끌려가고 말
았다. "이제 당신은 제 것이에요." 그녀가 말했다.

　"여기 집 열쇠가 있어요. 오고 싶을 때 오세요." 그녀의 마지막
말이었다. 떠나올 때도 그녀는 그의 등에다 마구 키스를 퍼부었다.
현관문 밖으로 나오자 가랑비가 내리고 있었다. 창가의 레니를 볼

수 있을까 해서 길 한가운데로 나가려고 했다. 그때 정신이 없어서 그때까지는 눈에 띄지 않았던 자동차에서 숙부가 달려나와 그의 팔을 당기더니 그를 박아놓기라도 하려는 듯이 대문에다 밀치는 것이었다. "이봐," 숙부가 외쳤다. "어떻게 그런 짓을 할 수 있느냐! 넌 잘돼가던 네 사건을 처참하게 망쳐버렸어. 그 보잘것없는 더러운 년과 기어 들어가 숨다니. 게다가 그년은 분명 변호사의 애인인 것 같던데. 그래 몇 시간이나 안 나타날 수가 있어! 이렇다 할 구실도 없이 아무것도 숨기는 기색도 없이 그것도 버젓이 다 드러내놓고, 그 여자에게 달려가서는 마냥 박혀 있다니! 널 위해 애쓰는 이 숙부, 널 위해 우리 편으로 끌어들여야 할 변호사, 특히 현 단계에서 네 문제에 대한 관건을 쥐고 있는 중요 인사인 사무처장, 이렇게 다 앉아 있었단 말이다. 우리는 어떻게 널 도울까 의논했던 말이야. 난 변호사를 조심스럽게 다루어야 했고, 변호사는 다시 사무처장에게 그래야 했다. 그러니 넌 어디까지나 날 지원해주어야 했어. 그런데 넌 그러기는커녕 사라지고 말았단 말이다. 결국 그 일은 숨길 수가 없었다. 그래도 그분들은 점잖고 세상일에 밝은 사람들이라 거기에 대해선 일언반구도 하지 않았지. 날 감싸주는 거였어. 그러나 결국 그분들도 더 이상 참을 수가 없고 사건에 대해서 얘기를 계속할 수 없게 되자 입을 다물고 말았지. 우리는 몇 분 동안이나 말없이 앉아서 네가 돌아오지 않을까 귀를 기울이고 있었다. 모두가 허사였지. 생각했던 것보다 훨씬 더 오래 앉아 있던 사무처장이 드디어 일어나서 작별인사를 했단다. 그분은 날 도와주지 못한 것을 무척 애석해하면서 지극한 호의로 한동안 문에서 기다리다가 가버렸지. 그분이 나가버렸기 때문에 물론 한 시름 놓긴 했지만 사실은 숨이 막힐 지경이었어. 몸이 아픈 변호사한테는 모든 게 더 충격적이었지. 그 선량한 친구는 내가 작별인사를 하는데도 아무 말도 하지 못했어. 넌 분명 그 사람을 완전히 파멸로 이끈 거야. 그리하여 네가 도움을 받아야 할 그 사람의 죽음을 재촉한 거지. 그리고 숙부인 나를 이 빗속에 몇 시간씩 기다리게 했지. 자, 봐라. 흠뻑 젖었잖아."

변호사. 제조업자. 화가[*]

어느 겨울날 오전 —— 밖에는 흐릿한 날씨에 눈이 내리고 있었다
—— 아직 이른 시간인데도 카는 벌써 몹시 지친 상태로 사무실에 앉
아 있었다. 아래 직원들만이라도 피해볼 생각으로 그는 중요한 일
을 하고 있는 중이니까 아무도 들여보내지 말라고 사환에게 일러두
었다. 그러나 일을 하는 대신에 의자에 앉아 몸을 돌리고 책상 위에
있는 두서너 개 물건들을 천천히 밀어놓은 다음, 자기도 모르게 팔
을 책상 위에 쭉 뻗고 고개를 숙인 채 꼼짝도 않고 앉아 있었다.

소송에 대한 생각이 그의 머리에서 떠나지 않았다. 가끔 그는 변
론서를 작성해서 법원에 제출하는 것이 낫지 않을까 하는 생각을
했다. 그 변론서에 경력을 짧게 쓴 다음 비교적 중요한 사건에 대해
서는 어떤 이유로 자기가 그렇게 행동하게 되었는지를 설명하고,
그런 행동방식이 현재의 판단으로 볼 때 거부될 수 있을지 아니면
시인될 수 있을지를 말하고, 이 찬부의 판단에 대한 이유를 밝히고
자 했다. 하여튼 이의가 없을 수 없는 변호사의 알맹이 없는 변호와
비교해볼 때 이러한 변론서의 장점이란 의심할 나위가 없었다. 사
실 카는 변호사가 무엇을 획책하고 있는지 전혀 알지 못했다. 어쨌
든 일은 많지 않은 듯싶었다. 변호사는 한 달 동안이나 그를 부르지
않았으며, 전에 상담을 했을 때도 카는 그가 자기에게 많은 도움을
주지 못할 것 같은 인상을 받았던 것이다. 더구나 변호사는 자세한

[*] 막스 브로트판에서는 이 「변호사. 제조업자. 화가」가 제7장으로 되어 있다.

질문도 전혀 하지 않았다. 이런 일에 있어서는 질문을 많이 해야 되는데 말이다. 질문이 주된 일이 아닌가. 카는 자기라면 온갖 질문을 던질 수 있을 것 같았다. 그런데도 변호사라는 작자는 질문도 하지 않고 카 자신이 말을 하거나 말없이 마주보고 앉아 있거나 청력이 약한 탓인지 책상 앞으로 몸을 수그린 채 수염 한 가닥을 잡아당기면서 양탄자나 내려다보는 것이었다. 그곳이 바로 카가 레니와 함께 누워 있던 곳 같았다. 이따금 그는 카에게 아이들에게나 할 듯싶은 쓸데없는 훈계를 하곤 했다. 그의 얘기는 불필요하고 지루했기 때문에 사례금을 청산할 때 한 푼도 안 줄 생각이었다. 변호사는 실컷 주눅이 들도록 한 다음엔 다시 약간 용기를 북돋아주기 일쑤였다. 그런 다음 그는 이렇게 말했다. "나는 이미 수많은 유사한 소송에서 완전히 또는 부분적으로 승소했었습니다. 그 소송들은 실제로는 이번 소송만큼 어려운 것은 아니었지만 겉으로 볼 때는 더 절망적이었습니다. 그 소송의 기록을 여기 서랍 속에 넣어두고 있는데 ─ 그러면서 그는 책상 서랍 어딘가 한군데를 두드렸다 ─ 그런 문서는 직무상 비밀이기 때문에 유감스럽습니다만 보여줄 수는 없습니다. 그렇지만 물론 이런 소송을 통해 얻은 경험은 당신에게 큰 도움이 될 것입니다. 나는 즉시 일에 착수했고, 첫 진정서는 거의 다 되었습니다. 그것은 아주 중요한데, 변호가 주는 첫인상이 종종 재판의 전체 방향을 결정하는 수가 많기 때문입니다. 유감스러운 일이지만 당신은 법원에서 첫 진정서를 전혀 읽지도 않는 수가 많다는 사실을 유념해야 합니다. 법원에서는 그 서류를 다른 서류에 끼워넣은 채 당장은 피고인에 대한 심리와 관찰이 모든 서류보다도 더 중요하다고 지적합니다. 진정인이 독촉하면 법원은 판결 전에 모든 관계서류를 포함한 소집된 자료 일체를, 따라서 첫 진정서도 함께 살펴보게 될 거라는 말을 첨가하기도 하지만 실제로는 그렇지 않기가 예사이고, 첫 진정서는 흔히 다른 곳에 가 있거나 완전히 분실되기 일쑤이며, 끝까지 남아 있는 경우라 할지라도, 물론 변호사가 단지 소문으로 아는 것이긴 하지만, 그것은 거의 읽어보지도 않는다는 것입니다. 이 모든 사실은 유감스러운 일이기는 하지만 전혀 부당한 것은 아닙니다. 카 당신이 명심해야 할 것은 소송 절차는 공개적인 것이 아니며, 법원이 필요하다고 생각할 때는 그럴 수도 있지만 법률은 공개를 규정하고 있지 않다는 것입니다. 그렇기 때문에 법원의 서류들 역시, 특히 기소장은 피고나 변호인 측에서는 열람할 수가 없습니다. 그렇기 때문에 첫 진정서를 쓸 때 무엇을 겨냥하고 써야 할지 전혀 모르거나 적어도 확실하게 알 수 없는 때가 많습니다. 그래서 그것은 그저 우연히 사건에 대한 중대한 것을 담을 수 있을 뿐입니다. 실지로 적중하여 증거를 제시할 만한 진정서란 피고인 심문이 진행되면서 개개의 공소요지와 그 이유가 보다 분명하게 드러나든가 혹은 그 추측이 가능할 때 가서야 비로소 뒤늦게 작정할 수가 있습니다. 이런 상황하에선 변호하는 일이 물론 극히 불리하고 힘들지요. 그것 역시 의도적인 것입니다. 사실 변호란 것이 원래 법률상으로는 허용되어 있지 않고 다만 묵인되고 있는데, 적어도 묵인으로 해당 법조문을 해석해야 한다는 것에조차 논쟁이 있는 형편이지요. 그러므로 엄밀히 말해 이 법원으로부터 인정받은 변호사란 없는 것이며 이 법원에 변호사로 등장하는 사람들은 모두 원칙적으로는 불법적인 변호사들뿐인 셈이지요. 이로 인해 물론 변호사 전체가 위신을 잃게 되는 거지요. 당신께서 다음번에 법원 사무처에 가시겠다면 경험한다 치고 변호사 사무실을 한번 보세요. 그곳에 모여 있는 무리들을 보면 놀라실 겁니다. 그들에게 지정된 좁고 낮은 방을 보면 법원 당국이 얼마나 그들을 무시하고 있는지를 알 수 있을 겁니다. 그 방은 작은 들창을 통해서만 빛이 들어오는데, 창이 높아서, 혹시 밖이라도 내다보려면 우선 등을 밟고 올라설 동료를 구하지 않으면 안 됩니다. 그리고 그렇게 할 때엔 눈앞에 바로 있는 벽난로의 연기가 코에 스며들고 얼굴은 새까맣게 될 지경입니다. 이 방의 바닥에는—이런 형편에 대한 예를 하나만 더 든다면—일 년 넘게 구멍이 나 있는데 사람이 빠질 정도로 크지는 않지만 그래도 발 하나는 빠지기에 충분합니다. 그런데 변호사 사무실은 이층 다락방에 있기 때문에 누가 그 구멍에 빠지는 날이면 다리는 일층 다락방으로 드리우게 되는 거지요. 그런데 바로 거기가 소송 당사자들이 대기하는 복도입니다. 변호사들은 이런 조건을 치욕적이라고 부르는데, 그건 지나친 말이 아닙니다. 당국에 불평을 해봤자 전혀 효과도 없으며, 변호사가 자비로 방을 고치는 것은 엄격히 금지되어 있습니다. 그러나 변호사를 이렇게 대우하는 데는 그럴 만한 사정이 있습니다. 변호를 가능한 한 차단하고 모든 것을 피고인들 스스로 감당하게 하려는 것이지요. 근본적으로 나쁜 발상에서 나온 것은 아니지만, 그렇다고 이 법원에서 변호사가 피고인들에게 불필요한 존재라고 결론을 내린다면 여간 잘못된 생각이 아닙니다. 반대로 이 법원에서만큼 변호사들이 필요한 곳은 없습니다. 재판 과정이 대개는 일반인에게만이 아니라 피고인들한테도 비밀로 되어 있습니다. 물론 그것이 가능할 때만 그렇다는 이야기이지만 그러나 매우 넓은 범위에서 가능한 게 사실입니다. 다시 말해서 피고인들 역시 재판서류를 구경할 수 없고, 심리에서 그 근거가 되는 서류들을 알아내는 것 또한 매우 어렵습니다. 특히 당황하고 온갖 근심 때문에 정신이 나가 있는 피고인에겐 더욱 그렇지요. 바로 여기에서 변호인이 나서는 거지요. 그런데 일반적으로 심리 때는 변호인의 출석이 금지되어 있기 때문에 변호인은 심리 후에나, 그것도 예심실의 문 옆에서 피고에게 심리에 관해서 캐묻고 그의 극히 불분명한 보고에서 변호에 도움이 될 만한 것을 찾아내야 합니다. 그렇지만 제일 중요한 것은 이런 것이 아닙니다. 왜냐하면 사실 어디나 마찬가지로 여기에서도 유능한 사람이라면 다른 사람들보다 많은 것을 알아낼 수 있겠지만 그러나 이런 방식으로는 많은 것을 알아낼 수 없기 때문입니다. 그렇지만 제일 중요한 것은 변호사의 개인적인 연줄이며, 거기에 변호의 주요한 가치가 있는 것입니다. 물론 카 당신도 몸소 체험해봐서 알겠지만 법원의 말단 조직이란 결코 완전한 것이 아니며, 의무를 망각하고 매수당하는 직원들이 있고, 그로 인해서 법원의 엄격한 보안 상태가 어느 정도 구멍이 뚫리게 되는 것입니다. 바로 거기에 대다수의 변호사들이 비비고 들어가서 매수를 하고 비밀을 캐내는 거지요. 적어도 예전에는 경우에 따라서는 서류를 도적질하는 경우도 있었습니다. 이런 식으로 피고인들에게 놀랄 만큼 유리한 결과들을 한순간 얻어내기도 하고, 시시한 변호사들이 그걸 자랑하고 다니면서 새 고객을 유혹한 것도 부인할 수 없습니다. 그러나 소송의 속행에는 그런 짓이 무의미하거나 별로 좋은 것이 못 됩니다. 실질적인 가치는 고위 관리들과의 신뢰할 만한 연줄에 있습니다. 물론 하급 재판소의 고위 관리들과의 연줄을 말하는 것입니다. 오로지 그렇게 함으로써 당장은 눈에 띄지 않지만 나중엔 재판 진행에 점점 더 분명하게 영향을 미치게 되지요. 그런 변호사는 물론 소수에 불과한데, 그런 점에서 당신은 참으로 선택을 잘하신 겁니다. 나 훌트 박사 정도로 연줄을 가지고 있는 다른 변호사를 들자면 하나나 둘밖에 되지 않습니다. 이런 변호사들은 변호사 사무실에 있는 무리들에 대해서는 관심도 없으며 그들과 아무런 관계도 없습니다. 그러나 법원 관리들하고는 한층 더 긴밀한 관계를 가지게 되지요. 나 훌트 박사로 말하면 법원에 가서 예심판사들의 대기실에서 그들이 우연히 나타나기를 기다리다가 그네들의 기분 여하에 따라 대개는 피상적인 성과를 얻거나 혹은 그나마도 얻지 못하는 그런 신세가 될 필요는 전혀 없습니다. 그건 말도 안 됩니다. 당신도 직접 보셨듯이 관리들이 그중에서도 꽤 높은 관리들까지 직접 찾아와서 확실하거나 또는 쉽게 알 수 있는 정보를 폭넓게 제공해주고, 소송의 다음 진행에 대해서도 얘기를 해주니까요. 게다가 사안에 따라서는 그들 자신이 설득을 당하기도 하고 남의 의견을 기꺼이 받아들이기도 합니다. 물론 후자의 경우 그들을 너무 신뢰해서는 안 됩니다. 새롭고 변론에 유리한 의도를 아무리 확실하게 말해주어도 그들은 곧바로 사무처로 가서 그 다음 날 전혀 상반되는 판결을 내릴 수도 있고, 더구나 그 판결은 그들이 완전히 부결했다고 주장하던 처음 의도보다도 피고인에게는 훨씬 더 엄한 것일 수도 있습니다. 그것을 막을 도리는 없습니다. 왜냐하면 두 사람 사이에서 한 얘기는 그저 둘 사이의 이야기일 뿐이며, 변호인 측이 평소답지 않게 재판소 사람들의 환심을 사려고 아무리 노력을 했다손 치더라도 그런 얘기는 어떤 공적인 결정도 용인하지 않기 때문입니다. 다른 한편 그분들이 인간애라든가 우호적인 감정에서만 변호사, 정확히 말해서 유능한 변호사와 거래하는 것이 아니라는 말도 물론 맞는 말이지요. 어떤 점에서 보면 그들은 오히려 변호사에 의존하고 있는 것입니다. 여기서 비밀 재판을 고집하고 있는 재판 조직의 단점이 드러나고 있는 거지요. 이들 관리들은 주민들과의 관계가 없어요. 보통의 중간급 소송에 대해선 그들은 준비가 잘 되어 있습니다. 그런 소송은 거의 자동적으로 진행되며 가끔 한 번씩 떼밀어주기만 하면 됩니다. 그렇지만 극히 간단한 사건에 대해서도 그들은 극히 힘든 사건에 처한 것만큼이나 당황합니다. 그들은 밤낮으로 계속 법에 얽매여 있어서 인간관계에 대해서는 올바른 인식을 갖고 있지 못합니다. 그러한 사건엔 그런 인식이 꼭 필요한데도 말입니다. 그럴 때면 그들은 조언을 구하기 위해서 변호사에게 오는데 그들 뒤에는 사환이 평소에는 어디까지나 비밀로 해두었던 서류를 들고 따라옵니다. 그럴 때면 만나보리라는 기대조차 도저히 할 수 없는 그런 분들이 저 창가에 앉아서 암담한 심정으로 거리를 내려다보고 있습니다. 한편 변호사는 책상에 앉아 그들에게 유용한 조언을 해줄 수 있도록 서류들을 조사합니다. 바로 그런 기회에 그분들이 자기네 직업을 얼마나 지나칠 정도로 진지하게 생각하고 있으며, 또 일의 성질상 그들로서는 처리할 수 없는 장애 때문에 얼마나 큰 절망에 빠지는가를 볼 수 있습니다. 그들 직책 역시 쉬운 것은 아닙니다. 그들에게 부당한 행동을 해서는 안 되며 그들의 직책을 손쉬운 것으로 여겨서도 안 됩니다. 이 법원의 관리 등급과 진급은 끝이 없어서 관계자들조차도 파악하기가 힘들 정도입니다. 그리고 법원의 재판 진행 과정은 일반적으로 하급 관리들에게도 비밀이기 때문에 그들은 자기네들이 취급하는 사건이 어떤 식으로 계속 전개되어 나갈지 완전히 파악하지 못합니다. 따라서 재판사건이란 어디서 왔는지 알지도 못한 채 그들 시야에 나타났다가 어디로 가는지 알지도 못한 채 계속 진행되어 가는 것입니다. 그러니까 개별적인 소송 단계, 마지막 판결 그리고 그 판결 이유 등을 연구해서 알아낼 수 있는 교훈 따위는 이들 관리들에게 주어질 수 없습니다. 그들은 법으로 자기네에게 한정되어 있는 소송 부분만 취급할 뿐이고, 그 이상의 일, 그러니까 자기네 일의 결과에 대해서는 거의 소송이 끝날 때까지 대개 피고와 연결되어 있는 변호사보다도 적게 알고 있습니다. 따라서 그들은 이 방면에 있어서도 변호사로부터 가치 있는 많은 것을 들을 수 있습니다. 이런 모든 것을 염두에 두고 볼 때 ── 누구든지 그런 경험을 하지만 ── 관리들의 흥분이 소송 당사자들에 대해서 거의 모욕적인 형태로 표현되고 있다는 사실에 당신은 놀랄 겁니다. 비록 모든 관리들이 태연스럽게 보인다 해도 그들은 흥분한 상태이지요. 물론 시시한 변호사들이 그것 때문에 특히 많은 고통을 받지요. 이를테면 다음과 같은 이야기가 있는데, 아주 실제 같은 인상을 줍니다. 착하고 조용한 어느 나이 든 관리가 어려운 재판사건을 맡고 있었는데 그 사건은 특히 변호사의 진정서 때문에 더 복잡해져서 그분은 하루 종일, 밤늦도록 그것을 연구했다고 합니다 — 이런 관리들은 실제로 다른 누구보다도 부지런한 사람들이지요 — 이십사 시간 별 성과도 없이 일을 하고 아침이 되자 출입문으로 가서 뒤에 숨어 있다가 들어오려는 변호사를 전부 다 층계 아래로 집어 던져 버렸습니다. 변호사들은 밑에 있는 계단참에 모여서 어떻게 해야 할지 의논했습니다. 한편으로 보면 들여보내 달라고 요구할 권리가 사실은 없기 때문에 그 관리에게 법적인 대책을 강구할 수 없는 노릇이고, 또 앞서 말씀드렸던 것처럼 관리들의 반감을 사지 않도록 조심해야 했습니다. 그러나 한편으로 법원에서 시간을 보내지 않으면 그들은 손해를 보기 때문에 거기에 들어가는 일은 아주 중요했습니다. 결국 그들은 이 노인을 지쳐 떨어지게 만들기로 합의를 했습니다. 그래서 계속해서 변호사를 한 사람씩 내보내 층계 위로 달려가 소극적이긴 하지만 가능한 데까지 저항을 하다가 밀려 떨어지게 했지요. 그리고 밀려 떨어지는 사람은 밑에서 동료들이 잡아주었습니다. 그렇게 한 시간가량 지속되니까 밤을 새워 가뜩이나 지친 노인은 완전 기진맥진하여 자기 사무실로 돌아갔습니다. 밑에 있는 사람들이 그것을 믿으려 하지 않아서 우선 한 사람을 올려 보내 정말 사람이 없는지 문 뒤를 살펴보게 했지요. 그런 다음에야 비로소 그들이 밀려 들어갔습니다만 누구 하나 감히 불평하는 사람은 없었습니다. 왜냐하면 변호사들에게는 — 아무리 시시한 변호사라도 적어도 그런 상황을 부분적으로는 조망할 수 있습니다 — 법원에서 어떤 개선할 점을 끌어들이려 하거나 관철시키려는 것과는 거리가 멀기 때문이지요. 한편 — 이건 아주 특이할 만한 일입니다만 — 피고인은 거의 누구나, 아주 단순한 사람까지도 소송에 발을 들여놓기가 무섭게 개선책을 생각하기 시작하고 다른 데다 쓰면 훨씬 낫게 쓸 수 있는 시간과 정력을 소송에 낭비해버리기가 일쑤입니다. 유일하게 올바른 길이 있다면 그것은 현재 상황에 만족하는 것입니다. 비록 개별적인 일들을 개선할 수 있다고 해도 — 그렇지만 그렇게 생각하는 것은 미친 짓입니다 — 그런 것은 기껏해야 나중에 다른 피고인들에게 약간 도움은 될지언정 당사자는 항상 복수만 생각하고 있는 관리들의 특별한 주의를 끌게 되어 너무나 큰 피해를 입게 되는 것입니다. 그러니까 주의를 끌지 않도록 해야 합니다! 아무리 마음에 거슬려도 그저 가만히 계십시오. 이 거대한 법원 조직은 어느 정도는 항상 떠 있는 상태라는 것, 만약 누군가가 자신의 위치에서 독자적으로 무엇인가를 변화시킨다면 발붙일 곳을 잃고 굴러 떨어지고 만다는 것, 한편 그 커다란 조직 자체는 그런 사소한 장애에 대해서는 다른 곳에서 — 전체가 연결되어 있습니다 — 보완을 하고, 더 잘 결속되든가 더 사악하게 되는 일은 없다 하더라도 본래대로 있는 것입니다. 그러니까 방해하지 말고 변호사에게 일을 맡겨두십시오. 비난해보았자 별 소용이 없습니다. 특히 이유를 전체적인 의미에서 설명할 수 없을 때는 더욱 그렇습니다. 그러나 한 가지 꼭 말씀드려야 할 게 있는데, 사무처장에 대한 일전의 태도 때문에 당신이 소송에 얼마나 손해를 입혔는지 모릅니다. 그 영향력 있는 분이 당신을 위해 무언가 할 수 있는 사람들의 명단에서 거의 빠져나갈 상태에 있습니다. 소송에 대한 간단한 언급조차도 그분은 이제 의도적으로 못 들은 척합니다. 여러 가지 면에서 관리들은 어린아이와 비슷합니다. 당신의 태도는 사실 그렇지는 않았습니다만 유감스럽게도 그들은 종종 악의 없는 일에도 어린애처럼 마음이 상해서, 친한 친구들과 이야기도 하지 않고, 그 친구들을 만나도 그만 돌아서 버리며, 사사건건 그들을 방해합니다. 그러다가도 아무런 이유도 없이 갑자기 상대가 모든 것이 가망이 없기 때문에 아무렇게나 하는 시시한 농담에도 갑자기 웃음을 터뜨리고 화해를 하기도 합니다. 그들을 대한다는 것은 어렵기도 하고 쉽기도 한데 거기에 원칙 같은 것은 없습니다. 여기 소송에서 어느 정도 성공을 거둘 수 있는 요령을 터득하는 데는 그저 중간 수준의 생활을 해나가기만 하면 충분한데, 그것은 사실 놀라운 일이지요. 물론 누구나 우울한 때가 있습니다. 자기 자신이 아무것도 달성하지 못했다는 생각이 들 때 그렇고, 처음부터 좋은 결과가 예정된 소송은 아무런 도움 없이도 좋은 결말이 난다고 생각되는 반면 그렇지 않은 소송은 쫓아다니면서 온갖 수고를 다하고 겉으로는 그런대로 성공한 것 같아 기뻐하기까지 했는데 지고 말았을 때도 그렇습니다. 그렇게 되면 모든 게 불확실하게만 생각됩니다. 그리고 정해진 질문에 대해서 원래는 잘 진행될 재판이 다른 사람의 도움 때문에 틀어지고 말았다고 해도 감히 부정할 수는 없을 것입니다. 물론 이것 역시 일종의 자기신뢰겠지만, 이런 경우 남는 유일한 것은 자기신뢰뿐입니다. 그런 발작은 ── 물론 이것은 그저 발작에 지나지 않지만 ── 충분하고도 만족할 만큼 진행된 소송을 자신들의 손에서 갑자기 빼앗기게 된 변호사들에게 유난히 잘 일어나게 됩니다. 그러한 일이야말로 변호사에게는 가장 불쾌한 일이지요. 피고인으로 인해 소송이 변호사들의 손에서 벗어나게 해서는 안 됩니다. 그런 일은 절대로 안 됩니다. 일단 일정한 변호사를 정한 이상 무슨 일이 벌어지든 피고인은 그를 떠나서는 안 됩니다. 일단 도움을 필요로 했던 피고인이 어떻게 혼자서 버티어나갈 수 있겠습니까? 그런 일은 있을 수 없지요. 그러나 변호사가 더 이상 따라갈 수 없는 방향으로 소송이 진행되는 경우가 더러 있습니다. 소송과 피고인 그리고 그 밖의 모든 것을 변호사는 간단히 빼앗기는 수가 있습니다. 그렇게 되면 법원 관리와 아무리 연줄이 좋다고 해도 더 이상 도움이 되지 않습니다. 왜냐하면 그들 자신도 아무것도 모르니까 말입니다. 이렇게 되면 소송은 새로운 단계로 들어서게 된 것인데, 거기서는 더 이상 도움도 줄 수 없게 되고, 접근할 수도 없는 재판소에서 사건을 다루게 되어 변호사는 피고인에게 손을 뻗칠 수가 없는 것입니다. 그때 어느 날 집에 돌아와 보면 갖은 애를 다 써서 그리고 가장 아름다운 희망을 가지고 만들어놓았던 수많은 진정서가 모두 책상에 있는 걸 발견하게 됩니다. 새로운 단계에 들어선 소송이 그런 진정서를 고려하지 않게 되었기 때문에 되돌려 보내온 겁니다. 그것은 무가치한 휴지조각이 된 것입니다. 그렇다고 해서 아직 소송에 진 것은 아닙니다. 전혀 그렇지 않습니다. 그렇게 추측할 결정적인 이유는 아직 없습니다. 단지 소송에 대해서 전혀 알 길이 없으며, 앞으로도 더 이상 아무것도 알 수 없다는 것뿐이지요. 그런데 다행인 것은 이런 경우란 예외적이라는 것입니다. 가령 당신 소송이 이런 경우에 해당한다 해도 현재로서는 그런 단계에까지 가려면 아직 멀었습니다. 그러니까 당분간은 변호사가 작업할 충분한 기회가 있습니다. 그 기회가 십분 활용될 수 있을 것임을 믿으셔도 됩니다. 앞서도 말했듯이 진정서는 아직 넘겨지지 않았습니다. 그건 서두르지 않아도 됩니다. 더 중요한 것은 유력한 관리들과 예비 상담을 해보는 것인데, 그것은 이미 다 해놓은 상태입니다. 터놓고 말씀드립니다만 그 성과는 여러 가지입니다. 현재로서는 세세한 것에 대해선 밝히지 않는 것이 나을 겁니다. 세세한 것을 말해보았자 당신에게 나쁜 영향을 끼쳐 너무 낙관하게 만들거나 아니면 너무 걱정하게 만들지도 모르니까요. 단지 이렇게는 말씀드릴 수가 있습니다. 아주 좋게 얘기를 해주면서 매우 적극적으로 도와주려는 사람이 있는가 하면, 반면에 얘기는 좋게 하지 않지만 도와주는 일을 결코 거절하지 않는 사람도 있다고 말입니다. 따라서 결과는 극히 만족스럽다고 할 수 있지만 그렇다고 거기에서 특별한 결론을 내려서는 안됩니다. 왜냐하면 예비 협상이란 모두 이런 식으로 비슷하게 시작되며 좀더 진전이 된 뒤에야 비로소 그 가치가 드러나는 법이니까요. 하여튼 아직까지는 실패한 것은 하나도 없고, 게다가 사무처장의 환심까지 얻어내는 데 성공한다면 —— 이를 위해서 이미 여러 가지로 손을 쓰고 있으니까 —— 일 전체가 외과 의사들이 말하듯이 깨끗한 상처가 되는 겁니다. 앞으로의 진행을 편안한 마음으로 지켜볼 수 있을 겁니다."

이런 이야기나 그 비슷한 말만 시작하면 변호사는 그야말로 한이 없었다. 찾아갈 때마다 언제나 이런 이야기를 되풀이했다. 항상 진척이 있다고 하지만 어떤 종류의 진척인지는 말해주지 않았다. 변호사는 계속 첫 진정서를 작성하고 있었지만 완성하지는 못했는데, 다음에 가보면 오히려 잘된 일이라고 내세우는 것이었다. 지난 며칠간은 진정서를 제출하기에는 적절하지 못한 때였다는 것이 그 이유였고, 또 그런 불리한 때는 예측할 수 없다는 것이었다. 이런 말에 지쳐 몇 번이나 카는 극히 애로사항이 많으리라는 것을 고려한다 해도 너무 느리게 진전이 되고 있다고 말했다. 그러면 변호사는 그것은 조금도 느린 게 아니며 만약에 카가 제때에 변호사에게 의뢰만 했더라면 훨씬 더 많이 진전됐으리라고 말했다. 그러나 유감스럽게도 카가 그것을 게을리 했다는 것이며, 이 게으름이 앞으로 시간적으로만 불리한 게 아니라 다른 일에도 불리함을 가져오리라는 것이었다.

이러한 방문 시간을 고맙게도 유일하게 중단시켜 주는 것은 레니였는데, 경우가 밝은 그녀는 항상 카가 동석하고 있는 동안 변호사에게 차를 가져다주었다. 그럴 때면 그녀는 카의 뒤에 서서 변호사가 게걸스럽게 찻잔에 몸을 수그리고 차를 부어서 마시는 것을 보는 척하면서 슬며시 카에게 손을 잡게 했다. 완전한 침묵만 있을 뿐이었다. 변호사는 차를 마시고 카는 레니의 손을 쥐고 있었다. 때때로 레니는 대담하게도 카의 머리를 부드럽게 쓰다듬었다. "넌 아직도 여기에 있었니?" 차를 다 마시고 나서 변호사가 물었다. "찻잔을 가지고 가려고요." 레니가 말했다. 그러고는 마지막으로 손을 잡았다. 변호사는 입을 씻고 새로운 힘을 얻어 카에게 얘기하기 시작했다.

변호사가 노리는 것이 위로일까 아니면 절망일까? 카는 그것을 알 수가 없었다. 그렇지만 그는 곧 자기에 대한 변호가 확실한 보호 아래 있지 않다는 것을 확신할 수 있을 것 같았다. 변호사는 될 수 있는 대로 자기를 부각시키려는 것이 분명했고, 카의 소송처럼 큰 소송은 아직 한 번도 취급한 적이 없는 것 같았지만 하여튼 그가 얘기하는 것이 모두 다 옳을지도 모를 일이었다. 법원 관리들과 개인적인 연줄이 있다고 누누이 강조했지만, 그것도 의심스러웠다. 그리고 그런 연줄이 과연 카에게만 이롭도록 이용될 수 있을까? 변호사도 빼놓지 않고 언급했지만 그가 연락하고 있는 사람들은 하급 관리들, 그러니까 소송의 향방이 그들의 승진에 매우 중대한 영향을 끼칠 수 있는 극히 의존적인 위치에 있는 관리들인 것이다. 혹시 그들은 변호사를 이용해서 피고인을 항상 불리하게 만드는 것은 아닐까? 소송마다 모두 그렇게 하지는 않을 것이다. 분명 그렇지는 않을 것이다. 그들은 소송 진행 중에 변호사가 업무상 이득을 얻도록 행동할 경우도 있을 것이다. 왜냐하면 변호사의 명성을 손상시키지 않는 것이 자기네한테 이익이 될 테니까 말이다. 형편이 사실 그렇다면 그들은 카의 소송에 어떤 식으로 관여하려는 것일까? 그 소송은 변호사도 말했듯이 매우 힘든, 그러니까 중요한 것이어서 처음부터 곧바로 법원에 큰 관심을 불러일으키지 않았던가. 그들이 하려는 짓은 별로 불확실할 것이 없다. 소송이 시작된 지 수개월이 지났는데 아직 첫 번째 진정서도 넘겨지지 않았으며 변호사의 보고에 따르면 모든 것이 시작에 불과하다는 사실만으로도 그것을 예감할 수 있는 것이다. 물론 이것은 피고인을 모호하고도 불안한 상태에 놓아두었다가 나중에 갑자기 판결 통지문을 보내거나 기껏해야 불리하게 끝난 예심결과가 상급기관으로 이송될 것이라는 통지를 보냄으로써 피고인을 놀라게 하기에 아주 적절한 것이었다.

카 자신이 직접 관여하는 것이 절대로 필요했다. 온갖 생각이 멋대로 머릿속을 스쳐가는 이 겨울 오전과 같은 아주 피곤한 상태에서도 카는 이 확신만은 떨쳐버릴 수가 없었다. 그가 앞서 소송에 대해서 가졌던 경멸은 더 이상 통하지 않았다. 이 세상에 혼자 살고 있다면 소송쯤은 가볍게 무시할 수도 있겠지만 사실 그렇다면 애당초 소송 같은 건 일어날 리도 없었을 것이다. 그러나 이젠 숙부가 변호사에게까지 그를 끌고 갔으며 가족들의 의견도 고려해야 했다. 또한 그의 직위 역시 소송의 진행과 더 이상 무관하지 않았다. 그 스스로 부주의하게도 일종의 설명할 수 없는 만족감을 가지고 아는 사람들 앞에서 소송에 관하여 언급했으며, 어쩐 일인지 다른 사람들도 그 얘기를 벌써 알고 있었다. 뷔르스트너 양과의 관계는 소송의 향방에 따라 달라질 것처럼 보였다 ─ 요컨대 이제 그에게는 재판을 받아들이거나 거부할 선택권이 없었다. 그는 소송 한가운데 서서 버티는 수밖에 없었다. 그가 지쳐 있다면 그것은 불행한 일이었다.

그렇지만 지나치게 걱정할 이유는 아직 없었다. 은행에서 그는 비교적 짧은 기간 내에 높은 자리에 올라 모든 사람들로부터 인정을 받는 가운데 그 지위를 유지할 수 있었다. 그것을 가능케 해주었던 이러한 능력을 이제 조금이라도 소송으로 돌려야 하고, 그렇게 하면 마무리가 잘되리라는 것은 의심의 여지가 없었다. 하여튼 그러기 위해서는 우선 있을 수 있는 죄에 대한 생각을 모두 떨쳐버려야 한다. 사실 아무런 죄도 없었다. 소송이란 그가 종종 은행을 위해 이득을 내면서 마무리지었던 사업과 같은 것에 불과하다. 그런 사업에는 늘 그렇듯이 각종 위험이 도사리고 있어서 그 위험을 막아야만 한다. 그러기 위해서는 물론 무슨 죄에 대한 생각 같은 것에 휘말려서는 안 되고 될 수 있는 대로 자기 이익에 대한 생각에만 매달려야 하는 것이다. 이런 관점에서 보면 아주 빨리, 될 수 있으면 빨리 오늘 저녁에 변호사에게 변호의뢰를 취소하는 것이 불가피하다. 변호사의 얘기에 따르면 그렇게 하는 것은 전대미문의 일이며 아마 모욕적인 처사일지 모르겠으나, 카로서는 소송에 있어서의 자신의 노력이 변호사에 의해 야기되었을지 모르는 방해물 때문에 지장을 받을 수는 없는 노릇이었다. 그러나 한번 변호사를 뿌리치게 되면, 그때엔 즉시 진정서를 보내야 하고 그것을 고려해달라고 될 수 있는 대로 매일 재촉해야 할 것이다. 그러기 위해서는 남들처럼 모자를 의자 아래 놓고 복도에 앉아 있는 것만으로는 충분하지 못할 것이다. 자신이 가거나 아니면 여자들이나 사환을 매일 관리들에게 보내서 그들로 하여금 창살 너머로 복도나 넘겨다볼 것이 아니라 책상 앞에 앉아서 카의 진정서를 들여다보도록 독촉해야 한다. 이런 노력을 포기해서는 안 된다. 모든 것을 조직적으로 준비하고 감시해야 한다. 법원도 한번쯤은 자기 권리를 지킬 줄 아는 피고인에게 당해봐야 한다.

　비록 카는 이런 일이라면 무슨 일이든 실행할 수 있을 것 같았지만 진정서를 작성하는 일은 정말 어려웠다. 전에는, 일주일 전만 하더라도 진정서를 손수 쓸 수밖에 없다는 생각을 하면서, 그저 그것을 수치스럽게 생각했을 뿐이지 그 일이 힘들 것이라고는 전혀 생각하지 않았다. 그는 언젠가 오전에 있었던 일이 기억났다. 일이 산더미처럼 쌓여 있는데도 갑자기 모든 걸 다 옆으로 치워놓고 답답한 변호사에게 보낼 생각으로 시험 삼아 진정서 비슷한 내용의 생각을 적어보려고 종이를 꺼냈는데, 바로 그 순간에 지점장실의 문이 열리더니 차장이 활짝 웃으면서 들어왔다. 진정서에 대해 아무것도 모르는 차장이 그것에 대해서 비웃는 것은 아닐 테지만 당시 카로서는 아주 괴로웠다. 차장은 증권거래소에서의 일을 방금 듣고 웃은 것인데, 그 우스운 얘기를 해주려면 이해를 돕기 위해서는 그림이 필요했기 때문에 차장은 카의 책상 위에 몸을 수그리고 카가 손에 들고 있는 연필을 빼앗아 진정서를 쓸 용지에 그림을 그리는 것이었다.

　그러나 오늘 카는 더 이상 아무런 부끄러움도 느끼지 않았다. 진정서를 꼭 써야 했다. 사무실에서 쓸 시간이 없다면——그럴 거라고 생각되지만——밤에 집에서라도 써야 한다. 밤에 쓰는 것이 여의치 않으면 휴가라도 받아야 한다. 어떻든 중간에 그만두는 일은 없어야 한다. 그건 사업에 있어서나 언제 어느 곳에서 무슨 일을 하든 간에 항상 어리석은 짓이다. 진정서란 물론 거의 끝도 없는 작업이다. 소심한 사람이 아니더라도 진정서를 완성하기가 불가능하다는 것은 쉽사리 짐작할 수 있을 것이다. 그것이 불가능한 것은 변호사로 하여금 그 일을 완성하지 못하게 했던 게으름이나 술책 때문만은 아니지만, 현재의 고소내용이나 그것이 장차 진전될 내용에 대해서는 전혀 아무것도 모르는 채로 사소한 행동이나 사건에 이르기까지 지나간 생활을 전부 회상해서 기록하고 모든 방면으로 검토해야 하기 때문이다. 게다가 그런 일이란 얼마나 슬픈가. 그런 일은 정년퇴직을 하고 다시 어린애가 되는 노년에나 적합한 일이며, 지루한 날들을 보내는 데는 도움이 될지 모른다. 그런 일에 생각을 집중해야 하는 지금, 앞으로도 얼마든지 승진할 수 있고 차장에 대해서도 위협의 대상이 되고 있으며 시간은 쏜살같이 흐르고 있는 지금, 젊은 사람으로서 짧은 저녁과 밤을 즐겨야 하는 지금, 이런 진정서나 작성해야 하는 것일까. 그는 다시금 비탄에 싸였다. 생각을 그만두려고 거의 무의식적으로 대기실로 연결된 벨의 단추를 손가락으로 더듬었다. 벨을 누르고 있는 동안 그는 시계를 올려다보았다. 열한 시였다. 그는 두 시간이라는 길고도 귀중한 시간을 공상으로 소모했기 때문에 전보다도 더 피곤했다. 그러나 가치 있는 결단을 내렸으니 시간을 허비한 것은 아니었다. 사환이 각종 우편물과 함께 벌써 오래전부터 카를 기다렸다는 손님들의 명함을 들고 들어왔다. 사실 그들은 은행에서 아주 중요한 고객으로서 절대로 기다리게 해서는 안 되는 사람들이었다. 어째서 그들은 이렇게 거북한 시간에 찾아온 것일까? 한편 고객들은 닫힌 문 뒤에서 부지런한 카가 어째서 최상의 업무시간을 사적인 용무로 허비하느냐고 묻는 듯싶었다. 앞서의 일로 지치고 또 지친 카는 다가올 일을 기다리면서 첫 고객을 맞이하기 위해 자리에서 일어났다.

그 고객은 자그마하고 쾌활한 남자로, 카가 잘 알고 있는 어느 제조업자였다. 그가 중요한 일을 하고 있는 카를 방해해서 죄송하다고 말했고, 카는 카대로 너무 오래 기다리게 해서 죄송하다고 말했다. 그런데 카가 이 죄송하다는 말을 상당히 기계적으로 거의 억지스러운 투로 말했기 때문에 만약에 제조업자가 용건에 정신이 팔려 있지 않았더라면 눈치를 챌 뻔했다. 그러나 그 대신 그는 서둘러 이 호주머니 저 호주머니에서 견적서와 일람표를 꺼내 카 앞에 펼치더니 각 조항을 설명하고, 대강 훑어보는 중에 발견되는 사소한 계산 착오를 고쳐가면서 그가 카와 약 일 년 전쯤에 계약을 맺은 한 유사한 사업을 상기시키면서 이번에는 다른 은행에서 상당한 희생을 치르면서도 동일한 사업을 하려든다는 말도 참고적으로 하더니, 이제 카의 의견을 들으려고 입을 다물었다. 카는 사실 처음에는 제조업자의 말을 귀 기울여 들었다. 그 사업이 중대하다는 생각이 그 역시 사로잡았으나 유감스럽게도 그것은 지속되지 못했다. 그는 얘기는 듣지 않은 채 잠시 동안 제조업자의 시끄러운 외침에 그냥 고개만 끄덕이다가 마침내는 그것마저 그만두었다. 몸을 수그리고 서류를 들여다보고 있는 제조업자의 대머리를 쳐다보면서 지금 얘기하고 있는 것이 전부 아무런 소용도 없다는 것을 제조업자가 언제쯤이나 알게 될지 스스로에게 묻고 있었다. 제조업자가 말을 중단하자 카는 이제야말로 자기가 얘기를 들을 형편이 아니라는 사실을 고백할 기회라고 생각했다. 그러나 어떤 대꾸에도 응수할 준비가 된 듯한 제조업자의 긴장된 시선을 보자 유감스럽게도 카는 사업 상담은 계속해야 한다는 독촉을 받은 것 같았다. 그래서 그는 명령이라도 받은 것처럼 고개를 수그린 채 서류 위에서 연필 끝을 이리저리 흔들다가 때로는 중단하고 숫자를 응시했다. 제조업자는 아마 숫자가 확실하지 않거나 또는 결정적인 것이 아니기 때문에 카가 이의를 품고 있다고 생각했다. 어쨌든 제조업자는 손으로 서류를 덮고 카에게 바짝 다가앉아 다시 사업에 대한 총괄적인 설명을 하기 시작했다. "힘들군요" 하고 입술을 오므린 채 손으로 잡을 수 있는 유일한 물건인 서류가 가려져 있었기 때문에 쓰러지는 사람처럼 의자 팔걸이에 기댔다. 그러나 그가 기운 없이 얼굴을 들었을 때 바로 지점장실 문이 열리더니, 마치 가제로 만든 베일 뒤에 있는 것처럼 희미하게 차장이 나타났는데, 카는 그저 멍하니 쳐다보기만 했다. 카는 그것에 대해서는 더 이상 생각하지 않고 그 다음에 벌어질 일을 살피고 있었는데, 그것은 그에게 반가운 것이었다. 왜냐하면 제조업자가 즉각 의자에서 일어나 차장에게로 달려간 것이다. 카로서는 그가 열 배라도 빨리 뛰어가 주기를 바라고 있었다. 차장이 다시 사라지지나 않을까 두려웠기 때문이었다. 그러나 그것은 쓸데없는 걱정이었다. 두 사람은 서로 만나 악수를 하더니 함께 카의 책상 쪽으로 왔다. 제조업자는 대리가 사업에는 별 흥미가 없다고 투덜거리고는 차장의 시선을 받으며 다시 서류에 몸을 수그린 카를 가리켰다. 그리고 두 사람은 책상에 기댔는데, 제조업자가 차장의 환심을 사려고 하는 동안 카는 그들의 크기를 과장해서 생각하면서 두 사람이 머리 위에서 자기에 관해 협상을 벌이고 있는 듯한 기분에 사로잡혔다. 조심스럽게 위쪽으로 눈을 돌리고서 무엇이 위에서 벌어지고 있는지를 알아보려고 했다. 그는 책상에서 서류 한 장을 집어서 그것을 들여다보지도 않은 채 손바닥 위에 놓고는 일어나면서 그 서류를 두 사람들에게 천천히 쳐들었다. 그렇게 하면서 무엇인가 특별한 것을 생각한 것은 아니지만 그 중요한 진정서를 완성하여 짐을 완전히 벗게 된다면 그런 태도를 취할 것 같은 기분이었다. 아주 주의 깊게 대화를 나누던 차장은 그 서류를 힐긋 쳐다보더니 거기에 써 있는 것은 전혀 읽지도 않았다. 왜냐하면 은행 대리에게 중요하다고 해서 반드시 그에게도 중요한 것은 아니기 때문이다. 차장은 카의 손에서 그것을 가져가면서 이렇게 말했다. "고맙습니다. 벌써 다 알고 있습니다." 그러더니 그는 다시 그것을 조용히 책상 위에 되돌려놓았다. 카는 옆에서 그를 언짢은 듯이 쳐다보았다. 그러나 차장은 그것을 눈치 채지 못했는지 아니면 눈치를 채고 그것 때문에 신바람이 난 것인지 모르지만 계속해서 요란하게 웃더니, 재치 있는 대꾸로 제조업자를 당황하게 만들었다가 다시 변명을 해서 제조업자의 마음을 풀어주기도 하더니 마침내는 자기 방으로 가서 용건을 끝내자고 권하는 것이었다. "이건 아주 중대한 일입니다." 그가 제조업자에게 말했다. "저도 전적으로 동의합니다. 그리고 대리께서는"——이 말까지도 실은 제조업자에게 한 말이었다——"이 일에서 빼드리길 원하실 겁니다. 이 일은 조용하게 생각해야 하니까요. 그러나 대리께선 오늘 일에 매우 지나치게 부담감을 갖고 있는 것 같군요. 그리고 대기실에도 사람들이 몇 시간씩이나 대리를 기다리고 있고요." 그때 카는 차장에서 눈길을 돌려 친절하지만 약간 굳은 미소를 제조업자에게 보낼 마음의 여유가 있었다. 그 이외에는 전혀 관여하지 않았다. 그는 약간 몸을 구부린 채 판매대 뒤의 점원처럼 두 손으로 책상을 집고 서서 두 사람이 대화를 계속하면서 서류를 책상에서 집어들고 지점장실로 사라지는 것을 지켜보았다. 그때 문 앞에서 제조업자가 돌아서더니 카에게 말하기를, 아직 작별하는 건 아니고 상담의 결과에 대해서는 나중에 대리님께 보고하겠으며 그것이 아니더라도 잠시 드릴 말씀이 있다고 말하는 것이었다.

드디어 카는 혼자가 되었다. 그는 다른 고객을 맞을 생각은 전혀 없었다. 밖에서는 사람들이 그가 아직도 제조업자와 상담하고 있으니 따라서 아무도, 사환까지도 들어가지 못한다고 믿고 있을 테니 얼마나 기분이 좋은가 하는 생각이 어렴풋이 떠올랐다. 그는 창가로 가서 창턱에 걸터앉아 한 손으로 문고리를 꽉 잡은 채 광장을 내다보았다. 눈은 여전히 내리고 있었다. 날씨는 아직도 전혀 맑아지지 않았다.

무슨 일로 걱정이 되는지 정작 알지도 못한 채 그는 한동안 그렇게 앉아 있었다. 때때로 무슨 소음을 들은 것 같은 착각에 약간 놀라서 어깨 너머로 대기실을 바라보았다. 그러나 아무도 오지 않았기 때문에 마음이 좀 가라앉아 세면대로 가서 찬물로 세수를 하고 나니 한결 머리가 맑아져 다시 창가의 자기 자리로 되돌아왔다. 자신의 변호를 직접 맡아야겠다는 결단이 처음보다 훨씬 중요하게 여겨졌다. 변호를 변호사에게 맡기고 있는 동안 그 자신은 근본적으로 소송에 부딪칠 일도 없었으며, 멀리서 바라보고 있을 뿐 소송에 직접 접촉할 수도 없었다. 원하기만 하면 자신의 일이 어떻게 돌아가는지 조사해볼 수도 있었을 것이고 그 대신 원하기만 하면 그저 머리를 돌려버릴 수도 있었다. 그러나 이제 반대로 그가 자신의 변호를 몸소 맡게 되면 그는 적어도 얼마 동안은 완전히 재판소에 매달려야 할 것이다. 거기서 성공한다는 것은 물론 나중에 자신의 완전하고도 궁극적인 해방을 의미하지만, 그러나 이에 도달하기 위해서는 어쨌거나 우선 전보다도 훨씬 더 큰 위험에 처하게 될 것이다. 혹시 그가 이점에 대해 반신반의했을지 모르지만 오늘 차장과 제조업자가 자리를 함께 하고 있는 데서 그 반대의 경우를 충분히 증명할 수 있지 않은가. 스스로 자기변호를 하겠다는 결심에 온통 사로잡혀서 정신없이 앉아 있지 않았던가. 하지만 앞으로 어떻게 될 것인가? 앞으로 어떤 날이 가로놓여 있는 것일까? 모든 것을 이겨내고 좋은 결말로 이끌 수 있는 길을 과연 찾아낼 수 있을까? 신중한 변호 — 다른 것은 모두 무의미하다 — 신중한 변호를 하려면 역시 가능한 한 다른 모든 문제와 관계를 끊어야 하지 않을까? 용케 견디어낼 수 있을까? 은행에서 일을 보면서 어떻게 그 일을 실행할 수 있을까? 문제가 되는 것은 진정서만이 아니다. 진정서야 휴가를 얻으면 충분할 것이다. 휴가원을 낸다는 것도 지금으로서는 큰 모험이긴 하지만, 그러나 문제가 되는 것은 소송 전체인데 얼마나 계속될지 알 수가 없다. 내 인생 행로에 갑자기 이 무슨 방해물이란 말인가!

지금도 은행 일을 해야 한단 말인가? ── 그는 책상 위를 쳐다보았다 ── 고객을 들어오게 하고 상담을 해야 할까? 자신의 소송이 진행되고 있고 위쪽 다락방에선 법원 관리들이 이 소송 서류를 보며 앉아 있는데, 은행 업무 걱정이나 해야 한단 말인가? 은행 업무란 마치 법원이 인정하고 있고, 소송과 연관되어 있으며 소송에 부수되는 일종의 고문 같은 게 아닌가? 그리고 은행에서 일을 평가할 때 나의 특별한 처지를 고려나 해줄까? 아무도 그리고 절대로 그렇게 하지 않을 것이다. 내 재판에 대해서는 누가 어느 정도 알고 있는지는 확실치 않지만 전혀 안 알려진 것은 아니다. 그런데 차장한테까지는 그 소문이 퍼지지 않았기를 바라지만, 만약 퍼졌다면 직장 동료로서 혹은 인간적인 동정 같은 것은 아랑곳하지 않고 소문을 악용하려 했을 것이 뻔하다. 그렇다면 지점장은? 분명 그는 카에 대해 좋게 생각하고 있으니까 소송에 대해서 알게 되자마자 그 사람만은 힘자라는 데까지 편의를 봐주려고 했겠지만 실제로 그렇게 하지는 못했을 것이다. 왜냐하면 내가 지금까지 차지한 비중이 더욱 약화되기 시작해서 지점장은 점점 더 차장의 영향력을 받고 있으니까 말이다. 게다가 차장은 지점장의 건강이 좋지 않다는 점을 자기 세력을 강화시키는 데 이용하고 있다. 그렇다면 나는 무얼 바랄 수 있을까? 이런 생각을 해보았자 저항력만 약화시키게 될 테지만 스스로를 기만하지 않고 모든 것을 현재 가능한 데까지 명확하게 보는 것도 필요할 것이다.

특별한 이유가 있는 것은 아니었지만 아직 책상으로 돌아가고 싶지 않았기 때문에 그는 창을 열었다. 쉽사리 열리지 않았기 때문에 그는 양손으로 손잡이를 돌려야 했다. 그랬더니 온 창문을 통해 연기가 뒤섞인 안개가 방 안으로 들어왔고 약간 탄 냄새가 방 안을 가득 채웠다. 눈송이도 간간이 날아 들어왔다. "지겨운 가을 날씨군요." 카의 등 뒤에서 제조업자가 말했다. 그는 차장의 눈에 띄지 않게 방에 들어왔다. 카는 고개를 끄덕이고 제조업자의 서류가방을 불안하게 쳐다보았다. 왜냐하면 그 가방에서 그가 서류를 꺼내 카한테 차장과의 상담 결과를 말해줄 것이라고 생각했기 때문이었다. 그러나 제조업자는 카의 시선을 살피더니 가방을 열지는 않고 두드리기만 하면서 말했다. "결과가 어떻게 되었는지 들어보시겠습니까. 보통은 됩니다. 이미 계약서는 가방 속에 들어 있는 거나 다름없지요. 차장님은 멋진 분이십니다. 하지만 전혀 위험하지 않은 분은 아닙니다." 그는 웃고, 카와 악수하면서 그 역시 웃기려 들었다. 그러나 카는 제조업자가 서류를 보여주려고 하지 않는 것이 이상했고, 제조업자의 말은 하나도 우습지 않았다. "대리님," 제조업자가 말했다. "날씨 때문에 고통스러우신 모양이군요. 오늘은 아주 우울해 보이시는군요." "그래요." 카가 말하고 손으로 관자놀이를 만졌다. "두통에다 가족 걱정 때문이지요." "정말 그렇습니다." 제조업자가 말했다. 그는 성급한 사람이어서 남의 말을 가만히 들을 줄 몰랐다. "걱정 없는 사람은 없지요." 무의식적으로 카는 제조업자를 배웅하려는 것처럼 문으로 한 발자국 걸어갔다. 그러나 제조업자가 이렇게 말했다. "대리님, 잠시 드릴 말씀이 있습니다. 이런 말을 해서 오늘 마음을 무겁게 해드리지나 않을까 걱정이 됩니다만 전에도 두 번이나 여기에 왔다가 가면서도 매번 잊어버리고 그냥 갔거든요. 더 이상 미루면 아무 의미도 없게 될 거예요. 그건 애석한 일이지요. 왜냐하면 제가 드릴 말씀이 아무 가치 없는 것은 아니니까요." 카가 대답할 틈도 없이 제조업자가 바짝 다가오더니 손가락 마디로 그의 가슴을 가볍게 두드리고는 나지막한 소리로 말했다.

"소송 중이라면서요?" 카가 뒤로 물러서면서 곧바로 외쳤다. "차장이 당신에게 말했군요." "아, 아니에요." 제조업자가 말했다. "차장께서 어떻게 그걸 알겠습니까?" "그럼 당신은요?" 카가 한결 침착하게 물었다. "전 오가다 법원에서 일어난 일들을 듣습니다." 제조업자가 말했다. "제가 말씀드리려는 것은 바로 그 일에 대한 것입니다." "많은 사람들이 법원하고 관계가 있군요." 고개를 숙인 채 이렇게 말한 카는 제조업자를 책상으로 데리고 갔다. 그들은 다시 아까처럼 앉았다. 그리고 나서 제조업자가 말했다. "죄송하지만 제가 말씀드리려는 얘기는 별로 많지 않습니다. 그러나 이런 일에 있어서는 사소한 것도 소홀히 해서는 안 되지요. 제가 도와봤자 별것 아니겠지만 그래도 전 어떻게 해서든 선생님을 도와드리고 싶은 마음 간절합니다. 우린 지금까지 좋은 사업 친구 아니었습니까? 자, 그럼." 카는 아까 상담 때의 자기 태도에 대해 사과하려고 했지만 제조업자는 말을 중단시킬 기회도 주지 않은 채 자기가 바쁘다는 것을 보여주기 위해 서류가방을 겨드랑이에 바싹 밀어 올리더니 얘기를 계속했다. "선생님의 소송에 대해서는 티토렐리라는 사람한테 들어 압니다. 화가지요. 티토렐리는 예명이지만, 그의 진짜 이름은 알 수 없어요. 그는 몇 년 전부터 가끔씩 제 사무실에 들르는데, 자그마한 그림들을 가져옵니다. 그 그림에 대한 대가로 — 그는 거지나 다름없습니다 — 저는 항상 적선을 하지요. 여하튼 아름다운 그림들인데 황야의 풍경이라든가 뭐 그런 거지요. 그런 식의 매매는 — 우리는 이미 둘 다 그것에 습관이 들어 있거든요 — 극히 순조롭게 진행됩니다. 그런데 언젠가 그가 너무 자주 찾아오기에 제가 비난을 했고, 우리는 대화를 나누게 되었고, 그림만 그려서 어떻게 살아가느냐고 물어보는 중에 그의 주된 수입원은 초상화라는 것을 알고서 전 깜짝 놀랐습니다. 그는 법원을 위해 일한다고 말하더군요. 어느 법원이냐고 제가 물었죠. 그랬더니 이 법원 이야기를 하더군요. 그 얘기를 듣고 제가 얼마나 놀랐는지 선생님께서는 쉽게 상상하실 수 있을 겁니다. 그 이후로 저는 그가 방문할 때마다 법원에 대한 새 소식을 듣게 되었고, 차차 그런 문제에 대해서 통찰을 갖게 되었지요. 그렇지만 티토렐리는 수다스러워서 제가 가끔 그의 말을 막기도 합니다. 그가 거짓말을 합니다만 그것 때문만이 아니고 저 같은 장사꾼이야 일만 해도 정신이 나갈 지경인데 남들 일에 신경 쓸 겨를이 없으니까요. 이건 괜히 하는 소리이고 혹시 ──전 그렇게 생각했습니다 ──티토렐리가 선생님을 도와줄 수 있지 않을까 해서요. 그 사람은 판사들을 많이 알고 있으니까 그 자신은 큰 영향력은 없다고 하더라도 어떻게 하면 그 많은 유력한 인물들과 가까워질 수 있을지 정도는 조언해줄 수 있을 겁니다. 제 생각입니다만 그의 조언이 그 자체로 결정적인 것이 못 된다 하더라도 그런 것을 알게 된다는 것은 대단히 중요하리라 생각합니다. 선생님은 변호사나 다름없어요. 카 대리님은 변호사 같은 분이시라고 난 늘 말하곤 했어요. 네, 전 선생님의 소송에 대해서는 전혀 걱정하지 않습니다. 한번 티토렐리에게 가보시겠습니까? 제가 소개하면 그는 자기가 할 수 있는 일은 무엇이든 돌봐드릴 겁니다. 정말이지 한번 가보시는 게 좋을 것 같군요. 물론 오늘 가실 필요는 없습니다. 한번, 기회가 닿는 대로 가보십시오. 물론 선생님께서는 ──이것도 말씀드리고 싶어요 ──제가 조언을 했다고 해서 꼭 티토렐리한테 가셔야 할 의무는 없습니다. 네, 만약에 티토렐리 없이도 괜찮으시다면 사실 그를 완전히 제쳐두는 게 나아요. 아마 상세한 계획을 가지고 계실 텐데 그러시다면 티토렐리는 도리어 방해가 될지도 모르지요. 아니, 그러시다면 구태여 가실 필요도 없습니다. 그런 작자에게 충고를 들으러 간다는 것은 분명 역시 자제심을 필요

로 할 테니까요. 자 그러니 의향대로 하십시오. 이건 소개장이고,
이건 주소입니다."

그는 망설이다가 소개장을 주머니에 넣었다. 소개를 받고 기껏
잘돼보았자, 제조업자가 그의 소송에 대해 알게 되고 화가가 소문
을 퍼뜨리고 다닐 손해에 비하면 이익이 훨씬 더 적은 것이다. 벌써
문으로 가고 있는 제조업자에게 몇 마디 고맙다는 말도 하기가 힘
들었다. "한번 가보도록 하지요." 문가에서 제조업자와 헤어지면서
그가 말했다. "아니면 요즘은 바쁘니까 한번 사무실로 와달라고 편
지를 쓰지요." "저로서는," 제조업자가 말했다. "선생님께서 최선
의 방책을 찾아내시리라 생각됩니다. 그렇지만 소송 건을 상의하기
위해서 그 티토렐리 같은 사람을 은행으로 부르는 일 같은 것은 피
하시는 게 좋다고 생각합니다. 그리고 그런 사람에게 편지를 보낸
다고 해서 반드시 이로울 것은 없습니다. 모든 걸 잘 생각하셔서 어
떻게 해야 할지 알아보도록 하십시오." 카가 고개를 끄덕이고 대기
실을 나갈 때까지 그를 따라갔다. 겉으로는 아무렇지 않은 척했지
만 그는 자신에 대해 무척 놀랐다. 그가 티토렐리에게 편지를 쓰겠
다고 말한 건 제조업자에게 단지 자기가 소개장을 소중하게 여기고
있으며 티토렐리와 만나는 일도 곧 생각해보겠다는 의사를 보여주
기 위해서 말한 것뿐이었다. 그러나 만약 그가 티토렐리의 도움이
가치 있다고 생각된다면 실제로 편지를 쓰는 것도 주저하지 않을
것이다. 그러나 그 결과로 인해 생길 수 있는 위험성에 대해서는 제
조업자의 얘기를 듣고서야 비로소 알았던 것이다. 자신의 판단력을
이렇게도 믿을 수 없는 것일까? 수상쩍은 인간을 정식 편지로 은행
으로 초대해서 차장하고는 겨우 벽 하나를 사이에 둔 방에서 소송
에 대해 부탁할 정도라면 다른 위험 역시 깨닫지도 못하거나 아니
면 그 속으로 빠져 들어가지 않으리라고 장담할 수 있을까? 아니 그

럴 가능성이 크지 않을까? 경고를 해줄 사람이 항상 옆에 붙어 있는 것은 아니지 않는가. 전력을 다해서 나서야 할 이때에 자기의 경계심에 대한 이상한 의심 같은 것이 일어나다니! 사무실 일을 볼 때 느꼈던 어려움이 소송에서도 나타나기 시작하는 걸까? 도대체 왜 티토렐리에게 편지를 써서 은행으로 초대할 생각을 했는지 지금 카로서는 도무지 알 수가 없었다.

이런 생각을 하면서 고개를 젓고 있을 때 사환이 그의 곁으로 다가오더니 대기실 의자에 세 사람이 앉아 기다리고 있다고 알려주었다. 그들은 카를 만나기 위해 오랫동안 기다린 사람들이었다. 사환이 카와 이야기를 하자 그들은 벌써 자리에서 일어났는데, 서로가 다른 사람보다 먼저 카에게 들어가는 기회를 놓치지 않으려고 했다. 은행 측에서 무심하게 자기네들을 그렇게 오래 대기실에 기다리게 했기 때문에 그들도 이제는 더 이상 체면을 차리려고 하지 않았다. "대리님," 하고 그중 한 사람이 말했다. 그러나 카는 사환에게 외투를 가져오게 하고 그의 도움으로 외투를 입으면서 세 사람 모두에게 말했다. "여러분, 죄송합니다. 지금은 여러분을 만날 시간이 없습니다. 용서하십시오. 급한 업무상의 일이 있어서 곧 나가봐야 합니다. 여러분이 보셨다시피 오랜 시간이 지체되었습니다. 죄송합니다만 내일이나 또는 다른 때에 다시 한 번 들러주시겠습니까? 아니면 용건을 전화로 말씀하시면 어떻겠습니까? 아니면 무슨 용건이신지 지금 간단히 말씀해주시겠습니까? 그러면 제가 편지로 상세하게 답변해드리겠습니다. 물론 다음번에 와주신다면 제일 좋겠고요." 카의 이런 제안에 아무런 보람도 없이 기다렸던 사람들은 어리둥절해서 묵묵히 서로 쳐다보기만 할 뿐이었다. "그럼 합의된 거지요?" 그의 모자를 가져온 사환 쪽으로 몸을 돌린 채 카가 물었다. 열린 사무실 문으로 밖에 눈이 더욱 심하게 내리는 것이 보였다. 그래서 카는 외투 깃을 올리고 단추를 목 밑까지 채웠다.

　그때 옆방에서 막 차장이 나오더니 카가 외투를 입은 채 고객들과 이야기하는 것을 빙긋 웃는 얼굴로 쳐다보면서 이렇게 물었다. "나가시나요, 대리님?" "네." 카가 똑바로 서서 말했다. "업무상 일이 있어서요." 그러나 차장은 벌써 고객들에게 얼굴을 돌리고 있었다. "그럼 고객들은요?" 그가 물었다. "오래들 기다리신 것 같은데요." "우리는 이미 합의를 보았습니다." 카가 말했다. 그러자 고객들은 가만히 있지 못하고 카를 둘러싸더니 자기네 용건이 중요한 문제가 아니라면, 그리고 지금 개별적으로 만나 상세하게 얘기할 필요가 없는 것이라면 그렇게 몇 시간씩 기다리지는 않았을 거라고 설명했다. 차장은 잠시 그들의 얘기에 귀를 기울이더니 모자를 손에 든 채 이곳저곳 먼지를 털고 있는 카를 쳐다보며 이렇게 말했다. "여러분, 아주 간단한 해결책이 있습니다. 괜찮으시다면 대리님 대신에 제가 상담을 하도록 하겠습니다. 여러분의 용건은 물론 조속히 의논해야 하는 거겠지요. 우리도 여러분처럼 사업하는 사람들이니까, 사업하는 사람들의 시간을 소중하게 여길 줄 알고 있습니다. 이리로 들어오시겠습니까?" 그러고는 그는 자기 사무실의 대기실로 통하는 문을 열었다.

　차장은 정말이지 카가 지금 포기할 수밖에 없었던 것들을 모두 스스로 맡아볼 줄 아는 능력의 소유자가 아닌가! 그런데 카는 필요 이상으로 많이 포기하고 있는 것은 아닐까? 확실치도 않고 그리고 그 사람 말처럼 희망도 없는 데다 잘 알지도 못하는 화가를 찾아 달려가는 동안에 이곳 은행에서는 자신의 명성에 치명적인 손해를 입게 될지도 모른다. 이제라도 다시 외투를 벗고 아직도 나란히 앉아 기다리고 있는 두 고객에게라도 환심을 사는 게 훨씬 나을지 모른다. 카는 지금 자기 방에서 차장을 목격하지 않았더라면 아마 그렇게 했을지도 모른다. 차장은 마치 자기 것이라도 되는 것처럼 문서를 모아둔 서가에서 무엇인가를 찾고 있었다. 카가 흥분해서 문 쪽으로 다가가자 차장이 외쳤다. "아, 아직 안 나가셨군요." 차장은 카에게 얼굴을 돌렸는데, 그 얼굴의 수많은 깊은 주름살은 나이가 아니라 힘을 증명해주는 듯 보였다. 그는 곧 다시 찾기 시작했다. "계약서를 찾는 중입니다." 그가 말했다. "저 회사 사장 말로는 당신한테 계약서가 있다고 하던데. 좀 찾아주시겠습니까?" 카가 한 걸음 다가가자 차장이 말했다. "됐습니다. 벌써 찾았습니다." 그러더니 그는 계약서뿐만 아니라 필시 다른 것까지 많이 들어 있는 서류 뭉치를 들고 자기 방으로 다시 되돌아갔다.

"지금은 그에게 맞설 수가 없지만," 카가 혼잣말을 했다. "내 개인적인 어려운 일만 해결되면 제일 먼저 저 작자가 맛을 봐야 할 거야, 그것도 아주 쓴맛을." 이런 생각으로 마음이 좀 진정되자 그는 복도로 나가는 문을 아까부터 열어놓은 채 기다리고 있는 사환에게 지점장한테는 기회를 봐서 업무 출장을 나갔다고 말하라고 지시하고서 잠시 동안이라도 자기 일에만 몰두할 수 있게 된 것을 다행스럽게 여기며 은행을 떠났다.

그는 곧장 화가에게 달려갔다. 화가는 교외에 살고 있었는데 법원 사무처가 있는 교외하고는 전혀 반대쪽이었다. 그곳은 훨씬 가난한 구역으로 집들은 침침했으며 거리는 오물투성이였는데, 그 오물이 녹고 있는 눈 위에 묻어서 천천히 사방으로 흩어졌다. 화가가 살고 있는 집에는 큰 한쪽 대문만이 열려 있었다. 대문의 다른 한쪽 밑에는 벽에 구멍이 나서 카가 다가가자 거기에서 누르스름한 김이 나는 역겨운 액체가 흘러나오고 있었으며, 그 앞에서는 쥐 몇 마리가 옆에 있는 도랑으로 뛰어가고 있었다. 계단 아래에는 작은 어린 아이가 엎드린 채 울고 있었는데 대문 입구의 다른 편에 있는 함석

공장에서 나는 엄청난 소음 때문에 아이의 우는 소리는 들리지 않았다. 공장 문은 열려 있었고 직공 세 사람이 어떤 공작 부품 주위에 반원으로 둘러서서 망치로 두드리고 있었다. 벽에 걸린 한 장의 큼직한 흰 함석판이 파리한 빛을 냈는데, 그것은 두 직공 사이로 비쳐 세 사람의 얼굴과 작업용 앞치마를 비치고 있었다. 카는 이 모든 것을 얼핏 쳐다보았을 뿐이었다. 그는 될 수 있으면 여기에서 일을 빨리 끝냈으면 했다. 화가와 몇 마디 말을 주고받고 어서 은행으로 돌아갈 생각이었다. 여기에서 아주 적은 성과라도 올린다면 은행에서 오늘 할 일에 좋은 영향을 끼칠 것 같았다. 사층에 올라와서는 걸음을 늦추어야 했다. 숨이 찼던 것이다. 계단도 층도 너무나 높았다. 그런데 화가는 다락방에 살고 있다고 했다. 공기는 답답하고 계단에는 여유 공간도 없으며 좁은 계단은 양쪽이 벽으로 막힌 채벽 위쪽에만 여기저기 작은 창문이 나 있을 뿐이었다. 카가 걸음을 잠시 멈추었을 때 소녀 몇 명이 집에서 뛰어나오더니 깔깔대면서 계단을 급히 올라갔다. 카는 천천히 그들 뒤를 따라 올라가다가 발이 걸려 넘어지는 통에 뒤로 처지게 된 한 소녀와 나란히 걷게 되었다. 나란히 층계를 오르면서 카가 소녀에게 물었다. "여기 티토렐리라는 화가가 사니?" 열세 살쯤 될까 말까 한 등이 약간 굽은 소녀는 팔꿈치로 그를 찌르더니 옆으로 그를 쳐다보았다. 어리고 불구였지만 완전히 버릇없는 행실은 숨길 수 없었다. 소녀는 전혀 웃는 기색이 없었으며 예리하고 도발적인 시선으로 카를 쳐다보았다. 그런 태도를 못 본 척하면서 카는 이렇게 물었다. "티토렐리라는 화가를 아니?" 그녀가 고개를 끄덕이고 오히려 자기편에서 물어보는 것이었다. "그 사람에게 무슨 용무로 오셨나요?" 카는 빨리 티토렐리에 대해 조금이라도 알아두는 것이 이로울 듯싶었다. "날 그려달라고 할 생각이다." 그가 말했다. "그려달라고 한다고요?" 이렇게 물은 그녀는 마치 그가 말도 안 되는 어떤 뜻밖의 일이나 가당치도 않은 일을 얘기한다는 듯이 입을 딱 벌리고 손으로 카를 살짝 때렸다. 그런 다음 그렇지 않아도 짧은 스커트를 두 손으로 추켜올리고는 온 힘을 다해서 다른 소녀들을 뒤쫓아갔는데, 이미 그녀들의 외침 소리는 희미하게 위층으로 사라져버렸다. 그렇지만 다음번 계단을 도는 데서 카는 그 소녀들을 다시 만났다. 분명 꼽추소녀를 통해서 카의 의도를 알았으리라 여겨지는 그녀들은 그가 오기를 기다리고 있었던 것이다. 그녀들은 계단 양쪽에 서서 카가 편히 지나갈 수 있도록 몸을 바짝 붙이고 손으로 앞치마를 펴고 있었다. 그들의 얼굴이나 도열해 있는 모습에 천진난만함과 방종이 뒤섞여 있었다. 모두 웃으면서 카의 뒤를 따라 올라오고 있었는데, 맨 앞에 선 소녀는 꼽추였고, 그 아이가 안내 역할을 했다. 카가 길을 곧 찾은 것은 그 소녀 덕이었다. 그가 똑바로 계속 올라가려고 하자 그 소녀가 티토렐리에게 가는 옆 층계를 가르쳐주었던 것이다. 그에게로 가는 층계는 특별히 좁고 길며 구부러지는 데가 하나도 없어서 층계 전체가 한눈에 보였고, 그 위쪽이 바로 티토렐리의 문 앞에서 끝나고 있었다. 다른 층계와는 달리 그 문은 위쪽으로 비스듬히 달린 작은 채광창에서 비교적 밝은 빛을 받고 있었는데, 칠을 하지 않은 두툼한 판자로 만들어져 있었고, 거기에 티토렐리라는 이름이 빨간색 글씨로 굵직하게 씌어 있었다. 카가 뒤따라오는 소녀들과 함께 그 계단을 중간쯤 올라갔을 때 소란스러운 숱한 발자국 소리 때문이었는지 문이 조금 열리더니 잠옷만 걸친 듯한 한 남자가 문틈에 나타났다. "오!" 사람들 한 떼가 올라오는 것을 보자 그가 이렇게 외치고는 사라졌다. 꼽추소녀는 기뻐 어쩔 줄을 모르며 손뼉을 쳤다. 그리고 나머지 다른 소녀들은 어서 빨리 올라가라고 뒤에서 카를 밀었다.

그러나 그들이 채 다 올라가기도 전에 위에서 화가가 문을 활짝 열고서 머리를 깊이 숙여 인사하고는 들어오라고 권했다. 그러나 소녀들은 못 들어오게 했다. 그들 중 어느 누구도 들여놓지 않으려고 했다. 그녀들은 애걸하기도 하고, 그가 허락을 안 하자 억지로라도 밀고 들어오려고 했다. 꼽추소녀만이 그가 팔을 벌렸을 때 팔 아래로 기어 들어왔지만 화가가 쫓아가 스커트를 잡고 그녀를 한 바퀴 돌린 다음 문 앞에 있는 다른 소녀들에게로 밀어놓았다. 소녀들은 화가가 자기 자리를 떠나 있는 동안에는 함부로 문지방을 넘어 들어오려고는 하지 않았다. 이 모든 광경을 어떻게 판단해야 좋을지 카는 알 수가 없었다. 왜냐하면 모든 것이 화기애애한 가운데 벌어지고 있는 듯한 인상을 주었기 때문이다. 문 옆에 있는 소녀들은 앞에서나 뒤에서나 모두 목을 쳐들고 화가에게 여러 가지 농 섞인 말을 했지만, 카는 무슨 말인지 알아들을 수가 없었다. 그의 손에 잡혀 있던 꼽추소녀가 쏜살같이 도망을 치고 있는데도 화가는 웃고만 있었다. 그런 다음 그가 문을 닫고는 카에게 다시 한 번 인사를 하더니, 손을 내밀고 자기소개를 했다. "화가 티토렐리입니다." 카는 소녀들이 뒤에서 소곤거리고 있는 문을 가리키면서 말했다. "이 집에서 아주 인기가 좋으신 것 같군요." "아, 말괄량이들 말이군요." 화가는 잠옷 맨 위의 단추를 채우려고 했지만 좀처럼 채워지지가 않았다. 그는 맨발에다 아마로 만든 넓고 누르스름한 바지를 입고 있었는데, 그것을 매고 있는 혁대의 기다란 끝이 이리저리 흔들렸다. "이 말괄량이들 때문에 정말 귀찮아 죽겠습니다." 그가 말을 계속했다. 그때 마침 잠옷에서 맨 마지막 단추가 떨어졌는데, 그는 잠옷에서 손을 떼고, 의자를 가져와 카에게 앉으라고 권했다. "제가 저 애들 중의 한 아이 — 오늘은 오지 않았습니다 —를 그려주었지요. 그 다음부터 모두들 저를 따라다니는 겁니다. 내가 방에 있을 때는 허락을 해야만 들어와요, 그렇지만 내가 없으면 적어도 한 아이는 들어와 있습니다. 그 아이들은 내 방 열쇠를 만들어서 서로 빌려주고 있어요. 그게 얼마나 지겨운지 상상도 못하실 겁니다. 이를테면 내가 그림을 그려줄 여자분하고 집에 와서 열쇠로 방문을 열어보면 꼽추소녀가 작은 책상 앞에 앉아 붓으로 입술을 새빨갛게 그리고 있는가 하면 그 애가 돌봐주어야 할 동생 아이들이 이리저리 돌아다니면서 방 안을 온통 더럽히는 겁니다. 그리고 어제는 제가 늦게 집에 돌아와 ─ 이 점을 감안하시고 제 형편이나 방 안이 엉망인 것을 용서해주십시오 ─ 침대에 누우려 하는데 무엇이 내 다리를 꼬집는 거예요. 침대 밑을 내려다보니 그런 애가 하나 나오지 뭡니까. 어째서 그들이 나한테 그렇게들 몰려오는지 모르겠어요. 내가 그들을 꾀어 오지 않았다는 것은 방금 당신도 보셨을 겁니다. 그래서 물론 내 일까지도 방해를 받고 있습니다. 내가 이 아틀리에를 무료로 쓰고 있지만 않다면 벌써 예전에 이사를 갔을 겁니다." 그때 부드럽고도 겁먹은 작은 목소리가 문 뒤에서 났다. "티토렐리, 들어가도 될까요?" "안 돼." 화가가 대답했다. "나 혼자도 안 될까요?" 다시 묻는 목소리였다. "너도 안 돼." 화가는 문으로 가서 문을 잠가버렸다.

그동안 카는 방 안을 둘러보았다. 카로서는 아무리 생각해도 이런 누추하고 작은 방을 아틀리에라고 부를 수는 없을 것 같았다. 길이와 폭이 두 걸음이 채 될까 말까 했다. 바닥이고, 벽이고 천장이고 간에 모두가 목재로 되어 있었으며, 들보 사이로 좁은 틈이 나 있었다. 카의 맞은편에는 벽 쪽에 침대가 하나 있었는데, 알록달록한 침구가 덮여 있었다. 방 한가운데에는 이젤 위에 그림이 하나 놓여 있었는데, 셔츠로 가려져 있었다. 그 셔츠의 소매가 마룻바닥까지 드리워져 있었다. 카 뒤에는 창문이 있었는데, 그 창문으로는 안개 때문에 눈에 덮인 이웃집 지붕 이외에는 더 이상 볼 수가 없었다.

화가가 자물통 열쇠를 돌리는 것을 보고 카는 자기가 빨리 돌아가기로 마음먹었던 일을 생각하게 되었다. 그래서 그는 제조업자의 편지를 주머니에서 꺼내 화가에게 주면서 이렇게 말했다. "당신의 친구이신 이분한테서 당신에 대해 듣고 이분의 권고로 찾아왔습니다." 화가는 편지를 대충 읽어보더니 그것을 침대 위에 던졌다. 만약 제조업자가 티토렐리에 대해서 그렇게까지 분명하게 자기 친구이며 자기의 자선금에 의지하고 있는 불쌍한 사람이라고 말하지 않았더라면 티토렐리가 제조업자를 모르거나 그렇지 않으면 적어도 그에 대해서 기억하지 못한다고 생각할 수도 있었을 것이다. 더구나 화가는 이렇게 묻는 것이었다. "그림을 사시겠습니까, 아니면 당신 초상화를 부탁하려는 것입니까?" 카는 놀라서 화가를 쳐다보았다. 도대체 편지에 무어라고 쓰여 있는 것일까? 카는 제조업자가 그 편지에서 다른 일 때문이 아니라 다만 소송 문제 때문에 문의하러 간다는 것을 화가에게 알렸을 거라고 생각했던 것이었다. 너무 서둘러서 생각도 안 해보고 달려온 것은 아닐까! 그러나 우선 그는 화가에게 무엇이든 간에 대답을 해야 할 것 같아서 이젤을 쳐다보면서 이렇게 말했다. "그림을 그리시는 중이군요." "네" 하고 화가는 이젤에 걸려 있는 셔츠를 집어서 침대 위 편지 위에 던지며 말했다. "초상화입니다. 좋은 일감인데 아직 덜 되었습니다." 이 우연한 기회가 다행히도 카로 하여금 법원에 대해서 이야기할 수 있는 계기를 마련해준 것이다. 왜냐하면 그 그림은 어느 판사를 그린 초상화였던 것이다. 그것은 변호사 사무실에서 본 그림과 닮은 점이 많았다. 여기에 그려진 판사는 다른 사람이었다. 뚱뚱하고 검고 덥수룩한 수염이 뺨 언저리에까지 잔뜩 나 있었다. 그리고 전에 본 그림은 유화였지만, 이 그림은 흐리고 확실하지 않게 그린 파스텔화였다. 그러나 그 나머지 것은 모두 흡사했다. 이 그림에서도 판사는 옥좌 모양의 의자에 앉아 팔걸이를 꽉 잡고 위협하려고 일어서는 자세였다. 카는 '이건 판사군요'라고 대뜸 말하려다 그만두고 마치 세부적인 것을 자세히 살펴보려는 듯이 그림에 가까이 다가갔다. 옥좌 모양 의자의 높다란 등걸이 한가운데 서 있는 커다란 자태가 무엇인지 알 수가 없어서 그는 화가에게 물어보았다. "좀더 손질을 해야 합니다." 화가가 이렇게 대답하더니 책상 위에서 파스텔을 집어서 그 인물의 가장자리를 약간 다듬었다. 그러나 그것으로도 카는 알 수가 없었다. "그것은 정의의 여신입니다." 드디어 화가가 말했다. "이제 알겠군요." 카가 말했다. "이것이 눈을 가리고 있는 안대이고 이것은 저울이군요. 그렇지만 발꿈치에 날개가 있고 날아가고 있지 않습니까?" "그래요." 화가가 말했다. "주문에 따라 그렇게 그려야 합니다. 이것은 실은 정의의 여신과, 승리의 여신을 하나로 합친 것입니다." "좋은 결합은 아니군요." 카가 웃으면서 말했다. "정의는 가만히 있어야 하지요. 그렇지 않으면 저울이 흔들리고 공정한 판결을 내릴 수가 없지요." "저야 그저 주문자의 뜻에 따랐을 뿐이지요." 화가가 말했다. "그렇고말고요." 자기 말 때문에 남의 기분을 상하게 하는 일이 없도록 카가 이렇게 말했다. "저 인물은 실제로 의자에 서 있는 모습을 그대로 그렸겠군요." "아닙니다." 화가가 말했다. "그 인물이나 의자는 본 적이 없습니다. 모두 꾸며낸 것입니다. 하지만 무엇을 그려야 할지는 지시를 받았습니다." "뭐라고요?" 화가의 말을 완전히 이해하지 못하겠다는 듯이 일부러 그가 그렇게 물었다. "하지만 이 그림은 재판석에 앉아 있는 판사이지요?" "그렇습니다." 화가가 말했다. "그렇지만 높은 판사는 아니고 그런 의자엔 앉아보지도 못한 사람입니다." "그런데도 저렇게 당당한 자세로 있게 그리시나요. 그는 법원장이라도 되는 듯이 앉아 있는데요." "네, 그분들은 허영심이 강해요." 화가가 말했다. "그렇지만 그들은 상관으로부터 그렇게 그려도 된다는 허락을 받고 있지요. 자기 초상화를 어떻게 그려야 할지 각자에게 자세하게 지시되어 있지요. 그런데 유감스럽게도 이 그림으로는 복장이나 의자의 자세한 부분을 판단할 수가 없어요. 이런 그림에는 파스텔이 맞지 않지요." "그렇군요." 카가 말했다. "그걸 파스텔로 그리는 것은 이상하군요." "판사가 그렇게 원한 걸요." 화가가 말했다. " 이 그림은 여자 분에게 줄 거랍니다." 그림을 바라보니까 작업하고 싶은 욕망이 생겼는지 그는 셔츠 소매를 걷어붙이고 파스텔 몇 개를 손에 쥐었다. 카는 파스텔의 끝이 움직임이면서 판사의 머리 주위에 불그스레한 그림자가 만들어지는 것을 보았다. 그림자는 광선처럼 그림의 가장자리에까지 퍼져갔다. 차츰 그림자는 무슨 장식이나 공로훈장처럼 머리를 에워쌌다. 그러나 정의의 여신은 눈에 띄지 않는 채색 부분을 제외하고는 환하게 보였고, 그렇게 환한 탓으로 그 자태가 유난히 돋보여 정의의 여신도 승리의 여신도 아닌 오히려 사냥의 여신처럼 보였다. 화가의 작품은 의외로 카의 마음을 끌었다. 그러나 결국 그는 스스로를 나무랐는데, 그 이유는 그렇게 오랫동안 거기에 있으면서도 근본적인 용건에 대해서는 아무것도 한 것이 없었기 때문이었다. "이 판사의 성함은 무엇입니까?" 갑자기 그가 물었다. "그건 말해서는 안 됩니다." 화가가 대답했다. 그는 그림에 몸을 깊숙이 수그리고 처음엔 그렇게도 자상하게 맞아들였던 손님을 이제는 확실히 무시하고 있었다. 카는 그것을 그의 변덕 때문이라고 생각했고, 그 때문에 시간을 빼앗긴 것이 화가 났다. "당신은 법원의 중개자이시지요?" 그가 물었다. 그러자 화가가 곧바로 파스텔을 옆으로 치우고 몸을 일으키더니 손을 비비고는 빙

굿이 웃으면서 카를 쳐다보았다. "어서 사실대로 털어놔 보세요." 그가 말했다. "소개장에도 쓰여 있듯이 당신은 법원에 대해 무언가 알고 싶은 거지요. 그래서 내 환심을 사려고 처음엔 그림에 대해 얘기를 하신 거지요. 그걸 나쁘게 생각하지는 않습니다. 그런 방법이 저한테는 맞지 않는다는 걸 물론 아실 리 없을 테니까요. 아, 괜찮습니다." 카가 무언가 변명을 하려니까 그가 냉정하게 거부하는 투로 말했다. 그러고는 말을 이었다. "당신 말이 딱 맞습니다. 전 법원의 중개자입니다." 이 사실에 대해서 카가 흐뭇해할 시간을 주려는 듯이 그는 말을 멈추었다. 다시 문 뒤에서 소녀들의 소리가 났다. 그들은 아마 열쇠구멍 주위로 몰려와 있을 것이다. 문틈으로 방 안을 들여다볼지도 모른다. 카는 이러쿵저러쿵 변명하는 것을 그만두기로 했다. 왜냐하면 그는 화가의 마음을 다른 데로 돌릴 생각이 없기 때문이었다. 그러나 화가가 너무 고자세를 취해서 이로 인해 다소라도 접근할 수 없게 되는 것도 원치 않는 일이었다. "그것은 공인된 직책인가요?" "아닙니다." 그 질문으로 인해 계속하려던 말문이 막혔다는 듯이 그는 짤막하게 말했다. 그러나 카는 그가 입을 다무는 것을 원치 않았기 때문에 이렇게 말했다. "그런데 그렇게 공인되지 않은 직책이 공인된 직책보다 더 영향력이 클 때가 종종 있지요." "제 경우가 바로 그렇습니다." 화가가 이렇게 말하고는 이마에 주름을 지으면서 고개를 끄덕였다. "어제 제조업자와 당신 사건에 대해서 얘기했지요. 그가 나더러 당신을 도와줄 수 없겠느냐고 묻기에 '그분이 나에게 한번 올 수 있지 않느냐'고 대답했지요. 그런데 이렇게 당신을 빨리 뵙게 되다니 반갑습니다. 사건 때문에 무척 걱정하시는 모양인데 그것도 물론 전혀 무리는 아니겠지요. 아무튼 상의나 벗으시지요." 물론 카로서는 아주 잠깐만 여기에 머무를 생각이었지만 화가가 이렇게까지 권하니 무척 고마웠다. 방 안 공기가 점점 답답해져서 그는 불을 땠을 리가 없는 구석의 난로를 몇 번이나 의아스럽게 쳐다보았다. 방이 더운 게 이상했다. 그가 외투를 벗고 상의 단추까지 풀자 화가가 변명하듯 이렇게 말했다. "전 따뜻해야 하거든요. 여긴 참 아늑하지요. 그렇지 않습니까? 이런 점에서 이 방은 자리를 잘 잡았지요." 카는 이에 아무런 대꾸도 하지 않았다. 그가 불쾌해하는 것은 더워서가 아니라 오히려 숨쉬기 곤란하게 만드는 탁한 공기 때문이었다. 오랫동안 환기를 시키지 않은 모양이었다. 그리고 카는 화가 자신은 이젤 앞에 놓여 있는 하나밖에 없는 의자에 앉고 카더러는 침대에 앉으라고 권했기 때문에 더욱 불쾌해졌다. 게다가 화가는 카가 계속 침대 가장자리에 앉아 있는 것을 보고 오해했던지 편안히 앉으라고 권했는데도 카가 주저하자 다가와서 침대 안쪽으로 베개 있는 곳까지 밀어내는 것이었다. 그런 다음 자기 의자로 다시 돌아갔다. 그가 드디어 사무적인 첫 질문을 했으며, 그 때문에 카는 다른 것은 모두 잊어버렸다. "당신은 죄가 없는 거지요?" 그가 물었다. "그렇습니다." 카가 대답했다. 이 질문에 대한 대답이 그를 기쁘게 했는데, 특히 그것이 개인에게 한 말이어서 책임이 뒤따르지 않을 것이므로 더욱 기뻤다. 아직까지 아무도 그렇게 솔직하게 물어본 적이 없었기 때문이었다. 이 기쁨을 한껏 맛보기 위해서 그가 말을 덧붙였다. "나는 아무 죄도 없습니다." "그렇군요" 하고 화가는 고개를 숙이더니 생각에 잠기는 것 같았다. 갑자기 다시 고개를 들더니 그가 이렇게 말했다. "죄가 없다면 문제는 아주 간단하지요." 카의 눈빛이 흐려졌다. 소위 법원의 중개자라는 이 사람이 아무것도 모르는 어린아이처럼 말하고 있지 않은가. "내가 죄가 없다는 사실이 문제를 간단하게 만들지도 않습니다." 카가 말했다. 그럼에도 그는 미소를 짓지 않을 수 없었고 천천히 고개를 저었다. "법원은 수많은 세세한 것을 캐는 데만 정신이 팔려 있어요. 결국 법원은 원래 아무것도 존재하지 않은 곳에서 큰 죄를 만들어내지요." "네, 네, 그렇습니다." 화가가 말했다. 화가는 마치 카가 쓸데없이 자기 생각을 방해라도 하고 있다는 듯이 말했다. "그렇지만 당신은 정말 죄가 없는 거지요?" "그렇고말고요." "그것이 주된 문제이지요." 화가가 말했다. 그는 논증 같은 것에 영향을 받을 사람이 아니었다. 그러나 그렇게 단호하게 말을 해도 그가 확신에서 하는 것인지 무관심에서 하는 것인지 분명치가 않았다. 카는 우선 이것을 확인하고 싶어서 이렇게 말했다. "당신께선 분명히 법원에 대해서 나보다 많이 아실 겁니다. 여러 사람들로부터 얘기를 듣긴 했지만 난 법원에 대해 그 이상은 아는 게 별로 없습니다. 그런데 고소란 경솔하게 제기되는 법이 없으며, 법원에서 일단 고소를 하면 그것은 피고의 죄에 대해서 확신이 있기 때문이며, 그런 확신을 번복하기가 힘들다고 하는 데는 모두가 의견의 일치를 보이고 있습니다." "힘들다고요?" 화가가 물으면서 한 손을 허공으로 쳐들었다. "절대로 법원으로 하여금 그것을 번복시킬 수는 없습니다. 내가 여기에서 판사들을 모두 캔버스에 그려넣고 당신이 그 캔버스 앞에서 자기변호를 하는 것이 실제로 법원에서 그렇게 하는 것보다 성공할 가능성이 많습니다." "그렇군요." 카가 자기도 모르게 중얼거렸는데 자신이 화가의 마음을 떠보려고 그렇게 말했다는 것을 잊고 있었다.

다시 문 뒤에서 소녀가 묻기 시작했다. "티토렐리, 그 사람 곧 가지 않을 건가요?" "조용히 해." 화가가 문 쪽에다 대고 소리쳤다. "이분과 이야기하고 있는 게 안 보이니?" 그러나 소녀는 그것에 만족하지 않고 이렇게 물었다 "그 사람을 그릴 건가요?" 그녀는 화가가 대답하지 않자 또 물었다. "제발 그렇게 보기 흉한 사람은 그려주지 마세요." 그러자 알아들을 수는 없었지만 그 말에 찬성하는 듯한 외침 소리가 뒤따랐다. 화가가 문으로 뛰어가서 문을 약간 열고는 — 애원하느라 앞으로 내민 소녀들의 포개진 손이 보였다 — 말했다. "너희들 조용히 하지 않으면 모두 층계 아래로 던져버릴 테다. 저기 계단에 앉아 조용히들 하고 있어." 그래도 금방 말을 듣지 않는지 그가 호령을 했다. "계단에 앉아!" 그제야 겨우 조용해졌다. "죄송합니다." 다시 카 쪽으로 돌아서면서 화가가 말했다. 카는 문 쪽은 거의 쳐다보지도 않았다. 카는 그가 자기를 막아줄지, 또 어떤 식으로 막을지의 문제는 화가에게 맡기고 있었다. 화가가 자기한테 몸을 수그리고 밖에서는 들리지 않도록 귀에다 다음과 같이 소곤거릴 때도 그는 거의 꼼짝도 하지 않았다. "이 소녀들도 법원에 속해 있습니다." "뭐라고요!" 카가 물으면서 고개를 옆으로 돌리고는 화가를 쳐다보았다. 그러나 화가는 다시 의자에 앉아서 농담 반 진담 반으로 이렇게 얘기했다. "그렇습니다. 모든 것이 법원에 속해 있습니다." "난 여태 그걸 몰랐습니다." 카가 짤막하게 말했다. 화가의 전반적인 설명이 소녀들에 대해 갖고 있던 막연한 불안감을 모두 해소시켜 주었다. 그래도 카는 잠시 문 쪽을 쳐다보았는데, 문 뒤에서 소녀들은 조용히 계단에 앉아 있었다. 그러나 한 소녀만은 판자 틈 사이로 지푸라기를 밀어넣고 그것을 천천히 위아래로 흔들고 있었다.

"당신은 아직도 법원에 대한 전체적인 이해가 부족한 것 같군요." 화가가 말했다. 그는 다리를 넓게 벌리고 발끝으로 마룻바닥을 탁 쳤다. "그렇지만 당신은 죄가 없으니까 그런 전체적인 이해가 필요 없을 겁니다. 저 혼자서라도 당신을 구해내도록 하겠습니다." "어떻게 할 작정이신가요?" 카가 물었다. "조금 전에 당신은 법원에서는 어떤 증거도 절대로 통하지 않는다고 말씀했잖습니까?" "법원에 증거를 제시하는 것만으로는 통하지 않지요." 이렇게 말한 화가는 마치 카가 그 미묘한 차이점을 깨닫지 못한다는 듯이 집게 손가락을 쳐들었다. "그러나 이 점에 있어서 그것은 공개적인 법정 배후에서, 그러니까 상담실이나 복도, 또는 예컨대 여기 아틀리에서 시도하는 것과는 다릅니다." 화가의 이 말은 카에게 그렇게 허무맹랑한 것만은 아닌 것 같았다. 그것은 카가 다른 사람들에게 들었던 이야기와 상당히 일치했던 것이다. 아니, 그것은 나아가 무척 희망적이기까지 했다. 변호사가 설명했던 것처럼 판사가 개인적인 연줄을 통해서 실제로 쉽게 움직일 수 있는 존재라면 허영심 많은 판사들에 대한 화가의 연줄은 특별히 중요하며 결코 얕잡아볼 수가 없었다. 그렇다면 화가는 카가 서서히 자기 주위에 모으고 있는 협조자 그룹에 훌륭하게 맞아들어 가지 않는가. 은행에서는 조직하는 능력으로 높이 칭찬받았지만, 완전히 혼자서 행동해야 할 지금 그 능력을 최대한으로 시험해볼 좋은 기회가 온 것이다. 화가는 자신의 설명에 대한 카의 반응을 살피면서 어느 정도 불안한 기색으로 이렇게 말했다. "내가 거의 법률가처럼 얘기한다고 생각되지 않으세요? 법원 사람들과 계속 교제를 하다 보니 영향을 받은 겁니다. 그래서 물론 좋은 점도 많지만 예술가로서의 감흥은 대부분 잃어버렸습니다." "어떻게 해서 처음에 판사들과 연줄이 닿게 되었나요?" 카가 물었다. 그는 일을 시키기 전에 우선 화가의 신뢰감을 얻고자 했다. "그건 간단했어요." 화가가 말했다. "그 연줄은 물려받은 거지요. 아버님은 법원화가셨거든요. 그건 계속 대물림되는 자리지요. 거기엔 새 사람이 필요 없어요. 각종 관직의 사람들을 그리기 위해서는 복잡하고 비밀스러운 각종 법칙이 있는데 그것은 일정한 가족 이외에는 전혀 알려져 있지 않습니다. 예컨대 저 서랍 속에 아버님의 스케치를 간직하고 있는데, 그것을 저는 누구에게도 보여주지 않습니다. 그런데 그것을 관찰한 사람만이 판사들을 그릴 수 있지요. 내가 그것을 잃어버린다고 하더라도 나 혼자서 머릿속에 간직하고 있는 법칙들도 상당히 많아서 어느 누구도 내 자리에 대해 이의를 제기할 수 없어요. 판사들마다 모두 옛날의 위대했던 판사들의 그림처럼 그려주기를 바라는데 그건 나만이 할 수 있거든요." "참 부럽습니다." 이렇게 말한 카는 은행에서의 자신의 직책을 생각했다. "그러니까 당신의 자리는 요지부동이군요." "네, 요지부동입니다." 화가가 말하고는 거만하게 어깨를 으쓱했다. "그렇기 때문에 재판 중인 불쌍한 사람을 때때로 도와줄 생각도 할 수 있는 거지요." "그런데 어떤 식으로 하시나요?" 자신은 화가가 방금 불쌍한 사람이라고 일컬은 사람이 아닌 듯 카가 물었다. 그러나 화가는 말머리를 돌리지 않은 채 이렇게 말했다. "예컨대 당신 경우는 당신이 아무 죄도 없으니까 다음과 같이 할 생각입니다." 자기가 무죄라는 말이 반복되자 카는 언짢아졌다. 화가의 이런 말은 소송이 잘 해결되는 것을 전제조건으로 하고 도와주겠다는 것처럼 생각되기도 했는데, 그렇다면 물론 그의 도움은 무의미한 것이다. 그런 의심은 있었지만 카는 자제한 채 화가의 말을 막지는 않았다. 화가의 도움을 단념하고 싶지 않았고, 그래서 그렇게 하지 않아야겠다고 결심했다. 또한 그의 도움이 변호사의 도움보다 결코 더 의심스러워 보이지는 않았다. 오히려 카는 변호사의 도움보다는 화가의 도움에 훨씬 더 마음이 끌렸다. 왜냐하면 화가는 악의 없이 솔직하게 도움을 제시했기 때문이었다.

화가는 자기 의자를 침대 가까이로 끌어당기더니 낮은 목소리로 말을 계속했다. "먼저 물어본다는 것이 깜박 잊었군요. 어떤 종류의 석방을 원하시나요? 세 가지 가능성이 있습니다. 즉 실제적인 무죄 판결과 형식적인 무죄 판결, 그리고 판결을 지연시키는 것이지요. 물론 실제적인 무죄 판결이 최상의 것이지만 저는 그런 해결에는 전혀 영향력이 없습니다. 제 생각입니다만 실제적인 무죄 판결에 영향력을 발휘할 수 있는 사람은 아무도 없을 겁니다. 이 경우에는 아마 피고인의 무죄만이 이런 판결을 내리게 하겠지요. 당신께서는 죄가 없으니까 오로지 당신의 무죄만을 믿는 것이 실제로 가능하겠지요. 그렇게 되면 당신은 저뿐만 아니라 어느 누구의 도움도 필요 없을 겁니다."

이렇듯 정연한 설명에 카는 처음엔 당황했지만 그는 이내 화가처럼 나지막한 목소리로 말했다. "당신 말씀에 모순이 있는 것 같군요." "어째서요?" 화가가 참을성 있게 묻더니 미소를 지으면서 몸을 뒤로 기댔다. 그 웃음은 마치 카가 지금 화가의 말이 아니라 재판 절차에서 모순을 찾아내고 있는 듯한 감정을 불러일으켰다. 그런데도 주저하지 않고 카는 이렇게 말했다. "당신은 앞서 법원에서는 어떤 증거도 통하지 않는다고 말했고, 뒤에는 그것을 공개재판에만 한정시켰으며 이제 와서는 죄 없는 사람은 법정에서 어떤 도움도 필요 없다고 말씀하십니다. 이 점에 벌써 모순이 있는 거지요. 그밖에 당신은 앞서 판사에게 개인적으로 영향을 줄 수 있다고 말해놓고 이제 와서는 당신이 말했던 실제적인 무죄 판결은 개인적인 영향력으로 성취하기가 불가능하다고 하셨습니다. 여기에 두 번째 모순이 있는 겁니다." "그런 모순들은 쉽사리 해명될 수 있습니다." 화가가 말했다. "여기에선 지금 두 가지 상이한 문제가 얘기되고 있는 겁니다. 하나는 법률에 쓰여 있는 것이고, 다른 하나는 제가 개인적으로 경험한 것인데, 그걸 혼동해서는 안 됩니다. 물론 전 읽어본 적이 없습니다만 법률에는 한편으로는 죄 없는 사람은 무죄언도를 받는다고 씌어 있습니다. 그러나 다른 한편으로는 재판관들이 외부의 영향을 받을 수 있다고는 적혀 있지 않습니다. 그런데 제가 경험한 바는 전혀 반대입니다. 저는 실제적인 무죄 판결에 대해서는 전혀 알지 못하지만 영향력이 행사된 판결에 대해서는 얼마든지 알고 있습니다. 물론 제가 알고 있는 재판의 경우에서 무죄가 없었다고 할 수도 있지만 그런 일은 불가능하지 않을까요? 그렇게 많은 재판 중에서 과연 무죄가 하나도 없었을까요? 어렸을 때 이미 저는 아버지께서 집에서 소송에 대해 얘기하시는 것을 주의해서 들었고, 아버님 아틀리에 오는 판사들이 법원에 대해 얘기하는 것도 들었습니다. 우리 주변에는 다른 이야기는 거의 없거든요. 그리고 저 자신이 법원에 갈 수 있는 기회를 갖게 되자 저는 그 기회를 십분 이용했지요. 수많은 소송들을 중대한 단계에선 방청도 하고 할 수 있는 데까지는 따라다니기도 했습니다. 하지만 —전 이것을 시인하지 않을 수 없습니다만— 단 한 번도 실제적인 무죄 판결을 본 적이 없습니다." "단 한 번의 무죄 판결도 없었단 말이지요?" 카는 마치 혼잣말처럼 그리고 그랬으면 하는 듯이 말했다. "그것은 제가 법원에 대해 품고 있던 생각을 확인해주는 것입니다. 그러니까 이런 면에서 볼 때 법원이란 아무런 목표도 없는 거군요. 사형 집행인 한 사람만으로도 법원 전체를 대신할 수 있겠군요." "그렇게 일반화시키지는 말아주십시오." 화가가 불만스럽게 말했다. "저는 그저 제 경험을 얘기했을 뿐입니다." "그것으로 충분합니다." 카가 말했다. "그럼 혹시 무죄 판결이 옛날엔 있었다는 말을 들어보셨습니까?" "그런 무죄 판결이," 화가가 대답했다. "있었다고들 합니다. 하지만 입증하기가 무척 힘들어요. 법원의 최종 판결은 공개되지 않으며, 판사들도 그걸 볼 수 없습니다. 따라서 옛날 판결에 대해서는 전설만 있을 뿐입니다. 그런 전설에서는 대다수가 실제적인 무죄 판결을 받은 걸로 되어 있습니다. 그걸 믿을 수도 있겠지요. 그러나 입증할 수는 없어요. 그래도 그걸 완전히 무시할 필요는 없습니다. 그런 전설엔 어느 정도 진실도 들어 있고 무척 아름답기도 합니다. 저 자신이 그런 전설을 내용으로 하는 그림을 몇 개 그렸습니다." "단순한 전설 따위로 제 생각이 변할 수는 없습니다." 카가 말했다. "그리고 법원에서 그런 전설을 증거로 끌어댈 수도 없지 않습니까?" 화가가 웃었다. "안 되지요. 그렇게 할 수는 없습니다." 그가 말했다. "그렇다면 그것에 대해 말해봤자 소용없는 일이군요." 카가 말했다. 그는 비록 화가의 의견이 허무맹랑하고 다른 사람들의 얘기와 모순되기는 하지만 지금으로서는 그의 모든 의견을 받아들여야겠다고 생각했다. 지금 그는 화가가 한 이야기의 사실 여부를 검토하거나 반박할 시간적 여유도 없었고, 비록 결정적으로는 아니더라도 어떤 식으로라도 자신에게 도움이 되도록 화가를 유도할 수만 있다면 그것으로 이미 최대의 성과를 얻은 셈인 것이다. 그래서 그는 이렇게 말했다. "그러니까 실제적인 무죄 판결에 관한 이야기는 그만두기로 합시다. 하지만 다른 두 가지 가능성에 대해서도 언급하셨지요." "형식상의 무죄 판결과 판결을 지연시키는 것이지요. 이 두 가지만 가능하지요." 화가가 말했다. "하지만 그 이야기를 시작하기 전에 상의를 벗지 않으시겠습니까? 상당히 더우신 것 같군요." "네." 카가 말했다. 지금까지 화가의 설명에만 집중해 있던 그는, 더위를 생각하게 된 지금 이마가 땀으로 흠뻑 젖었음을 알았다. "견디기 힘들 정도이군요." 마치 카의 불쾌감을 잘 이해라도 한다는 듯이 화가가 고개를 끄덕였다. "창문을 열 수 없을까요?" 카가 물었다. "안 됩니다." 화가가 말했다. "유리창이 꽉 고정되어 있어서 문을 열 수가 없습니다." 그때서야 카는 화가가 됐든 자기가 됐든 즉시 창가로 가서 문을 활짝 열어 젖히기를 줄곧 바라고 있었다는 것을 알았다. 그는 입을 크게 벌리고 안개라도 들이마실 심정이었다. 공기가 완전히 차단되어 있다고 생각하자 현기증이 일었다. 그는 손으로 자기 곁에 있는 털 이불을 가볍게 두

드리고는 힘없는 목소리로 말했다. "저건 답답하고 건강에도 나빠요." "아, 아닙니다." 화가가 창문에 대해 변호라도 하려는 듯이 말했다. "저 창문은 열리지 않기 때문에 단창임에도 이중창보다 난방을 더 잘 유지해줍니다. 나무 쪽 틈 사이로 도처에서 바람이 들어오기 때문에 별로 환기를 할 필요는 없지만 그러고 싶을 때는 두 개의 방문 중 하나만 열거나 두 개 다 열어놓을 수도 있습니다." 이 설명에 약간 안심이 된 카는 두 번째 문을 찾기 위해서 주위를 둘러보았다. 화가가 이를 눈치 채고 이렇게 말했다. "그 문은 당신 뒤에 있습니다. 문을 침대로 가려놓을 수밖에 없었지요." 그제야 카는 벽에 있는 작은 문을 보았다. "아틀리에로는 너무 작은 곳이지요." 카의 비난을 미리 막으려는 듯이 화가가 말했다. "가능한 한 잘 배치해야 했습니다. 물론 문 앞에 침대가 있다는 것은 그리 좋은 게 아니지요. 예를 들어 지금 제가 그리고 있는 판사는 항상 침대 곁에 놓여 있는 문을 통해서 들어오지요. 그분에게 이 문 열쇠를 드렸기 때문에 제가 집에 없더라도 여기 아틀리에서 절 기다릴 수가 있지요. 그런데 그분은 대개 아침 일찍 제가 자고 있을 때 온답니다. 아무리 깊은 잠이 들었다가도 침대 옆의 문이 열리면 항상 잠이 깨지요. 당신께서 이른 아침에 저의 침대 위를 넘어서는 재판관을 맞이하며 제가 내뱉는 욕설을 들으시면 아마 판사에 대한 모든 경외심이 다 사라질 것입니다. 물론 열쇠를 빼앗을 수도 있습니다. 그러나 그렇게 하면 일이 더 악화될지 모르지요. 여기 문들은 조금만 힘을 줘도 문짝 고리들이 떨어져 나가버립니다." 이 이야기를 듣는 동안 카는 상의를 벗는 것이 어떨까 생각했는데, 마침내 벗지 않으면 더 이상 거기에 앉아 있을 수 없겠다고 생각되었기 때문에 상의를 벗긴 했지만 상담이 끝나는 대로 곧바로 다시 입을 수 있도록 무릎 위에 올려놓았다. 그가 상의를 벗자마자 소녀들 가운데 하나가 이렇게 외쳤다. "그 사람이 상의를 벗었어." 그러자 그들 모두가 그 장면을 구경하려고 나무 틈새로 몰려드는 소리가 났다. "소녀들은 말입니다." 화가가 말했다. "내가 당신을 그릴 것이기 때문에 당신이 옷을 벗는 줄 알고 있어요." "그래요." 카는 이렇게 말했지만 별로 즐거운 기분은 아니었다. 왜냐하면 셔츠 바람으로 앉아 있어도 전보다 낫다고 느껴지지 않았기 때문이었다. 거의 투덜거리듯 그가 물었다. "다른 두 가지 가능성들이 무어라고 하셨던가요?" 그는 벌써 그 표현들을 잊어버리고 있었다. "형식상의 무죄 판결과 판결을 지연시키는 것입니다." 화가가 말했다. "어떤 것을 선택하는가는 당신에게 달려 있습니다. 제 도움이 있으면 두 가지 다 가능합니다. 물론 노력 없이는 불가능하지요. 이런 점에서 양자의 차이점을 말하자면 형식상의 무죄 판결은 일시적으로 힘을 집중하는 것이고, 판결을 지연시키는 것은 힘은 훨씬 적게 들지만 지속적인 힘이 필요하다는 것입니다. 그러니까 먼저 형식상의 무죄 판결에 대해 말씀드리지요. 만약 당신이 그것을 원한다면 제가 당신의 무죄 확인서를 한 장 씁니다. 이 확인서의 문구는 저의 아버님한테 물려받은 것이기 때문에 나무랄 데가 없습니다. 그 확인서를 들고 제가 아는 판사들을 한번 순회합니다. 맨 먼저 할 일은 제가 그림을 그려주는 판사가 그림 때문에 오늘 저녁 여기에 나타나면 확인서를 제시하는 것입니다. 제가 그에게 확인서를 제시하며 당신이 죄가 없다는 것을 설명하면서 당신의 무죄를 보증하는 것입니다. 그런데 그것은 표면상이 아닌 실질적이고도 책임성 있는 보증입니다." 화가의 눈길에는 카가 그런 보증의 부담을 자기한테 지게 하려고 한다는 비난 같은 것이 들어 있었다. "그건 고마운 일입니다." 카가 말했다. "그런데 판사가 당신을 믿기야 하겠지만 그래도 저에게 실제적인 무죄 판결을 내리지 않으려고 하지 않겠습니까?" "앞서도 말했지만," 화가가 대답했다. "모두가 다 절 믿어줄는지 전혀 확실치 않습니다. 이를테면 저에게 당신을 직접 데려오라고 하는 판사도 있을 겁니다. 그렇게 되면 한번 함께 가셔야겠지요. 물론 그런 경우엔 일이 반은 성사된 거지요. 게다가 담당 판사 앞에서 당신이 어떻게 행동해야 하는지는 제가 미리 가르쳐주겠습니다. 더 곤란한 것은 ──이런 일도 있을 겁니다── 처음부터 절 거절하는 판사들이지요. 물론 여러 가지 시도를 해봐서도 안 되면, 그것을 단념해야 하겠지요. 판사 한 사람 한 사람이 결정권을 가지고 있는 것은 아니니까 그렇게 해도 괜찮습니다. 그런데 확인서에 판사들의 서명을 충분히 받은 다음 저는 그것을 들고서 당신의 소송을 담당하고 있는 판사에게 찾아가겠습니다. 아마 그의 서명도 받을 수 있겠지만, 그렇게 되면 모든 것이 좀더 급속도로 진행될 겁니다. 그렇게만 되면 대체로 더 이상의 큰 장애는 없게 되고, 한편 피고인으로서는 최고로 자신감을 갖는 때가 되지요. 사람들은 그렇게 되었을 때 무죄 판결을 받았을 때보다 더 자신감을 갖게 됩니다. 그것은 이상한 일이긴 하지만 실제로 사실입니다. 그렇게 되면 이제 더 이상 특별하게 애쓸 필요가 없지요. 그 담당 판사는 확인서에 많은 판사들의 보증이 있어서 아무 걱정 없이 당신에게 무죄 판결을 내릴 수 있을 것인데, 여러 가지 절차를 거친 후에 실제로 무죄 판결을 내려서 저나 다른 아는 사람들을 기쁘게 해줄 것입니다. 당신은 법원에서 벗어나 자유로운 몸이 되는 겁니다." "그러니까 그런 다음에야 자유로워지는 거군요." 카가 주저하면서 말했다. "그렇지요." 화가가 말했다. "하지만 그것은 형식적으로만 자유롭거나 혹은 더 정확히 표현해서 일시적으로만 자유로운 것입니다. 제가 알고 있는 판사들은 말단 판사들인데, 그들은 최종적인 무죄 판결을 내릴 권한이 없습니다. 그럴 권한은 당신이나 저나 우리 모두가 도저히 접근할 수 없는 최고 법원만이 갖고 있습니다. 최고 법원이 어떤 모습인지 우리는 알지 못하며, 이야기가 나왔으니 말이지 알려고 하지도 않습니다. 고소에서 해방시키는 대권한은, 그러니까 우리가 아는 판사들은 갖고 있지 않지만, 기소로부터 풀어주는 권한은 있습니다. 다시 말해서 이런 식으로 당신이 무죄 판결을 받음으로써 얼마 동안 기소를 면하게 되지만, 그 기소는 계속 당신 머리 위에 떠 있어서 상부 명령만 내려지면 즉각 효력을 발생할 수 있습니다. 저는 법원과는 좋은 관계에 있기 때문에 법원 사무처 규정에 나타난 실제적 무죄 판결과 형식적 무죄 판결의 차이가 얼마나 피상적으로 나타나는가를 말씀드릴 수 있습니다. 실제적 무죄 판결이 날 경우 소송 서류들은 완전히 기각되어 버리고 소송 절차상에서 완전히 사라집니다. 기소장뿐만 아니라 소송 기록 그리고 심지어 무죄 판결문까지도 취하되고, 모든 것이 소멸됩니다. 형식상의 무죄 판결에서는 사정이 다릅니다. 서류상으로는 아무런 변경도 없이 그저 무죄 확인서, 무죄 판결문, 무죄 판결 사유서 등이 첨가될 뿐입니다. 그 외에도 그 서류는 재판 절차 중에 계속 남아 있게 되어 법원 사무처들의 부단한 업무 연락을 위해서 상부 법원으로 이송됐다가 다시 하급 법원으로 반송되는데, 그렇게 오가는 일은 빨리 진행될 때도 있는가 하면 다소간 지체되는 때도 있습니다. 이런 경로는 예측하기 어렵습니다. 겉으로 보기에는 모든 것이 다 잊혀지고 서류는 분실되어 무죄 판결이 완전한 것으로 보이는 때가 가끔 있습니다. 그러나 사정을 잘 아는 사람은 그렇게 믿지 않습니다. 서류는 분실되는 법이 없으며, 법원은 잊어버리는 일이 없습니다. 어느 날 — 아무도 그것을 예측하지 못합니다 — 어떤 판사가 그 서류를 손에 들고서 자세히 살펴보다가 이 사건의 기소가 유효하다는 것을 깨닫고서 즉각 체포를 지시합니다. 저는 여기에서 형식적인 무죄 판결과 새로운 체포 사이에 오랜 시간이 걸린다는 것을 가정해서 말했는데, 그것은 가능한 일입니다. 그렇지만 내가 알기로는 다른 가능성 역시 있는데, 무죄 판결을 받은 사람이 법원에서 집으로 돌아오니 다시 그를 체포해 가기 위해서 위임받은 관리들이 기다리고 있는 경우도 있습니다. 그렇게 되면 물론 자유로운 생활은 끝장이지요." "그럼 소송이 새로 시작되나요?" 카가 믿을 수 없다는 듯이 물었다. "물론이지요." 화가가 말했다. "소송은 새로 시작됩니다. 그렇지만 지난 번처럼 다시 형식상의 무죄 판결을 받을 수 있는 가능성이 있지요. 그러니까 다시 온 힘을 모아야 하고 항복해서는 안 됩니다." 아마 이 나중 말은 카가 어느 정도 지쳐버린 듯한 인상을 보였기 때문에 한 것 같았다. "그렇지만 말입니다." 카는 화가가 새로운 사실을 폭로하는 것을 예방하려는 듯이 이렇게 말했다. "두 번째로 무죄 판결을 받으려면 처음보다는 더 힘들지 않을까요?" "그 점에 대해서는," 화가가 대답했다. "아무것도 확실하게 말할 수 없습니다. 아마 당신은 두 번째로 체포됐다는 사실이 판사가 판결을 내릴 때 피고인한테 불리하게 작용하리라고 생각하시는 모양이지요? 그건 그렇지 않습니다. 판사들은 형식상의 무죄 판결을 내릴 때 두 번째 체포할 것을 미리 알고 있으니까요. 그러니까 그런 상황이 거의 영향을 주지 않습니다. 그러나 그 밖의 여러 가지 이유에서 판사들의 기분이나 그들의 법률적 판단이 달라질 수 있기 때문에 두 번째 무죄 판결을 받으려면 그 변경된 상황에 따라서 적절하게 대응해야 하며, 일반적으로 첫 번째 무죄 판결 때만큼 노력해야 합니다." "그렇지만 이 두 번째 무죄 판결도 최종적인 것이 아니지 않습니까?" 카는 이렇게 말하고 의심스럽다는 듯이 고개를 저었다. "물론 최종적인 것은 아니지요." 화가가 말했다. "두 번째 무죄 판결 다음에는 세 번째 체포가, 세 번째 무죄 판결 다음에는 네 번째 체포가 따르고, 계속 그런 식으로 나아가는 거지요. 형식상의 무죄 판결이라는 개념 속에 바로 그런 것이 들어 있는 거지요." 카는 말이 없었다. "형식상의 무죄 판결은 당신에게 전혀 맞지 않는 듯싶군요." 화가가 말했다. "아마 판결을 지연시키는 게 당신에게 더 좋을 것 같군요. 지연이 어떤 것인지 설명해드릴까요?" 카는 고개를 끄덕였다. 화가는 의자 등받이에 편히 기댔다. 잠옷은 앞쪽이 활짝 열려 있었다. 그는 한 손을 셔츠 안으로 넣고서 가슴과 옆구리를 만지고 있었다. "판결을 지연시키는 것이란," 하고 화가는 꼭 맞는 설명을 찾아내려는 것처럼 잠시 앞을 바라보았다. "판결을 지연시키는 것은 소송을 계속 하급 단계에 잡아두는 일입니다. 그렇게 하기 위해서는 피고와 협력자, 특히 협력자가 법원과 계속적으로 개인 접촉을 해야 합니다. 다시 말씀드리면 여기에선 형식상의 무죄 판결을 얻어낼 때만큼 노력이 들진 않지만 주의력이 더 많이 필요합니다. 소송에서 눈을 떼지 말아야 하고, 담당 판사를 규칙적인 간격을 두고 또 특별한 일이 있을 때마다 찾아가서 어떻게 해서든 원만한 관계를 유지해야 합니다. 판사를 개인적으로 알지 못할 때는 아는 판사를 통해서 그에게 영향을 주어야 하고, 그렇다고 해서 직접적인 상담을 해보려는 노력도 포기해서는 안 됩니다. 이런 일들을 조금도 게을리 하지 않았을 때만 소송이 그 최초의 단계를 넘어서지 않고 있다는 확신을 가질 수 있는 거지요. 소송이 끝난 건 아니지만 그래도 피고인은 무죄 판결을 보장받은 것이나 마찬가지어서 자유의 몸이나 다름없지요. 형식상의 무죄 판결에 비해서 판결을 지연시키는 것은 피고인의 장래가 덜 불확실하다는 장점이 있습니다. 피고인은 그의 여건이 극히 불리할 때라 해도 갑작스럽게 체포당하는 공포로부터 벗어나 있으며, 형식상의 무죄 판결에 따르는 긴장과 흥분에 대해서도 두려워할 필요가 없습니다. 물론 판결을 지연시키는 것도 피고인에게는 무시할 수 없는 단점이 있습니다. 여기에서 저는 피고인이 자유롭지 못하다는 것을 말하려는 것은 절대로 아닙니다. 그거야 형식상의 무죄 판결을 내릴 때에도 결국 마찬가지지요. 그것 말고도 다른 단점이 있지요. 적어도 그럴싸한 이유가 없는 한 소송은 멈출 줄을 모른다는 겁니다. 그렇기 때문에 소송은 무엇인가 사건다운 면이 외부로 보여야 한다는 하는 겁니다. 그러니까 때때로 여러 가지 지시가 내려지고, 피고인은 심문을 받고, 심리 등 여러 가지 일이 거행되는 겁니다. 소송은 인위적으로 한정된 작은 범위 내에서 계속 돌게 됩니다. 물론 그로 인해 피고인은 불쾌감 같은 것을 느끼게 되지만 당신은 그것을 나쁘게만 생각해서는 안 됩니다. 모든 게 형식적일 뿐입니다. 예를 들면 심문도 아주 짤막한 것뿐이며 만약 거기에 출두할 시간이 없다든가 혹은 출두할 기분이 나지 않을 때면 사과를 하면 그만이고, 판사에 따라서는 지시가 내려질 시기에 대해 얼마간 미리 확정지을 수도 있습니다. 사실 당신은 피고인이니만큼 가끔 담당 판사에게 출두한다는 의미가 되겠지요." 이 마지막 말을 듣는 동안 카는 웃옷을 팔에 걸치고 일어나 있었다. "그 사람이 일어나고 있어." 곧바로 문밖에서 외치는 소리가 들렸다. "벌써 가시겠습니까?" 같이 자리에서 일어난 화가가 물었다. "공기 때문에 가시는 모양이군요. 정말 안됐습니다. 아직도 말씀드릴 게 많은데요. 간략하게 말씀드려야 했을 텐데. 제 말이 납득이 되셨기를 바랄 뿐입니다." "아, 네." 카가 말했다. 그는 힘들여 듣느라 골치가 아팠다. 카가 수긍했음에도 불구하고 화가는 또 한 번 위로를 해서 돌려보내려는 듯이 모든 걸 다시 요약해서 말했다. "두 가지 방법은 피고인에게 유죄 판결을 내리는 것을 방해한다는 공통점이 있습니다." "그리고 그것들은 실제적인 무죄 판결도 방해하지요." 그런 것을 알게 되어 부끄럽다는 듯이 카가 나지막하

게 말했다. "당신은 문제의 핵심을 파악하셨군요." 화가가 재빨리
말했다. 카는 외투에 손을 댔지만 외투를 입어야 할지는 결단을 내
리지 못하고 있었다. 모든 걸 싸들고 신선한 공기를 맞으러 달려나
가는 것이 상책일 것 같았다. 소녀들은 카가 옷을 입을 거라고 미리
부터 서로 말을 주고받았지만 그녀들 역시 카로 하여금 옷을 입게
할 수는 없었다. 화가에게는 어떻게 해서든 카의 분위기를 알아보
는 게 중요했기 때문에 그는 이렇게 말했다. "제 제안에 대해서 아
직 결단을 내리시지 못한 것 같군요. 그럴 만도 하지요. 저로서도
당신께서 즉시 결단을 내리는 것을 말리고 싶습니다. 장점과 단점
이란 게 별 차이가 없는 것이니까요. 모든 것을 신중하게 생각해보
셔야 합니다. 물론 시간을 너무 소모해서도 안 되지만 말입니다."
"곧 다시 오도록 하겠습니다." 이렇게 말한 카는 갑자기 결심이라
도 한 듯 상의를 입고 외투를 어깨에 걸치고는 문 쪽으로 급히 걸어
갔다. 그 문 뒤에서 소녀들이 소리치기 시작했다. 카는 문을 통해
떠드는 소녀들을 보기라도 한 것 같았다. "약속을 지키십시오." 화
가가 제자리에 앉은 채 말했다. "그렇지 않으면 제가 은행으로 가
서 직접 묻겠습니다." "문을 열어주십시오." 카는 손잡이를 잡아당
겼으나 밖의 소녀들이 꽉 붙잡고 있다는 것을 알았기 때문에 이렇
게 말했다. "아이들한테 성가심을 당할 생각이십니까?" 화가가 물
었다. "차라리 이쪽 출구를 사용하십시오." 그러고는 화가는 침대
뒤에 있는 문을 가리켰다. 카는 이에 동의하고 침대 쪽으로 되돌아
갔다. 그러나 화가는 거기 문을 열지는 않고 침대 아래로 기어 들어
가더니 아래에서 물었다. "잠시만요. 그림 하나 보시겠습니까? 뭣
하면 팔 수도 있겠습니다만." 카는 실례를 하고 싶지 않았다. 화가
는 자기를 염려해주었으며 계속 도와주겠다고 약속하지 않았던가.
그만 잊은 탓으로, 건망증 때문에 그의 도움에 대한 보수 문제에 대

해서는 아직까지 아무것도 말하지 않았던 것이다. 그렇기 때문에 그를 거절할 수도 없었다. 아틀리에에서 나가려는 생각으로 안절부절못하고 몸을 떨고는 있었지만 그림을 내보이게 했다. 화가는 침대 아래에서 액자 없는 그림들을 한 무더기 꺼냈는데, 온통 먼지투성이여서 화가가 맨 위에 있는 그림에서 먼지를 불자 한참 동안 카는 눈앞이 보이지 않고 숨이 막힐 지경이었다. "황야로 이루어진 풍경이지요"라고 화가가 말하고는 카에게 그림을 내밀었다. 거기엔 약해 보이는 나무 두 그루가 어두운 풀밭 위에 서로 멀찍이 떨어져 서 있었다. 배경은 찬란한 일몰이었다. "좋습니다." 카가 말했다. "제가 사겠습니다." 깊이 생각하지 않고 짤막하게 그렇게 말해버렸다. 그렇기 때문에 카는 화가가 불쾌하게 생각지 않고 두 번째 그림을 치켜들자 기뻤다. "아까 그림과 한 쌍입니다." 화가가 말했다. 한 쌍으로 하려고 그린 것인지는 몰라도 첫 번째 그림하고 조금도 차이가 없었다. 여기는 나무들, 여기는 풀밭 그리고 저기엔 일몰이 있었다. 그러나 카는 그런 것에는 관심이 없었다. "아름다운 풍경이군요." 그가 말했다. "둘 다 사서 사무실에 걸도록 하겠습니다." "주제가 마음에 드시는 모양이군요." 화가가 세 번째 그림을 쳐들었다. "다행히도 비슷한 그림이 여기 하나 더 있습니다." 그것은 비슷하다기보다는 완전히 똑같은 황야로 이루어진 풍경이었다. 화가는 낡은 그림을 팔 수 있는 이 기회를 십분 활용했다. "그것도 사겠습니다." 카가 말했다. "세 작품 모두 얼마지요?" "거기에 대해선 다음번에 말하기로 하지요." 화가가 말했다. "지금은 바쁘시고, 우리는 연락이 되니까요. 여하튼 그림이 마음에 드신다니 기쁩니다. 이 아래에 있는 그림들을 모두 드리겠습니다. 전부 황야로 이루어진 풍경입니다. 전 황야가 담긴 그림을 많이 그렸지요. 너무 황량하다고 이런 그림을 싫어하는 사람들도 많지요. 그런데 어떤 사람들은, 당신도 거기에 속하시는데, 바로 황량한 점을 좋아하지요." 그러나 카는 구걸 화가의 직업상의 체험담 따위는 들을 생각이 없었다. "전부 싸두세요." 화가의 말을 가로막으면서 카가 외쳤다. "내일 사환이 와서 가져갈 겁니다." "그럴 필요 없습니다." 화가가 말했다. "함께 데리고 갈 짐꾼을 주선해드리지요." 그러고는 끝내는 침대 너머로 몸을 수그리더니 문을 열었다. "사양하지 마시고 침대 위로 올라가십시오." 화가가 말했다. "여기에 들어오는 사람은 모두 그렇게 합니다." 카는 이런 권유를 받지 않았더라도 그렇게 하기를 주저하지 않았을 것이다. 카는 벌써 한쪽 다리로 털 침대 한가운데를 밟고 있었다. 그때 그는 열린 문을 통해서 밖을 내다보고는 발을 다시 뒤로 끌어당겼다. "저것이 뭐지요?" 그가 화가에게 물었다. "뭘 보고 놀라십니까?" 화가도 덩달아 놀라면서 물었다. "법원 사무처입니다. 여기가 법원 사무처란 것을 모르셨나요? 법원 사무처란 다락방이면 거의 다 있으니까 여기라고 해서 없으라는 법은 없지 않습니까. 제 아틀리에도 사실 법원 사무처에 속합니다만 법원에서 저한테 조치해준 것입니다." 카가 놀란 것은 여기에 법원 사무처가 있어서라기보다는 오히려 자기가 법원 일에 대해 무지하다는 사실 때문이었다. 카는 피고인이 취할 자세의 기본 규칙은 항상 마음의 준비를 하여 절대로 놀라지 말아야 하며, 자기 왼쪽에 판사가 서 있다면 아무것도 모른 채 오른쪽을 쳐다보아서는 안 된다고 생각했다 ── 그는 이런 기본 규칙에 자꾸만 어긋난 행동을 저지르는 것이었다. 그의 앞에는 긴 복도가 있었는데, 거기에서 풍겨오는 공기와 비교하면 아틀리에 공기가 더 신선했다. 긴 의자들이 복도 양쪽으로 놓여 있었는데 카를 담당하고 있는 사무처 대기실과 똑같았다. 사무처 시설물에 대한 상세한 규정이 있는 것 같았다. 현재로는 피고인의 왕래는 그리 많지 않았다. 한 남자가 반쯤 엎드린 자세로 의자에 앉아 있었는데, 얼굴을 팔에 묻고 잠자고 있는 것 같았다. 또 한 남자는 어두컴컴한 복도 끝에 서 있었다. 이제 카가 침대를 넘어가자 화가가 그림을 들고 그의 뒤를 따라왔다. 그들은 곧 정리를 만났고 ─ 정리는 평상복에 다는 보통 단추 이외에 금 단추를 더 달고 있기 때문에 카는 이제 그들을 알아보았다 ─ 화가는 정리더러 그림을 들고 카를 따라가라고 부탁했다. 카는 걸어가는 게 아니라 비틀거리고 있었다. 그는 손수건을 입에 갖다 대었다. 그들이 출구에 가까이 왔을 때 소녀들이 그들을 향해 몰려왔다. 결국 카로서도 그들을 피할 수 없었다. 소녀들은 아틀리에의 두 번째 문이 열려 있는 것을 알고 이쪽으로 오려고 돌아서 온 것이었다. "더 이상 배웅할 수가 없군요." 소녀들에게 밀려서 웃으며 화가가 외쳤다. "안녕히 가십시오. 그리고 너무 오래 생각하진 마십시오." 카는 한 번도 돌아보지 않았다. 길거리에서 첫 번째로 만난 마차를 탔다. 우선 정리를 떼어버리는 것이 문제였다. 그의 금단추가 자꾸만 눈에 거슬렸다. 그것만 아니면 어느 누구의 눈에도 띄지 않을 것 같았다. 의무감에서 정리는 마부석에 앉으려고 했다. 그러나 카는 그를 아래로 끌어내렸다. 카가 은행 앞에 도착했을 때는 정오가 훨씬 지나서였다. 그는 그림들을 마차에 두고 내리고 싶었지만 혹시 화가에게 그것들로 인해서 자신을 상기시킬 기회를 주게 되지나 않을까 두려웠다. 그래서 그는 그림들을 사무실로 가져오게 해서 적어도 며칠 동안만이라도 차장의 눈에 띄지 않도록 자기 책상의 맨 아래 서랍에 넣어두었다.

상인 블로크. 변호사와의 해약[*]

　마침내 카는 변호사에게 자신의 변호를 취소하기로 결심했다. 비록 그렇게 행동하는 것이 올바른 것이냐 하는 의심이 완전히 가신 건 아니었지만 그 행동이 불가피하다는 확신이 더 강했다. 변호사를 찾아가려고 했던 바로 그날 그런 결심을 해서 그런지 카의 작업 능력도 많이 떨어졌다. 너무나 일이 더뎠기 때문에 그는 늦도록 사무실에 남아 있어야 했다. 그가 변호사의 집 문 앞에 도착했을 때는 벌써 열 시가 지나고 있었다. 벨을 누르기 전에 그는 직접 만나 설득하는 것은 괴로운 일이니까 변호사에게 전화나 편지로 알리는 것이 더 낫지 않을까 곰곰이 생각해보았다. 그러나 그는 결국 개인적으로 설득하는 것을 단념할 마음이 없었다. 다른 방식으로 해약할 경우 그것은 묵살되거나 아니면 몇 마디 형식적인 말로 받아들여질지도 모른다. 따라서 레니 같은 사람한테서 캐내지 않는 한 변호사가 어떤 태도로 해약을 받아들였는지, 또는 소홀히 할 수 없는 변호사의 의견으로는 이 해약이 카에게 어떤 결과를 가져올지 전혀 알아낼 수가 없을 것이다. 그러나 변호사와 직접 마주앉아 있게 될 경우, 해약을 한다는 말에 그가 놀라게 되면 아무리 자신을 감춘다 해도 얼굴 표정이나 태도로부터 카가 알고 싶은 것들을 쉽게 찾아낼 수 있을 것 같았다. 그뿐만 아니라 변호사에게 변호를 그대로 맡겨두는 것이 좋을 거라고 설득당하여 스스로 해약을 포기하는 경우도

---

[*] 막스 브로트판에서는 이 「상인 블로크. 변호사와의 해약」이 제8장으로 되어 있다.

배제할 수는 없었다.

카가 변호사 집 문의 초인종을 눌렀지만 평소와 마찬가지로 처음에는 응답이 없었다. '레니라면 재빨리 달려나올 텐데' 하고 카는 생각했다. 전에 그랬던 것처럼 다른 의뢰인들이, 이를테면 잠옷 차림의 남자나 혹은 그 외의 누군가 나타나서 귀찮게 구는 일만 없어도 다행이겠다. 카는 두 번째로 벨을 누르고 다른 쪽 문을 쳐다보았지만 오늘은 그 문도 닫혀 있었다. 드디어 변호사의 집 문구멍 창에 두 눈이 나타났는데, 그것은 레니의 눈은 아니었다. 누군가가 문을 열더니 잠시 문을 막고 서서 집 안에다 대고 "그 사람이야"라고 외치고 나서야 문을 활짝 열었다. 카는 문으로 달려갔는데, 자기 뒤의 다른 집 문 안에서 급히 열쇠 돌리는 소리가 들렸기 때문이었다. 마침내 자기 앞에 있는 문이 활짝 열리자 그는 곧바로 현관으로 돌진해 갔는데, 그때 문을 연 사람의 경계하는 외침 소리에 놀란 레니가 셔츠 바람으로 방 사이로 통하는 복도를 통해 도망쳐 가는 모습이 보였다. 그는 잠시 레니의 뒷모습을 좇다가 문을 연 사람에게 시선을 돌렸다. 그는 자그마하고 깡마른 남자로 온통 수염투성이였는데 손에 초를 들고 있었다. "여기서 일하는 분이신가요?" 카가 물었다. "아닙니다." 그 남자가 대답했다. "여긴 처음입니다. 변호사께서 제 변호를 맡고 계실 뿐이지요. 저는 법률 문제 때문에 여기에 왔습니다." "상의도 입지 않고요?" 카가 묻고서 손으로 제대로 갖추어 입지 않은 그 남자의 옷차림새를 가리켰다. "아, 죄송합니다." 남자는 마치 자기 모습을 처음 보는 듯 촛불로 몸을 비춰보았다. "레니가 당신 애인이지요?" 카가 간략하게 물었다. 그는 두 다리를 약간 벌리고 모자를 들고 있던 두 손으로 뒷짐을 졌다. 두툼한 외투를 입고 있는 것만으로도 그 마른 남자에 비해 우월감이 느껴졌다. "천만에요." 남자는 이렇게 말하더니 놀라

방어하려는 듯이 얼굴 앞으로 한 손을 들어 올렸다. "아닙니다. 아니에요. 도대체 무슨 생각을 하시는 겁니까?" "정직한 분처럼 보이는군요." 카가 미소를 지으면서 말했다. "어떻든 들어가십시다." 카는 모자로 앞을 가리키면서 그 남자가 앞서 가도록 했다. "성함이 어떻게 되시지요?" 걸어가면서 카가 물었다. "블로크요, 상인 블로크입니다." 작은 남자는 자기를 소개하면서 카 쪽으로 돌아보았지만 카는 걸음을 멈추지는 않았다. "그게 당신의 본명인가요?" 카가 물었다. "그럼요." 그의 대답이었다. "어째서 의심하시는 거지요?" "제 생각엔 본명을 알리지 않을 만한 이유가 있을 것 같거든요." 카가 말했다. 그는 마치 낯선 곳에서 비천한 사람들과 이야기하면서 자신에 관한 것은 입 밖에 내지 않은 채 상대편의 흥밋거리에 대해 태연스럽게 떠들어대고, 그들을 추어올리기도 하고, 멋대로 깎아내리기도 하는 그런 때처럼 자유스러운 기분이었다. 변호사 사무실 문 앞에서 걸음을 멈추고 문을 연 다음 공손하게 걸어가고 있는 상인에게 카는 외쳤다. "서둘지 말아요. 여기를 비춰보세요." 카는 레니가 숨어 있을 거라고 생각했기 때문에 상인에게 구석구석을 비춰보도록 했지만 방 안은 텅 비어 있었다. 판사의 초상화 앞에서 카는 상인의 어깨끈을 잡아당겼다. "저 사람을 아십니까?" 하고 묻고는 둘째손가락으로 위를 가리켰다. 상인은 초를 쳐들고 실눈을 하고 쳐다보면서 이렇게 말했다. "판사입니다." "높은 판사인가요?" 카는 묻고 나서 그림이 자기에게 어떤 인상을 주었는지 살펴보기 위해 상인의 옆으로 바짝 다가섰다. 상인은 경탄을 하면서 위를 올려다보았다. "높은 판사군요." "볼 줄 모르는군요." 카가 말했다. "하급 예심판사 중에서도 가장 낮은 판사예요." "이제야 생각이 나는군요" 하고 상인은 초를 내렸다. "저도 전에 들은 적이 있어요." "물론 그러실 겁니다." 카가 외쳤다. "제가 잊고 있었던 거지요, 물론 당신은 그런 이야기를 꼭 들은 적이 있을 겁니다." "그런데 도대체 왜요, 왜 이러시는 겁니까?" 카의 양손에 떠밀려 계속 문 쪽으로 다가가며 상인이 이렇게 물었다. 복도로 나오자 카는 이렇게 말했다. "당신은 레니가 어디에 숨어 있는지 알지요?" "숨어 있다고요?" 상인이 말했다. "아닙니다. 아마 부엌에서 변호사께 드릴 수프를 끓이고 있을 겁니다." "그럼 왜 진작 그렇게 말하지 않았나요?" 카가 물었다. "제가 그리로 모시려 했는데 당신이 다시 부르지 않았습니까." 앞뒤가 안 맞는 명령에 어리둥절해진 사람처럼 상인이 대답했다. "당신은 자신이 아주 교활한 줄 알고 있는 것 같군요." 카가 말했다. "그럼 절 데려다주시오." 카는 부엌에 가본 적이 없었다. 부엌은 굉장히 크고 시설이 잘되어 있었다. 화덕만 해도 보통 것보다 세 배나 더 컸다. 부엌을 비추는 것은 입구에 매달린 작은 등 하나뿐이었기 때문에 세세한 것까지 볼 수는 없었다. 화덕가에는 레니가 여느 때처럼 하얀 앞치마를 두르고 알코올 불길 위에 얹어놓은 냄비에다 계란을 깨뜨려 넣고 있었다. "안녕하세요, 요제프." 그녀는 힐끗 쳐다보며 말했다. "안녕하시오." 카는 이렇게 말하고 상인에게 앉으라고 옆에 있는 의자를 손으로 가리켰다. 상인이 의자로 가서 앉자 카는 레니 뒤로 바짝 다가가서 어깨 너머로 몸을 수그리고 물었다. "저 남자는 누구지?" 레니는 한쪽 손으로 카를 껴안고 다른 손으로는 수프를 저으면서 그를 자기 앞으로 당기더니 이렇게 말했다. "불쌍한 사람, 가련한 상인 블로크예요. 저 사람을 좀 보세요." 두 사람은 돌아다보았다. 상인은 카가 권했던 의자에 앉아서 이제는 필요 없게 된 촛불을 끄고 연기가 나지 않도록 심지를 손가락으로 누르고 있었다. "셔츠 바람이었지" 하고 카가 말하고는 손으로 그녀의 고개를 다시 화덕 쪽으로 돌렸다. 그녀는 대답하지 않았다. "저 사람 당신 애인이지?" 카가 물었다. 그녀가 수프 냄비를 쥐려고 했다. 그러나 카가 그녀의 두 손을 잡고 말했다. "대답해봐." 그녀가 말했다. "사무실로 오세요. 전부 말씀드릴 테니까요." "아니야," 카가 말했다. "여기서 설명해봐." 그녀가 카에게 매달려 키스를 하려고 했다. 그러나 카가 그녀를 막으며 말했다. "지금은 키스 같은 건 하고 싶지 않아." "요제프," 하고 레니는 애원하듯 빤히 그의 눈을 쳐다보았다. "블로크 씨를 질투하시는 건 아니겠지요." "루우디," 상인 쪽으로 고개를 돌리면서 그녀가 말을 했다. "저 좀 도와주세요. 보시다시피 전 의심받고 있어요. 초는 놔두시고요." 그 사람은 별로 관심이 없는 것처럼 보였지만 사실은 그녀의 말을 다 파악하고 있었다. "당신이 왜 질투하시는지 모르겠군요." 그가 매우 담담한 어조로 말했다. "실은 나도 모르겠어요." 카는 미소를 지으며 상인을 바라보았다. 레니가 큰 소리로 웃더니 카가 부주의한 틈을 타서 그의 팔에 매달린 채 속삭였다. "그분을 내버려두세요. 어떤 사람인지 아셨잖아요. 그분은 변호사의 큰 고객이기 때문에 제가 좀 친절하게 해드린 것이지 다른 이유는 없어요. 그런데 당신은? 오늘도 변호사와 얘기할 건가요? 변호사님은 오늘 상당히 편찮아요. 하지만 당신이 원한다면 알리겠어요. 그렇지만 오늘밤은 꼭 여기에서 머물러야 해요. 꽤 오랫동안 오시지 않으셨지요. 변호사님께서도 당신에 대해 물으시더군요. 재판을 소홀히 하지 마세요. 제가 들은 여러 가지 얘기도 해드려야겠어요. 어쨌든 우선 외투부터 벗으세요." 그녀는 카가 외투 벗는 것을 거들어주고 모자를 받은 뒤에 그것들을 걸기 위해 현관으로 들어갔다. 그리고는 다시 돌아와서 수프를 들여다보았다. "당신이 왔다고 먼저 일러드릴까요, 아니면 그에게 수프부터 가져다드릴까요?" "내가 왔다는 사실부터 알려줘." 카가 말했다. 카는 화가 났다. 그는 당초 레니와 함께 자신의 사건에 대해서, 특히 미심쩍은 해약 문제에 대해서 자세히 상의해볼 생각이었다. 그런데 상인이 있기 때문에 그럴 마음이 사라지고 말았던 것이다. 그러나 그는 자기 사건이 보잘것없는 상인 때문에 결정적인 방해를 받기에는 너무나도 중대하다는 생각이 들어서 이미 복도에 나가 있는 레니를 다시 불러들였다. "우선 수프부터 갖다드려." 그가 말했다. "나하고 얘기하려면 기운이 나야 하니까, 그게 필요할 거야." "당신도 변호사의 의뢰인이시군요." 구석에 있던 상인이 다짐이라도 하려는 듯이 그렇게 말했다. 그러나 그의 말을 카는 언짢게 여겼다. "도대체 그게 당신과 무슨 상관입니까?" 카가 말했다. 그러자 레니가 말했다. "조용하세요, 그럼 우선 수프를 갖다드리고 오겠어요." 레니가 카에게 말하고 수프를 접시에 부었다. "그런데 그분이 곧 잠이 들지 않을까 염려되는군요. 식사 후엔 곧 잠이 드시거든요." "내가 하는 얘기를 들으면 잠이 번쩍 깰 거야." 카가 말했다. 그는 자기 변호사와 중대한 문제를 협의할 계획이라는 것을 계속 알아차리게 하려고 했다. 그리고 레니가 그게 무슨 일이냐고 물으면 그때서야 조언을 구할 생각이었다. 그러나 그녀는 그의 말을 조금도 어김없이 이행할 뿐이었다. 접시를 들고 곁을 지나갈 때 그녀는 일부러 그를 살며시 건드리면서 소곤거렸다. "수프를 다 드시면 곧 당신이 왔다고 알려드릴게요. 그리고 될 수 있는 대로 빨리 돌아오겠어요." "어서 가봐." "좀 다정하게 해보세요." 하고 그녀는 접시를 든 채로 문간에서 다시 한 번 완전히 몸을 돌렸다.

카는 그녀의 뒤를 바라보았다. 그는 변호사와 해약할 것을 최종적으로 결심했다. 그것에 관해 레니와 미리 얘기하지 않는 편이 나을 것 같았다. 그녀는 일 전체에 대해 거의 충분히 알지 못하기 때문에 그만두라고 조언할 것이 틀림없고, 실제로 카로 하여금 이번에는 해약을 포기하게 만들지 모른다. 그래서 또다시 의혹과 불안에 싸여 있다가 결국은 얼마 뒤에라도 해약을 하고 말 것이다. 왜냐하면 해약은 너무나 불가피한 것이기 때문이다. 해약이 빨리 이행되면 될수록 손해를 적게 볼 것이다. 그런데 상인이 이 문제에 대해서 무엇인가 참고될 말을 알고 있을지도 모른다.

카가 돌아섰다. 상인은 그것을 알아차리고는 자리에서 곧바로 일어서려고 했다. "그냥 앉아 계세요" 하고 카는 의자를 그의 곁으로 끌어당겼다. "변호사에게 의뢰하신 지 오래되셨습니까?" "네." 상인이 말했다. "아주 오래됐습니다." "그분이 당신 일을 맡은 지는 몇 해나 되셨나요?" 카가 물었다. "무슨 말씀인지 모르겠는데요?" 상인이 말했다. "사업상의 법률 문제로 ── 저는 곡물사업을 합니다 ── 오래전부터 변호사가 제 일을 맡고 있습니다. 사업을 떠맡았을 때부터니까 근 이십 년이 됩니다. 선생님께서 제 소송 문제에 대해 물으시는 것 같은데, 처음부터 그분이 맡으셨으니까 벌써 오 년이 넘었군요. 그렇습니다. 오 년이 훨씬 넘었습니다." 그렇게 말을 덧붙이더니 낡은 수첩을 꺼냈다. "여기에 전부 적어두었습니다. 원하신다면 정확한 날짜를 알려드리지요. 전부 머리에 기억해두긴 참 어렵지요. 제 소송은 아마 더 오래된 것 같습니다. 아내가 죽고서 곧 시작되었으니까 벌써 오 년 반 이상이나 됩니다." 카가 그에게 바짝 다가갔다. "그럼 변호사께서는 일반적인 법률 문제도 취급하나요?" 법원과 법률학적인 문제를 이렇게 연관시킨 것이 카에게는 무척 위안이 되는 듯했다. "물론이죠." 상인은 말한 다음 카에게 이렇게 소곤거렸다. "다른 법률 문제들보다도 이 일반적인 법률 문제에 더 능숙하다고들 하더군요." 그러나 그는 자기가 한 말을 후회하는 것처럼 보였다. 그는 카의 어깨에 한 손을 얹고서 이렇게 말했다. "제발 절 배신하지 말아주십시오." 카는 그를 안심시키기 위해서 그의 허벅다리를 두드리면서 이렇게 말했다. "네, 전 배신하는 사람이 아닙니다." "사실 그분은 복수심이 강하니까요." 상인이 말했다. "그러나 당신같이 충실한 변호 의뢰인한테야 무슨 나쁜 짓을 하겠습니까." 카가 말했다. "오, 천만에요." 상인이 말했다. "그분은 화가 나면 가리는 게 없어요. 그리고 저로 말하자면 그분한테 충실하지도 않아요." "어째서이지요?" 카가 물었다. "그런 말을 해도 될까요?" 상인이 의심쩍은 듯 물었다. "제 생각엔 말해도 괜찮겠는데요." 카가 말했다. "그렇다면," 상인이 말했다. "일부만 말씀드리지요. 그러나 당신의 비밀도 말씀하셔야 합니다. 그래야 변호사에 대해 우리가 서로를 지킬 수 있으니까요." "정말 조심성이 많으시군요." 카가 말했다. "저도 비밀을 말씀드리지요. 그걸 들으시면 아주 안심이 되실 겁니다. 그런데 변호사한테 당신이 충실하지 못하다는 것은 무엇 때문이지요?" "실은," 상인이 주저하면서 무슨 불명예스러운 것을 고백하는 말투로 입을 열었다. "저는 이분 이외에도 다른 변호사들이 있습니다." "그건 나쁠 것이 없지요." 카는 약간 실망해서 말했다. "여기서는," 고백을 하면서 괴롭게 숨을 쉬던 상인이 카의 얘기에 더 자신감을 갖고서 말했다. "그건 허용되지 않습니다. 소위 말하는 변호사 이외에 엉터리 변호사를 둔다는 것은 절대로 허용되지 않습니다. 그런데 저는 그렇게 했거든요. 이분 이외에도 다섯 명의 엉터리 변호사를 두고 있습니다." "다섯 사람이나요?" 카가 외쳤다. 그는 우선 그 숫자에 놀랐다. "이분 말고 또 다섯 명의 변호사가 있다고요?" 상인이 고개를 끄덕였다. "게다가 요즘엔 여섯 번째 변호사와 교섭 중입니다." "그런데 무엇 때문에 그렇게 많은 변호인이 필요하지요?" 카가 물었다. "전부 다 필요합니다." 상인이 말했다. "그 이유를 설명해주실 수 있습니까?" 카가 물었다. "그렇게 하죠." 상인이 말했다. "우선은 소송에 지고 싶지 않기 때문이지요. 이건 당연한 일입니다. 따라서 제게 유익한 것은 하나도 놓쳐서는 안 되는 거지요. 경우에 따라서는 별로 도움이 되지 않을지라도 작은 희망이라도 버려서는 안 되지요. 그렇기 때문에 저는 가지고 있는 모든 것을 소송에 이용해왔습니다. 예를 들면 돈도 전부 사업에서 빼내었습니다. 예전에는 제 회사 사무실이 건물 한 층을 다 차지했지만 지금은 뒤채에 있는 자그마한 방 하나로 만족하고 있지요. 거기에서 저는 견습사원 한 명을 데리고 일을 하고 있습니다. 이렇게 몰락하게 된 데는 돈뿐만 아니라 작업 능력이 다 고갈된 탓도 있습니다. 소송을 위해서 무엇인가 해보려고 들면 다른 일에는 거의 손을 쓸 수가 없습니다." "그렇다면 당신은 손수 법원에서 힘쓰고 계신가요?" 카가 물었다. "저는 바로 그 점에 대해서 알고 싶습니다." "그 점에 대해선 별로 말씀드릴 게 없습니다." 상인이 말했다. "처음에는 그렇게도 해보았지만 곧 그만두고 말았습니다. 너무나 힘겨운 데다 별로 성과도 없으니까요. 손수 거기에서 힘도 쓰고 교섭한다는 것은 적어도 저에게는 불가능한 일이었습니다. 거기에 그냥 앉아서 기다리는 것만도 아주 고된 일이더군요. 당신도 물론 사무처의 그 답답한 공기를 알고 계시겠지요." "제가 거기에 간 것을 어떻게 아시나요?" 카가 물었다. "당신이 지나가실 때 대기실에 있었거든요." "참 우연한 일이군요." 카는 그 말에 마음이 끌려 상인을 이제껏 우습게 대했던 것도 잊어버린 채 이렇게 외쳤다. "그러니까 절 보셨군요. 제가 지나갈 때 대기실에 계셨다고요! 맞아요. 한번 그곳을 지나간 적이 있습니다." "별로 굉장한 우연도 아니지요." 상인이 말했다. "저는 매일 거기에 있으니까요." "저도 좀더 자주 가야 될 것 같습니다." 카가 말했다. "그렇지만 그때처럼 그렇게 정중한 대접을 받지는 못할 것입니다. 모두들 일어섰지요. 제가 판사인 줄 알았던 모양입니다." "아닙니다." 상인이 말했다. "그때 우리는 정리한테 인사를 한 것입니다. 우리는 당신이 피고인이라는 것을 알았지요. 그런 소식은 굉장히 빨리 퍼지거든요." "그러니까 당신은 그 사실을 알고 계셨군요." 카가 말했다. "그렇다면 제 태도가 거만하게 보였겠군요. 거기에 있던 사람들이 그렇게 말하지 않던가요?" "아닙니다." 상인이 말했다. "그 반대였습니다. 그렇지만 그것은 어리석은 얘기지요." "도대체 무엇이 어리석은 얘기란 말입니까?" 카가 물었다. "그런 건 왜 물으시나요?" 상인이 불쾌한 듯 말했다. "거기 있는 사람들을 잘 모르셔서 아마 잘못 파악하고 계신 모양입니다. 재판이 진행될 때는 도무지 이성으로는 납득이 안 가는 많은 일들이 거론된다는 것을 고려해야 합니다. 사람들은 그저 너무 지치고 많은 것에 정신이 팔려서 자신을 미신에 내맡기게 됩니다. 남들에 관해 얘기하고 있지만 저 자신도 나은 게 없습니다. 예를 들면 그런 미신 중의 하나는 많은 사람들이 피고인의 얼굴, 특히 입술 모양을 보고서 소송이 어떻게 결말이 날지를 점쳐본다는 것입니다. 그러니까 그 사람들은 당신의 입술로 보건대 곧 틀림없이 유죄 판결을 받으리라는 이야기였습니다. 거듭 말하지만 그것은 유치한 미신에 지나지 않고 대개의 경우 사실과 전혀 다르지요. 그렇지만 그런 사람들 속에서 살다 보면 그런 생각에서 벗어나기가 힘들지요. 이런 미신이 얼마나 큰 작용을 하는지 상상이 안 될 겁니다. 당신은 거기에 있던 어떤 한 사람에게 말을 걸었지요? 그런데 그 사람은 당신한테 제대로 대답도 못했지요? 물론 거기서 당황하게 된 이유가 여러 가지 있지요. 그렇지만 그분이 대답을 하지 못했던 이유 중의 하나는 당신 입술을 보았기 때문이라는 거예요. 나중에 그는 당신 입술에서 자기 자신이 유죄 판결을 받는다는 징조도 보았다는 이야기였습니다." "제 입술에서요?" 이렇게 물은 카는 손거울 꺼내 자신을 들여다보았다. "저로서

186

는 입술에서 특별한 것이라곤 하나도 발견할 수 없는데요. 당신은 요?" "저도 그런 걸 볼 수 없습니다." 상인이 말했다. "전혀 볼 수 없습니다." "그 사람들은 너무 미신적이군요." 카가 외쳤다. "제가 그렇다고 말씀드리지 않았던가요?" 상인이 물었다. "그들은 서로 자주 왕래하면서 의견을 교환하나요?" 카가 물었다. "저는 지금까지 완전히 따로 있었는데요." "대체로 그들은 서로 왕래가 없습니다." 상인이 말했다. "그럴 수가 없을 겁니다. 사람이 너무 많으니까요. 그리고 공동 이해라는 것도 별로 없습니다. 때때로 어떤 그룹에서 공동 이해에 대한 생각이 떠오를 때도 있지만 그 생각이 착각이었다는 게 곧 밝혀지지요. 공동으로 법원에 맞서 할 수 있는 일이란 하나도 없습니다. 어떤 사건이든지 개별적으로 조사합니다. 우리 법원은 가장 신중한 법원이니까요. 따라서 공동으로 관철할 수 있는 것은 하나도 없어요. 다만 한 개인이 때때로 비밀리에 뭔가 뜻을 이루긴 하지만 그것이 이루어진 다음에야 남들이 알게 되지요. 그것이 어떻게 진행되었는지는 아무도 모릅니다. 그러므로 공통성이란 있을 수 없고, 사람들이 때때로 대기실에서 함께 만나긴 해도 별 얘기를 하지 않습니다. 미신적인 의견들은 예전부터 있었고, 그 수효가 스스로 증가하고 있지요." "저는 대기실에 있는 사람들을 보았습니다." 카가 말했다. "그런데 그들이 기다리는 것은 아무 소용도 없는 것 같더군요." "기다리는 게 소용없는 게 아닙니다." 상인이 말했다. "소용없는 건 혼자서 관여하는 일이지요. 앞서 말씀드렸듯이 전 이 변호사 말고도 다섯 사람이 더 있습니다. 사람들은 — 저 자신도 처음엔 그렇게 생각했습니다 — 이제는 변호사에게 일을 완전히 위임할 수 있다고 생각합니다. 그렇지만 그건 아주 잘못된 생각이에요. 여러 변호사에게 일을 맡기면 변호사가 한 사람일 때보다 더 불안합니다. 이해가 안 되시지요?" "안 되는군요" 하고 카는 상인의 너무 빠른 말을 막기 위해서 진정시키듯 자기의 손을 그의 손 위에 얹어놓았다. "제발 부탁입니다만, 좀 천천히 말씀해주십시오. 저한테는 전부 중요한 얘기뿐인데, 제대로 알아들을 수가 없군요." "그것을 상기시켜 주셔서 감사합니다." 상인이 말했다. "당신은 초보자이고 신입생입니다. 당신 소송은 반년밖에 안 되었지요, 네? 저도 그걸 들었습니다. 얼마 안 된 소송이지요! 그런데 저는 아까 그런 일에 대해서는 수없이 많은 생각을 해보았거든요. 그래서 그런 일들은 저에게 세상에서 가장 자명한 일로 생각됩니다." "당신 소송이 그렇게 많이 진척되어서 기쁘시겠군요?" 카가 물었다. 그는 상인의 사건이 어떤 상태에 있는지에 대해서는 직접 묻지 않았다. 그러나 그는 어떤 분명한 대답도 얻지 못했다. "네, 재판 때문에 오 년을 뛰어다녔지요" 하고 상인은 말하고는 고개를 수그렸다. "그건 결코 작은 일이 아닙니다." 상인은 그런 다음 잠시 침묵했다.

카는 레니가 오지 않을까 해서 귀를 기울여보았다. 한편으로는 그녀가 오지 않기를 바라고 있었다. 더 물어볼 것이 많은 데다 상인과 이렇게 비밀 이야기를 하는데 레니가 나타나는 것이 싫었기 때문이었다. 그러나 또 한편으로는 자기가 와 있는데도 그녀가 변호사한테 너무 오래 가 있는 것이, 수프를 가져다주는 데 필요한 시간보다 훨씬 더 오래도록 가 있는 것이 화가 났다. "저는 지금도 그때를 확실히 기억하고 있습니다." 상인이 다시 말을 시작했다. 카는 즉시 온 주의를 기울였다. "저의 소송이 지금 당신의 소송 정도 진행되었을 때였습니다. 그때 제겐 이 변호사밖에 없었는데, 그에게 그리 만족하지 못했었지요." '이제 모든 걸 알게 되겠군' 하고 카는 생각했다. 그러고는 마치 상인의 흥을 돋우어서 알 만한 가치가 있는 것을 전부 말하게 하려는 것처럼 고개를 힘차게 끄덕였다. "제 소송은," 상인은 계속해서 말했다. "진전이 없었습니다. 심리가 여러 번 있었는데 그때마다 출석했고, 자료들을 모았으며, 모든 사업장부들을 법원에 제출했습니다. 그러나 나중에 알게 된 일이지만 그런 것은 필요치 않은 것이었어요. 저는 줄곧 변호사에게 달려갔고, 변호사는 여러 가지 진정서를 냈지요." "여러 가지 진정서라고요?" 카가 물었다. "네, 그렇습니다." 상인이 말했다. "그것이 제겐 아주 중대한 문제이지요." 카가 말했다. "제 경우, 변호사는 줄곧 첫 번째 진정서만 작성하고 있습니다. 그는 아직 아무 것도 한 것이 없습니다. 이제 보니 절 너무나 무시하고 있는 것 같습니다." "진정서가 아직 완성되지 않은 데에는 여러 가지 정당한 사유가 있을 겁니다." 상인이 말했다. "그런데 제 진정서는 전혀 무가치했다는 것이 나중에 밝혀졌어요. 저는 어느 법원 직원의 호의로 진정서 하나를 읽어보기까지 했습니다. 그것은 유식하게 쓰여 있긴 했지만 실은 내용이 없었습니다. 우선 내가 이해할 수 없는 라틴어가 있었고, 다음엔 몇 쪽에 걸쳐서 법원에 대한 일반적인 호소가 있었고, 그리고 개개의 관리들에 대한 아첨의 말이 적혀 있었는데, 각자의 이름이 드러나 있는 것은 아니지만 사정을 잘 아는 사람이라면 누구를 말하는 것인지 쉽게 짐작할 정도였지요. 그 다음엔 변호사의 자화자찬인데 그 부분에서는 법원한테 개처럼 비굴하게 굴었어요. 마지막에 제 사건과 유사한 옛날 법률사건에 대한 분석이 적혀 있었습니다. 그 분석은 제가 보기에 무척 세심하게 되어 있었습니다. 이 같은 이야기를 하는 것은 제가 변호사의 글에 대해서 무슨 평가를 하자는 뜻은 아니에요. 더구나 제가 읽은 진정서는 여러 개 중의 하나에 불과하니까요. 어떻든 제가 말씀드리려는 것은 바로 이겁니다. 다시 말해 제 소송에 아무런 진전도 없었다는 점입니다." "당신은 어떤 식의 진전을 원하셨나요?" 카가 물었다. "아주 훌륭한 질문을 하시는군요." 상인이 미소를 지으면서 이렇게 말했다. "이런 소송에서는 진전이 드물지요. 그러나 전 당시 그것을 몰랐습니다. 전 당시에는 지금보다 더 철저한 상인이었을 뿐이지요. 그래서 뚜렷한 진전을 바랐고, 전체가 마무리를 짓는 단계에 들어가거나 혹은 최소한 규칙적인 진행과정을 보이기를 바랐던 것입니다. 그런데 매번 똑같은 내용의 심문만을 받았을 뿐입니다. 전 대답을 넋두리처럼 준비하고 있었습니다. 일주일에 몇 번씩이나 정리가 사무실이나 집, 또는 절 만날 수 있는 곳으로 찾아왔습니다. 물론 성가신 일이었습니다(이런 점에서 요즈음은 훨씬 나아졌습니다. 전화를 이용하면 훨씬 덜 성가시니까요). 사업 친구나 친척 사이에서 내 재판에 대한 소문이 퍼져나가기 시작했어요. 그러자 사방에서 헐뜯는 겁니다. 하지만 가까운 장래에 첫 번째 공판이 열릴 것 같은 조짐은 전혀 보이지 않았습니다. 저는 변호사에게 가서 하소연을 했습니다. 그러나 변호사는 장황한 설명만 하고 제가 하자는 것은 단호히 거절하더니, 아무도 공판 날짜를 정하는 데 영향을 주지 못하며 — 제가 요구했던 대로 — 진정서에다 독촉한다는 것은 전혀 있을 수 없는 일이며, 그러다가는 나와 자기가 망하고 말 거라는 것이었습니다. 전 이렇게 생각했죠. 이 변호사가 할 생각도 없고, 할 능력도 없는 것을 다른 변호사는 하려고 할 것이고 할 능력도 있으리라고 말입니다. 그래서 전 다른 변호사를 물색했지요. 그런데 아무도 본심 날짜를 정해줄 것을 요청하지도 않았고, 관철시키지도 못했습니다. 그건 실제로 불가능한 일입니다. 여기에는 한 가지 유보사항이 있는데, 나중에 그것에 대해서 말씀드리겠습니다. 그러니까 그 점에 대해서는 이 변호사가 저를 속인 것은 아닙니다. 한편 그런데도 저는 다른 변호사한테 간 것을 후회하진 않습니다. 당신도 홀트 박사한테서 엉터리 변호사에 관해 얘기를 들은 줄로 압니다. 그분은 아마 그들에 대해 굉장히 무시하는 설명을 했을 텐데, 그건 전부 사실입니다. 그런데 그분이 그들에 대해 이야기하면서 자기나 자기 동료들과 비교할 때는 항상 사소한 일이지만 그릇된 평가를 하는 수가 있기에 말이 난 김에 거기에 대해서도 말씀드리지요. 그럴 때면 언제나 그는 구별하기 위해서 자기 부류의 변호사들을 '대변호사들'이라고 부르지요. 그것이 틀린 것입니다. 하기야 누구나 마음대로 자기를 '대'라고 부를 수도 있겠지만 이 경우엔 법원 관습에 의해 정해지는 문제입니다. 법원 관습에 따르면 엉터리 변호사 이외에도 소변호사와 대변호사가 있습니다. 이 변호사나 그의 동료들은 소변호사에 불과합니다. 그러나 대변호사들은 말만 들었지 결코 본 적이 없는데, 그들이 지위상으로 소변호사에 비해 높다는 것은, 소변호사들이 그렇게 멸시하는 엉터리 변호사에 비해 높다는 것과는 비교가 안될 정도로 훨씬 높은 것입니다." "대변호사들이라고요?" 카가 물었다. "그 사람들은 누구인가요? 어떻게 하면 그 사람들을 만날 수 있을까요?" "그러니까 당신께서는 아직까지 그 사람들에 대해 들어본 적이 없으시군요." 상인이 말했다. "그 사람들 얘기를 듣고 한동안 그들에 대해 꿈같은 생각을 해보지 않은 피고인은 거의 없을 것입니다. 그렇지만 그런 짓은 하지 마십시오. 누가 대변호사인지 저는 모릅니다. 어느 누구도 그를 찾아갈 수도 없거니와 그것은 아마 전혀 불가능할 것입니다. 그들이 관여했다고 확실하게 말할 수 있는 사건도 아직 본 적이 없습니다. 그들이 변호를 더러 하긴 해도 우리들 자신의 뜻에 의해 그렇게 되는 것은 아닙니다. 그들은 자기네가 변호하고 싶은 사람만 변호하니까요. 그리고 그들이 맡는 사건은 하급 법원을 넘어온 것이어야 합니다. 여하튼 그들에 대해서는 생각하지 않는 것이 낫습니다. 그렇지 않으면 다른 변호인과의 상담이나 그들의 조언 또는 도움이 아주 언짢고 불필요한 것으로 생각되어, 모든 것을 집어치우고 집에 가 침대에 누워서 더 이상 그런 일은 듣고 싶지도 않은 심정이 된다는 것을 저 자신도 경험한 바 있습니다. 그러나 이것 또한 어리석기 그지없는 일이지요. 침대에 누워 있어도 오랫동안 마음이 편할 수 없지요." "그럼 당신은 당시에 대변호사를 생각하지 않으셨나요?" 카가 물었다. "오래 생각하진 않았지요" 하고 상인은 다시 웃으면서 말했다. "그렇지만 유감스럽게도 완전히 잊을 수는 없었어요. 특히 밤에는 그런 생각을 하기에 좋지요. 그러나 당시 저는 즉시 성과를 보고 싶었기 때문에 엉터리 변호사들에게 간 겁니다."

"두 분이 꼭 붙어앉아 계시는군요." 레니가 접시를 들고 돌아와 문간에 멈추어 서서는 이렇게 외쳤다. 사실 그들은 바짝 다가앉아 있어서 조금만 고개를 돌려도 머리가 부딪칠 지경이었다. 상인은 몸집이 작은 데다 등을 구부리고 있어서 이야기를 잘 듣기 위해서는 카 역시 몸을 많이 수그리지 않으면 안 되었다. "잠깐만," 카는 경고하듯이 레니에게 이렇게 외쳤는데, 여전히 상인의 손 위에 얹어놓고 있던 그의 손은 초조하게 떨리고 있었다. "이분이 내 소송 이야기를 듣고자 하기에." 상인이 레니를 보고 말했다. "말씀하세요, 어서." 레니가 말했다. 그녀는 상인에게 다정했지만 시큰둥해서 말했다. 카는 그것이 마음에 들지 않았다. 그가 지금 느낀 바로는 그 남자는 가치가 있었기 때문이었다. 적어도 경험이 많았으며, 그걸 잘 이야기할 줄도 알았다. 레니는 그를 제대로 판단하고 있지 못한 것 같았다. 레니는 상인이 지금껏 내내 들고 있던 초를 받아 들어 앞치마로 손을 닦아준 후에 곁에 쪼그리고 앉아서는 초에서 그의 바지로 떨어진 촛농을 긁어내고 있었다. 카는 그것을 화가 난 표정으로 바라보고 있었다. "당신은 방금 나에게 엉터리 변호사에 대해서 이야기하려고 했었지요" 하고 카는 말하고는 더 이상 아무 말도 하지 않은 채 레니의 손을 떼어냈다. "도대체 왜 그러세요?" 하고 레니는 묻고 카를 살짝 때리고는 하던 일을 계속했다. "네, 엉터리 변호사 이야기였지요." 상인은 생각하는 사람처럼 손을 이마에 갖다 댔다. 카는 그의 생각을 거들어주려고 이렇게 말했다. "당신은 속히 성과를 거두기 위해서 엉터리 변호사들에게 가셨다면서요." "맞습니다." 그러나 상인은 말을 계속하지 않았다. '레니 앞에서는 그것에 대해서 말하고 싶지 않은 모양이구나'라고 생각한 카는 다음 이야기를 듣고 싶은 초조한 마음을 억누르며 더 이상 독촉하지 않았다.

"내가 왔다고 알렸어?" 카가 레니에게 물었다. "그럼요." 그녀가 대답했다. "그분은 당신을 기다리고 계세요. 블로크 씨는 내버려두세요. 블로크 씨하고는 나중에 얘기하시면 돼요. 그분은 여기 머무실 거니까요." 그래도 카는 주저했다. "당신은 여기에 머무실 겁니까?" 카는 상인에게 물었다. 그는 상인 자신의 대답을 원했다. 그는 레니가 상인을 지금 자리에 있지 않은 사람처럼 취급하는 것이 싫었다. 그는 오늘 레니에 대해서 은근히 화가 잔뜩 나 있었다. 그러나 레니만이 다시 이렇게 대답했다. "그분은 여기에서 종종 주무세요." "여기서 잔다고?" 카가 외쳤다. 그는 변호사와의 이야기를 얼른 끝마칠 때까지 상인을 기다리게 했다가 함께 나가서 모든 것을 방해받지 않고 근본적으로 논의해볼 생각이었다. "그럼요." 레니가 말했다. "요제프, 누구든지 당신처럼 편리한 시간에 변호사를 만날 수 있는 것은 아니에요. 당신은 변호사께서 편찮으신데도 밤 열한 시에 당신을 만나주는 것에 대해서 전혀 이상하게 생각하지 않으시는 것 같군요. 친구들이 당신을 위해 해주는 일을 너무나 당연하게 생각하시는군요. 당신 친구들, 아니 적어도 저는 그런 것을 기꺼이

해드리지요. 전 따로 사례가 필요하지 않고 절 사랑해주는 것으로 만족해요." '너를 사랑하라고?' 카는 처음 순간 이 말을 되씹어보았지만 곧장 다음과 같은 생각이 머리에 떠올랐다. '그래 난 그녀를 좋아해.' 그럼에도 불구하고 모든 것을 다 무시한 채 이렇게 말했다. "변호사가 날 만나주는 것은 내가 변호 의뢰인이기 때문이지. 변호사를 만나는 데 다른 사람의 도움이 필요하다면 매번 애걸하고 감사를 해야겠지." "저분이 오늘은 무척 기분이 안 좋으신가 봐요?" 레니가 상인에게 말했다. '이젠 내가 자리에 없는 사람처럼 취급을 받는군' 하고 생각한 카는 상인이 레니의 무례함을 본받아서 다음처럼 말했을 때 그에 대해서도 화가 났다. "변호사가 그 사람을 만나주는 데에는 다른 이유가 있어요. 그 사람 사건은 내 사건보다 더 재미가 있거든요. 게다가 그의 소송은 이제 시작이어서 심리도 아직까지 별로 진전된 상태가 아니므로 변호사도 그 사람 일에는 적극적으로 관여하고 있지요. 나중엔 아마 달라질 거예요." "정말 그렇겠군요." 레니는 웃으면서 상인을 쳐다보았다. "너무 말이 많아요. 그 사람 말은," 이제는 그녀가 카 쪽으로 몸을 돌리고는 "한마디도 믿지 마세요. 좋은 분이긴 하지만 말이 많아요. 아마 그렇기 때문에 변호사께서도 그분을 좋아하지 않으실 거예요. 그래서 기분이 나실 때만 그분을 만나주시곤 해요. 그걸 고쳐보려고 제가 굉장히 애를 썼는데도 불가능한 일이에요. 어떤 때는 블로크 씨가 왔다고 말씀드려도 사흘 만에야 만나주었다니까요. 그런데 블로크 씨를 부르실 때 우연히도 자리에 없으면 다 끝장이에요. 새로 상담 신청을 해야 하지요. 그래서 제가 블로크 씨를 여기서 주무시도록 했어요. 한밤중에 그를 부르는 벨을 누르시는 때도 있으니까요. 그러니까 블로크 씨는 밤중에도 대기 중이지요. 그런데 변호사께서는 블로크 씨가 온 것을 알고도 상담 약속을 취소하는 경우도 있어요."

카는 질문하듯이 상인을 바라보았다. 상인은 고개를 끄덕이고 아까 카와 이야기할 때처럼 솔직하게 말을 했는데, 부끄러워서 당황하는 것 같았다. "그렇습니다. 나중엔 변호사한테 아주 얽매이게 되지요." "그 사람은 겉으로만 불평하는 거예요." 레니가 말했다. "그는 여기서 자는 것을 좋아해요. 여러 번 그렇게 고백했는걸요." 그녀가 작은 문으로 가서 문을 밀어 열었다. "그의 침실을 보시겠어요?" 그녀가 물었다. 카는 그쪽으로 가서 문지방에서 창문이 하나도 없는 낮은 방을 들여다보았다. 그 방은 좁은 침대로 꽉 차 있었다. 침대에 들어가려면 침대 기둥을 넘어가야 했다. 침대 머리맡에는 벽이 움푹 들어가 있고, 거기엔 초와 잉크병과 펜 그리고 소송에 관한 서류인 듯한 종이 뭉치가 가지런히 놓여 있었다. "당신은 하녀 방에서 주무시는군요?" 카가 상인한테 돌아서면서 물었다. "레니가 이 방을 저에게 주었지요." 상인이 대답했다. "아주 편합니다." 카는 그를 한참 쳐다보았다. 그가 상인에게 받았던 첫인상이 맞는 것 같았다. 그는 소송이 벌써 오랫동안 지속되고 있기 때문에 경험이 풍부했다. 그러나 그 경험은 비싼 값을 지불한 것이었다. 갑자기 카는 상인의 꼴을 더 이상 바라볼 수가 없었다. "그를 침대로 데려가지 그래!" 그가 레니에게 외쳤다. 레니는 그의 말을 전혀 알아듣지 못한 것 같았다. 그러나 그는 변호사에게 가서 해약을 하고 변호사뿐만 아니라 레니나 상인으로부터 벗어나고 싶었다. 그러나 그가 문으로 채 가기도 전에 상인이 나지막한 소리로 말을 건넸다. "대리님," 카가 불쾌한 얼굴로 돌아섰다. "약속을 잊으셨군요." 상인은 앉은 자리에서 애원하듯이 카한테로 몸을 내밀었다. "비밀을 말씀해주신다고 했지요." "그렇군요." 카는 그를 찬찬히 쳐다보고 있는 레니한테 힐끗 시선을 돌렸다. "그럼 들어보십시오. 이건 이제 비밀이랄 것도 없습니다. 난 지금 해약하려고 변호사에게 가는 길입니다." "해약한다고요." 상인이 외치면서 의자에서 벌떡 일어나 팔을 쳐든 채 부엌 안을 이리저리 뛰어다녔다. 계속해서 그는 이렇게 외쳐댔다. "변호사를 해약한다고!" 레니가 곧바로 카에게 달려가려고 했지만 상인이 그녀를 가로막았다. 그래서 그녀는 그를 주먹으로 한 대 쥐어박았다. 주먹을 움켜쥐고 그녀가 카의 뒤를 따라 달려갔지만 카는 훨씬 앞서 뛰어가고 있었다. 레니가 그를 따라잡았을 때는 그는 이미 변호사 방에 들어서고 있었다. 카가 문을 거의 다 닫았을 때 레니는 발로 문짝을 열어젖힌 채 그의 팔을 잡고 끌어내려고 했다. 그러나 그가 그녀의 손목을 힘껏 잡았기 때문에 그녀는 한숨을 쉬면서 어쩔 수 없이 그를 놓아버렸다. 그녀는 감히 곧장 방 안으로 들어가지는 못했다. 카는 자물쇠로 문을 잠갔다.

  "오래전부터 당신을 기다리고 있었소." 변호사가 침대에서 말을 하고는 촛불에 비춰 읽고 있던 서류를 침대용 탁자에 내려놓았다. 그는 안경을 끼고 카를 날카롭게 쳐다보았다. 사과를 하는 대신 카는 이렇게 말했다. "곧 다시 나가겠습니다." 사과하는 말이 아니기 때문에 변호사는 카의 말을 그냥 흘려버리고는 이렇게 말했다. "다음부터는 이렇게 늦은 시각에는 만나주지 않을 겁니다." "제 뜻도 그렇습니다." 카가 말했다. 변호사가 의아하다는 듯이 그를 쳐다보았다. "앉으십시오." 그가 말했다. "그러지요." 카는 이렇게 말하더니 의자를 침대용 탁자 쪽으로 끌어당겨서 앉았다. "문을 잠그신 것 같더군요." 변호사가 말했다. "네." 카가 말했다. "레니 때문이었습니다." 그는 누구를 감싸줄 의도는 없었다. 그러나 변호사가 물었다. "그녀가 또 치근거리던가요?" "치근거리다니요?" 하고 카가 물었다. "그렇습니다." 변호사가 대답하며 크게 웃더니 기침을 했다. 기침이 가라앉자 그는 다시 웃기 시작했다. "그녀가 치근거리는 것을 이미 알고 계셨나 보죠." 그가 묻고는 멍하니 탁자를 짚고 있던 카의 손을 두들겼다. 그는 급히 손을 위로 뺐다. "당신은 그것에 별 의미를 두지 않는군요." 카가 아무 말도 하지 않자 변호사가 이렇게 말했다. "더 잘됐습니다. 그렇지 않으면 제가 당신한테 사과해야 하니까요. 그건 레니의 별난 점인데, 오래전부터 묵인을 해온 터라 만약 당신이 방금 문만 잠그지 않았더라면 그것에 대해서 말씀드리지도 않았을 겁니다. 레니의 별난 점을 제가 당신에게 설명해야 할 필요도 없지만, 당신이 그렇게 날 놀란 표정으로 쳐다보시니 말하는 겁니다. 레니의 별난 점은 피고인을 대부분 아름답게 본다는 데 있습니다. 그녀는 모든 사람들에게 매달려 모두를 사랑하고 또한 모든 사람들에게서 사랑을 받고 있는 것 같습니다. 내가 허락만 하면 날 재미있게 해주려고 이따금씩 그런 것에 대해 이야기를 합니다. 당신은 상당히 놀라시는 모양인데, 전 그것에 대해 별로 놀라지 않습니다. 올바른 안목을 가진 사람이라면 피고인을 정작 아름답게 보게 될 때가 많을 겁니다. 그건 물론 이상하지만, 어느 정도는 자연과학적 현상입니다. 물론 기소되었다는 사실 때문에 외모에 명백하고도 정확히 단정할 만한 변화가 생기는 것은 아닙니다. 다른 법원 사건들과는 달리 대부분의 사람들이 평소의 생활을 그대로 하고, 보살펴주는 좋은 변호사가 있으면 소송 때문에 방해받는 일도 없지요. 그래도 소송에 경험이 있는 사람들은 아무리 많은 사람들 속에서도 피고인을 한 사람씩 가려낼 수 있지요. 무엇을 보고 알 수 있느냐고 당신은 물으시겠지요. 제 대답은 당신을 만족시켜 드리지 못할 겁니다. 피고인들은 가장 아름다운 사람들이기 때문에 가려낼 수 있는 겁니다. 그들을 아름답게 만드는 것이 죄일 수는 없지요. 왜냐하면 — 적어도 저는 변호사로서 말하지 않을 수 없습니다 — 모두 다 죄가 있는 것은 아니니까요. 그렇다고 그들을 아름답게 만드는 것은 벌도 아니지요. 왜냐하면 모두 다

벌을 받는 것도 아니니까요. 그러니까 그들을 아름답게 하는 것은 도저히 벗어날 수 없는 그들에게 제기된 소송 절차 때문일 수 있습니다. 물론 아름다운 사람들 중에서도 특별히 아름다운 사람들이 있지요. 그러나 모두가 아름답습니다. 그 한심한 인간 블로크조차도 그럴 겁니다."

변호사가 이야기를 끝냈을 때 카는 완전히 마음을 가다듬은 상태였다. 그는 변호사의 마지막 말을 듣고 또렷하게 머리를 끄덕이기까지 했다. 그리고 변호사에 대해 가졌던 자기의 예전 생각을 확인했다. 그것은 변호사가 항상, 그리고 이번에도 역시 용건과는 관계도 없는 일반적인 이야기를 해서 정신을 산만하게 해놓고 자기 사건을 위해서 무슨 일을 했는가 하는 핵심적인 문제는 제쳐놓으려고 한다는 것이었다. 변호사는 카가 오늘따라 전보다 자신에게 더 저항적인 태도를 보이고 있음을 깨달은 듯했다. 왜냐하면 그는 카 스스로 말할 기회를 주려고 잠자코 있다가 그래도 카가 말없이 있자 이렇게 물었기 때문이다. "오늘 나한테 무슨 특별한 용무가 있어서 오신 건가요?" "네" 하고 카는 변호사를 더 잘 보기 위해서 손으로 초를 약간 가렸다. "오늘로 제 변호 의뢰를 취소한다는 말씀을 드리고자 합니다." "무슨 말씀이지요?"라고 물은 변호사는 침대에서 반쯤 일어나 한 손으로 베개에 의지했다. "알아들으신 걸로 알겠습니다." 잠복근무를 할 때처럼 등을 꼿꼿이 세우고 앉아서 카가 말했다. "그럼 당신의 계획에 대해서 이야기해볼까요." 잠시 후 변호사가 말했다. "더 이상 계획은 없어요." 카가 말했다. "그럴지도 모르지요." 변호사가 말했다. "그러나 우리 조금도 서두르지 맙시다." 변호사가 "우리"라는 말을 사용했는데 그것은 카를 그대로 놓아줄 생각이 없으며, 변호를 맡지 않더라도 적어도 조언자로라도 남아 있고 싶다는 생각인 것 같았다. "전혀 경솔한 짓이 아닙니다"

라고 카가 말하고는 천천히 자리에서 일어나 의자 뒤로 갔다. "잘 생각해보았고 지나칠 정도로 오래 생각한 것 같습니다. 제 결심은 확고합니다." "그럼 몇 마디만 더 하도록 해주십시오." 변호사가 말하고는 새털 이불을 치우더니 침대가에 앉았다. 흰 털이 드러난 그의 다리가 추운 탓에 떨고 있었다. 그는 카에게 소파에서 담요를 갖다 달라고 부탁했다. 카는 담요를 갖고 와서 말했다. "추우신데 공연히 일어나 앉으신 것입니다." "문제가 그만큼 중대하니까요." 이렇게 말하면서 변호사는 새털 이불로 상체를 싸고 담요로는 다리를 감쌌다. "당신 숙부는 제 친구요. 그리고 당신도 그동안 정이 들었습니다. 솔직히 말씀드립니다. 이렇게 말한다고 해서 난 부끄러울 게 없어요." 노인의 이 감동적인 말이 카에게는 매우 역겨웠다. 왜냐하면 그런 말은 피하고 싶은 장황한 설명을 하게 만들고 결심을 절대로 철회시키지야 못하겠지만 그가 스스로 고백하는 대로 마음을 산란하게 하는 까닭이었다. "당신의 호의에 감사합니다." 카가 말했다. "제 사건에 대해 당신께서는 힘자라는 데까지, 저한테 유리하도록 매우 힘써주신 것은 저도 인정합니다. 그렇지만 요즈음 와서 저는 그것만으로는 충분치 않다는 확신을 얻게 되었습니다. 나이도 위이시고 경험도 많으신 당신께 제 의견을 강요할 생각은 물론 없습니다. 혹시 제가 지금까지 부지중에라도 그렇게 한 적이 있으면 용서해주십시오, 그렇지만 제 사건은 당신께서도 말씀하셨듯이 아주 중대합니다. 따라서 제가 확신하는 바로는 소송 문제에 있어서 전보다 더 강력하게 대처할 필요가 있습니다." "알겠습니다." 변호사가 말했다. "당신은 성급하시군요." "전 성급하지 않습니다." 약간 흥분해서 이렇게 말한 카는 변호사의 말에 별로 신경을 쓰지 않았다. "당신은 제가 숙부님과 함께 당신을 처음 방문했을 때 소송에 대해 별 관심이 없다는 것을 아셨을 것입니다. 제게 어느 정도 억지로 소송에 대해서 상기시켜 주지 않았다면 전 소송 문제를 완전히 잊어버렸을 겁니다. 그런데 숙부께서 제 변호를 당신에게 의뢰하라고 우기셨기 때문에 그분 마음에 들기 위해서 전 그렇게 했습니다. 그랬으니 그 이후엔 소송이 전보다 쉽게 되리라고 기대하는 것이 당연했겠지요. 왜냐하면 소송의 짐을 조금이라도 덜기 위해서 변호사에게 변호를 의뢰하는 것이니까요. 그런데 그 반대의 일이 일어났습니다. 당신께서 제 변호를 맡은 후부터 저는 전에 겪지 않았던 큰 걱정을 하게 되었습니다. 혼자였을 때는 제 사건에 대해 아무 조치도 취하지 않고도 걱정 같은 것은 하지 않았지요. 하지만 변호인이 생긴 이후로는 무엇인가 일어나도록 모든 조치를 취하고, 저로서는 점점 더 긴장한 가운데 끊임없이 당신의 개입을 기대했던 것입니다. 그러나 당신은 개입하지 않았습니다. 물론 저는 법원에 대한 여러 가지 정보를 당신에게서 많이 들었습니다. 그것은 다른 어느 누구에게도 들을 수 없는 것이었을 겁니다. 그런데 소송이 비밀리에 점점 제 몸 가까이에 다가오고 있다고 느껴지는 지금, 그런 것만으로는 만족할 수 없지요." 카는 자기 의자를 밀치고는 두 손을 상의 주머니에 넣은 채 꼿꼿이 서 있었다. "실무의 어느 시점에 오면," 변호사가 나지막하고 조용히 말했다. "본질적으로 새로운 것은 아무것도 일어나지 않습니다. 많은 의뢰인들이 비슷한 소송 단계에서 당신처럼 제 앞에 와서 비슷한 이야기들을 했지요." "그렇다면," 카가 말했다. "저와 비슷한 형편의 변호 의뢰인들이 모두가 저와 마찬가지로 옳았던 것이지요. 그건 저에 대한 반박의 논거가 전혀 되지 못합니다." "반박하려는 것은 아닙니다." 변호사가 말했다. "그렇지만 한 가지 더 말씀드리고 싶습니다. 저는 당신한테는 다른 사람들보다도 더 나은 판단력을 기대했다는 것입니다. 특히 제가 당신한테는 '법원 기구라든가 내 활동에

200

대해서, 어느 변호 의뢰인에게보다도 더 많은 내용을 알려드렸기 때문에 그랬던 것입니다. 그렇지만 지금 제가 보고 있듯이 당신은 저를 충분히 신뢰하고 있지 않습니다. 당신은 일들을 쉽게 만들지 않아요." '변호사가 어쩌면 저렇게 비굴할까! 바로 이런 점에서 직업상의 자존심이 가장 민감할 텐데도 그걸 전혀 개의치 않다니! 어째서 저러는 것일까? 겉으로 봐서는 일거리가 많은 변호사이고, 게다가 부유한 사람이 아닌가! 수입원이 하나 줄어든다든가 변호 의뢰인을 하나 잃는 것이 이런 사람한테는 아무렇지도 않을 텐데. 게다가 몸이 아프니 일거리에서 벗어날 생각을 해야 할 텐데. 그런데도 날 꽉 잡으려 하다니. 무슨 이유에서일까? 숙부님에 대한 개인적인 친분 때문일까? 아니면 내 소송을 아주 특별한 것으로 생각해서 나한테나 —— 이런 가능성도 결코 배제할 수 없다 —— 법원의 친구들한테나 자기의 수완을 떨쳐보자는 것일까?' 카가 염치없이 그를 훑어보았지만, 아무것도 알아낼 수가 없었다. 그는 의도적으로 무표정한 얼굴을 하고서 자기 말의 효력을 기다리고 있는 듯했다. 카의 침묵을 자기한테 유리한 것으로 해석했는지 그는 이제 이렇게 이야기를 계속했다. "제가 큰 사무실을 가지고 있지만 조수는 한 사람도 두고 있지 않다는 걸 아시겠지요. 그러나 전에는 그렇지 않았습니다. 몇몇 젊은 법률가들이 날 위해 일해준 때도 있었지만 지금은 혼자서 일을 하고 있습니다. 그렇게 된 것은 일부는 당신의 법률사건과 같은 일에만 점점 더 치중하다가 제 업무 분야가 부분적으로 변경된 때문이고, 또 일부는 제가 이런 법률사건에 대해 점점 더 깊은 인식을 갖게 된 때문입니다. 저는 변호 의뢰인이나 제가 맡은 과업에 과오를 범하지 않으려면 그런 일을 남에게 맡겨선 안 된다고 생각했습니다. 모든 일을 스스로 하겠다는 결심은 자연히 다음과 같은 결과를 초래했습니다. 저는 변호 의뢰에 대한 모든 청원을 거절하고 특별히 제 관심을 끄는 청원만을 승낙했습니다—제 주변만 하더라도 제가 내던진 빵 부스러기에 달려드는 인간들이 많습니다. 그러다가 저는 과로로 병이 났습니다. 그러나 저는 제 결심을 후회하지는 않습니다. 변호 의뢰를 실제보다 더 많이 거절했다면 좋았을지도 모르지만, 맡은 소송 사건에만 열중하는 것이 절대적으로 필요하다고 입증되었으며, 또 그에 따른 성과도 올릴 수 있었습니다. 어느 글에서 일반적인 법률 문제의 변호와 이러한 법률 문제의 변호 사이에 존재하는 차이점을 잘 표현해놓은 것을 읽은 적이 있습니다. 거기에 이렇게 씌어 있었습니다. 한쪽 변호사는 자기 의뢰인을 가느다란 실로 판결까지 끌어가고, 다른 쪽 변호사는 자기 의뢰인을 당장에 어깨에 메고 그를 한 번도 내려놓지 않은 채 판결까지, 아니 그 너머까지 데리고 간다는 것입니다. 사실 그렇습니다. 제가 이 큰 일을 한 번도 후회하지 않았다고 말한다면 그것은 사실이 아니지요. 제 노력이 당신의 경우처럼 완전히 오해당할 때면 전 정말이지 거의 후회를 하게 됩니다." 이 말에 카는 설득을 당하기는커녕 오히려 짜증이 났다. 카는 변호사의 말투에서 자기한테서 기대하고 있는 것이 무엇인지 알아냈다고 생각했다. 만약 그가 양보를 한다면 다시 위로의 말이 시작될 것이다. 진행되고 있는 진정서에 대한 이야기, 법원 관리들의 기분이 한결 나아졌다는 이야기, 그리고 일이 당면하고 있는 큰 애로점 등—요컨대 넌더리가 날 정도 알려져 있는 이야기를 다시 끄집어내어 막연한 희망으로 카를 속이거나 모호한 위협으로 괴롭힐 것이다. 그런 일은 어떻게든 막아야 한다. 그래서 그가 말했다. "만약 제 변호를 계속 맡게 되신다면 제 사건을 어떻게 처리하실 작정인가요?" 변호사는 이런 모욕적인 질문에도 참고서 이렇게 대답했다. "전에 당신을 위해 계획해놓은 것을 계속 추진해나갈 겁니다." "그러실 줄 알았습니다."

카가 말했다. "더 이상 이야기는 필요 없습니다." "다시 한 번 시도해보겠습니다." 변호사는 카가 흥분한 것이 카 때문이 아니라 자신 때문인 것처럼 이렇게 말했다. "당신은 저의 법적 협조에 대해 잘못된 판단을 하고 있을 뿐만 아니라 여러 가지로 인식이 부족한 태도를 보이고 있는데 이것은 당신이 피고인이면서도 대우를 잘 받고 있기 때문에, 더 정확히 말한다면 미지근하게, 보기에 너무 미지근하게 취급을 받고 있기 때문이라고 생각합니다. 그렇게 된 데에는 또 다른 이유가 있습니다. 때로는 자유로운 몸으로 있는 것보다 구금되어 있는 것이 더 나을 때가 많습니다. 이제 당신에게 다른 피고인들이 어떻게 취급당하고 있는지를 보여드리겠습니다. 아마 그걸 보면 뭔가 배우게 될 겁니다. 지금 블로크 씨를 부를 테니 문을 열고 여기 침대탁자 옆에 앉으십시오." "좋아요." 카는 변호사가 시키는 대로 했다. 그는 언제나 배울 준비가 되어 있었다. 그러나 무슨 일에든 대비하기 위해 다시 한 번 물었다. "제가 당신한테 변호사 의뢰를 취소한다는 걸 알고 계시지요?" "그래요." 변호사가 말했다. "하지만 오늘 중으로는 그것을 철회할 수 있습니다." 그는 다시 침대에 누워 이불을 턱까지 끌어올리고 벽 쪽으로 몸을 돌렸다. 그러고는 초인종을 눌렀다.

종소리가 나는 것과 거의 동시에 레니가 나타났다. 그녀는 재빨리 살피면서 무슨 일이 일어났는지 알아보려고 했다. 카가 조용히 변호사의 침대 곁에 앉아 있다는 것이 그녀를 안심시킨 듯했다. 그녀는 자기를 멍하니 쳐다보고 있는 카에게 미소를 보내면서 고개를 끄덕였다. "블로크를 불러와." 변호사가 말했다. 레니는 그를 데리러 가는 대신에 문 앞에서 소리쳤다. "블로크 씨, 변호사님께 오세요!" 그러더니 변호사가 벽 쪽으로 누운 채 가만히 있었기 때문인지 그녀는 살금살금 카의 의자 뒤로 왔다. 그녀는 의자 등받이 너머로 몸을 수그리고 손을 부드럽고 조심스럽게 그의 머리카락 속에 넣기도 하고 뺨을 어루만지기도 하면서 그를 귀찮게 굴었다. 마침내 카는 그녀의 한 손을 잡고서 막으려 했다. 그녀는 약간 저항을 하더니 손을 카에게 내맡겼다.

블로크는 부르는 소리에 즉시 왔지만 문 앞에 서서 들어가야 할지 어떨지를 생각하고 있는 것 같았다. 그는 눈썹을 추켜올리며 머리를 갸웃한 채 변호사의 명령이 언제 되풀이될지 엿듣고 있는 듯 보였다. 카는 그에게 들어오라고 할 수도 있었지만 변호사뿐만 아니라 이 집에 있는 모든 사람과 영영 인연을 끊을 생각이었기 때문에 꼼짝도 하지 않았다. 레니 역시 말을 하지 않았다. 블로크는 적어도 아무도 자기를 내쫓지는 않을 거라고 여겼는지 발꿈치를 들고 들어왔다. 얼굴은 긴장되어 있었고 뒷짐을 진 두 손은 경련을 일으켰다. 혹시 되돌아 나갈 수도 있다는 생각에 문은 열어두었다. 그는 카는 거들떠보지도 않고 높은 새털 이불만 쳐다보았다. 그 이불 속에 있는 변호사는 벽에 바싹 붙어 누워 있었기 때문에 보이지 않았다. 그때 그의 목소리가 들렸다. "블로크 왔나?" 그가 물었다. 이 질문에 어지간한 거리까지 다가갔던 블로크는 마치 가슴과 옆구리를 주먹으로 한 대 맞은 것 같아 보였다. 그가 비틀거리더니 몸을 깊이 수그린 채 말했다. "분부만을 기다리고 있습니다." "뭘 바라는 거지?" 변호사가 물었다. "자넨 마땅치 않은 때에 왔어." "부르시지 않았나요?" 블로크는 변호사에게라기보다는 자기 자신에게 묻고서 몸을 막으려는 듯이 두 손을 앞으로 쳐들고는 달아날 준비를 했다. "불렀지." 변호사가 말했다. "하지만 자넨 마땅치 않은 때에 왔어." 잠시 쉬었다가 그는 말을 이었다. "자넨 항상 마땅치 않은 때에 온단 말이야." 변호사가 말을 한 후로 블로크는 더 이상 침대를 바라보지 않고 오히려 귀퉁이 어딘가를 쳐다보며 마치 말하고 있는 사람의 시선이 너무 눈부셔 견딜 수 없는 것처럼 그저 귀를 기울일 뿐이었다. 그런데 변호사는 벽에다 대고 낮은 소리로 빨리 말을 했기 때문에 알아듣기조차 힘들었다. "선생님은 제가 나가기를 원하시나요?" 블로크가 물었다. "일단 왔으니," 변호사가 말했다. "그냥 있게." 변호사는 블로크의 소원을 들어주는 것이 아니라 매로 위협하고 있는 것 같았다. 왜냐하면 그때 블로크가 실지로 부들부들 떨기 시작했으니까 말이다. "어제 말인데," 변호사가 말했다. "내 친구인 제 삼 판사에게 갔었는데 화제가 점차 자네 문제로 돌아간 거야. 그가 뭐라고 했는지 알고 싶은가?" "아, 제발 말씀해주십시오." 변호사가 얼른 대답하지 않자 블로크는 다시 간청을 하고 무릎이라도 꿇듯이 몸을 구부렸다. 그때 카가 그에게 호통을 쳤다. "무슨 짓이요." 그가 외쳤다. 소리치는 것을 레니가 막으려고 했기 때문에 그는 그녀의 다른 쪽 손도 잡았다. 그가 그녀의 손을 꽉 잡고 있는 것은 그녀를 사랑해서가 아니었다. 그녀는 몇 번이나 한숨을 쉬면서 손을 빼내려고 했다. 카가 소리친 것에 대해 블로크가 벌을 받았다. 왜냐하면 변호사가 "누가 자네 변호사지?" 하고 그에게 물었던 것이다. "선생님이십니다." "나 이외엔?" 변호사가 물었다. "선생님 이외엔 아무도 없습니다." 블로크가 말했다. "그렇다면 어느 누구도 따라서는 안 되지." 변호사가 말했다. 블로크는 그 말에 완전히 승복했다. 그는 성난 시선으로 카를 훑어보고는 그를 향해 고개를 저었다. '이 행동을 말로 옮긴다면 심한 욕설을 하는 것이 될 것이다. 이런 자와 내 사건에 대해 다정하게 이야기를 하려 했다니!' "더 이상 방해하지 않겠소." 카가 의자 등받이에 기대면서 말했다. "무릎을 꿇든 네 발로 기든 마음대로 하시오. 난 개의치 않을 테니까." 그러나 블로크는 적어도 카에 대해서만은 자존심이 있었다. 그는 주먹을 휘두르면서 카에게 다가오더니 소리를 질렀는데,

변호사 앞이라 아주 큰 소리는 치지 못했다. "당신은 나한테 그런 투로 말할 수 없어요. 그건 안 됩니다. 왜 날 모욕하는 겁니까? 게다가 여기 변호사님이 계신 앞에서 말이오. 선생님께서는 그저 측은해서 우리들을, 당신하고 나를 받아주고 계신 겁니다. 당신은 나보다 나을 게 하나도 없어요. 당신도 기소되어 소송 중이지 않습니까. 당신이 신사라면 나도 더 훌륭하진 않더라도 그만한 신사요. 나는 신사로서 말 대접을 받기를 바라오. 특히 당신한테 말이오. 당신이 말하듯이 내가 네 발로 기는데 당신은 거기에 앉아서 편안히 이야기를 들을 수 있다고 해서 당신이 나보다 낫게 대접받는다고 생각하신다면 다음과 같은 오래된 법률에 관한 격언을 하나 말해주겠소. 즉 피의자는 가만히 있는 것보다 움직이는 게 낫다. 왜냐하면 가만히 있으면 자기도 모르는 사이에 저울대에 올라가 죄와 함께 저울질당한다는 격언 말입니다." 카는 아무 말도 하지 않았다. 카는 놀라 이 혼란스러운 인간을 그저 멍하니 응시할 뿐이었다. '그 사이 이 사람이 왜 이렇게 변해버린 걸까! 그로 하여금 이리저리 몰리게 하고 친구와 적을 구별 못하게 만든 것은 소송 때문일까? 변호사가 의도적으로 그의 기를 꺾어놓고 카 앞에서 자기 힘을 과시해 카를 굴복시키려 하고 있다는 것을 저 사람은 보지 못하는 것일까? 만약 블로크가 그걸 알아볼 능력이 없거나 또는 그가 변호사를 너무 두려워하는 나머지 그런 것을 안다 해도 아무 소용 없다고 한다면 어떻게 그가 변호사를 속여서 슬그머니 그 이외에 다른 변호사에게도 일을 맡길 정도로 교활하고 대담해질 수 있었을까? 그리고 자기 비밀을 금방이라도 폭로할 수 있는 나한테 어떻게 이렇게 달려들 수가 있단 말인가.' 그것만이 아니었다. 그는 변호사의 침대로 가더니 카에 대해서 불평을 늘어놓기 시작했다. "변호사님," 그가 말했다. "이 사람이 저에게 무슨 얘기를 했는지 아십니까? 아직 이 사람은 소송 기간이 얼마 되지도 않는 주제에 오 년이나 소송 중인 저한테 훈시를 하려고 합니다. 게다가 저를 비방하기까지 합니다. 미력한 힘이지만 예의든가 의무 또는 법원의 관습 등의 요구에 대해 세세히 연구한 저를 비방하는 겁니다." "남에게 신경 쓰지 말게." 변호사가 말했다. "옳다고 생각하는 일이나 하게." "그렇습니다." 블로크는 자기 스스로를 격려라도 하듯 이렇게 말하고 슬쩍 곁눈질해 보면서 바짝 침대 곁에 가서 무릎을 꿇고 앉았다. "변호사님 저는 무릎을 꿇었습니다." 그가 말했다. 그러나 변호사는 아무 말도 하지 않았다. 블로크는 한 손으로 조심스럽게 새털 이불을 어루만졌다. 침묵이 흐르는 가운데 레니가 카한테서 손을 빼면서 이렇게 말했다. "아파요. 절 놔주세요. 전 블로크 씨한테 가겠어요." 그녀는 그리로 가서 침대가에 앉았다. 레니가 가자 블로크는 무척 기뻐했다. 그는 생기발랄한 무언의 몸짓으로 변호사한테 자기를 위해 애써달라는 시능을 했다. 그는 분명 변호사의 소식을 절실히 필요로 하는 것 같았다. 아마도 다른 변호사들을 통해서 그것을 이용하려는 심산인 듯했다. 레니는 어떻게 하면 변호사를 달랠 수 있는지를 잘 알고 있을 것이다. 그녀는 변호사의 손을 가리키면서 키스라도 하는 것처럼 입술을 뾰족하게 내밀었다. 곧 블로크가 그의 손에 키스를 하고 레니의 지시에 따라 키스를 한 번 더 했다. 그러나 변호사는 여전히 말이 없었다. 그러자 레니는 변호사한테 몸을 수그렸다. 그녀가 몸을 쭉 펴자 그녀의 예쁜 몸매가 드러났다. 그녀는 그의 얼굴 쪽으로 몸을 깊이 수그려 그의 길고 흰머리를 쓰다듬었다. 그렇게 하자 그는 무언가 응답을 하지 않을 수 없었다. "소식을 전하기가 꺼려진단 말이야." 변호사가 말했다. 그가 머리를 약간 흔드는 모습이 보였는데, 그것은 레니가 누르고 있는 손을 좀더 느끼기 위한 것인 듯했다. 블로크는 마치 계율을 어기고 있는 사람처럼 고개를 숙이고 귀를 귀울였다. "어째서 주저하시는 거지요?" 레니가 물었다. 카의 기분으로는 지금 듣고 있는 얘기는 블로크한테야 새로운 이야깃거리가 될지 몰라도 자기한테는 과거에도 자주 되풀이되었거니와 앞으로도 자주 되풀이될 그런 뻔한 이야기와 같은 것이었다. "오늘은 그의 태도가 어땠지?" 변호사는 대답은 하지 않고 이렇게 물었다. 거기에 관해 말하기 전에 레니는 밑에 있는 블로크를 바라보고는 두 손을 그녀를 향해 쳐들고 애원하듯 빌고 있는 모습을 잠시 살펴보았다. 마침내 그녀는 심각하게 고개를 끄덕이더니 변호사에게 돌아서서 이렇게 말했다. "그는 조용하고 부지런해요." 수염이 긴 나이 든 상인 남자가 젊은 처녀에게 유리한 증언을 해달라고 애원을 하고 있었다. 무슨 속셈이 있어서 그럴지는 모르겠으나 그런 태도는 다른 사람이 볼 때는 조금도 정당화될 수 없는 것이었다. 변호사는 구경하고 있는 사람을 거의 모욕하고 있었던 것이다. 변호사가 어떻게 해서 이런 연극으로 자기를 사로잡을 생각을 할 수 있었는지 카로서는 이해가 안 되었다. 비록 변호사가 그를 아직까지 쫓아내지는 못했지만 이 장면으로 그렇게 하기에 충분했다. 카는 다행히도 오래 걸려들지는 않았지만 변호사의 그런 방법은 변호 의뢰인으로 하여금 세상 전부를 잊게 하고 소송이 종결될 때까지 이런 잘못된 길로 자신을 질질 끌고 가게 하는 것이었다. 그건 변호 의뢰인이 아니라 변호사의 개였다. 만약에 이 변호사가 상인에게 개집으로 기어 들어가듯이 침대 밑으로 기어 들어가서 거기에서 짖으라고 명령했다면 그 사람은 기꺼이 그렇게 했을 것이다. 여기서 이야기하는 것을 모두 잘 들어두었다가 좀더 높은 기관에 그것을 고발할 목적으로 보고서를 작성할 의무를 맡은 사람처럼 카는 탐색하듯 주의 깊게 듣고 있었다. "그는 온종일 무얼 했지?" 변호사가 물었다. "전 그가," 레니가 말했다. "내 일을 방해하지 못하도록 그가 보통 머무르던 하녀 방에 가두어두었어요. 그가 뭘 하나 가끔씩 통풍창으로 들여다보았지요. 그는 항상 침대 위에 무릎을 꿇고서 선생님께서 주신 서류를 창턱에 올려놓은 채 읽고 있었어요. 그건 저한테 좋은 인상을 주었어요. 그 창문은 공기통으로 통해 있어 거의 햇볕이 들어오지 않습니다. 그런데도 블로크가 서류를 읽고 있었다는 것은 그가 공손하다는 것을 보여주는 것이지요." "그 말을 들으니 기쁘군." 변호사가 말했다. "그런데 이 해나 하면서 읽었는가?" 이 대화가 진행되는 동안 블로크는 계속해서 입술을 움직였다. 그것은 분명 레니로부터 자기가 기대하는 대답을 웅얼거리는 것임에 틀림없었다. "물론 거기에 대해선," 레니가 말했다. "확실히 대답할 수가 없어요. 그렇지만 제가 보건대 열심히 읽고 있었어요. 하루 종일 같은 페이지를 읽었는데, 손가락으로 행을 하나하나 짚어가며 읽었어요. 제가 볼 때마다 언제나 그는 한숨을 쉬었어요. 읽는 게 몹시 힘들었나 봐요. 그에게 주신 서류들이 이해하기 힘들었나 봐요." "그래." 변호사가 말했다. "물론 힘들겠지. 나도 그가 서류에서 뭘 좀 이해했으리라곤 생각하지 않아. 그 서류는 내가 그를 변호하기 위해 수행하고 있는 싸움이 얼마나 힘든 것인지 그에게 암시만이라도 해주면 되지. 그런데 내가 누구를 위해 이런 힘든 싸움을 하는 거지? 그건 ― 이런 말을 하는 것이 쑥스럽기는 하지만 ― 블로크를 위해서지. 그게 무슨 소리인지 그는 배워 알아야 하는데. 그가 쉬지 않고 읽었나?" "거의 쉬지 않았어요." 레니가 대답했다. "단지 한 번만 마실 물을 청했었지요, 그래서 통풍창으로 한 잔 주었지요. 여덟 시에 그를 나오라고 해서 먹을 것을 주었습니다."

블로크는 지금 자기에 대한 칭찬이 얘기되고 있으니 잘 들어두라는 듯이 카를 힐끗 쳐다보았다. 그는 이제 꽤 희망을 가진 듯 보다 자유롭게 움직이면서 무릎을 꿇은 채 이리저리 몸을 흔들었다. 그렇기 때문에 변호사의 다음 말에 그의 겁에 질린 표정이 더욱 역력했다. "넌 그를 칭찬하지만" 변호사가 말했다. "바로 그게 나로 하여금 말하기 곤란하게 만드는 거야. 판사는 블로크 자신에 대해서나 그의 소송에 대해서나 유리하게 말한 적이 없어." "유리하지 않게라고요?" 레니가 물었다. "어떻게 그럴 수가 있나요?" 블로크는 마치 그녀라면 판사가 오래전에 말한 것을 자기한테 유리하게 변경할 수 있는 능력을 갖고 있다는 듯이 긴장된 시선으로 그녀를 바라보았다. "유리하지 않게." 변호사가 말했다. "내가 블로크에 대해 얘기를 시작하면 판사는 불쾌해하기까지 했지. '블로크 얘기는 하지 마십시오.' 그가 말했지. '그는 제 의뢰인입니다'라고 내가 말했지. '당신은 헛수고를 하고 계시는 겁니다'라고 그가 말했어. '전 그 사건을 진 것으로 생각하지 않습니다'라고 내가 말했지. '당신은 헛수고를 하고 계십니다'라고 그가 반복했지. '전 그렇게 생각하지 않습니다'라고 내가 말했지. '블로크는 소송 일에 열심이고, 항상 자기 사건에 유의하고 있습니다. 우리 집에 살다시피 하면서 항상 소송 현황을 알고 싶어하지요. 그런 열성은 보기 드문 것이지요. 사실 인간적으로야 기분 좋은 사람은 아니지요. 밉살스러운 태도에다 지저분하지요. 그렇지만 이 소송 문제에 있어서는 나무랄 데가 없습니다.' 난 나무랄 데가 없다고 말했지. 의도적으로 과장해서 말한 거지. 그 다음에 판사가 말했지. '블로크는 교활합니다. 경험을 쌓아서 소송을 지연시킬 줄을 알고 있어요. 그러나 교활한 것보다 더 심한 것은 무식한 거예요. 자기 소송이 아직 시작도 되지 않았다는 것을 알게 된다면, 아직도 소송의 시작을 알리는 종이 울리지도 않았다는 얘기를 그에게 해주면 도대체 그가 뭐라 할지.' 잠자코 있게 블로크." 변호사가 말했다. 블로크가 무릎을 휘청거리면서 일어나 해명하려는 것 같았기 때문이었다. 변호사가 이렇게 자세한 말을 블로크 앞에서 한 것은 처음 있는 일이었다. 그는 지친 눈으로 반은 허공을, 반은 블로크를 내려다보았다. 그의 시선에 블로크는 천천히 다시 무릎을 꿇고 앉았다. "판사의 그따위 말은 자네한테는 아무 의미도 없는 거야." 변호사가 말했다. "그런 말에 일일이 놀라지 말게. 또다시 그런다면 앞으로는 아무 얘기도 안 해주겠네. 말만 시작하면 최종 판결이라도 내려지는 것처럼 쳐다보니 말이야! 내 변호 의뢰인 앞에서 창피한 줄 알게! 그가 나에게 가지고 있던 신뢰감을 자네가 엉망으로 만들어버린 거야. 도대체 왜 그러나? 아직 자네는 살아 있고 내 보호 아래 있는 거야. 쓸데없는 걱정하지 말게. 최종 판결이란 대개의 경우 임의의 입을 통해 임의의 시간에 불쑥 내려진다는 것을 자네도 어디에선가 읽은 적이 있을 거야. 유보해둘 점은 많지만, 그건 사실이야. 그렇지만 자네의 걱정은 날 불쾌하게 만들고, 필요한 신뢰감의 부족에서 비롯된다는 것 또한 사실이지. 내가 무슨 말을 했지? 난 어떤 판사의 말을 그대로 옮긴 것뿐이야. 이 재판에 있어서는 의견이 구구해서 뭐가 뭔지 구분하기 힘들다는 것을 자네도 알 거야. 예를 들면 아까 판사는 재판 시작에 대해서 그 시기를 나와는 달리 생각하고 있지. 견해상의 차이일 뿐이지 그 이상은 아니야. 소송이 어떤 단계에 이르게 되면 옛날 습관대로 종을 울리게 되어 있지. 그 판사 생각으로는 그때서야 소송이 시작된다는 거지. 지금 그것을 반박할 의견을 일일이 다 말할 수는 없지. 그것을 이해하지도 못할 테니까. 단지 반박할 게 많다는 것만 알아두게나." 블로크는 당황해서 손가락으로 침대 옆에 깐 양탄자의 털을 쓸고 있었다. 판사의 말에 걱정이 되어 잠시 변호사에게 예속되어 있다는 것도 잊어버리고 자신에 대해서만 생각하면서 판사의 말을 여러모로 생각하고 있었다. "블로크 씨," 경고하는 투로 레니가 말하고는 그의 윗옷 칼라를 잡아 약간 위로 끌어당겼다. "그 양탄자 털은 내버려두고 변호사님 말씀이나 들어요."

대성당에서*

　카는 은행에 매우 중요하며 이 도시에 처음 머무르고 있는 이탈리아 사업 동료에게 몇 가지 예술 유적들을 보여주라는 지시를 받았다. 다른 때 같으면 분명 명예롭게 생각할 수 있는 지시였지만 지금은 온 힘을 다해야 은행에서 체면이라도 유지할 수 있는 형편이어서 그는 마지못해 그것에 응했다. 그는 사무실을 떠나 있을 때면 언제나 걱정스러웠다. 그는 근무 시간을 예전처럼 충분히 활용할 수 없었다. 대개는 어쩔 수 없이 근무하는 척하면서 시간을 보내기 일쑤였다. 그러나 사무실에 있지 않을 때면 그의 걱정은 더욱더 컸다. 마음속으로 카는 항시 자기를 감시하고 있는 차장이 수시로 자기 사무실로 들어와 책상에 앉아 자기 서류들을 뒤적이기도 하고, 수년 전부터 자기와 가까이 지내고 있는 고객들을 대신 맞아들여 이간질을 하며, 게다가 아마 오류까지도 찾아내고 있다고 생각했다. 그와 같은 오류 때문에 카는 요즈음엔 근무하는 동안 사방에서 위험을 느끼고 있었으며, 한편 그런 오류는 지금의 그로서는 더 이상 피할 수가 없었다. 그래서 명예로운 것이라 할지라도 그가 업무상 외출이나 간단한 출장 여행의 지시라도 받게 되면 언제나──그런 지시가 최근에 와서는 유난히도 많이 쌓였다──자기를 잠시 사무실에서 내보내고 자기 일을 조사해보거나 혹은 적어도 자기를 사무실에서는 별로 필요치 않은 사람으로 취급하는 게 아닌가 하는

---

*막스 브로트판에서는 이「대성당에서」가 제9장으로 되어 있다.

추측이 생겼다. 이런 지시의 대부분을 어려움 없이 거절할 수는 있었지만, 자기의 불안이 별 근거가 없는 것이어서 지시를 거절하는 것 자체가 벌써 불안해하고 있음을 고백하는 것이었기 때문에 카는 함부로 그렇게 하지 않았다. 이런 이유에서 그는 그런 지시를 겉으로는 아무렇지도 않게 받아들였고, 이틀간에 걸친 힘겨운 출장 여행을 해야 할 때도 심한 감기에 걸렸다는 말을 하지 않았다. 더구나 마침 계속 비가 내리는 가을 날씨를 구실로 그 여행을 그만두려 한다는 오해를 받지 않기 위해서도 그 말을 하지 않았다. 심한 두통을 안고 그 여행에서 돌아온 그는 다음 날 자기가 이탈리아 사업 동료를 안내하도록 정해진 것을 알았다. 적어도 이번 한 번만은 거절하고 싶은 유혹이 어지간히 컸으며, 게다가 그에게 부여된 일이란 게 은행 업무와는 직접적인 관계도 없는 것이었다. 그러나 사업 동료에 대한 이러한 사교적인 의무를 이행하는 것이 그 자체로 꽤 중요하다는 것은 의심할 나위가 없었다. 그러나 그것은 카 자신한테는 중요하지 않았다. 그는 은행 업무의 성과를 통해서만 자기를 버티어나가도록 해줄 수 있을 뿐이며, 그것이 실패할 경우 자기가 이 이탈리아인을 예상외로 잘 안내한다 해도 아무 소용이 없다는 것을 잘 알고 있었다. 그는 하루라도 절대 근무 영역 밖으로 밀려나고 싶지 않았다. 왜냐하면 다시 돌아오게 해주지 않을 것 같은 두려움이 너무나 컸기 때문이었다. 그는 그 두려움이 지나치다는 것을 잘 알고 있었지만 그래도 그 때문에 마음을 조렸다. 그러나 이번 경우에는 물론 그럴싸한 핑계를 대는 것이 거의 불가능했다. 이탈리아어에 대한 카의 지식은 그리 대단치는 않았지만 그런대로 괜찮은 편이었다. 그러나 결정적인 것은 카가 예전부터 예술사에 대한 소양이 어느 정도 있었다는 것인데, 그런 사실이 그가 단지 업무상 이유로 잠시 시립예술고적보존협회의 회원이었다는 것으로 인해 극단적으로 과장되게 은행에 알려져 있었다. 소문으로 듣건대 그 이탈리아인은 예술 애호가라는 것이었다. 그렇기 때문에 카를 그의 안내자로 택한 것은 당연한 일이었다.

몹시 비가 오고 바람이 부는 어느 날 아침이었다. 카는 그날 앞으로 하게 될 일에 잔뜩 화가 나서 일곱 시에 벌써 사무실에 나왔는데, 그 방문객으로 인해서 아무것도 못하게 되기 전에 적어도 몇 가지 일을 끝낼 생각이었다. 그는 조금이라도 준비를 하기 위해서 밤을 절반이나 이탈리아어 문법 공부로 보냈기 때문에 몹시 피곤했다. 요즈음 들어 자주 창문 옆에 앉는 버릇이 생긴 탓인지 그 창문이 사무 책상보다 더 그를 유혹했다. 그러나 그는 그런 생각을 억제하고 책상에 앉아 일을 했다. 그러나 그때 마침 사환이 들어와서 알리기를, 대리님이 출근했는지 알아보라고 지점장이 자기를 보냈다는 것이었다. 이탈리아 손님이 벌써 와 계시니 만약 출근하셨다면 응접실로 건너오라는 것이었다. "곧 가겠네" 하고 카는 작은 사전을 호주머니에 넣고 그가 외국인을 위해 준비한 시내 명승지 사진 앨범을 팔에 끼고서 차장의 방을 지나 지점장실로 갔다. 그는 자기가 일찍 출근해서 금방 응할 수 있어 기뻤다. 사실 그것은 아무도 예기치 못한 일이었던 것이다. 차장의 사무실은 물론 한밤중처럼 텅 비어 있었다. 사환이 그를 응접실로 부르러 갔을 텐데도 불러오지 못했던 것이다. 카가 응접실에 들어서자 두 신사가 깊숙한 안락의자에서 일어났다. 지점장이 카에게 다정한 미소를 보냈는데, 그는 카가 와주어서 매우 기쁜 모양이었다. 그는 곧바로 소개를 했다. 이탈리아인은 카의 손을 힘차게 흔들었고 소리 내어 웃으면서 누구를 지칭하는지는 모르겠으나 일찍 기상하는 사람이라고 말했다. 카는 누구더러 하는 말인지 정확히 알 수가 없었다. 게다가 그 말은 특이한 말이어서 조금 후에야 새겨들을 수 있었다. 그가 유창하게 몇 마디 말로 대답하자 이탈리아인은 다시 웃음으로 말을 받으면서 덥수룩한 회청색 코밑수염을 여러 차례 신경질적으로 어루만졌다. 그 수염은 향수를 뿌린 게 틀림없었다. 가까이 다가가서 냄새를 맡아보고 싶을 정도였다. 모두가 자리에 앉아 짤막한 서두의 말을 주고받았는데, 카는 이탈리아인이 말하는 것을 부분적으로밖에 알아들을 수가 없어서 몹시 거북했다. 아주 천천히 말할 때는 거의 완전히 알아들을 수가 있었지만 그건 극히 드문 일이었다. 대개는 말이 입에서 술술 흘러나왔고, 그것에 신이 난 것처럼 머리를 흔들기도 했다. 그가 그런 식으로 말할 때면 카가 보기엔 전혀 이탈리아 말 같지도 않은 사투리가 주기적으로 튀어나왔는데, 지점장은 그 말을 알아들을 뿐만 아니라 대꾸까지 했다. 지점장이 그러리라는 것을 카는 예상할 수 있었다. 왜냐하면 그 이탈리아인은 이탈리아 남부 출신인데 지점장이 몇 년 동안 거기에 가 있었다는 것을 그는 잘 알고 있던 터였기 때문이었다. 어떻든 카는 그 이탈리아인과 의사소통을 한다는 것이 원칙적으로 불가능하다는 것을 알았다. 왜냐하면 그의 불어도 알아듣기 힘들었고 게다가 수염이 입술의 움직임을 가리고 있어서 그의 말을 이해하는 데 아무런 도움을 주지 못했기 때문이었다. 카는 여러 가지 불쾌한 일이 일어나리라고 예상하고 우선은 이탈리아인의 말을 알아듣는 것을 포기하고——그의 말을 그렇듯 쉽게 알아듣는 지점장이 있으니까 알아들으려고 애쓸 필요도 없었다——그를 떨떠름하게 바라보고만 있었다. 그는 안락의자에 깊숙이 앉아 가볍게 휴식을 취하면서 자신의 짧고 예리하게 재단한 상의를 자꾸 잡아당기더니 한번은 팔을 들고 손을 가볍게 내흔들면서 무엇인가를 묘사하려고 하고 있었다. 카는 몸을 수그린 채 그 손에서 눈을 떼지 않았지만 그것이 무엇을 뜻하는지 이해할 수가 없었다. 결국 이야기가 오가는 데 따라 기계적으로 이리저리 시선을 돌리던 카는 앞서부터 느끼던 피로감을 다시 느끼게 되었다. 그는 방심한 나머지 돌아서서 가려고 자리에서 일어나려고 했다. 다행히 제때에 알아차려서 무사했지만 여간 놀란 게 아니었다. 마침내 이 탈리아인이 시계를 보고 벌떡 일어났다. 그는 지점장에게 작별인사를 하고 카에게로 다가왔는데, 너무 바짝 다가오는 바람에 움직이려면 자기가 앉아 있는 안락의자를 뒤로 밀어야만 했다. 지점장이 카의 눈에서 이탈리아어 때문에 곤란해하고 있음을 눈치 채고 대화에 끼어들었지만 그 방법이 아주 현명하고 부드러웠기 때문에 겉으로 보기엔 소소한 조언을 하는 것 같으면서도 실제로는 꾸준히 이탈리아인의 말을 막으면서 그가 얘기하고 있는 것을 모두 간략하게 카한테 이해시키는 것이었다. 그렇게 지점장의 말을 통해서 카는 이탈리아인이 우선 처리해야 할 몇 가지 업무가 있고, 유감스럽게도 그가 전반적으로 시간이 별로 없으며, 모든 관광지를 급하게 돌아다닐 의도는 전혀 없으니 차라리 ── 물론 카가 찬성을 해야만 하고 카에게 오로지 결정권이 있지만 ── 성당 하나만을 골라 아주 철저히 구경하려고 마음을 먹고 있음을 알았다. 그는 이렇게 학식이 있고 친절하신 분의 동행으로 ── 그건 카를 두고 한 말이지만, 카는 이탈리아인의 말은 건성으로 듣고 지점장 말만 빨리 파악하려고 했다 ── 관광을 하게 되어 한없이 기쁘며, 괜찮다면 두 시간 후에, 즉 열 시쯤에 성당에서 만나기를 바란다는 것이었다. 그는 그 시각에 분명히 거기로 갈 거라는 얘기였다. 카는 이에 알맞은 말로 대답했다. 이탈리아인은 먼저 지점장과 악수를 하고 그 다음엔 카와, 그리고 다시 지점장과 악수를 했다. 그러고는 두 사람이 그의 뒤를 따라갔는데, 그는 그들에게 반쯤 몸을 돌린 채 계속 말을 하면서 문으로 갔다. 잠시 카는 지점장과 같이 남아 있었는데, 지점장은 오늘따라 유난히 아파 보였다. 어떻게든 자기가 카에게 양해를 구해야 한다는 생각이었던지 그는 ── 두 사람은 다정하게 나란히 서 있었다 ── 다음처럼 말했다. 처음에는 자기가 이탈리아인과 갈 생각이었는데 그만 ── 그는 더 자세한 이유는 말하지 않았다 ── 자기 대신 카를 보내기로 결정했노라고 했다. 그리고 이탈리아인의 말을 처음엔 곧바로 알아듣기 힘들겠지만 금방 이해가 될 터이니 당황할 필요가 없으며, 한편 별로 알아듣지 못한다고 하더라도 나쁠 것이 없는데, 왜냐하면 그 이탈리아인에게는 자기 말을 알아듣거나 못 알아듣는 것이 전혀 중요시되지 않기 때문이라는 것이다. 그리고 카의 이탈리아어 실력은 놀라울 정도로 뛰어나니까 일을 훌륭하게 수행하리라는 것이었다. 이렇게 말한 후에 지점장은 카와 헤어졌다. 카는 남은 시간을 성당에서 안내하는 데 필요한, 자주 쓰지 않는 어휘들을 사전에서 찾아 써두며 보냈다. 그것은 아주 귀찮은 일이었다. 사환들은 우편물을 가져왔고, 행원들은 여러 가지 문의를 하러 들어왔다가 카가 바쁜 것을 보자 문가에 서서 카가 대답을 해주지 않으면 가려고 하지도 않았고, 차장도 카를 방해하는 일에 빠지지 않고 자꾸만 들어와 그의 손에서 사전을 빼앗아 쓸데없이 책장을 뒤적거렸고, 문이 열리면 대기실의 침침함 속에서 고객들마저 나타나서 머뭇거리면서 인사를 했다. 그들은 주의를 끌어보려고 했지만 카가 알아보기나 했는지 그것은 확실치 않았다 ── 이 모든 일이 카가 마치 중심인 것처럼 그의 주위에서 일어나고 있는 반면에, 카는 필요한 단어들을 생각해내서 사전에서 찾아 적어두기도 하고 발음 연습도 하며 나중엔 그것을 외워보려고 애썼다. 그러나 전에는 좋던 기억력이 이제 그를 아주 떠나버린 듯싶었다. 그는 자기를 이렇게 애먹이는 이탈리아인에 대해 화가 나서 더 이상 준비하지 않으려고 단단히 결심하고 사전을 서류 속에 집어던지기도 했다. 그러나 벙어리처럼 아무 말도 안 하면서 이탈리아인과 성당에 있는 미술품 앞을 왔다 갔다 할 수도 없는 노릇이어서 더욱 화를 내면서 사전을 다시 꺼냈다.

정각 아홉 시 반에 그가 막 떠나려고 하는데 전화가 왔다. 레니가 아침인사를 하고 그의 안부를 물었다. 카는 급히 고맙다는 말을 하고, 그가 성당에 가야 하니까 지금은 얘기를 할 수 없다고 말했다. "성당에요?" 레니가 물었다. "응, 성당에 가야 해." "도대체 왜 성당에 가는 거예요?" 카가 짤막하게 그것을 설명하려고 했으나 이야기를 꺼내기도 전에 갑자기 레니가 말했다. "그들이 당신을 뒤쫓고 있어요." 자신이 요구하지도 기대하지도 않았던 동정에 카는 견딜 수가 없었다. 그는 두 마디 말로 작별인사를 하고 수화기를 제자리에 걸고는 반은 자신에게, 반은 멀리 떨어져 있어서 들을 수도 없는 그녀에게 중얼거렸다. "그래 그들은 내 뒤를 쫓고 있지."

이미 시간이 늦어져 그가 제시간에 도착하지 못할 위험도 있었다. 그는 택시를 타고 갔다. 마지막 순간에야 그는 앨범 생각이 났다. 아까는 그것을 줄 기회가 없어서 지금 가져가고 있는 중이었다. 그는 그것을 무릎 위에 올려놓고 차를 타고 가는 동안 초조하게 그것을 두들겼다. 빗줄기는 약해졌지만 날씨는 눅눅하고 싸늘하고 침침했다. 성당 안은 잘 볼 수도 없을 것이고, 찬 포석 위에 오래 서 있으면 감기가 악화될 것이다.

성당 광장은 텅 비어 있었다. 이 좁은 광장의 거의 모든 집들의 창문이 항상 커튼으로 가려져 있는 것을 카는 어렸을 때부터 이상하게 생각했었는데, 지금 그것이 생각났다. 오늘 같은 날씨엔 물론 그럴 법도 하다고 생각했다. 성당 안도 텅 빈 것 같았다. 물론 이런 때에 여기 올 생각을 하는 사람은 아무도 없을 것이다. 카는 양쪽에 있는 측면 통로를 돌았지만 할머니 한 분을 만났을 뿐이었다. 할머니는 따스한 목도리를 두른 채 마리아 상 앞에 무릎을 꿇고 앉아 그

것을 바라보고 있었다. 그런 후에 그는 멀리에서 쩔뚝거리는 성당
지기가 벽에 달린 문으로 사라지는 것을 보았다. 카는 정각에 온 것
이다. 그가 성당으로 들어서자 막 열한 시를 쳤다. 그러나 이탈리
아인은 아직 오지 않았다. 카는 정문으로 가서 잠시 머뭇거리며 서
있다가 혹시 이탈리아인이 옆문에서 기다리지 않는지 알아보기 위
해 비를 맞으며 성당 주위를 한 바퀴 돌았다. 그러나 그는 어디에도
없었다. 지점장이 시간을 잘못 들은 게 아닐까? 어떻게 그런 사람의
말을 제대로 이해할 수 있을까? 그러나 어찌 되었든 간에 카는 이탈
리아인을 적어도 반 시간은 기다리지 않을 수 없었다. 그는 피곤했
기 때문에 자리에 앉으려고 다시 성당 안으로 들어갔다. 어느 계단
위에서 양탄자 모양의 작은 헝겊조각을 발견하고는 그것을 발끝으
로 가까이 있는 의자 앞으로 끌어당긴 후에 몸을 외투로 단단히 감
싸고 옷깃을 올리고는 자리에 앉았다. 시간을 보내기 위해서 그는
앨범을 펴고 책장을 몇 장 들추어보았다. 그러나 그것도 금방 그만
둬야 했다. 너무나 어두웠기 때문이었다. 눈을 들어보니 가까운 측
면 통로에 있는 것마저 세세히 구별할 수 없었다.

　멀리 중앙 제단에는 세모꼴을 이루는 커다란 촛불 세 개가 반짝
이고 있었다. 앞서도 그것을 보았는지 카는 자신 있게 말할 수가 없
었다. 아마 지금 막 불을 붙였는지도 모른다. 성당지기야 직업상
살금살금 다니는 사람이니까 눈에 띄지 않는 법이다. 카가 우연히
몸을 돌리자 자기 뒤의 멀지 않은 곳에서 기둥에 달려 있는 길고 굵
은 초가 역시 타고 있었다. 그것은 아름답기는 했으나 대체로 측면
제단의 어둠 속에 걸려 있는 제단 그림을 밝히기에는 전혀 충분치
못했으며, 오히려 어둠을 가중시킬 뿐이었다. 이탈리아인이 오지
않은 것은 무례하긴 하지만 현명한 처사이기도 했다. 아무것도 볼
수 없을 테니까 말이다. 카의 회중전등으로 그림 몇 개를 간신히 보

는 것으로 만족해야 할 것이다. 어느 정도 볼 수 있을지 시험해보기 위해서 카는 가까운 작은 측면 기도실 쪽으로 가서 낮은 대리석 난간까지 몇 계단을 올라가 난간 너머로 몸을 구부리고 제단 그림에 회중전등을 비춰보았다. 그 앞에는 성체등聖體燈의 꺼지지 않는 불빛이 방해하듯 아른거렸다. 카가 맨 먼저 보고 부분적으로 추측한 것은 갑옷을 입은 커다란 기사였는데, 그는 그림의 맨 가장자리에 위치하고 있었다. 기사는 칼에 기대어 서 있었는데, 그 칼은 맨 땅을—풀줄기 몇 개가 여기저기 나 있을 뿐이었다—찌르고 있었다. 그는 자기 앞에서 벌어지고 있는 어떤 사건을 주의 깊게 관찰하는 듯한 심정이었다. 그가 그렇게 멈춰 서서 가까이 가지 않는 것이 이상했다. 아마 그는 보초를 서도록 정해져 있는 듯싶었다. 이미 오래도록 그림을 본 적이 없는 카는 성체등의 푸르스름한 빛을 참을 수가 없어 눈을 계속 깜박거려야 했지만, 그래도 한참 동안 기사를 관찰했다. 그가 그림의 다른 부분에 회중전등을 비치니 그것은 흔히 볼 수 있는 스타일로 그린 그리스도의 매장 장면이었다. 비교적 최근의 그림이었다. 그는 회중전등을 주머니에 넣고 다시 자기 자리로 되돌아왔다.

이젠 이탈리아인을 기다릴 필요는 없을 것 같았다. 그러나 밖에는 분명 비바람이 몰아칠 것이다. 성당 안은 생각했던 것만큼 그렇게 춥지 않았기 때문에 카는 잠시 그냥 그곳에 머물기로 마음먹었다. 그의 근처에는 커다란 설교단이 있었는데, 그 단의 작고 둥근 천개天蓋에는 황금빛 민짜 십자가가 반쯤 누인 채 부착되어 맨 끝이 서로 교차하고 있었다. 난간의 바깥벽과 지주로 이어지는 연결 부위는 초록빛 잎사귀 모양으로 장식되어 있고, 그것은 움직이기도 하고 조용히 쉬기도 하는 듯한 모양을 하고 있는 작은 천사와 꼭 달라붙어 있었다. 카는 설교단 앞으로 가서 그것을 여러 각도에서 살

퍼보았다. 돌의 조각술은 매우 정교했으며 잎사귀 모양의 장식과 그 장식 사이에 생긴 어두움은 마치 붙잡혀서 갇혀 있는 것처럼 보였다. 카는 그 틈 사이로 손을 넣어 돌을 조심스럽게 만져보았다. 이런 설교단이 있다는 것을 그는 지금까지 전혀 모르고 있었다. 그때 우연히도 그는 가장 가까운 의자 열 뒤에 있는 성당지기를 보았는데, 그는 주름이 있는 축 늘어진 검은 옷을 입고 서서 왼손에는 코담뱃갑을 든 채 카를 바라보고 있었다. '도대체 저 사람은 무얼 바라는 걸까?' 카는 생각했다. '내가 수상해 보이는 모양이지? 팁이라도 달라는 건가?' 그러나 카의 눈에 띄게 된 것을 알자 성당지기는 두 손가락 사이에 코담배를 한 줌 쥔 오른손으로 어딘지 확실치 않은 방향을 가리켰다. 도무지 알 수 없는 태도였다. 카는 잠시 기다려보았다. 그러나 성당지기는 손으로 계속 무엇인가를 가리키고 고개까지 끄덕이면서 그것을 강조하는 것이었다. "왜 그러십니까?" 카는 나지막하게 물었다. 여기에서 감히 언성을 높일 수는 없는 일이었다. 그는 지갑을 꺼내 가장 가까운 의자 사이를 지나 그 남자에게로 다가갔다. 그러나 그 남자는 즉시 손으로 거절하는 몸짓을 하더니 어깨를 으쓱하고는 쩔룩거리며 그곳에서 물러갔다. 카는 어린 아이였을 때 그처럼 급히 쩔룩거리며 걸어가는 모양으로 말 타는 것을 흉내 내려 했던 적이 있었다. '어리석은 노인이군.' 카는 생각했다. '그런 머리로는 겨우 성당지기나 해먹겠어. 내가 걸음을 멈추면 자기도 멈추고, 내가 계속 걸어가나 엿보는 꼴이라니.' 카는 미소를 지으며 노인을 따라서 측면 통로를 지나 높은 중앙 계단까지 거의 올라왔는데도 그 노인은 무엇인가 가리키는 것을 중지하지 않았다. 그러나 카는 일부러 돌아서지 않았다. 그렇게 가리키는 것은 그가 뒤따라오는 것을 따돌리기 위함일 것이었다. 결국 카는 그 노인을 내버려두기로 했다. 그를 너무 불안하게 하고 싶지 않았던 것이다. 그리고 이탈리아인이 올 경우를 생각해서도 그를 몰아내고 싶은 마음은 전혀 없었다.

자기 앨범을 놓아두었던 장소를 찾기 위해서 중앙통로로 들어섰을 때 카는 합창대석에 인접해 있는 기둥에 작은 부ᵉ설교단이 파르스름한 민짜 돌로 간결하게 만들어져 있는 것을 보았다. 그것은 너무 작아서 멀리에서 보면 성상을 세워두기 위해 비어 있는 벽감ᵉ처럼 보였다. 설교자는 난간에서 한 발자국도 제대로 뒷걸음질을 할 수 없게 되어 있었다. 게다가 돌로 된 설교단의 천개가 아주 낮고 별 장식은 없지만 구부러져 올라가 있기 때문에 보통 크기의 남자라도 거기엔 똑바로 설 수 없고 계속 난간으로 구부려야 할 것 같아, 이 전부가 설교자를 괴롭히기 위해서 만들어놓은 것 같았다. 크고 정교하게 장식을 가한 다른 설교단이 있는데 이것을 어디다가 쓰려고 만들었는지 이해가 가지 않았다.

설교 직전에 준비되기 마련인 등이 매달려 있지 않았더라면 카는 이 작은 설교단 역시 보지 못했을 것이다. 그렇다면 이제 설교라도 시작하려는 걸까? 이 텅 빈 성당에서? 그는 기둥에 달라붙어 설교단으로 통해 있는 계단을 내려다보았다. 계단은 너무 비좁아서 마치 사람이 다니기 위해서가 아니라 단지 기둥의 장식용으로 만든 것처럼 보였다. 그러나 설교단 아래 정작 신부가 서 있는 것을 보고 카는 깜짝 놀라서 미소를 지었다. 신부는 손으로 난간을 잡고 올라가려고 하면서 카를 쳐다보았다. 그러고는 그가 가볍게 머리를 끄덕이자 카는 성호를 긋고 인사했는데, 그건 일찍 했어야 옳았을 것이다. 신부는 몸을 한번 가볍게 치키더니 종종걸음으로 설교단으로 올라갔다. 실제로 설교를 하려는 걸까? 아마 성당지기도 그렇게 완전히 모자라는 사람은 아니어서 나로 하여금 설교자를 보게 하려고 그랬던 것이었는지도 모른다. 물론 이렇게 텅 빈 성당에서는 그렇게 해주는 일이 아주 필요한 일이다. 그렇다면 아까 마리아 상 앞 어딘가에 있던 할머니도 오게 해야 하지 않을까? 그리고 설교를 하려면 오르간으로 시작을 알려야 하는 게 아닐까? 그런데도 오르간은 조용하고 그저 높다란 파이프만 어둠 속에서 희미하게 번쩍이고 있었다.

지금 빨리 나가버리면 어떨까 하고 카는 생각했다. '지금 나가지 않는다면 설교 중에는 나갈 수 없을 테니까 설교가 끝날 때까지 남아 있어야 할 것이다. 사무실에서 너무나 많은 시간을 허비하지 않았던가. 이탈리아인을 기다릴 의무는 더 이상 없다.' 그는 시계를 보았다. 열한 시였다. 그런데 정작 설교를 하려는 걸까? 나 혼자 예배신도들을 대신할 수 있을까? 만약 내가 성당 구경이나 하러 온 타지 사람이라면 어떨까? 사실 나는 그런 거나 다름없다. 지금은 열한 시이고, 평일인 데다 날씨도 나쁘기 그지없는데 설교가 있다는 생각은 말도 안 되는 것이다. 신부는—신부임에 틀림없고 매끈한 검은 얼굴을 한 젊은 사람이었다—잘못해서 켜놓은 등불을 끄기 위해서 올라간 게 틀림없을 것이다.

그러나 그렇지 않았다. 신부는 오히려 등불을 살펴보고 심지를 더 높인 후에 천천히 난간 쪽으로 돌아서 두 손으로 모난 가장자리를 잡았다. 그는 한동안 그렇게 선 채 고개도 꼼짝하지 않고 주위를 돌아다보았다. 카는 크게 뒷걸음질을 하고서 팔꿈치를 맨 앞쪽에 있는 성당 의자에 기댔다. 그는 그곳이 어디인지는 잘 모르지만 성당지기가 등을 구부린 채 임무를 끝냈을 때처럼 평화스럽게 쪼그리고 앉아 있는 것을 멍하니 쳐다보았다. 지금 성당 안은 얼마나 조용한가! 그러나 카는 그 정적을 깨지 않을 수 없었다. 그는 거기에 머무를 생각이 없었다. 상황을 고려하지 않고 일정한 시간에 설교하는 것이 신부의 의무라면 그렇게 하면 될 것이다. 그것은 내 조력

없이도 이루어질 수 있을 것이며 내가 있다고 해서 분명 그 효과가 커지는 것도 아니다. 그래서 카는 천천히 움직이기 시작해 발끝으로 의자 곁을 더듬어 가다가 넓은 중앙통로까지 나와 아무런 방해도 없이 걸어갔다. 단지 조용히 걷는 발걸음에도 돌바닥이 울렸고, 둥근 천장에서는 그 소리가 약하지만 끊임없이 몇 겹의 규칙적인 길이로 메아리쳤다. 신부가 주시하고 있을지도 모르는 그곳에서 텅 빈 의자 사이를 혼자 걸어가자니 약간 쓸쓸한 느낌이 들었다. 그리고 성당의 크기가 인간이 참아낼 수 있는 한계를 넘어서는 것같이 생각되었다. 앞서의 자리로 되돌아오자 그는 지체 없이 거기에 놓여 있던 앨범을 집어 들었다. 그는 의자가 놓여 있는 곳을 다 지나 의자와 출구 사이에 있는 자유로운 공간에 이르렀을 때 처음으로 신부의 목소리를 들었다. 힘차고도 단련된 목소리였다. 그 목소리는 그것을 받아들일 준비가 되어 있는 성당에 울려 퍼졌다. 그러나 신부가 부른 것은 일반 신도들이 아니었다. 그것은 아주 분명했기 때문에 피할 길이 없었다. 신부가 이렇게 외쳤다. "요제프 카!"

카는 걸음을 멈추고 자기 앞의 바닥을 내려다보았다. 아직 당장은 자유로우니까 계속 걸어 나갈 수는 있었다. 자기 앞에서 멀지 않는 곳에 있는 세 개의 작은 컴컴한 나무문을 지나 밖으로 나갈 수 있다. 그럴 경우 그가 부르는 소리를 알아듣지 못했거나 아니면 알아들었지만 상관하지 않겠다는 뜻이 된다. 그러나 돌아서면 붙잡힌 몸이 된다. 왜냐하면 그것은 내가 부르는 소리를 잘 알아들었으며, 부름을 받은 사람은 바로 나이며, 복종하겠다는 고백을 하는 셈이 되기 때문이었다. 신부가 다시 한 번 더 불렀더라면 카는 틀림없이 나가버렸을 것이다. 그러나 기다리고 섰는데도 사방이 조용하기만 해서 카는 신부가 무엇을 하고 있는지 보려고 고개를 조금 돌렸다. 그는 앞서처럼 설교단에 조용히 서 있었다. 그러나 그는 카가 고개를 돌리는 것을 분명히 본 것 같았다. 이제 와서 카가 완전히 돌아서지 않는다면 아이들 숨바꼭질 놀이처럼 되어버릴 것이다. 카가 돌아서자 신부는 가까이 다가오라고 손짓으로 불렀다. 이젠 꺼릴게 없다 싶어 그는 성큼성큼 나는 듯한 걸음으로——또한 호기심에서, 그리고 일을 더 빨리 마치기 위해서 그렇게 했다——설교단을 향하여 갔다. 맨 앞줄 의자에서 그는 멈춰 섰다. 그러나 신부는 거리가 너무 멀다고 생각했는지 손을 뻗쳐 집게손가락을 크게 구부려 설교단 바로 앞을 가리켰다. 카는 그 지시에 따랐다. 그 자리에서는 신부를 보려면 고개를 크게 젖히지 않으면 안 되었다. "당신이 요제프 카지요." 신부가 말하고는 난간 위에 놓았던 손을 이상하게 움직이면서 들어 올렸다. "그렇습니다." 카가 말했다. 카는 전에는 항상 자기 이름을 아주 솔직하게 불렀었다는 생각이 났다. 그러나 얼마 전부터는 자기 이름이 부담이 되었다. 이젠 생전 처음 만난 사람들까지도 자기 이름을 알고 있었다. 먼저 자신을 소개하고 나서 비로소 서로 알게 된다는 것이 얼마나 좋은 일인가? "당신은 기소당했지요?" 신부가 아주 낮은 목소리로 말했다. "그렇습니다." 카가 말했다. "사람들이 그렇다고들 말하더군요." "그렇다면 당신이야말로 내가 찾고 있는 사람입니다." 신부가 말했다. "나는 교도소 신부입니다." "아, 그러시군요." 카가 말했다. "내가 당신을 이리로 오게 했습니다." 신부가 말했다. "당신에게 할 말이 있어서입니다." "전 그런 줄 몰랐습니다." 카가 말했다. "저는 이탈리아인에게 성당을 보여주기 위해서 여기에 왔습니다." "쓸데없는 말은 집어치우시오." 신부가 말했다. "손에는 무얼 들고 있나요? 기도서인가요?" "아닙니다." 카가 대답했다. "이건 도시 명소가 담긴 앨범입니다." "그런 건 내버려요." 신부가 말했다. 카가 그것을 너무 힘껏 내던졌기 때문에 책자가 펼쳐지고 책장이 흩어진 채 얼마쯤 바닥

위로 미끄러져갔다. "당신 소송이 불리하다는 것을 아시오?" 신부가 물었다. "제가 봐도 그런 것 같습니다." 카가 말했다. "저로서는 온갖 노력을 다했습니다만 지금까지 아무런 성과도 없습니다. 물론 진정서도 아직 끝내지 못한 상태입니다." "결말이 어떻게 나리라고 생각하시나요?" 신부가 물었다. "전에는 좋게 끝나리라고 생각했습니다." 카가 말했다. "이젠 이따금씩 그것이 믿어지지 않습니다. 어떻게 결말이 날지 알 수가 없습니다. 신부님은 아십니까?" "모르지요." 신부가 말했다. "그러나 나쁜 결말이 날까 봐 걱정입니다. 당신이 죄가 있다고들 생각하지요. 당신 소송 문제는 아마 하급 재판소를 결코 벗어나지 못할 겁니다. 적어도 현재로서는 당신의 죄가 입증됐다고들 생각하니까요." "그렇지만 저는 죄가 없습니다." 카가 말했다. "그것은 오류입니다. 도대체 인간이 어떻게 죄가 될 수 있단 말입니까? 여기 있는 우리는 모두 인간이지요. 너 나 할 것 없이 모두 말입니다." "그건 맞습니다." 신부가 말했다. "하지만 죄 있는 사람들은 늘 그렇게 말하곤 하지요." "신부님도 저에 대해 편견을 가지고 계신가요?" 카가 말했다. "난 당신에 대해 결코 편견을 가지고 있지 않습니다." 신부가 말했다. "고맙습니다." 카가 말했다. "하지만 소송 절차에 관여하고 있는 사람들은 모두 저에게 편견을 갖고 있어요. 그리고 무관한 사람들한테도 그것을 주입시킬 겁니다. 제 입장만 점점 더 곤란해지고 있습니다." "당신은 사실을 오해하고 있습니다." 신부가 말했다. "판결은 갑자기 내려지는 게 아닙니다. 소송 절차가 서서히 판결로 넘어가는 거지요." "그렇군요." 카가 말하고는 고개를 숙였다. "당신 사건에 대해서 앞으로 어떻게 하실 작정입니까?" 신부가 물었다. "도움을 구할 생각입니다." 카가 이렇게 말하고는 신부가 그것을 어떻게 판단하는지 알기 위해 고개를 쳐들었다. "제가 아직 시도해보지 않은 가능성들이 분명 있을 겁니다." "당신은 남의 도움을 너무 많이 받으려고 해요." 신부가 부정적인 투로 말했다. "특히 여자들한테서 말입니다. 그것이 참된 도움이 아니라는 것을 모르십니까?" "어떤 경우, 아니 많은 경우에 신부님의 말씀이 옳겠지요." 카가 말했다. "하지만 항상 그런 건 아니지요. 여자들은 큰 힘을 가지고 있어요. 만약에 제가 아는 몇몇 여자들을 저를 위해 공동으로 일하도록 움직일 수만 있다면 틀림없이 성공할 수 있을 겁니다. 이 법원은 거의 모두가 난봉꾼들로 구성되어 있어서 더욱 그렇습니다. 예심판사한테 멀리서 여자를 한 명 보여줘 보세요. 그러면 그는 놓치지 않으려고 책상이나 피고 할 것 없이 넘어뜨리면서까지 달려올 겁니다." 신부가 난간 쪽으로 머리를 수그렸다. 이제야 설교단 차양이 그의 머리를 내리누른다는 것을 느낀 모양이었다. 바깥은 날씨가 무척 사나운 모양이었다. 더 이상 흐린 낮이 아니라 이미 깊은 밤중이었다. 유리그림이 그려진 몇 개의 큰 창문이 있었지만 그 흐릿한 빛만으로는 어두운 벽을 밝힐 수 없었다. 그때 성당지기가 중앙 계단 위에 있는 초를 하나씩 끄기 시작했다. "화가 나셨나요?" 하고 카가 신부에게 물었다. "당신이 종사하고 계신 법원이 어떤 곳인지 아마 모르실 것입니다." 아무 대답도 없었다. "하긴 제 개인적인 경험에 불과할 뿐입니다만." 카가 말했다. 그때 신부가 카를 향해서 아래로 이렇게 소리쳤다. "당신은 두 걸음 앞도 보지 못하나요?" 화가 나서 외친 소리지만, 쓰러지는 사람을 보고서 놀란 사람이 자기도 모르게 무심코 외친 소리 같기도 했다.

두 사람은 오랫동안 아무 말도 하지 않았다. 아래는 어둡기 때문에 신부는 카를 잘 알아볼 수 없었지만 카 쪽에서는 작은 등불 빛을 받고 있는 신부를 똑똑히 볼 수 있었다. 어째서 신부는 내려오지 않을까? 그는 설교를 한 것이 아니라 카에게 몇 가지 보고를 했을

뿐인데, 그 보고는 곰곰이 생각해보면 카에게 이익이 된다기보다
는 오히려 손해가 되는 것이다. 그러나 카에게는 신부의 호의는 의
심할 나위가 없는 것 같았다. 신부가 내려오게 되면 그와 의견의
일치를 보는 것도 불가능해지는 않을 것이다. 그리고 신부로부터
결정적이고도 수락할 만한 충고를, 이를테면 어떻게 소송에 영향
을 줄 수 있느냐 하는 그런 문제가 아니라 어떻게 소송에서 벗어나
고 소송을 피하며 소송 밖에서 살 수 있을까 하는 문제에 대한 충고
를 얻는 것도 불가능해지는 않을 것이다. 틀림없이 그것은 가능할
것이다. 요즈음 와서 카는 그 가능성에 대해서 종종 생각해보았다.
신부가 그런 방법을 알고 있다면 그가 부탁하면 아마 말해줄 것이
다. 물론 신부 자신이 법원에 소속되어 있고, 카가 법원을 공격했
을 때 그의 부드러운 본성을 억누르고 카에게 고함을 치기는 했지
만 말이다.

"이쪽으로 내려오지 않으시겠습니까?" 카가 말했다. "설교하시는
게 아니니까요. 저에게 내려오시지요." "이젠 내려가도 됩니다."
신부가 말했다. 그는 자신이 소리친 것을 후회하고 있는 것 같았다.
등불을 걸이에서 내리면서 그가 말했다. "처음엔 당신과 거리를 두
고 말해야 했지요. 그렇지 않으면 내가 쉽게 영향을 받게 되어 임무
를 잊어버리니까요."

카는 계단 아래에서 그를 기다렸다. 신부는 내려오면서 위 계단
에서부터 카를 향하여 손을 내밀었다. "저를 위해 시간을 좀 내주
시겠습니까?" 카가 물었다. "얼마든지요." 신부는 이렇게 말하고는
작은 등불을 카에게 주고 그것을 들고 있게 했다. 가까이 와서도 신
부는 조금도 엄숙한 티를 잃지 않고 있었다. "저에게 정말 친절하
시군요." 카가 말했다. 두 사람은 나란히 어두운 측면 복도를 이리
저리 걸었다. "법원에 소속된 모든 사람들 중에서 신부님만 예외이

십니다. 제가 알고 있는 그 어느 사람보다도 신부님에게 더 신뢰가 가는군요. 신부님하고는 터놓고 이야기할 수 있습니다." "착각하지 말아요." 신부가 말했다. "제가 도대체 뭘 착각하고 있단 말입니까?" 카가 물었다. "당신은 법원에 대해 착각하고 있습니다." 신부가 말했다. "법의 서문에 착각에 대해서 다음과 같이 씌어 있지요. '법 앞에 한 문지기가 서 있다. 이 문지기에게 한 시골 사람이 와서 법 안으로 들어가게 해달라고 청한다. 그러나 문지기는 지금은 그에게 입장을 허락할 수 없노라고 말한다. 시골 사람은 곰곰이 생각한 후에 그렇다면 나중에는 들어갈 수 있겠느냐고 묻는다. 〈가능한 일이지〉 하고 문지기가 말한다. 〈그러나 지금은 안 돼.〉 법으로 들어가는 문은 언제나 열려 있고 문지기가 옆으로 비켜났기 때문에 시골 사람은 몸을 굽혀 문을 통해 그 안을 들여다보려고 한다. 문지기가 그것을 보고는 웃으며 이렇게 말한다. 〈그것이 그렇게도 끌린다면 내 금지를 어겨서라도 들어가 보시지. 그러나 알아두게. 나는 힘이 장사지. 그래도 나는 가장 낮은 문지기에 불과하다네. 그러나 홀을 하나씩 지날 때마다 문지기가 하나씩 서 있는데, 갈수록 더 힘이 센 문지기가 서 있다네. 세 번째 문지기의 모습만 보아도 나조차도 견딜 수가 없다네.〉 시골 사람은 그러한 어려움을 예기치 못했다. 그는 법이란 정말로 누구나 그리고 언제나 들어갈 수 있어야 한다고 생각한다. 그러나 지금 털외투를 입은 문지기의 모습, 그의 큰 매부리코와 검은색의 길고 가는 타타르족 모양의 콧수염을 뜯어보고는 차라리 입장을 허락받을 때까지 기다리는 편이 훨씬 낫겠다고 결심한다. 문지기가 그에게 걸상을 주며 문 옆쪽에 앉게 한다. 그곳에서 그는 여러 날 여러 해를 앉아 있다. 그는 입장을 허락받으려고 여러 가지 시도를 해보고 자주 부탁을 하여 문지기를 지치게 한다. 문지기는 가끔 간단한 심문을 한다. 그의 고향에 대해 자세

히 묻기도 하고 여러 가지 다른 것에 대해 묻기도 한다. 그러나 그
것은 지체 높은 양반들이나 건네는 별 관심 없는 질문들이고, 마지
막엔 언제나 그에게 아직 들여보내 줄 수 없노라고 문지기는 말한
다. 시골 사람은 여행을 위해 많은 것을 장만해왔는데, 문지기를
매수할 수 있는 것이라면 무엇이든 이용한다. 문지기는 주는 대로
받기는 하면서도 〈내가 받는 것은 당신이 무엇인가 소홀히 했다는
생각이 들지 않도록 하기 위해서일 뿐이라네〉 하고 말한다. 여러
해가 지나는 동안 시골 사람은 거의 쉬지 않고 문지기를 지켜보고
있다. 그는 다른 문지기들은 잊어버리고 이 첫 번째 문지기만이 법
으로 들어가는 데 유일한 장해물인 것처럼 생각한다. 그는 처음 몇
년 동안은 이 불행한 사건을 큰 소리로 저주하다가 후에 늙으면서
부터는 그저 혼잣말로 투덜거릴 뿐이다. 그는 어린애처럼 유치해진
다. 그는 문지기를 수년간 연구하다가 그의 모피 깃에 붙어 있는 벼
룩까지 알아보고 그 벼룩에게까지 자기를 도와 문지기의 마음을 바
꾸게 해달라고 부탁한다. 마침내 그의 시력이 약해진다. 그는 자기
주변이 정말 점점 더 어두워지는 것인지 아니면 그의 눈이 착각을
일으키는 것인지 알지 못한다. 그러나 이제 그 어둠 속에서 그는 법
의 문으로부터 꺼질 줄 모르고 흘러나오는 광채를 알아본다. 이제
그는 더 이상 살 수가 없다. 죽기 전에 그의 머릿속에는 지난 세월
의 온갖 경험들이 그가 여태까지 문지기에게 물어보지 못한 하나의
물음으로 집약된다. 이제 굳어져가는 몸을 더 이상 똑바로 일으킬
기력도 없어서 그는 문지기에게 눈짓을 한다. 문지기는 그에게로
몸을 깊숙이 수그릴 수밖에 없다. 왜냐하면 몸 크기의 차이가 시골
사람에게 매우 불리하게 변해버렸기 때문이었다. 〈또 무얼 알고 싶
은 건가?〉라고 문지기가 묻는다. 〈끈질기기도 하군.〉 〈하지만 모든
사람들은 법을 절실히 바랍니다.〉 시골 남자가 말한다. 〈지난 수년

동안 저 이외에는 아무도 입장을 허락해줄 것을 요구한 적이 없는데, 어째서 그런가요?〉문지기는 시골 사람이 이미 임종에 다가와 있다는 것을 알고, 희미해져가는 그의 청각에 들리도록 고함을 친다. 〈이곳에서는 자네 이외에는 아무도 입장을 허락받을 수가 없네. 왜냐하면 이 입구는 단지 자네만을 위해서 정해진 곳이기 때문이야. 이제 가서 문을 닫아야겠네.〉'"

"그러니까 문지기가 그 남자를 속인 거군요." 카가 곧바로 말했는데, 그 이야기에 매우 강하게 끌렸던 것이다. "속단하지 말아요." 신부가 말했다. "다른 사람의 의견을 무작정 받아들여서는 안 됩니다. 나는 책에 씌어 있는 대로 얘기를 했을 뿐입니다. 속임수에 대해서는 거기에 아무것도 씌어 있지 않습니다." "그렇지만 그건 분명합니다." 카가 말했다. "그리고 신부님의 첫 번째 해석이 완전히 옳습니다. 문지기가 구원의 말을 했을 때는 그것이 시골 사람에게 아무런 도움도 될 수 없을 때였습니다." "문지기가 그 이전에는 질문을 받지도 않았지요." 신부가 말했다. "그는 한낱 문지기에 불과하다는 것 또한 염두에 두셔야 합니다. 그는 문지기로서 자신의 의무를 다했습니다." "어째서 당신은 그가 의무를 다했다고 생각하시나요?" 카가 물었다. "그가 의무를 다한 것은 아닙니다. 그의 의무는 아마도 낯선 사람을 막는 일이었을 겁니다. 하지만 그 문으로 들어가기로 되어 있는 이 시골 사람은 마땅히 들여보냈어야 했을 겁니다." "당신은 그 글에 대해서 별로 존중하지도 않고 그 얘기를 변경하는군요." 신부가 말했다. "그 이야기는 법으로 들어가는 것에 대한 문지기의 두 가지 중요한 설명이 들어 있습니다. 하나는 처음에, 또 하나는 끝에 있습니다. 처음 부분은 지금 그가 시골 사람에게 입장을 허락할 수 없다는 것이고, 그리고 다른 부분에서는 이 입구가 오직 당신만을 위한 것이라고 씌어 있지요. 이 두 가지 설명 사이에 모순이 있다면 당신 말이 옳으며 문지기가 시골 사람을 속인 게 되는 거지요. 그러나 거기엔 모순이 없어요. 그와는 반대로 첫 번째 설명이 두 번째 설명을 암시까지 해주고 있습니다. 문지기가 시골 사람에게 앞으로의 입장 가능성을 비춘 것은 자기 의무를 벗어난 짓이라고 말할 수 있을지 모릅니다. 그런 때에는 시골 사람을 막는 것이 단지 그의 의무인 것처럼 보이지요. 사실 이 글의 수많은 해석자들은 문지기가 그런 암시를 한 것에 대해서 이상하게 생각하지요. 왜냐하면 문지기는 정확한 것을 좋아하는 것 같고 자기 직무를 엄숙하게 지키니까 말입니다. 수많은 해가 지나는 동안 그는 자기 위치를 떠난 적이 없으며, 아주 마지막에 가서야 문을 닫습니다. 그는 자기 임무가 막중하다는 것을 잘 알았으며, 그 때문에 '나는 힘이 장사입니다'라고 말한 거지요. 그리고 그는 상관에 대해서도 경외심을 가지고 있지요. 그렇기 때문에 그는 '나는 가장 낮은 문지기에 불과합니다'라고 말한 거지요. 그는 의무를 수행함에 있어서도 동정을 하거나 화를 내지도 않습니다. 그렇기 때문에 시골 사람은 잦은 간청으로 문지기를 피곤하게 만든다고 그에 대해 언급되고 있는 겁니다. 그는 수다스럽지 않습니다. 그렇기 때문에 그는 여러 해가 지나는 동안 건성으로 하는 질문만 했던 것입니다. 그리고 그는 매수되지도 않습니다. 그렇기 때문에 그는 선물에 대해서 '내가 받는 것은 당신이 무엇인가 소홀히 했다는 생각이 들지 않도록 하기 위해서일 뿐이라네'라고 말하지요. 끝으로 커다란 매부리코와 길고 가느다란 타타르족의 검은 수염이 난 그의 외모 역시 꼼꼼한 성격을 암시해주는 겁니다. 그 이상 의무에 더 충실한 문지기가 있을까요? 그렇지만 문지기에게는 또 다른 특성도 섞여 있습니다. 그것은 입장을 바라는 사람에게는 아주 유리한 것이며 또한 그것은 그가 앞으로의 입장 가능성을 암시해줌으로써 자기 의무를 어느 정도는 넘어설 수 있음을 끊임없이 이해시키고 있는 것입니다. 즉 그가 약간 단순하고, 따라서 약간 자부심이 강하다는 것은 부인할 수 없습니다. 비록 자신의 힘과 다른 문지기들의 힘 그리고 그도 견디기 힘든 그들 문지기들의 모습 등에 관한 그의 발언들이 ― 나로서는 이 모든 발언들 자체가 옳다고 생각하지만 ― 옳다 해도 그가 그런 발언을 하는 방식은 그의 견해가 단순성과 자부심으로 흐려져 있음을 말해주고 있는 것입니다. 이 점에 대해서 해석자들은 '어떤 일을 옳게 파악하는 것과 그 일을 잘못 이해하는 것은 서로 완전히 상반되는 것은 아니다' 라고 말합니다. 어쨌든 그런 단순성이나 자부심은 비록 사소하게 드러나기는 하지만, 입구를 지키는 일을 약화시키는 것이라고 보아야 합니다. 그것이 문지기 성격의 허점이지요. 게다가 문지기는 천성적으로 친절한 것 같다는 것입니다. 그는 언제나 철저하게 관리의 자세를 지니고 있는 것은 아닙니다. 시골 사람에게 들어가는 것이 엄연히 금지되어 있는데도 처음 순간부터 곧바로 그는 입장을 권하는 농담을 했습니다. 그러고는 그를 쫓아버리지 않고 글에 씌어 있는 대로 걸상을 내주고 문 옆에 앉게 했습니다. 그가 수년간 내내 시골 사람의 청을 참아낸 인내심, 간단한 심문, 선물을 받은 일, 시골 사람이 문지기를 그곳에 세워둔 것이 불행한 돌발적인 사건을 조장케 한 것이라고 자기 곁에서 큰 소리로 저주하도록 내버려두는 고결한 마음씨 ― 이 모든 것은 동정심에서 촉발된 것이지요. 모든 문지기가 그렇게 행동하지는 않았을 것입니다. 그리고 마지막에 그는 시골 사람의 눈짓에 따라 몸을 수그리고 마지막 질문을 할 기회를 주었지요. 인내심이 약해졌다는 것이 ― 문지기는 모든 게 끝나가고 있음을 알고 있지요 ― '자넨 끈질기기도 하군' 이라는 말로 나타나고 있습니다. 어떤 사람들은 이런 식의 해석에서 한 걸음 더 나아가 '자넨 끈질기기도 하군'이라는 말은 물론 얕보는 뜻이 없진 않지만 일종의 다정한 경탄의 표현이라고 생각하지요. 어쨌든 문지기란 인물은 당신이 생각하는 것과는 다릅니다." "신부님은 이 이야기를 저보다 더 자세히, 그리고 오래전부터 알고 계시지 않습니까." 카가 말했다. 그들은 잠시 동안 아무 말도 하지 않았다. 그때 카가 말했다. "그러니까 신부님은 시골 사람이 속임을 당하지 않았다고 생각하시는군요?" "날 오해하지 마십시오." 신부가 말했다. "나는 그것에 관한 여러 가지 의견들을 당신에게 전할 뿐입니다. 그런 의견들에 대해 너무 신경 쓸 필요는 없습니다. 그 글은 변하지 않는 것이고, 그 의견들은 그 글에 대한 절망의 한 가지 표현일 때가 많습니다. 이 경우 문지기야말로 속임을 당한 사람이라는 의견까지 있습니다." "그것은 지나친 의견이군요." 카가 말했다. "그건 어디에 근거를 둔 것인가요?" "그 근거는," 신부가 대답했다. "문지기의 단순성에 있다고 보는 겁니다. 그는 법의 내부에 대해서는 모르고 문 앞에서 늘 반복해서 왔다 갔다 하는 길만 알 뿐이라는 것입니다. 그가 내부에 대해서 갖고 있는 생각이라는 것은 유치한 것이며, 그가 시골 사람에게 두려움을 주려고 하는 것에 대해서 자기 스스로도 두려움을 갖고 있다는 것입니다. 그렇습니다. 문지기는 시골 사람보다 더 두려워하고 있습니다. 시골 사람은 내부에 있는 문지기가 무섭다는 얘기를 듣고서도 그저 들어가려고만 하는데, 반면에 문지기는 들어갈 생각이 없습니다. 적어도 그 점에 대해서는 어떤 의사도 볼 수 없다는 것입니다. 다른 사람들은 문지기가 내부에 틀림없이 들어간 적이 있을 것이라고 말합니다. 왜냐하면 그는 법에 봉사하도록 채용되었던 것이며, 그 채용은 내부에서만 일어날 수 있기 때문이라는 겁니다. 이에 대한 다른 답변으로는 그가 비록 내부로부터의 부름을 받아 문지기가 되었다 하더라도 세 번째 문지기를 보기만 해도 더 이상 참을 수 없어하는 것을 보면 적어도 내부 깊숙이 있어 본 적이 없을 거라는 것입니다. 게다가 여러 해가 지나는 동안 그가 다른 문지기들에 대한 언급 이외에는 내부에 대한 무엇인가를 얘기했다는 보고 역시 없다는 것입니다. 그런 일이 그에겐 금지될 수도 있겠지만, 그런 금지에 대해서도 그는 아무것도 얘기한 적이 없다는 것입니다. 이런 모든 것으로 미루어볼 때 그는 내부의 모양이나 의미에 대해서는 아무것도 알지 못하며, 거기에 대해서 착각하고 있다는 결론에 이르게 됩니다. 그리고 그는 또한 시골 사람에 대해서도 착각하고 있다는 의견이 있습니다. 왜냐하면 자신이 시골 사람에게 예속되어 있는데도 그것을 모르고 있기 때문이라는 것입니다. 그가 시골 사람을 예속된 사람으로 취급하고 있다는 사실은 당신이 아직도 기억하리라 생각되는 많은 점들을 통해서 알 수가 있지요. 이 견해에 따르자면 그가 시골 사람에게 예속되어 있다는 것은 사실 분명하다는 것입니다. 무엇보다도 자유로운 사람은 얽매여 있는 사람보다는 높은 위치에 있는 법이니까요. 사실 그 사람은 자유롭습니다. 그가 원하는 곳이면 어디든 갈 수 있습니다. 그에게는 단지 법에로의 입장만이 금지되어 있을 뿐이지요. 그리고 그것도 단지 한 사람, 즉 문지기에 의해서 금지당하고 있는 거지요. 시골 사람이 문 옆의 걸상에 앉아 일생 동안을 거기에 머물러 있었던 것은 자유의사에 의한 것이며, 강요에 대해서는 전혀 얘기가 없습니다. 그와 반대로 문지기는 직무상 자기 자리에 얽매여 있으며, 자리를 떠나서 외부로 나갈 수도 없습니다. 그리고 겉으로 보건대 그가 아무리 들어가고 싶어도 내부로도 들어갈 수가 없습니다. 그 외에도 비록 그가 법에 종사하고 있기는 하지만 단지 그 문을 위해, 그러니까 그 문으로 들어가기로 정해져 있는 시골 사람만을 위해서 봉사할 뿐이지요. 이런 관점에서 보아도 그는 시골 사람에게 예속되어 있는 것입니다. 그는 여러 해 동안, 즉 성인 시절의 전부를 어떤 의미에서는 그저 공허한 일에 보낸 거라고 볼 수도 있지요. 왜냐하면 어떤 시골 사람이, 그러니까 어떤 성인 남자가 오니까 문지기는 자기 목표가 달성될 때까지 오랫동안 기다려야 했으며, 게다가 시골 사람은 자발적으로 와 있는 것이기 때문에 그 사람이 임의로 거기 있는 동안에는 계속 기다려야만 했으니까 그렇다는 것입니다. 그리고 임무가 끝나려면 시골 사람의 삶이 끝나야 하니까 그는 결국 그 마지막까지 시골 사람에게 예속되어 있다는 것입니다. 그리고 이 모든 점에 대해서 문지기가 아무것도 모르는 것 같다는 말이 거듭 강조되고 있습니다. 그러나 그 말은 주목할 만한 것이 못 됩니다. 왜냐하면 이런 의견에 따르자면 문지기는 자기 직무와 관계되는 일에 있어서 훨씬 더 심각한 착각에 빠져 있는 게 되니까 말입니다. 즉 그는 맨 마지막에 법의 입구에 대한 언급에서 '이제 가서 문을 닫아야겠네'라고 말하고 있는데 서두에서는 법의 문이 항상 열려 있다고 되어 있습니다. 만약에 그 문이 항상 열려 있다면, 그러니까 그 문이 지정되어 있는 그 시골 사람의 생애와도 무관하게 항상 열려 있는 것이라면, 문지기 역시 그 문을 닫을 수 없는 것이지요. 거기에 대해서는 의견이 분분합니다. 문지기가 문을 닫겠다고 한 것은 단지 대답을 준 것에 불과하다는 의견과 그것은 자기 직무를 강조한 것이라는 의견과 그것은 시골 사람을 마지막 순간에 후회와 슬픔에 빠뜨리려는 의도였다는 의견이 있습니다. 그러나 그 문지기도 역시 그 문을 닫을 수 없다는 점에서는 많은 사람들의 의견이 일치합니다. 게다가 그들은 문지기가 적어도 맨 마지막 부분에서는 아는 것에 있어서 시골 사람보다 낮은 위치에 있다고 믿고 있다는 것입니다. 왜냐하면 시골 사람은 법의 문에서 비쳐 나오는 광휘를 본 반면에 문지기는 원래 그 문에 등을 돌리고 서 있을 것이며, 또한

소송 237

그의 어떤 말에서도 그런 변화를 보았다는 언급이 없기 때문이라는 것입니다." "훌륭한 설명이군요." 카가 말했다. 그는 신부가 설명한 말의 구절들을 하나하나 낮은 목소리로 되풀이했다. "저도 지금은 문지기가 착각한 것이라고 믿습니다. 그렇다고 해서 제가 앞서 의견을 포기한 것은 아닙니다. 왜냐하면 두 의견이 부분적으로는 일치하니까요. 문지기가 명확히 보고 있는지 아니면 착각하고 있는지는 중대하지 않습니다. 저는 시골 사람이 착각하고 있다고 말했지요. 만약에 문지기가 명확하게 보고 있다면 그 말에 대해 의심할 수 있을 겁니다. 그러나 만약에 문지기가 착각했다면 그의 착각이 시골 사람에게도 필시 전달되었을 것입니다. 그렇다면 문지기는 사기꾼은 아니지만 지나치게 단순하기 때문에 그 일자리에서 즉시 쫓겨날 사람이 되지요. 신부님께서는 문지기가 빠져 있는 착각이 자신에게는 아무런 해를 입히지 않지만, 시골 사람에게는 막대한 해를 입힌다는 것을 생각하셔야 합니다." "당신은 여기에서 반대 의견에 부딪히게 됩니다." 신부가 말했다. "즉 많은 사람들이 말하기를 그 이야기는 어느 누구에게도 문지기에 대해 판단할 권한을 주지 않는다는 것입니다. 그가 우리에게 어떻게 보이든 그는 역시 법에 종사하는 사람이고, 그러니까 법에 속해 있는 사람이며, 따라서 인간적인 판단을 벗어나 있다는 것입니다. 그렇게 본다면 문지기가 시골 사람에게 예속되어 있다는 것도 믿어서는 안 되는 거지요. 자기 직무 때문에 단지 법의 문에 얽매여 있다는 것은 세상에서 자유롭게 산다는 것과 비교할 수 없을 정도로 더 뜻이 있는 것이지요. 시골 사람이 비로소 법으로 들어가기 위해서 오지만 문지기는 이미 거기에 있는 것이지요. 문지기는 법에 의해서 임무를 받은 것이어서 그의 권위를 의심한다는 것은 법을 의심하는 것이 되지요." "그런 의견에 저는 동의할 수 없습니다" 하고 카가 고개를 저으면서 말했다. "왜냐하면 그것에 동의한다면 문지기가 말한 것이 모두 진실이라고 생각해야 하니까요. 그러나 그것이 가능하지 않다는 것을 신부님 스스로가 상세하게 설명하셨잖습니까?" "그건 그렇지 않아요." 신부가 말했다. "모든 걸 진실이라고 생각해서는 안 되지요. 그것을 단지 불가피한 것으로 생각해야 합니다." "한심한 생각이군요." 카가 말했다. "허위가 세계 질서가 되고 마는군요."

카가 결론적으로 그렇게 말했지만 그것이 그의 최종 판단은 아니었다. 그는 너무 피곤했기 때문에 그 이야기로부터 나온 모든 추론을 다 파악할 수 없었다. 그 이야기가 그에게 일으킨 온갖 생각들은 생소하고 비현실적이어서 그에게보다는 법원 관리들 회의의 토론 문제로나 더 적합했다. 간단한 이야기가 모호하게 되어버렸기 때문에 그는 그것을 머리에서 털어버리고 싶었다. 그리고 지금 커다란 온정을 보이고 있는 신부는 카가 그렇게 말하도록 참아주고 사실 카의 말이 자기 의견과 맞지 않는데도 묵묵히 받아들였다.

두 사람은 잠시 아무 말도 없이 걸어갔다. 어두워서 자기가 어디에 있는지 분간할 수가 없었기 때문에 카는 신부 옆에 바짝 붙어서 갔다. 그의 손에 있던 전등은 이미 오래전에 꺼져버렸다. 한번은 그의 바로 앞에서 은빛 성자의 입상이 반짝이더니 곧 어둠 속으로 사라지고 말았다. 신부에게만 완전히 의지하지 않으려고 카는 이렇게 물었다. "지금 우리는 중앙 출입구 부근에 있지 않나요?" "아닙니다." 신부가 말했다. "우리는 거기에서 멀리 떨어져 있습니다. 벌써 가시려고요?" 그때 그럴 생각은 없었지만 카는 얼른 이렇게 대답했다. "물론 전 가야 합니다. 저는 어느 은행의 대리입니다. 사람들이 절 기다리고 있습니다. 제가 여기에 온 것은 단지 어느 외국인 사업 동료에게 성당을 안내하기 위해서였습니다." "그러면" 하고 신부가 말하고는 손을 내밀었다. "그럼 가보십시오." "그렇지만 어두워서 혼자는 찾을 수가 없습니다." 카가 말했다. "왼쪽 벽으로 가십시오." 신부가 말했다. "그 벽을 떠나지 말고 계속 따라가기만 하면 출구가 나올 겁니다." 신부가 겨우 몇 걸음 옮기기도 전에 카가 큰 소리로 외쳤다. "좀 기다려주세요." "기다리지요." 신부가 말했다. "저에게 원하시는 게 없는지요?" 하고 카가 물었다. "없습니다." 신부가 말했다. "아까는 저에게 그렇게 친절하셨고," 카가 말했다. "모든 것을 설명해주시더니 이젠 저한테 아무 관심도 없으신 것처럼 절 혼자 가게 하시는군요." "하지만 가야 한다면서요." 신부가 말했다. "네, 그렇습니다." 카가 말했다. "그럴 수밖에 없다는 것을 알아주세요." "당신은 내가 누구인지 먼저 알아야 해요." 신부가 말했다. "당신은 교도소 신부이지요." 카가 말하고는 신부에게로 다가갔다. 은행으로 금방 돌아가야 한다는 것이 그가 말했던 것만큼 그렇게 필요한 것은 아니었다. 그는 여기에 더 머물러도 좋을 것 같았다. "그러니까 난 법원에 속해 있습니다." 신부가 말했다. "그러니 내가 당신에게 요구할 게 뭐 있겠습니까. 법원은 당신에게서 아무것도 원치 않습니다. 당신이 오면 받아들이고, 당신이 가면 내버려둘 뿐입니다."

종말*

    카의 서른한 번째 생일 전날 저녁에 ─ 저녁 아홉 시경 거리가 조용한 시간이었다 ─ 두 남자가 그의 집으로 찾아왔다. 그들은 프록코트를 입고, 창백하고 살이 쪘으며, 실크 모자를 고정시킨 듯이 푹 눌러쓰고 있었다. 누가 먼저 들어가느냐를 두고 현관문에서 간단한 의례적인 말을 하더니, 카의 방문 앞에서는 그런 의례적인 말을 요란하게 되풀이했다. 그들의 방문이 통지되지 않았을 텐데도 카는 그네들과 마찬가지로 검은 옷을 입고 문 가까이에 있는 의자에 앉아 손님을 기다리는 태도로 손가락에 꼭 끼는 새 장갑을 천천히 끼고 있었다. 그는 곧 일어나 그들을 호기심에 찬 눈으로 쳐다보았다. "그러니까 저 때문에 오셨군요?" 카가 물었다. 그들은 고개를 끄덕이더니 손에 든 실크 모자로 서로 상대방을 가리켰다. 카는 다른 사람이 찾아오리라 기대했었노라고 스스로 실토했다. 그는 창가로 가서 어두운 거리를 다시 한 번 내다보았다. 맞은편 길가에 있는 집 창문들은 거의 모두가 아직 컴컴했고, 많은 창문들에는 커튼이 내려져 있었다. 그 건물의 어느 불 켜진 창문의 창살 뒤에서는 두 명의 작은 어린아이들이 함께 놀고 있었는데, 아직은 자기 자리에서 움직일 수 없는 아이들이었기 때문에 고사리 손으로 서로를 향해 더듬거릴 뿐이었다. '삼류급의 늙은 배우들을 나에게 보냈군.' 카가 중얼거리고는 그것을 다시 한 번 확인하기 위해서 돌아다보았

---

  * 막스 브로트판에서는 이 「종말」이 마지막 장인 제10장으로 되어 있다.

다. '날 싸구려로 처리하려고 하는군.' 카가 갑자기 그들을 향하더니 이렇게 물었다. "당신들은 어느 극장에 출연하시나요?" "극장이라고요?" 입 언저리를 실룩거리면서 한쪽 남자가 다른 쪽 남자에게 조언을 구하려고 이렇게 물었다. 다른 쪽 남자는 마치 뜻대로 되지 않는 자기 몸과 싸우는 벙어리처럼 행동했다. "이네들은 질문을 받을 준비가 안 되어 있군." 카가 혼자 말하고는 모자를 가지러 갔다.

계단에서 그들은 벌써 카의 팔을 끼려고 했다. 그러나 카가 이렇게 말했다. "길에 나가서나 그러시오. 난 환자가 아니란 말이오." 그러나 집문 밖으로 나서자마자 그들은 카의 팔을 끼었는데, 그 팔 끼는 방식은 카가 어떤 누구한테서도 겪어본 적이 없는 것이었다. 그들은 카의 어깨 뒤에 자기 어깨들을 밀착시키고 팔을 꺾지 않고 쭉 펴서 카의 팔 전체를 휘감았다. 밑으로는 그들이 카의 양손을 요령 있고 숙련되게 반항하지 못하도록 잡았다. 카는 몸을 뻣뻣하게 편 채 그들 사이에 끼여서 걸어갔다. 그들 세 사람은 이제 한 덩어리가 되었는데, 그것은 누가 그들 중 한 사람을 때려눕힌다면 세 사람 모두가 쓰러질 정도였다. 무생물이 아니면 거의 형성될 수 없는 그런 한 덩어리였다.

그렇게 꼭 붙어서 갔기 때문에 옆 사람을 보는 것이 무척 어렵긴 했지만, 가로등 밑을 지나갈 때마다 카는 자기 동반자들을 어둑어둑한 자기 방에서보다 더 똑똑히 보려고 몇 번씩이나 애썼다. 아마 테너 가수인지도 모르지. 그들의 묵직한 이중 턱을 바라보면서 그는 이렇게 생각했다. 그들의 말쑥한 얼굴을 보자 카는 구역질이 날 지경이었다. 그리고 그들의 희멀건 손으로 눈초리를 비비고 윗입술을 문지르고 턱의 주름살을 긁어 펴고 있는 것이 또렷하게 보였다.

이런 것을 보고 카가 걸음을 멈추자 다른 사람들도 따라서 걸음을 멈추었다. 그들은 화단으로 꾸며진, 텅 비고 인적이 없는 어느 광장 주변에 와 있었다. "어째서 하필 당신들을 보냈는지 모르겠군요!" 묻는다기보다는 오히려 외치듯 카가 말했다. 그들은 무슨 대답을 해야 할지 모르는 듯했다. 그들은 환자가 쉬려 할 때 간호사가 그러는 것처럼 빈 팔을 늘어뜨린 채 기다리고 있었다. "더 이상 가지 않겠습니다." 카는 그들의 마음을 떠보느라고 이렇게 말했다. 그런 말에 대해서 그들은 대꾸할 필요가 없었다. 그들은 잡고 있던 손을 늦추지 않고 카를 그곳에서 끌고 가려고 했다. 그러나 카는 저항했다. '더 이상 많은 힘을 쓸 필요가 없을 테니 지금 모든 힘을 다 써야겠군.' 그는 생각했다. 갑자기 머릿속에 끈끈이 막대에서 떨어져 나가려고 다리가 찢어지도록 안간힘을 쓰는 파리가 떠올랐다. '이 양반들 힘 좀 들어보라지.'

이때 광장으로 통하는 작은 계단 위에 있는 그들 앞의 좀 낮은 길에서 뷔르스트너 양이 올라오고 있었다. 그녀였는지는 확실치 않았으나 분명 유사한 점이 많았다. 그러나 그것이 분명 뷔르스트너 양인지 아닌지는 카한테 전혀 중요하지 않았다. 그는 저항해보았자 아무 소용이 없다는 것을 곧 알게 되었다. 그가 저항하고, 그 사람들을 애먹게 하고, 항거하면서 삶의 마지막 현상을 즐기려고 애써보았자 그것은 결코 영웅적인 것은 아니었다. 그는 걷기 시작했다. 그것으로 인해 그들이 기뻐하자 그 자신도 얼마쯤은 기뻤다. 이제 그들은 그가 길 방향을 잡는 것에 대해 묵인했다. 그는 그들 앞쪽에서 뷔르스트너 양이 가는 길을 따라 방향을 정했다. 그렇게 한 것은 그녀를 쫓아가고 싶어서도 아니고 될 수 있는 대로 오래도록 그녀를 보고 싶어서도 아니며 단지 그녀의 출현이 그에게 의미하는 훈계를 잊지 않기 위해서였다. "지금 내가 할 수 있는 유일한 일은" 하고 그는 중얼거렸다. 자기 발걸음과 다른 두 사람의 발걸음이 꼭 들어맞는 것이 그의 생각을 뒷받침해주었다. "지금 내가 할 수 있는 유일한 일은 끝까지 침착하게 정리할 수 있는 이성을 유지하는 것이다. 난 항상 스무 개의 손을 가지고 세상에 덤벼들려고 했으며, 더구나 인정할 만한 목적도 없이 그랬던 거야. 그건 옳지 않았지. 일 년에 걸친 소송도 나에게 아무것도 가르쳐줄 수 없었음을 이제 보여주어야 한단 말인가? 난 우둔한 인간으로서 이 세상을 하직해야만 하는 걸까? 나는 소송이 시작될 때 그것을 끝내려고 했으며 소송이 끝나가는 지금 그것을 다시 시작하려고 한다고 세상 사람들의 시빗거리가 되어도 좋단 말인가? 나는 세상 사람들이 그렇게 말하는 것을 원치 않는다. 이 반벙어리의 아무것도 모르는 자들로 하여금 이 길을 가는 나와 동행하게 해주고, 그리고 필요한 것을 나 스스로에게 말하도록 내버려둔 것은 고마운 일이다."

뷔르스트너 양은 그 사이에 옆길로 접어들었다. 그러나 이제는 그녀가 없어도 괜찮기 때문에 카는 자기 동반자들이 하는 대로 따랐다. 이제 세 사람은 완전히 한마음이 되어 달빛이 비치는 다리 위로 갔다. 카가 조금만 움직여도 그 남자들은 기꺼이 따라주었다. 카가 난간 쪽으로 조금 몸을 돌리자 그들도 역시 그쪽으로 몸 전체를 돌렸다. 달빛에 반짝이며 떨고 있는 강물이 작은 섬을 중심으로 양쪽으로 갈라져 있었다. 그 섬에는 나무들과 관목들의 서로 뒤엉켜 있는 듯한 잎사귀들이 수북이 쌓여 있었다. 그 나무들과 관목들 아래로는 지금은 보이지 않지만 편안한 벤치들이 놓여 있는 자갈길이 나 있는데, 여름이면 카는 여러 번 그 벤치 위에 몸을 쭉 피고 누워 있기도 했었다. "전 멈추려는 게 아닙니다." 카는 멈추려는 동행자의 관대한 태도가 부끄러워서 이렇게 말했다. 카의 등 뒤에서 한 사람이 다른 사람에게 공연히 발걸음을 멈추려고 한 것에 대해서 부드럽게 꾸짖는 것 같았다. 그런 후에 그들은.계속 걸어갔다.

그들은 몇 개의 오르막길을 지나갔다. 그 길 여기저기에는 경찰들이 때로는 멀리에 때로는 아주 가까이에 서 있거나 걸어갔다. 덥수룩한 코밑수염을 한 경찰 한 사람이 칼집에 손을 댄 채 아무래도 수상한 점이 있어 보이는 이들 일행에게로 의도가 있는 듯이 가까이 걸어왔다. 두 남자는 걸음을 멈추었다. 경찰이 막 입을 열려는 것 같아 보이자 카가 억지로 두 남자를 앞으로 끌고 갔다. 혹시 경찰이 따라오지나 않나 해서 그는 자주 조심스럽게 뒤를 돌아보았다. 그들과 경찰 사이에 있는 모퉁이에 이르자 카는 달리기 시작했다. 두 남자들도 숨을 헐떡거리며 함께 달리지 않을 수 없었다.

그들은 빨리 도시를 벗어났다. 그들이 가고 있는 방향으로는 도시가 중간지대 없이 곧장 들과 이어졌다. 방치되어 못 쓰게 된 작은 채석장 하나가 아직도 완전한 도시풍을 띠고 있는 집 가까이에 놓여 있었다. 이곳이 애초부터 그들의 목적지였는지, 아니면 더 걸어갈 수 없을 정도로 너무 지쳐서인지 두 남자는 여기에서 걸음을 멈추었다. 이제야 그들은 말없이 기다리고 있던 카를 놓아주었다. 그들은 실크 모자를 벗은 다음 손수건으로 이마의 땀을 닦으면서 채석장 안을 둘러보았다. 다른 빛에서는 찾아볼 수 없는 자연스러움과 고요함이 담긴 달빛이 사방을 비추고 있었다.

누가 다음 임무를 수행할 것인지에 대해 인사치레로 몇 마디 말을 나눈 후 — 두 남자는 임무를 분담하지 않았던 모양이었다 — 한 사람이 카에게로 다가와 그의 상의와 조끼 그리고 나중엔 내복까지 벗겼다. 카가 자기도 모르게 몸을 떨자 한 남자가 안심시키려는 듯이 그의 등을 가볍게 쳤다. 그런 다음 그는 당장은 아니지만 언젠가는 사용할 때가 있다는 듯이 카의 물건을 꼼꼼하게 개어놓았다. 카를 세워둔 채 계속 차가운 밤공기를 쐬지 않도록 하기 위해서 그는 카의 팔 아래를 끼고서 잠시 이리저리 걸었다. 그러는 동안에 다른 남자는 채석장에서 적당한 장소를 찾고 있었다. 그가 적당한 장소를 찾고 나서 눈짓을 하자 다른 남자가 카를 데리고 그리로 갔다. 돌이 부서져 내린 벼랑 근처였는데, 거기에 쪼개진 돌 하나가 놓여 있었다. 두 남자는 카를 땅에 앉힌 다음 그의 몸을 그 돌에 기대어놓고 머리를 그 위에 얹게 했다. 그들이 갖은 애를 쓰고 카가 아무리 시키는 대로 하려고 해도 그의 자세는 아주 어색하고 부자연스러웠다. 그렇기 때문에 한 남자가 다른 남자에게 카를 앉히는 일을 잠시 자기에게 맡겨보라고 했으며, 실제 그렇게 했으나 역시 나아진 게 없었다. 결국 그들은 카를 어떤 자세로 앉혀놓긴 했지만 그것은 앞서 이루어진 여러 가지 자세 중에서 제일 나은 것은 아니었다. 그러자 한 남자가 프록코트를 열더니 조끼에 꼭 끼게 맨 혁대에 달린 칼집에서 양쪽으로 날이 선 길고 얄팍한 푸줏간 칼을 꺼내 높이 쳐들고 날을 달빛에 비춰보았다. 또다시 불쾌한 인사치레 말이 시작되었다. 한 사람이 카 너머로 다른 사람에게 칼을 넘겨주더니, 그 다른 사람은 다시 카 너머로 그 칼을 되돌려주었다. 카는 자기 위로 손에서 손으로 오가는 칼을 스스로 잡아 자기를 찌르는 것이 자기의 의무일 거라는 것을 잘 알고 있었다. 그러나 그는 그렇게 하지 않고 아직은 자유롭게 움직일 수 있는 목을 돌려서 주위를 살펴보았다. 그는 스스로를 완전히 입증해 보일 수도 없었고, 당국으로부터 모든 일을 제거할 수도 없었다. 이러한 마지막 과오에 대한 책임은 그런 행동에 필요한 힘의 여분을 포기한 자가 져야 할 것이다. 카의 시선은 채석장과 경계를 이루고 있는 집의 맨 위층에 가 닿았다. 불빛이 번쩍이듯이 어느 창의 양쪽 문이 활짝 열리더니, 그 거리와 그 높이에서는 약하고 마르게 보이는 어떤 사람이 불쑥 앞으로 몸을 굽히고 더욱 앞으로 팔을 뻗었다. 누구일까? 친구일까? 착한 사람일까? 동정하고 있는 사람일까? 도우려는 사람일까? 그것은 한 개인일까? 모든 사람일까? 아직도 도움이 있을까? 잊었던 항변이라도 있는 걸까? 물론 그런 것이 있다. 아무리 확고부동한 논리라 할지라도 그것은 살고자 하는 사람에겐 저항하지 못한다. 한번도 보지 못했던 판사는 어디에 있는가? 결코 가보지 못했던 상급 법원은 어디에 있는가? 그는 두 손을 쳐들고 모든 손가락을 쭉 폈다.

그러나 카의 목구멍에 한쪽 남자의 양손이 놓이고 다른 남자는 칼로 그의 심장을 찌르고는 거기를 두 번이나 돌렸다. 흐려져가는 눈으로 카는 두 남자가 바로 자기 눈앞에서 뺨과 뺨을 맞대고 종말을 바라보고 있는 것을 보았다. "개 같군." 그가 말했다. 그가 죽은 후에는 치욕만이 남아 있을 것 같았다.

미완성된 장들[*]

*   막스 브로트판의 미완성 장에는 「B의 여자친구」, 「엘자에게로」, 「어머니에게로 가는 길」, 「검
사」, 「관청」, 「차장과의 싸움」, 「단편斷片」순으로 구성되어 있다.

B의 여자 친구[*]

그 이후 카는 뷔르스트너 양과 몇 마디 말도 나눌 수 없었다. 그는 그녀에게 접근하기 위해서 여러 가지 방법을 시도했지만 그녀는 항상 그것을 잘도 피해나갔다. 그는 사무실 일이 끝나기가 무섭게 집으로 돌아와 불도 켜지 않은 채 자기 방 소파에 앉아 오직 문간방만 바라보고 있었다. 하녀가 지나가다가 비어 있는 듯 보이는 그 방의 문을 닫아놓으면 그는 잠시 뒤에 일어나서 문을 다시 열어놓았다. 아침이면 그는 평소보다 한 시간 일찍 일어났는데, 뷔르스트너 양이 출근할 때 혼자 만날 수 있지 않을까 해서였다. 그러나 그런 시도는 한 번도 성공하지 못했다. 그러고 나서 그는 그녀의 사무실과 집으로 편지를 썼다. 편지에서 그는 다시 한 번 자신의 태도를 정당화하고자 애를 썼으며, 어떤 보상에도 응하겠노라고 밝히고, 그녀가 자기에게 설정한 경계선은 결코 넘지 않겠다고 약속하고, 제발 한번 만나 이야기할 기회를 달라고 간청했다. 특히 그가 그녀와 먼저 상의하지 않고서는 그루바흐 부인과도 아무것도 할 수 없기 때문이라 했다. 그래서 결국 그는 편지에 다음 일요일에 온종일 방에서 그녀의 소식을 기다리겠으니 그녀가 그의 요청을 받아들일 수 있을지 그 여부를 알려주거나 아니면 그가 모든 면에서 그녀의 처분에 따르겠다고 약속을 했는데도 어째서 그 요청을 받아들일 수

---

[*] 막스 브로트판 『소송』에서는 「뷔르스트너 양의 여자친구」라는 제목으로 이 미완성 원고가 4장으로 들어가 있다.

없는지 그 이유를 적어도 밝혀주어야 한다는 것을 전달했다. 편지는 되돌아오지 않았지만 회답 역시 없었다. 그 대신 일요일이 되자 그 뜻이 명백한 어떤 조짐이 보였다. 그날 아침에 바로 카는 열쇠구멍을 통해 문간방에서 어떤 특이한 움직임을 보았는데, 그것이 무엇인지 곧 밝혀졌다. 지금까지 다른 방에서 살았던 프랑스어 여교사가 뷔르스트너 양의 방으로 이사를 가고 있었다. 그녀는 독일 여자로 이름은 몬타크였는데, 연약한 몸에 창백한 얼굴에 다리를 약간 저는 처녀였다. 그녀가 발을 질질 끌면서 문간방을 지나가는 게 몇 시간 동안이나 보였다. 내복이나 혹은 작은 덮개나 책 같은 것을 거듭 잊어버려서 따로 가져와 새 방으로 옮겨놓곤 했다.

그루바흐 부인이 카에게 아침식사를 가져오자 — 그녀는 카를 그토록 화나게 한 이후로는 사소한 시중까지도 하녀에게 맡기지 않았다 — 그는 닷새 만에 처음으로 그녀에게 말을 걸지 않을 수 없었다. "문간방이 오늘따라 왜 저렇게 시끄럽지요?" 그가 커피를 따르면서 물었다. "그만둘 수 없을까요? 하필 일요일에 꼭 청소를 해야 되나요?" 카는 그루바흐 부인을 쳐다보지 않았지만 그녀가 안도의 숨을 내쉬는 것을 느꼈다. 카의 이 무뚝뚝한 질문조차도 그녀는 용서 또는 용서의 시작으로 이해했다. "청소하는 게 아니에요, 카 씨." 그녀가 말했다. "그저 몬타크 양이 뷔르스트너 양한테로 이사하는 것이고 짐을 옮기는 중이에요." 그녀는 더 이상 말하지 않고 카가 그것을 어떻게 받아들이는지, 그리고 자기가 계속 말을 해도 될지 어떨지 기다리고 있었다. 그러나 카는 스푼으로 커피를 신중하게 젓고 말을 하지 않은 채 그녀를 떠보았다. 그런 다음 그녀를 쳐다보며 이렇게 말했다. "뷔르스트너 양에게 전에 가지셨던 의심은 이젠 버리셨겠지요?" "카 씨." 그 질문만을 기다렸던 그루바흐 부인이 이렇게 외치더니, 합장한 손을 카에게 내밀었다. "최근 카

씨께서는 제가 지나가는 말로 한 것을 너무나 심각하게 받아들이셨어요. 저는 카 씨든 누구든 마음 아프게 할 생각은 전혀 없었어요. 카 씨께서는 벌써 오래전부터 절 알고 계시니까 그걸 믿으실 거예요. 제가 요즘 얼마나 괴로웠는지 전혀 알지 못하실 거예요! 제가 하숙하는 사람들을 험담하겠어요! 그런데 카 씨는 제가 그런 사람이라고 믿으셨지요. 그리고 제가 카 씨를 내보낼 거라고 말씀하셨지요. 당신을 내보낼 거라고요!" 그 마지막 외침 소리는 눈물 때문에 이미 막히고 있었다. 그녀는 앞치마를 얼굴로 올리더니 큰 소리로 흐느껴 울었다.

"울지 마세요, 그루바흐 부인!" 카가 말하고는 창밖을 내다보았다. 그는 뷔르스트너 양에 대해서만 생각했는데, 특히 그녀가 낯선 여자를 방으로 불러들였다는 것에 대해 생각했다. "제발 울지 마세요"라고 또 한 번 말하면서 그는 방 안쪽으로 돌아섰는데, 그루바흐 부인은 여전히 울고 있었다. "저도 그때 나쁜 뜻으로 그런 말을 한 것은 아닙니다. 우리는 서로 오해한 겁니다. 오랜 친구 사이에서도 일어날 수 있는 일이지요." 그루바흐 부인은 카가 정말로 용서해주고 있는지를 보기 위해서 앞치마를 눈 아래로 치웠다. "그럼요, 사실 그렇습니다." 카가 말했다. 그루바흐 부인의 태도로 보아 대위가 아무 말도 안 한 것 같다는 생각이 들었기 때문에 그는 말을 덧붙일 용기가 났다. "당신은 정말 제가 낯선 아가씨 때문에 당신과 원수가 될 거라고 생각하십니까?" "바로 그거예요. 카 씨." 그루바흐 부인이 말했다. 그녀가 어쨌든 마음이 좀 풀리자 금방 당치도 않은 말을 한 것이 그녀를 위해선 불행한 일이었다. "전 항상 스스로에게 묻곤 했지요. 어째서 카 씨가 뷔르스트너 양에 대해서 그렇게 염려를 하시는가 말이에요. 그리고 카 씨로부터 불쾌한 말만 들으면 제가 잠을 못 이루는 것을 알면서도 왜 그 여자 때문에 저와 다

투시려는 걸까? 하고 말이에요. 전 그 처녀에 대해선 제가 두 눈으로 본 것을 얘기했을 뿐인데요." 카는 이 말에 대해서는 아무 말도 하지 않았다. 그녀가 처음 말을 했을 때 이미 그녀를 방에서 내쫓았어야 옳았을 것이다. 그러나 그는 그렇게 하려 하지 않았다. 그는 커피를 마시면서 그루바흐 부인으로 하여금 거기에 불필요하게 머물러 있다는 것을 깨닫게 하는 것으로 만족하고자 했다. 밖에서는 온 문간방을 가로질러 가는 몬타크 양의 질질 끄는 발걸음 소리가 들려왔다. "들리지요?" 카가 물으면서 손으로 문을 가리켰다. "그래요." 그루바흐 부인은 한숨을 쉬었다. "저도 그녀를 도와주고 싶고, 하녀에게도 도와주라고 시키고 싶어요. 그렇지만 저 여자는 고집이 세서 모두 혼자 옮기겠다는 거예요. 뷔르스트너 양은 이상해요. 전 몬타크 양이 하숙하고 있다는 게 부담스러울 때가 많은데, 뷔르스트너 양은 그 여자를 자기 방으로 불러들이기까지 하니 말이에요." "그런 것까지 당신이 신경 쓸 필요는 없습니다." 카는 잔에 남아 있던 설탕 찌꺼기를 으깨며 말했다. "그렇다고 손해라도 보시나요?" "아녜요." 그루바흐 부인이 말했다. "그 자체로서는 아주 환영할 만한 일이지요. 방이 하나 비게 되니까 대위인 제 조카에게 그곳을 쓰게 할 수 있으니까요. 저는 조카를 거실 옆에서 지내게 했던 지난 얼마 동안 카 씨에게 방해가 되지 않을까 걱정했어요. 조카는 별로 조심성이 없거든요." "무슨 생각을 하시는 겁니까!" 카가 말하면서 일어섰다. "당치도 않은 말씀입니다. 몬타크 양이 왔다 갔다 하는 것을 —지금 그녀가 다시 돌아오고 있군요— 제가 참지 못한다고 해서 당신은 절 신경과민이라고 생각하는 모양이군요." 그루바흐 부인은 어찌할 바를 몰라 했다. "카 씨, 그 여자더러 남은 이삿짐 나르는 것을 다음에 하라고 할까요? 만약 원하신다면 곧 그렇게 하겠어요." "그렇지만 그 여자는 뷔르스트너 양에게 이사하기로 돼 있잖아요!" 카가 말했다. "그래요." 그루바흐 부인이 말했다. 그녀는 카가 말하는 뜻을 전혀 이해하지 못했다. "자 그렇다면," 카가 말했다. "그녀는 짐을 옮길 수밖에 없지요." 그루바흐 부인은 고개만 끄덕였다. 이 말 없는 속수무책의 태도는 겉보기엔 고집으로밖에 안 보였는데, 그것이 더욱더 카를 화나게 했다. 그는 방 안에서 창가와 문 사이를 왔다 갔다 하기 시작하면서 그루바흐 부인에게 방에서 나갈 기회를 주지 않았는데, 그렇게 하지 않았더라면 그녀는 나가버리고 말았을 것이다.

카가 다시 한 번 문까지 갔을 때 마침 누군가 문을 두드렸다. 하녀였는데, 몬타크 양이 카 씨하고 몇 마디 말을 나누고 싶어 식당에서 기다리고 있으니 그리로 와줬으면 한다는 전갈을 전했다. 카는 하녀의 말을 신중하게 듣더니 거의 경멸하는 듯한 눈길을 한 채 그루바흐 부인 쪽으로 몸을 돌렸다. 그 눈길은 카가 몬타크 양의 초대를 오래전부터 예상했다는 것, 그리고 그 초대는 그가 그루바흐 부인의 하숙하는 사람들로부터 이 일요일 오전에 당해야만 했던 고통과 다분히 관계가 있다는 것을 말해주는 것 같았다. 그는 곧 가겠다는 대답을 해서 하녀를 돌려보낸 다음, 옷장으로 가 상의를 갈아입고는 그 성가신 몬타크 양에 대해 한심스럽다는 듯이 중얼거리고 있는 그루바흐 부인에게 아침 그릇을 치워주면 좋겠다는 말로 대답을 대신했다. "거의 손도 대지 않았군요." 그루바흐 부인이 말했다. "아, 제발 치워주세요." 카가 외쳤다. 어쩐지 몬타크 양이 모든 것에 섞여 있어 입맛 떨어지게 하는 것 같았다.

현관을 지나갈 때 그는 닫혀 있는 뷔르스트너 양의 방문을 쳐다보았다. 그러나 그가 가기로 되어 있는 곳은 그곳이 아니라 식당이었다. 그는 노크도 하지 않고 식당 문을 활짝 열었다.

식당은 매우 길지만 좁다란 창문이 달린 방이었다. 거기는 비좁은 장소였다. 문 옆의 모서리에 두 개의 찬장을 비스듬히 놓을 정도였고, 나머지 공간은 긴 식탁으로 꽉 들어차 있었던 것이다. 식탁은 문 근처에서 시작하여 큰 창문 바로까지 메우고 있어서 그 창문쪽은 접근하기가 거의 어려웠다. 식탁은 이미 차려져 있었는데, 그것도 여러 사람을 위한 것이었다. 일요일엔 거의 모든 하숙인들이 여기서 점심을 먹기 때문이었다.

　카가 들어가자 몬타크 양이 창문에서 식탁 옆을 따라 카 쪽으로 마주 향하여 왔다. 그들은 묵묵히 서로 인사를 했다. 그런 다음 늘 그렇듯이 몬타크 양은 유별나게 머리를 뻣뻣이 쳐들고 이렇게 말했다. "절 아시는지 모르겠군요." 카가 실눈을 하고 그녀를 쳐다보았다. "그럼요." 그가 말했다. "벌써 오래전부터 그루바흐 부인 댁에 사시지 않습니까?" "제 생각이지만, 선생님은 하숙집에 대해서 별로 신경을 쓰시지 않는 것 같아요." 몬타크 양이 말했다. "그래요." 카가 말했다. "앉으시지 않겠어요?" 몬타크 양이 말했다. 두 사람은 묵묵히 식탁 맨 끝에 있는 의자 두 개를 끌어내어 서로 마주 앉았다. 그러나 몬타크 양은 핸드백을 창문턱에 놓아두고 왔기 때문에 곧 다시 일어나서 그것을 가지러 갔다. 그녀는 다리를 질질 끌면서 방 끝까지 갔다. 핸드백을 가볍게 흔들면서 돌아온 그녀가 이렇게 말했다. "전 단지 친구의 부탁으로 몇 말씀 드리려는 거예요. 친구가 몸소 오려고 했지만, 오늘 몸이 좀 좋지 않아요. 그 친구에 대해 양해하시고 친구 대신 제 말씀을 들어주세요. 친구 역시 제가 말씀드리는 이외의 것은 선생님께 말씀드릴 수 없을 거예요. 하지만 그와 반대로 오히려 저니까 더 많이 말씀드릴 수 있다고 생각해요. 제가 비교적 제삼자가 되니까요. 그렇게 생각하지 않으세요?" "무슨 말씀을 하시려는 겁니까?"라고 카가 대답했는데, 그는 줄곧 자기 입술을 향하고 있는 몬타크 양의 눈을 바라보기가 역겨웠다. 그녀는 그렇게 함으로써 이제부터 꺼내려고 하는 말에 대한 기세를 잡으려고 했다. "분명 뷔르스트너 양은 내가 청했던 개인적인 면담을 승낙하지 않으려는 모양이군요." "그래요." 몬타크 양이 말했다. "혹은 전혀 그렇지 않다고 말할 수도 있지요. 선생님은 그것을 이상할 정도로 날카롭게 말씀하시는군요. 일반적으로 면담이란 것은 승낙하는 것도 아니고 거절하는 것도 아닙니다. 그렇지만 면담을 불필요하다고 생각하는 경우도 있을 수 있는데, 이번 경우가 바로 그래요. 선생님의 말씀을 듣고 보니 이제 저도 솔직하게 말할 수 있어요. 선생님은 글로 했든 구두로 했든 어떻든 면담을 청했습니다. 그런데 제가 짐작하기에 제 친구는 그 면담이 무엇에 관한 건지 알고 있으며, 따라서 제 친구는 제가 모르는 이유에서이지만 설령 면담이 실지로 성사된다 하더라도 아무한테도 쓸모가 없다고 확신하고 있다는 거예요. 그 밖에 제 친구는 어제서야, 그것도 지나가는 말처럼 슬쩍 그 얘기를 했는데, 이렇게 말하더군요. 선생님께서는 우연히 그런 생각을 하시게 된 것 같아서 면담은 선생님에게도 그리 중요하지 않을 수도 있으며, 특별한 설명 없이도 그 사건 전체가 무의미한 일이라는 것을 지금이 아니라도 조만간에 알게 될 것이라고요. 전 그 말이 맞을 거라고 대답했고, 문제를 완전히 밝히기 위해서는 선생님에게 명확한 대답을 해드리는 것이 나을 것이라고 대답했지요. 제가 그 임무를 맡겠다고 제안하자 친구는 잠시 망설이다가 제 말에 따랐어요. 제가 선생님 의향에 맞도록 행동했기를 바라요. 왜냐하면 아무리 사소한 일이라도 뭔가 석연치 않으면 항상 마음이 괴로우니까요. 그리고 이 경우처럼 그 석연치 않은 것을 쉽게 제거할 수 있다면 될 수 있는 대로 빨리 하는 게 나을 테니까요." "감사합니다." 카가 얼른 말하고는 천천히 일어나서 몬타크 양을 본 다음, 식탁 위를, 그 다음에는 창밖을 바라보았으며 ─ 건

너편 집은 햇빛을 받고 있었다──그러고는 문으로 갔다. 몬타크
양은 그를 완전히 믿을 수 없다는 듯이 몇 걸음 그의 뒤를 따라갔
다. 그러나 두 사람은 문 앞에서 물러서야만 했다. 문이 열리고 란
츠 대위가 들어왔기 때문이었다. 카는 처음으로 그를 가까이에서
보았다. 그는 키가 큰 사십대 남자로 갈색으로 그을린 살이 찐 얼굴
을 하고 있었다. 그는 카와 몬타크 양에게 가볍게 몸을 굽혀 인사를
하고는 몬타크 양에게로 가서 그녀의 손에 정중하게 키스를 했다.
그의 거동은 매우 세련돼 있었다. 몬타크 양에 대한 대위의 예절 바
른 태도는, 그녀가 카에게서 받았던 대접과는 현격한 차이가 있었
다. 그렇지만 몬타크 양은 카에 대해서 기분 나빠하지 않는 것 같아
보였다. 왜냐하면 카를 대위에게 소개까지 하려는 듯 보였기 때문
이었다. 그러나 카는 소개되고 싶지 않았다. 그는 대위나 몬타크
양한테 다정하게 굴 처지가 못 되었으며, 손에 키스한 일로 인해 그
두 사람이 겉으로는 지극히 순수하고 남을 위하는 척하지만 사실은
자기를 뷔르스트너 양에게서 떼어놓으려는 무리들이라는 생각이
들었다. 그러나 카는 그것만을 알아챈 것이 아니라 몬타크 양이 쌍
방을 불리하게 만드는 데 꽤 그럴듯한 수단을 쓰고 있다는 사실도
알고 있었다. 그녀는 뷔르스트너 양과 카의 관계에 대한 의미를 과
장해서 생각하고 있었으며, 무엇보다도 면담 요청의 의미를 과장하
여 마치 카가 모든 것을 과장하는 사람인 것처럼 분위기를 바꾸어
놓으려고 했다. 그녀는 착각하게 될 것이다. 카는 아무것도 과장하
려 하지 않았다. 그는 뷔르스트너 양이 자기에게 오래 버틸 수 없는
하찮은 타이피스트라는 것을 알고 있었다. 여기서 그는 그루바흐
부인으로부터 뷔르스트너 양에 대해 들은 얘기는 의도적으로 계산
에 넣지 않았다. 인사도 하는 둥 마는 둥 방을 나오면서 그는 이 모
든 것을 곰곰이 생각해보았다. 그는 곧바로 자기 방으로 가고자 했

으나 식당에서 들려오는 몬타크 양의 작은 웃음소리를 듣고서 대위와 몬타크 양 두 사람을 놀라게 해줄까 하는 생각이 들었다. 그는 사방을 둘러보고 주변에 있는 방에서 누가 방해라도 하지 않을까해서 귀를 기울였다. 사방이 조용했으며, 다만 식당에서 얘기하는 소리만이 들렸고, 부엌으로 난 복도에서 그루바호 부인의 목소리가 들릴 뿐이었다. 호기인 듯싶었다. 카는 뷔르스트너 양의 방으로 가서 가만히 노크했다. 아무런 인기척이 없어 다시 한 번 노크했지만 계속 응답이 없었다. 그녀가 자고 있는 걸까? 아니면 그녀가 정말 아픈 걸까? 아니면 이렇게 가만히 노크하는 사람은 카일 것이라고 예측하고서 없는 척하는 걸까? 카는 그녀가 있으면서 없는 척하는 걸로 생각하고 더 세게 노크했다. 노크에 아무런 응답이 없었기 때문에 그는 마침내는 조심스럽게, 그리고 무슨 나쁜 짓이나 쓸데없는 짓을 한다는 느낌도 없지 않았지만 문을 열어보았다. 방 안에는 아무도 없었다. 이외에도 카가 알고 있었던 방과는 아주 달라 보였다. 벽에는 침대 두 개가 한 줄로 놓여 있었고, 문 가까이에 있는 세 개의 의자들은 옷과 내복으로 수북이 쌓여 있었으며 옷장 하나가 열린 채로 있었다. 뷔르스트너 양은 몬타크 양이 식당에서 카를 설득하고 있는 동안에 나간 것 같았다. 그로 인해 카가 아주 놀란 것은 아니었다. 그는 사실 뷔르스트너 양을 그렇게 쉽게 만나리라고는 기대하지도 않았으며, 이런 일을 시도해본 것은 단지 몬타크 양에 대한 반발심 때문에서였다. 그가 문을 다시 닫고 나오는 동안 열린 식당 문 안쪽에서 몬타크 양과 대위가 서로 얘기하는 것을 보자 더욱 괴로웠다. 아마도 그들은 카가 문을 열었을 때부터 거기에 있었을 것이다. 그들은 자신들이 카를 관찰하고 있었다는 낌새를 전혀 주지 않으려 했으며, 나지막하게 이야기하면서 대화 중에 그저 공연히 주위를 둘러보는 듯한 눈길로 카의 거동을 살펴볼 뿐이

었다. 그러나 카는 이 눈길이 부담스러워서 서둘러 벽을 따라 자기
방으로 들어오고 말았다.

검사*

    카는 은행에서 오랫동안 근무하면서 인간에 대한 지식이나 세상에 대한 경험을 많이 갖게 되었지만 단골손님용 식탁에서 알게 된 교제 그룹이 항상 특별히 귀중하게 생각되었다. 그리고 자기가 그런 그룹에 속하게 되었다는 것이 커다란 명예라는 것을 한 번도 부인하지 않았다. 그 그룹은 거의 모두가 판사와 검사, 변호사 등으로 구성되어 있었다. 몇몇 젊은 관리들과 변호사 조수들 역시 허락되어 있었지만 그들은 식탁 끝 쪽에 앉았고, 특별히 질문을 받았을 때만 토론에 끼어들 수 있었다. 그러나 그러한 질문을 하는 경우는 단지 그룹의 모임을 즐겁게 만들려는 목적에서였으며, 특히 늘 카의 옆에 앉는 하스테러 검사는 그런 식으로 젊은 사람들에게 창피 주기를 좋아했다. 그가 털이 많이 난 큰 손을 식탁 한가운데에 펼치고 아래쪽 식탁 끝 쪽을 쳐다볼 때면 모두가 귀를 기울였다. 그쪽에서 누군가가 질문을 받았는데도 그것을 풀 수 없거나 혹은 생각하느라 자기 맥주를 바라보거나 혹은 말은 하지 않고 그저 어금니만 꽉 물고 있거나 혹은 ─ 이것이야말로 최악의 일이다 ─ 잘못된 의견이나 믿기지 않는 의견을 계속 늘어놓거나 할 때면 나이 든 사람들은 빙긋이 웃으면서 의자에서 돌아앉았는데 그때서야 기분이 좋아지는

---

* 막스 브로트는 이 미완성 원고에 대한 주석에서 다음과 같이 밝히고 있다. "이 글은 본 소설의 제7장 뒤에 곧바로 연결시킬 예정이었을 것이다. 제7장의 마지막 부분의 문장이 들어 있는 동일한 종이에 이 글의 서두가 쓰여 있다."

것 같았다. 진정으로 진지하고 전문적인 대화는 자기네들에게만 정해져 있을 뿐이었다.

카는 은행의 법정 대리인인 한 변호사를 통해서 이 그룹에 들어가게 되었다. 언젠가 카는 이 변호사와 함께 은행에서 저녁 늦게까지 긴 상담을 했다. 그래서 아주 자연스럽게 카는 변호사의 단골 식당에서 변호사와 더불어 저녁식사를 하게 되었고, 거기에서 알게된 이 그룹에 호감을 갖게 되었던 것이다. 그는 여기에서 아주 유식하고 명망이 있으며 어떤 점에선 세력 있는 사람들을 보게 되었는데, 그들은 일상적인 일과는 별반 상관이 없는 어려운 문제들을 해결하기 위해 애쓰는 일로 기분전환을 하고 있었다. 그 자신은 물론 거기에 거의 관여할 수 없었지만, 조만간에 은행에서도 이익이 될 만한 것을 많이 배울 기회를 얻게 되었고, 그 밖에 법원과 개인적인 관계를 맺을 수 있었는데, 그것은 언제나 유용한 것이었다. 그리고 그 그룹의 사람들 역시 그를 좋게 참아주고 있는 듯했다. 그는 곧 사업 전문가로 인정을 받았고, 그런 문제에 대한 그의 의견은—비록 전혀 빈정거림이 없는 것은 아니었지만—반박할 수 없는 것으로 통용되었다. 하나의 법률 문제를 놓고 두 사람의 의견이 다를 경우 그들은 그 사항에 대해 결국 카의 의견을 물었고, 모든 의견이나 반론에 카의 이름이 들먹여지고, 결국은 카도 더 이상 따를 수 없는 극도로 추상적인 분석에까지 이르게 되는 수가 적지 않았다. 물론 카는 서서히 많은 것을 깨우치게 되었는데, 그것은 특히 자신과 더욱 친밀해진 검사 하스테러를 훌륭한 조언자로 자기 곁에 두게 된 탓이었다. 게다가 밤에 카는 그를 집까지 동반하는 일도 종종 있었다. 그러나 카는 이 거구의 사나이와 팔을 끼고 나란히 걷는 일에는 익숙해지기가 힘들었다. 검사는 둥근 소매 없는 외투에다 그를 감쪽같이 숨길 수도 있었을 것이다.

그러나 시간이 흘러감에 따라 두 사람은 교육이나 직업, 연령의 차이가 무시될 만큼 서로 친밀해졌다. 그들은 마치 예전부터 서로 짝이었던 것처럼 서로 친근해졌다. 그리고 가끔 그들 중 한 사람이 겉으로 우월해 보이는 경우가 있다면 그것은 하스테러가 아니라 카였다. 왜냐하면 그것은 카의 실무 경험이 대체로 옳은 것으로 입증되었기 때문이었는데, 그런 경험은 직접적으로 얻은 것이어서 법원의 책상에서는 결코 얻기가 불가능한 것이었다.

이러한 우정은 물론 이 그룹의 단골손님들에게 곧 알려지게 되었다. 이제는 카를 그 그룹에 데려온 사람이 누구인가 하는 것이 모두에게 거의 잊혀졌다. 이제 카를 감싸주는 사람은 어쨌든 하스테러였다. 만약 카가 거기에 앉아 있을 자격이 있는지 의심을 사게 되면 그는 떳떳하게 하스테러 검사를 부를 수 있을 것이다. 그리하여 카는 특히 우월한 위치를 차지하게 되었는데, 그것은 하스테러가 명망이 있으면서도 두려운 존재였기 때문이었다. 그의 법률적인 사고가 지니고 있는 박력과 능숙함은 경탄할 만하지만 그런 점에서는 많은 사람들이 그와 적어도 필적할 만했다. 그렇지만 자기 의견을 방어하는 태도가 난폭하다는 점에서는 어느 누구도 그의 수준에 미칠 수가 없었다. 카는 하스테러가 상대방을 납득시킬 수 없을 때면 적어도 그를 공포 속으로라도 몰아넣는다는 인상을 받았다. 그가 집게손가락만 내뻗쳐도 많은 사람들이 움칠했다. 그럴 때면 상대방은 자기가 친구나 동료들의 모임 속에 있고, 단지 이론적인 문제만을 다루고 있는 중이며, 실제로는 아무 일도 일어날 수 없다는 사실을 잊어버리는 것 같았다 ── 상대방은 침묵하고 있을 뿐이고 그리고 머리를 흔드는 것에도 용기가 필요했다. 상대방이 멀리 떨어져 앉아 있을 때면, 하스테러가 그런 거리에서는 의견의 일치가 이루어질 수 없다고 생각하고, 음식이 든 접시를 뒤로 밀어내고 그 사람

곁으로 가기 위해서 천천히 일어섰는데, 그 광경은 보기가 무척 괴로울 정도였다. 그럴 때면 가까이에 있는 사람들은 그의 얼굴을 보기 위해서 머리를 뒤로 젖혔다. 물론 그것은 비교적 드문 우발적인 일이었다. 무엇보다도 그는 법률 문제에 대해서만 흥분했고, 주로 자기 자신이 관여했거나 관여하고 있는 소송에 관한 일에 대해서 더욱 그랬다. 그런 문제만 아니면 그는 다정하고 조용했으며, 그의 웃음은 유쾌했고, 먹고 마시는 일에 열을 낼 뿐이었다. 그는 일반적인 대화엔 전혀 귀도 기울이지 않고서 카에게로 몸을 돌려 팔을 카의 의자 등걸이에 걸쳐놓고서 낮은 소리로 은행에 대해서 물어보거나 혹은 자신의 일이나 법원만큼이나 많은 일을 만들고 있는 자기 여자관계 등에 대해 이야기를 하는 것이었다. 그 모임의 그 어느 누구하고도 그가 그렇게 이야기하는 것을 볼 수 없었고, 남들이 하스테러에게 청할 일이 있을 때에는——대개 그것은 동료와 화해시키는 일이었다——우선 카한테 와서 중재를 부탁했으며, 그 일을 카는 항상 기꺼이 맡아서 쉽사리 처리했다. 카는 이런 일로 생긴 자기의 하스테러와의 관계를 유용하는 일 없이 모든 사람들에게 매우 공손하고 겸손했으며, 공손이나 겸손보다도 더 중요한 것, 즉 사람들 간의 서열 관계를 잘 구별해서 각 사람에게 서열에 알맞은 대우를 했다. 물론 그것은 하스테러가 거듭 가르친 것이었고, 아무리 심한 논쟁을 할 때라도 하스테러가 유일하게 어기지 않는 규칙이었다. 그렇기 때문에 그는 아직 서열이 정해지지 않은 채 식탁 끝에 앉아 있는 젊은이들에 대해서는 마치 그들이 개인이 아니라 그저 뭉쳐진 집단이라는 듯이 일반적인 호칭으로 말을 건넸다. 그러나 바로 이 젊은이들이 그에게 최대의 경의를 표시했다. 그가 열한 시쯤 집에 가기 위해서 일어나면 곧 그들 중의 한 사람이 와서 그가 무거운 외투를 입는 것을 거들어주고, 또 한 사람은 큰절을 해가면서 문을 열고서 카가 하스테러의 뒤를 따라 방을 나갈 때까지 그대로 문을 잡고 있었다.

초기에는 집으로 갈 때 카가 하스테러를 약간 데려다주거나 하스테러가 카를 약간 데려다주거나 했는데, 후에는 하스테러가 카에게 자기 집에 가서 잠시 있다가 가라고 청했으며, 보통 그렇게 하면서 저녁 시간을 마치기가 일쑤였다. 그럴 때면 그들은 대개 한 시간 정도 술을 마시고 시가를 피우면서 앉아 있었다. 그렇게 저녁을 보내는 것이 하스테러의 마음에 들었던지, 그가 몇 주일 동안 헬레네라는 여자를 자기 집에 데려다 살 때에도 그렇게 하기를 마다하지 않았다. 그녀는 뚱뚱한 중년 여자였는데, 피부가 누르스름했고 검은 곱슬머리가 이마를 덮고 있었다. 처음에 카는 그녀가 침대에 있는 것만 보았다. 그녀는 아주 뻔뻔스럽게 누워 있기 일쑤였고 늘 정기적으로 나오는 연속 소설이나 읽으면서 남자들의 대화엔 관심이 없었다. 밤이 늦어지면 몸을 쭉 뻗고 하품을 했으며, 만약 다른 방법으로 주의를 자기에게로 쏠리게 할 수 없을 때에는 연속 소설 책 중의 분책分冊을 하스테러에게 집어던지기도 했다. 그러면 하스테러가 미소를 지으면서 일어났고 카는 작별을 했다. 그러나 후에 하스테러가 헬레네에게 싫증을 내기 시작하자 그녀는 두 사람이 만나는 것을 노골적으로 훼방 놓았다. 그녀는 이제 항상 정장을 갖춰 입은 채 두 남자를 기다렸는데, 대개 그 옷은 그녀가 꽤 비싸고 멋있다고 생각하는 것이었지만 실제로는 장식이 너무 많은 낡은 야회복이었고, 장식용의 기다란 술이 몇 줄이나 달려 있어서 아주 불쾌하게 눈에 띄었다. 카는 이 옷이 어떻게 보일는지 자세한 것은 전혀 알지 못했다. 그는 그녀를 쳐다보는 것도 어느 정도는 피했고, 몇 시간 동안 눈을 반쯤 내리감은 채 앉아 있었다. 그동안 그녀는 엉덩이를 흔들면서 방을 지나가거나 혹은 그의 곁에 앉았으며,

나중에는 자신의 위치가 점점 더 불안해지자 궁여지책으로 카에게 호감을 보여서 하스테러로 하여금 질투하게 만들려고 했다. 그녀는 둥그스름하고 살찐 등을 노출시킨 채 탁자 위로 몸을 수그리고 카 가까이에 얼굴을 대고 카로 하여금 바라보지 않을 수 없게 만들기도 했는데, 그것은 악의에서가 아니라 피치 못할 사정 때문이었다. 그렇게 해서 그녀가 얻어낸 것은 카로 하여금 다음번에는 하스테러에게 가는 것을 그만두게 한 것뿐이었다. 그리고 그가 얼마 후에 다시 그곳에 갔을 때 헬레네는 궁극적으로 내쫓긴 뒤였다. 카는 그것을 당연한 일이라고 생각했다. 그날 저녁 두 사람은 유난히 오랫동안 함께 앉아 있었고, 하스테러의 제안으로 의형제를 맺고서 축하를 했다. 담배와 술을 한 탓으로 집으로 돌아오는 길에 카는 거의 혼미한 상태였다.

바로 그 다음 날 아침에 은행에서 지점장이 업무상 이야기를 하던 중에 전날 저녁에 카를 보았던 것 같다고 얘기했다. 그가 착각하지 않았다면 카가 검사와 팔짱을 끼고 걸어갔다는 것이었다. 지점장은 그걸 매우 신기하게 여기면서 ─ 평소 그의 세밀함을 말해주듯이 ─ 어느 교회의 이름까지 들어가면서 그 긴 측면 쪽에 있는 분수 근처에서 그들을 보았다고 말했다. 신기루를 묘사하려고 했더라도 달리 표현하지는 못했을 것이다. 카는 그에게 검사가 자기 친구이며 자기네들이 실제로 어제저녁에 교회 옆을 지나갔노라고 말해주었다. 지점장은 놀라운 듯 미소를 짓고는 카에게 앉으라고 독촉했다. 그것은 지점장이 카의 환심을 사게 된 순간들 중의 하나였는데, 이 약하고 병들어 기침하고 있는 남자, 책임이 많은 일 때문에 과도한 부담을 가진 이 남자가 카의 안녕과 미래에 대한 염려를 드러내는 순간이었다. 그런데 그런 염려는 지점장에게서 그와 흡사한 것을 경험했던 다른 직원들이 말한 바와 같이 차갑고 피상적이라고 부를 수 있는 그런 염려였으며, 한편 그런 염려는 지점장이 자기 시간의 이 분을 희생시켜서 쓸 만한 직원들을 몇 해 동안이나 자기에게 잡아두는 술책에 불과한 것이다 —— 실제 그랬는지도 모르지만 어떻든 카는 그 순간에는 지점장에게 굴복하고 말았던 것이다. 아마 지점장 역시 카하고 말할 때는 다른 사람들과 말할 때와는 약간 다르게 말할지도 모른다. 즉 그는 그와 같은 방법으로 카와 같은 수준이 되기 위해서 상급자라는 자기 지위 따위를 잊어버리지는 않았던 것이다 —— 오히려 일상 업무 거래에 있어서는 그가 규칙적으로 그랬다 —— 그러나 이 자리에서는 그가 카의 위치를 잊어버린 듯 어린아이와 말하듯이 카와 말을 하거나, 일자리를 구하고 있는데 알 수 없는 이유로 지점장의 환심을 불러일으키려는 순진한 젊은이를 대하듯이 말을 했다. 지점장의 염려가 진심이 아닌 것처럼 보였거나 혹은 그런 순간에 카에게 보인 그런 염려의 가능성이 적어도 카를 완전히 매혹시키지 않았더라면 카는 다른 어떤 사람이 그랬건 지점장 자신이 그랬건 간에 그런 말투를 참지 못했을 것이다. 카는 자신의 약점을 잘 알고 있었다. 아마도 그 약점의 원인은 그런 면에 있어서는 그 마음속에 실제로 아직도 어린애 같은 점이 남아 있다는 데 있을 것이다. 그도 그럴 것이 카는 아버지가 아주 젊은 나이에 돌아가셔서 아버지의 사랑을 한 번도 경험한 적이 없이 집을 일찍 떠나왔기 때문이었다. 어머니는 반쯤은 눈이 먼 채 변화를 모르는 한적한 작은 도시에서 아직도 살고 있으며, 대략 이 년 전에 마지막으로 방문하기도 했는데, 카는 항상 어머니의 사랑을 받으려고 하지 않고 오히려 거부해왔던 것이다.

"그런 친구지간이라는 것을 난 전혀 몰랐지" 하고 지점장이 말했는데, 약하고 다정한 미소가 그 말의 엄격함을 완화시켜 주었다.

엘자에게로

어느 날 저녁 카가 막 나가려는데, 법원 사무처로 즉시 오라는 요청의 전화가 걸려왔다. 순순히 따르지 않을 것이라 여겼는지 다음과 같이 경고까지 했다. '당신의 기상천외의 발언, 즉 심리도 필요 없고, 그것은 어떤 결말도 나오지 않으며 결코 나올 수도 없다는 것, 당신이 더 이상 출두하지 않으리라는 것, 전화로 부르든 서면으로 부르든 개의치 않을 것이며 전령을 문밖으로 쫓아 보내겠다는 것 등 ──이런 모든 발언은 기록이 되어 있어서 당신에게 벌써 많은 해를 끼쳤을 것이오. 도대체 어째서 당신은 복종하지 않겠다는 거요? 우리가 시간과 경비에 개의치 않고 당신의 복잡하게 얽혀 있는 사건을 규명해보려고 노력한 것이 사실이 아닌가요? 당신은 우리가 그렇게 하는 것을 멋대로 방해함으로써 우리로 하여금 지금까지 당신에게 적용시키지 않았던 폭력 조치에까지 이르도록 할 건가요? 오늘의 소환이 마지막 기회가 될 것이오. 당신이 무엇을 하든 자유이지만 고등 법원은 자기를 조롱하도록 버려둘 수는 없을 겁니다.'

이날 저녁 그는 엘자를 찾아가겠노라고 알렸었는데, 그는 이런 이유로 법원에 가지 않으려는 구실을 삼았다. 그는 그런 이유로 법원에 출두하지 않는 것을 정당화시킬 수 있다는 것이 기뻤다. 물론 그는 그러한 정당성으로부터 그 무엇도 결코 이용하려 들지는 않을 것이며, 비록 이날 저녁에 그 어떤 사소한 일에도 구속받지 않았다 해도 법원에는 가지 않았을 것이다. 그래도 자신의 좋은 권리를 의식하고 그는 전화에다 대고 만약 자신이 출두하지 않을 경우 어떤 일이 벌어지게 되는 거냐고 물었다. "우리는 당신을 찾아낼 수 있을 겁니다"라는 것이 대답이었다. "내가 자발적으로 출두하지 않을 경우 처벌받게 되나요?"라고 카가 묻고는 그가 무슨 이야기를 듣게 될지 기대하면서 미소를 지었다. "아니오"라는 것이 대답이었다. "다행이군요." 카가 말했다. "그렇다면 내가 오늘 소환에 응해야 하는 이유는 무엇입니까?" "법원의 권력 수단을 자극해서 자기에게 끌어들이는 것은 능사가 아닙니다." 이렇게 대답한 음성은 점점 약해지더니 나중엔 거의 들리지 않았다. '그렇게 하지 않는 것은 아주 지각 없는 짓이야.' 카는 자리를 뜨면서 이렇게 생각했다. '그 권력 수단이 무엇인지 알아보아야 할 것 아닌가.'

　망설이지 않고 그는 엘자에게로 갔다. 마차 구석에 편안하게 앉아서 손을 외투 주머니에 넣은 채 —날씨가 벌써 쌀쌀해지기 시작했다—그는 활기찬 거리를 내다보았다. 흡족한 마음으로 그는 법원이 정작 자기 사건을 다루고 있다면 자기가 법원에 적지 않은 어려움을 만들어준 것이라고 생각하고 있었다. 자기가 법원으로 갈지 안 갈지 아까 그는 분명하게 말하지 않았다. 그러니까 판사가 기다리고 있을 것이다. 아마도 모임을 이루는 인원 전체가 기다릴는지도 모르는 일이다. 단지 카만이 나타나지 않아 특히 회랑 사람들에게 실망을 줄 것이다. 그는 법원 때문에 동요하지 않고 그가 원하는 곳으로 가고 있었다. 그는 잠시 혹시 자기가 방심한 나머지 마부한테 법원 주소를 말하지 않았는지 확실하지 않았다. 그래서 그는 마부에게 엘자의 주소를 큰 소리로 외쳤다. 그랬더니 마부가 고개를 끄덕였다. 아까도 그에게 다른 주소는 말하지 않았다. 그때부터 카는 서서히 법원에 대해서는 잊어버렸고, 그 전처럼 은행에 대한 생각이 다시 그의 머리를 채우기 시작했다.

차장과의 싸움

어느 날 아침 카는 평소보다 훨씬 상쾌하고 저항력이 강해진 듯한 기분이었다. 그는 법원에 대해선 거의 생각조차 하지 않았다. 그러나 법원이 생각날 때면 그 조망하기조차 어려운 방대한 조직은 어둠 속에서 겨우 탐지해낼 수 있는 숨겨진 어떤 지렛대로 잡아 뜯어내어 부숴버릴 수 있는 것처럼 느껴졌다. 유난히 컨디션이 좋았기 때문에 카는 차장을 자기 사무실로 불러서 얼마 전부터 밀려 있는 업무상의 용건에 대해서 함께 상담하고픈 생각이 들었다. 그런 계기가 있을 때면 차장은 언제나 카와 자신의 관계가 지난 몇 달 동안 조금도 변하지 않은 듯 행동했다. 그는 예전에 카와 늘 라이벌 관계에 있을 때처럼 조용히 들어와서는 카의 세세한 설명을 묵묵히 듣다가, 신뢰감을 줄 수 있는 친구다운 조용한 몇 마디 말로 관심을 보였다. 다만 그가, 어떤 의도에서 그러는 것 같지는 않았지만 업무상의 중요 문제 이외에 어떤 것에도 절대로 말머리를 돌리지 않고 마음속 깊이 오로지 그 문제만을 받아들이려는 자세를 취함으로써 카를 당황하게 만들었다. 한편 카의 생각들은 차장의 그런 의무 이행의 본보기 앞에서 곧 사방으로 흩어지기 시작했고, 카로 하여금 그 문제 자체를 거의 아무런 저항도 못하고 차장에게 일임토록 강요했다. 어떤 때는 차장이 갑자기 일어나 말없이 자기 사무실로 돌아갈 때야 비로소 알아차렸을 정도로 좋지 않은 경우도 있었다. 카는 얘기가 어떻게 되었는지 알 수가 없었다. 상담이 제대로 종결되었을 가능성도 있었다. 그러나 카가 자신도 모르게 차장의 기분을 상하게 했기 때문에, 아니면 터무니없는 말을 했기 때문에, 아니면 차장이 카가 얘기를 듣지 않고 다른 일에 정신을 팔고 있다고 믿었기 때문에 상담을 중단했을 가능성도 있었다. 또한 카가 가소로운 결정을 내렸거나, 아니면 차장이 그를 꾀어서 그런 결정을 얻어냈거나, 아니면 차장이 그런 결정을 실행하여 카로 하여금 손해보도록 하기 위해서 지금 서둘러 갔을 가능성도 있었다. 그러나 상담했던 그 용건에 대해서는 두 번 다시 얘기가 없었다. 카는 그것을 상기시키고 싶지 않았고, 차장도 잠자코 있었다. 물론 당분간은 더 이상 가시적인 결과가 나타나지 않았다. 그러나 어쨌든 카는 그런 일로 놀라지는 않았다. 그저 적당한 기회가 오고 기운만 좀 있으면 그에게 가거나 그를 불러오기 위해서 차장의 사무실 문 옆에 섰던 것이다. 이젠 예전에 그랬던 것처럼 그의 앞에서 몸을 숨길 필요가 없었다. 이제 그는 단번에 자기를 모든 걱정에서 해방시켜 주고 차장과의 예전 관계를 회복시켜 줄 만한 신속하고도 결정적인 성공은 바라지 않았다. 그는 자기가 포기해서는 안 된다는 것을 잘 알고 있었다. 여건이 요구하는 대로 물러선다면 아마 다시는 앞으로 나가지 못할 위험에 처할 것이다. 차장으로 하여금 내가 완전히 끝장났다는 믿음을 갖게 해서는 안 되는 것이다. 그가 그런 믿음을 가지고 사무실에 편안하게 앉아 있게 해서는 안 되는 것이다. 그의 마음을 불안하게 해놓아야 한다. 그로 하여금 될 수 있는 대로 자주 내가 아직 살아 있으며, 비록 지금은 위험하지는 않더라도 살아 있는 모든 인간들처럼 어느 날 새로운 능력으로 그를 놀라게 할 수도 있다는 것을 알게 해야 한다. 때때로 카는 이런 방법으로 싸우는 것은 오직 자기의 명예를 위한 것뿐이라고 혼잣말을 했다. 왜냐하면 자기가 약한데도 계속 차장에게 맞서봤자 그의 권력에 대한 의식만을 강화시키고, 그로 하여금 현재의 정세를 관찰하게 하여 그것에 따라 정확히 조치를 취하게 할 수 있는 가능성을 주게 되기 때문이었다. 그러나 카는 자기 태도를 전혀 바꿀 수가 없었다. 그는 자기기만에 빠져 있었으며, 때때로 그는 자기가 이젠 안심하고 차장과 대적할 수 있다고 확신할 때도 있었다. 가장 불행한 경험에서조차 그는 아무것도 배우지 못했다. 모든 게 한결같이 그에게 불리하게 돌아가고 있는데도 그는 열 번 시도해서 실패하면 열한 번째는 관철시킬 수 있으리라 믿었다. 이런 대담을 하고 난 후에 그가 지쳐서 땀에 젖은 채 멍한 상태로 남게 될 때면, 자신을 차장에게로 급히 가게 만든 것이 희망 때문이었는지 절망 때문이었는지 그는 알 수가 없었다. 그러나 다음번에 그가 다시 차장의 사무실 문으로 서둘러 달려갈 때는 아주 분명하게 희망만을 품고 있었던 것이다.

오늘도 마찬가지였다. 차장이 곧바로 들어오더니 문 옆 가까이에 멈추어 서서 새로 생긴 버릇대로 코안경을 닦고는 처음엔 카를 바라본 다음 너무 눈에 띄게 카에게 신경을 쓰고 있다는 것을 보이지 않기 위해서 방 전체를 자세히 둘러보았다. 그는 마치 이 기회를 이용해서 자기 시력을 시험해보려는 듯했다. 카는 그 시선에 맞서 미소까지 약간 띠고서 차장에게 앉으라고 권했다. 그 자신은 안락의자에 앉아서 의자를 가급적 차장 가까이 끌어당긴 다음 책상에서 필요한 서류들을 꺼내어 보고하기 시작했다. 차장은 처음에는 거의 귀를 기울이지 않는 것 같았다. 카의 책상은 사방 모서리가 조각된 낮은 기둥 난간으로 둘러싸여 있었다. 책상 전체가 훌륭한 작품이었고 기둥 난간 역시 나무에 단단히 붙어 있었다. 그러나 차장은 마치 거기서 느슨해진 곳을 발견이라도 한 듯한 태도를 취하면서 집게손가락으로 난간을 치면서 그 잘못된 곳을 없애려고 했다. 그래서 카는 보고를 중단하려고 했지만, 차장은 그걸 참지 못해했다.

차장의 말로는 모든 것을 자세히 듣고 있으며 다 파악하고 있다는 것이었다. 카가 아직 그로부터 아무런 실질적인 대답도 얻지 못하고 있는데, 난간은 특별한 조처를 필요로 하는 것 같았다. 왜냐하면 이제 차장이 자기 주머니칼을 꺼내어 카의 자를 지렛대로 해서 난간을 들어 올리려고 했기 때문이다. 아마 그런 후에 그것을 좀더 쉽게, 그리고 좀더 깊게 박아 넣을 수 있도록 하기 위해서인 것 같았다. 카는 자신의 보고에 차장에게 특별한 영향을 주리라 생각되는 새로운 제안을 담고 있었는데, 이제 그 제안을 하기에 이르자 그는 조금도 지체할 수가 없었다. 그는 그토록 자기 자신의 일에 사로잡혀 있거나 아니면 오히려 자기가 이 은행에서 아직도 어느 정도 쓸모 있는 존재이며 자기의 사고력은 자기를 정당화시켜 줄 힘을 갖고 있다는 의식으로 인해서 — 그런 의식은 점점 더 줄어가고 있지만 — 무척 기뻤다. 자기를 이렇게 방어하는 방식은 은행에서뿐만 아니라 소송에서도 최선의 것이 되고 그가 지금껏 시도하거나 계획했던 어떤 자기방어보다도 훨씬 나을지도 모를 일이었다. 성급하게 말을 하느라 카는 차장이 난간 작업을 하는 것을 말릴 시간적 여유도 전혀 없었다. 보고서를 읽는 동안 단지 두세 번 안심시키려는 듯이 손으로 난간 위를 쓰다듬었는데, 완전히 의식한 것은 아니지만 그렇게 함으로써 차장에게 그 난간에 잘못된 것이 하나도 없으며, 혹시 잘못된 것이 있다고 하더라도 지금으로서는 그 모든 것을 고치는 것보다는 자신의 이야기를 경청하는 것이 더 중요하며 더 적절한 행동이라는 것을 알려주려고 했다. 그러나 활기차고 정신적인 활동만을 하는 사람에게서 흔히 볼 수 있듯이 그 난간을 만지는 수작업은 차장으로 하여금 열을 내게 만들었다. 난간 한쪽이 실제로 들어 올려졌고 이제 할 일은 거기에 달린 작은 기둥들을 다시 제 구멍에 끼워 맞추는 것이었다. 그것은 지금까지의 어떤 일보다도 더 어려운 것이었다. 차장은 일어서서 난간을 양손으로 눌러 책상 판에 끼우려고 했다. 그러나 온 힘을 다 사용해보았지만 성공할 수가 없었다. 카는 보고서를 읽는 동안에 ──그는 이외에도 그 자리에서 생각난 말을 많이 섞었다── 차장이 일어나는 것을 어렴풋이 알아차렸다. 차장이 난간을 만지는 부수적인 일을 그는 줄곧 거의 놓치지 않고 보고 있었지만, 차장의 동작이 자기가 보고하는 일과도 어떤 연관이 있는 것으로 여겨졌다. 그래서 그 역시 일어나 손가락으로 어떤 숫자 아래를 누르고는 차장에게 종이 한 장을 내밀었다. 그러나 차장은 그 사이 양손으로 누르는 것만으로는 충분하지 못하다는 것을 알아차리고 대뜸 난간 위에 올라앉아서 자신의 온 무게로 내리눌렀다. 물론 이번에는 성공이었다. 작은 기둥들이 삐걱거리면서 구멍 속으로 들어갔다. 그러나 그중 기둥 하나가 급하게 꺾이면서 약한 윗부분의 줄무늬 살 한 군데가 둘로 갈라졌다. "나쁜 나무군." 차장이 화가 나서 말하고는 책상 일을 그만두었다. 그러고는……

274

관청

처음에는 그것과 연관 지을 뚜렷한 의도는 없었지만 카는 여러 번 기회가 있을 때마다 자기 사건에 대한 고소가 맨 처음 일어난 관청이 어디에 자리 잡고 있는가를 알아보려고 했다. 그는 그것을 어렵지 않게 알아낼 수 있었다. 그가 처음 물었을 때 티토렐리나 볼프하르트도 그 관청의 정확한 주소를 가르쳐주었다. 티토렐리는 자기가 평가해볼 수 없는 비밀 계획에 대해서 항상 어떤 미소로 대하곤 했는데, 바로 그런 미소를 지으면서 그는 카의 물음에 대한 정보를 나중에 보충 설명했다. 즉 그가 주장하기를, 그 관청은 아무런 가치도 없고, 단지 위임받은 것만을 알릴 뿐이며, 거대한 기소 관청의 가장 외부 기관에 불과하다는 것이었다. 그리고 물론 그 거대한 기소 관청은 피고인의 접근이 불가능하다는 것이었다. 그러니까 피고인이 그 기소 관청에 무엇인가 청원하고 싶으면 ― 물론 항상 청원이 많겠지만 그것을 알리는 것이 꼭 현명하다고는 할 수 없다 ― 물론 앞서 언급한 하급 관청에 알려야 하는데, 그렇다고 해서 본래의 기소 관청으로 들어가게 되는 것도 아니고 자기 청원을 그곳으로 보낼 수 있는 것도 아니라는 것이었다.

카는 화가의 본성을 알고 있었기 때문에 반박하지도, 더 이상 묻지도 않고 그저 고개만 끄덕이고는 그가 말한 것을 잘 새겨두었다. 요즈음에 와서 그에게 자주 떠오르는 생각이 있는데, 그것은 티토렐리가 괴롭히는 일에서라면 변호사에 못지않다는 것이었다. 차이

점이 있다면 그저 카가 티토렐리에게는 별로 의존하지 않고, 티토렐리와는 언제든지 생각만 있으면 쉽사리 관계를 떨쳐버릴 수 있으며, 그리고 지금보다도 전에는 더 심했지만 티토렐리는 너무 이야기하기를 좋아하고 수다스럽기까지 하다는 것이며, 마지막으로 티토렐리에 대해서는 카 쪽에서도 괴롭힐 수 있다는 데 있는 것이다.

그리고 카는 앞서 언급한 관청에 대한 얘기에서도 티토렐리를 괴롭혔다. 카는 종종 그 관청에 대해 얘기할 때 자기가 티토렐리한테 무언가 말하지 않는 듯한 투로, 또 자기가 그곳 관청과 연줄을 갖고 있긴 해도 그것이 아직은 유용하지 않아서 남에게 알리기가 위험하다는 것처럼 말했다. 그럴 때 티토렐리가 자세하게 말하라고 재촉하면 카는 갑자기 말머리를 돌려 그것에 대해서 오랫동안 더 이상 얘기를 하지 않는 것이었다. 그는 그런 작은 성공에도 기뻐했다. 그럴 때면 그는, 이제는 자기가 법원 주변의 그런 사람들을 훨씬 더 잘 알게 되었고, 거의 그들과 동일한 부류의 사람이 되었으며, 법원의 첫 계단에 서 있는 그들의 위치에서 어느 정도 얻을 수 있는 보다 나은 통찰력을 잠시나마 갖게 되었다고 생각하는 것이었다. 그런데 이 아래쪽에 갖고 있는 위치를 잃게 된다면 어떻게 될 것인가? 그렇게 되더라도 거기엔 아직 구제의 가능성이 있다. 그들의 대열에 끼어들기만 하면 되는 것이다. 만약 그들이 지위가 낮아서 또는 다른 이유에서 그의 소송에 도움을 주지 못하더라도 그들은 나를 감싸주고 숨겨줄 수 있을 것이다. 만약 내가 모든 것을 충분히 심사숙고해서 비밀리에 진행한다면, 그들은 그에게 그런 식으로 봉사하는 것을 거절할 수 없을 것이다. 특히 티토렐리는 그것을 거절할 수 없을 것이다. 카가 이제는 그의 가까운 친지가 되고 후원자가 되었으니까 말이다.

이러한 그리고 이와 유사한 희망을 품고 카가 매일 살아가는 것은 아니었다. 그는 대체로 사태를 정확히 구분했으며 어떤 난관도 간과하거나 그냥 넘어가는 일이 없도록 조심했다. 그러나 때때로 ─ 대체로 일을 끝낸 저녁에 완전히 지친 상태에서 그러했다 ─ 그는 낮에 생긴 일들 중에서 가장 사소하고도 가장 다양하게 해석될 수 있는 것에서 위안을 삼았다. 보통 그는 사무실 소파에 누운 채 ─ 그는 한 시간 동안 소파에 누워 쉬지 않고서는 사무실을 나갈 수가 없었다 ─ 생각에 생각을 이어나갔다. 그의 생각은 고통스럽게도 법원에 관계하고 있는 사람들에만 국한된 것이 아니었다. 이때 반쯤 잠이 든 상태에서 모든 사람이 뒤섞여 나타난다. 그렇게 되면 그는 법원의 큰일에 대해서는 잊어버리고, 마치 자기가 유일한 피고인이며 다른 사람들은 모두 직원이나 법률가로서 법원 건물의 복도에서 붐비고 있는 듯한 느낌이 들었다. 아주 아둔한 사람까지도 머리를 푹 숙이고 입술을 오므리고는 깊은 생각에 잠겨 있는 듯 시선을 고정시키고 있었다. 그럴 때면 언제나 그루바흐 부인 집에 하숙 든 사람들은 정연하게 그룹을 지어 나타났다. 그들은 입을 벌린 채 머리와 머리를 맞대고 고발하는 합창대처럼 서 있었다. 그들 중에는 모르는 사람도 많았는데, 그 이유는 카가 오래전부터 하숙집의 일에 대해서는 조금도 신경을 쓰지 않은 까닭이었다. 모르는 많은 사람들 때문에 그가 그 그룹과 좀더 가까이 어울리려면 마음이 언짢았다. 그러나 뷔르스트너 양을 찾기 위해서 몇 번이나 그렇게 하지 않을 수 없었다. 이를테면 그는 그 그룹을 살펴보다가 갑자기 두 개의 완전히 낯선 눈이 뻔쩍거리는 것을 마주보게 되면 그것을 그만두었다. 그러고는 뷔르스트너 양을 발견하지 못했다. 그러나 어떤 실수도 피하겠다는 생각으로 다시 한 번 찾아보았을 때 그는 그 그룹 한가운데서 그녀를 발견했다. 그녀는 자기 양옆에 서 있는 남자들한테 양팔을 두르고 있었다. 그러나 그 광경은 그에게 별로 자극을 주지 못했다. 특히 그 장면은 새로운 것이 아니고 그가 전에 뷔르스트너 양의 방에서 본 적이 있는 해변가 사진에 대한 지워버릴 수 없는 기억에 불과했기 때문이었다. 어떻든 그 광경 때문에 카는 그 그룹에서 눈을 돌렸다. 그런데 그런 후에도 그가 가끔 그곳으로 돌아가게 되는데, 그때에는 큰 걸음으로 법원 건물 안을 급히 왔다 갔다 했다. 그는 모든 공간들에 대해서 잘 알고 있었으며, 그가 한 번도 가본 적이 없는 먼 곳에 있는 복도까지도 예전부터 살아왔던 자기 집 복도처럼 친숙하게 느껴졌으며, 세세한 것들이 고통스러울 정도로 또렷하게 계속해서 그의 뇌리 속에 나타났다. 이를테면 어떤 외국인이 대기실에서 산책을 하고 있었는데, 그는 투우사와 비슷한 복장을 하고 있었고, 허리는 칼로 베어놓은 듯했으며, 그의 몸을 꼭 죄고 있는 짧은 상의는 거칠게 짠 노르스름한 레이스로 되어 있었다. 그 남자는 산책하는 듯한 걸음을 잠시도 멈추지 않음으로써 카로 하여금 계속해서 놀라 쳐다보게 했다. 카는 몸을 수그린 채 그 남자의 주위를 빙빙 돌면서 부릅뜬 눈으로 놀라 바라보고 있었다. 카는 레이스의 무늬와 모든 잘못된 술의 장식과 작은 상의의 모든 흔들림까지도 알고 있었다. 그러나 그는 아직 그것을 마음껏 보지는 못했다. 아니 그는 오래전에 이미 실컷 보았던 것이다. 아니, 더 정확히 말한다면 그는 그런 것들을 결코 보려고 하지 않았다. 그러나 그것은 보지 않을 수 없게 만들었다. '외국은 가장 무도회를 보여주는군!' 그는 이렇게 생각하고 눈을 더욱 크게 떴다. 그는 계속 그 남자의 뒷모습을 좇다가 마침내는 소파에 이리저리 몸을 뒤척인 다음 얼굴을 가죽 커버에 묻었다.

278

어머니에게로 가는 길

　점심식사를 하다가 갑자기 그는 어머니를 찾아가야겠다는 생각
이 들었다. 벌써 봄이 거의 다 지났으니 삼 년째 어머니를 뵙지 못
한 것이었다. 그때 어머니는 그의 생일에는 자기한테 오라고 당부
했고, 여러 가지 어려움이 많았지만 그 청에 따랐으며, 생일에는
언제나 어머니 집에서 함께 보내겠다는 약속까지 했었다. 그 약속
을 그는 이미 두 번이나 지키지 못했다. 그 때문에 그는 두 주일이
남은 자기 생일 때까지 기다리지 않고 당장에 가기로 했던 것이다.
마음속으로는 지금 당장에 갈 특별한 이유는 없다고 생각했다. 사
실 그 작은 도시에 상점을 갖고 있으며 카가 어머니를 위해 보내주
고 있는 돈을 관리하고 있는 사촌이 있는데, 그가 그로부터 규칙적
으로 두 달마다 전해 듣고 있는 소식은 그 어느 때보다도 안심이 되
는 것이었다. 어머니의 시력이 약해지고 있다지만, 카는 의사들의
얘기에 따라 몇 년 전부터 그것을 예상했던 바였다. 그것을 제외하
곤 어머님의 건강 상태는 더 좋아졌던 것이다. 나이에서 오는 여러
가지 장애도 악화되지 않고 누그러졌으며, 적어도 어머니의 호소도
줄어들었다. 사촌의 말에 따르면 그것은 아마도 어머니가 몇 년 전
부터 ─ 카는 자신이 방문했을 때 약간 그런 조짐을 느끼고 마음이
매우 언짢았다 ─ 굉장히 신앙심이 깊어진 것과 연관이 있는 것 같
다는 것이었다. 사촌은 편지에 전에는 발을 질질 끌다시피 걷던 어
머니가 이제는 일요일에 교회를 함께 갈 때면 자기 팔에 기대고 아

주 잘 걸어갈 수 있게 되었다는 식으로 아주 생생하게 서술했다. 그리고 카는 사촌을 믿을 수가 있었다. 왜냐하면 사촌은 평소에는 소심한 데다 편지에서 좋은 것보다는 오히려 나쁜 것을 과장해서 보고하기 때문이었다.

　그것이 어찌되었든 간에 카는 지금 가기로 결심했던 것이다. 요즈음에 와서 그는 다른 기쁘지 않은 것 중에서 분명히 엄살을 심하게 부리는 것을, 즉 꺼리지 않고 모든 욕망에 빠져들려는 경향을 확인했던 것이다 ── 그런데 이번에는 이런 나쁜 성향이 적어도 좋은 목적에 쓰였다.

　그는 생각을 가다듬기 위해서 창가로 갔다. 그런 후에 그는 곧바로 식사를 치우게 하고 그루바흐 부인에게 사환을 보내 여행을 떠난다는 것을 알리고 그녀가 필요한 물건을 싸주거든 가방을 가져오도록 했다. 그 다음엔 퀴네 씨에게 자기가 없는 동안을 위해 몇 가지 업무상의 지시를 했다. 그런데 퀴네 씨가 그 지시를 받을 때 이미 습관이 되어버린 무례한 태도, 즉 무엇을 해야 할지 잘 알고 있으니 그 지시도 그저 형식적으로 받는다는 식으로 얼굴을 옆으로 돌리는 그 태도가 이번엔 카를 별로 화나게 하지 않았다. 그러고는 마지막으로 카는 지점장에게 갔다. 카가 어머니에게 가야 하니까 이틀간의 휴가를 달라고 청하자 지점장은 카의 어머니가 편찮으시냐고 자연스럽게 물었다. "아닙니다." 더 이상 설명을 하지 않은 채 카는 이렇게만 말했다. 그는 뒷짐을 쥔 채 방 한가운데 서 있었다. 그는 이마를 찡그리고 곰곰이 생각해보았다. 여행 준비를 너무 급하게 서두른 것은 아닐까? 여기에 머물러 있는 게 더 낫지 않을까? 거기에 가서 무얼 한단 말인가? 감상적인 기분에서 가려고 한 게 아닐까? 감상적인 기분 때문에 혹시 중요한 것을 놓치는 것은 아닐까? 소송이 일주일 동안이나 쉬고 있는 것 같고, 그것에 대한 아무런 확

280

실한 소식도 없으니 어느 날이나, 아니 어느 시간에도 생길지 모르는, 손을 써야 할 기회를 놓치게 되는 것은 아닐까? 게다가 늙으신 어머니를 놀라게 할는지도 모른다. 그건 물론 그가 의도하는 바가 아니지만 뜻밖의 일이 수없이 일어나고 있는 지금엔 정말 뜻밖에도 쉽사리 일어날 수 있지 않을까. 그리고 어머니가 그를 만나보고 싶어하는 것도 아니었다. 전에는 사촌이 보낸 편지에 어머니의 간곡한 청이 주기적으로 반복되고 있었지만, 이미 오래전부터 그런 부탁이 없었다. 그러니까 어머니 때문에 그리로 가는 것이 아님은 명백하다. 만약 자기 자신을 위해 어떤 희망을 품고 가는 것이라면 그건 진짜 바보가 하는 짓이고, 그곳에 가서 결국 절망에 빠짐으로써 자기가 한 바보짓의 대가를 치르게 될 것이다. 그러나 이러한 의혹은 마치 자신의 것이 아니라 남들이 그에게 넣어주려는 것이라는 듯이 그는 정신을 차려서 떠난다는 애초의 결심을 지켰다. 지점장은 그동안 우연히, 아니면 아마 카에 대한 특별한 고려 때문인지 몸을 수그리고 신문을 보고 있었다. 이제 그도 역시 눈을 들어 몸을 일으키면서 카에게 손을 내밀더니 더 이상 아무 질문도 하지 않은 채 잘 다녀오라고 인사를 했다.

그런 다음 카는 자기 사무실을 왔다 갔다 하면서 사환이 오기를 기다렸다. 차장이 카의 여행 이유를 알아보기 위해서 여러 번이나 들어왔지만 카는 거의 아무 말도 않은 채 그를 피했다. 그리고 카가 드디어 가방을 받게 되자 이미 불러놓은 마차가 있는 데로 서둘러 내려갔다. 직원 쿨리히가 층계 꼭대기에 막 나타났을 때 카는 이미 계단을 내려가고 있는 중이었다. 쿨리히는 쓰기 시작했던 편지를 손에 들고 있었는데, 카로부터 그 편지에 대해 어떤 지시를 받으려는 것이 분명했다. 카는 그에게 손짓으로 거절하는 표시를 했으나 금발에다 머리통이 큰 그 직원은 이해가 늦은 사람이라 그 표시를 잘못 알아듣고서 종이를 흔들면서 위험할 정도로 껑충껑충 뛰어 카의 뒤를 급히 따라오는 것이었다. 카는 그것에 너무 격분해서 쿨리히가 옥외 계단에서 자기를 따라잡자 편지를 그의 손에서 빼앗아 찢어버렸다. 그런 다음 카가 마차에 앉아 돌아보니 아직도 자신의 실수를 깨닫지 못한 것 같은 쿨리히는 제자리에 선 채 달려가는 마차를 바라보고 있었고, 그 옆에서는 수위가 모자를 벗고 절을 하고 있었다. 그러니까 카는 은행에서는 아직까지 최상급 직원 중의 한 사람이었던 것이다. 그가 그것을 부인하려 해도 수위가 그의 말을 반박할 것이다. 그리고 어머니는 그가 아무리 아니라고 해도 그를 은행 지점장으로 여겼으며 그런 지가 벌써 수년이 되었다. 어머니는 그의 위신이 아무리 손상을 입는다 해도 그는 몰락하지 않으리라고 생각했다. 그가 여행을 떠나기 전에 법원과 관련이 있는 직원에게서 편지를 빼앗아 미안하다는 말도 없이 찢어버릴 수 있다는 사실을 확인했다는 것은 좋은 징조일 것 같았다. 그러나 그가 제일 하고 싶었던 일은 물론 할 수가 없었다. 그것은 창백하고 둥근 쿨리히의 뺨을 소리가 나도록 두 대 갈기는 일이었다.

경계선상의 마술사, 카프카

　카프카의 소설『소송』은 로베르트 무질의『특성 없는 남자』와 토마스 만의『마의 산』과 함께 작가, 비평가, 문예학자 그리고 다양한 언론 매체 등을 통해서 20세기 독일어권 소설 중 가장 뛰어난 작품의 하나로 평가되어 왔다. 그런 만큼 이 소설은 발간된 지 80년이 지났음에도 독자들에게 여전히 생생한 현실감을 부여하고 있으며 다양한 관심과 해석의 가능성을 보여주고 있다. 또한 많은 카프카 애호가들은 이 소설을 문자 매체가 아닌 영화, 연극, 오페라, 방송극 등의 다른 매체를 통해서 새롭게 해석하고 있기도 하다.

　사람들은 카프카의 작품을 꿈같은 환상문학으로, 수수께끼 같은 비유적인 작품으로, 유대교의 카발라 세계를 반영한 작품으로, 아버지와 아들간의 심리적 갈등 문제로, 아니면 현대 인간의 실존적 불안과 소외 문제로, 문명 세계의 비판이나 자본주의 이데올로기에 대한 비판으로, 인간 사회의 권력과 욕망의 구조로, 해체주의적 형식주의로, 초현실주의 세계의 반영으로, 극단적으로는 '병적인 작가 개인의 망상'을 반영한 작품으로까지 다양한 해석을 시도하고 있다. 한 작가의 작품이 이렇게 다양하게 해석될 수 있는 것은, 물론 독자 개개인의 각기 다른 읽기 방식에 연유하기도 하지만, 무엇보다도 카프카만의 독특한 글 쓰기 방식에서 그 이유를 찾을 수 있다.

　카프카가 서술하고 있는 사건의 시작은 매우 특이하다. 사건의 원인이 되는 전사前史도 없고, 이야기의 시작 역시 돌연적이다. 이를테면 단편 「변신」에서는 "어느 날 아침 그레고르 잠자가 불안한 꿈에서 깨어났을 때, 그는 한 마리의 커다란 해충으로 변해 있는 것을 발견했다"로 이야기가 시작되고, 「나이 든 독신자 블룸헬트」에서는 주인공 블룸헬트가 직장에 나가기 위해 침대에서 일어났을 때, 알 수 없는 두 개의 셀룰로이드 공의 습격을 받음으로써 그의 일상은 혼란에 빠진다. 그런가 하면 소설 『소송』에서는 주인공 요제프 K가 서른 살 되는 날 아침 자신의 침대에서 아무런 이유 없이 두 명의 낯선 사나이에 의해서 체포된다. 이렇게 카프카의 소설 속의 사건은 그 어떤 동기나 원인도 없이 급작스럽게 시작된다.

더욱 흥미로운 것은 그 우연처럼 보이는 사건들이 꿈과 현실, 잠과 깨어남, 그리고 무의식과 의식의 중간 상태에서 벌어진다는 것이다. 다시 말해서 꿈의 상태에서 현실의 상태로, 잠의 상태에서 깨어남의 상태로, 혹은 무의식 상태에서 의식의 상태로 전환되는 순간에 돌이킬 수 없는 사건이 벌어지며 그 결과는 언제나 주인공이 죽거나 회복할 수 없는 비극적 상황으로 끝난다는 것이다. 어째서 카프카는 자신의 서술사건을 이렇게 꿈과 현실, 무의식과 의식, 잠과 깨어남이 만나는 중간 상태에서 시작하는 걸까. 이것은 현대 작가로서의 카프카 자신 역시 처해 있는 인간 존재의 위기 상황을 다층적이며 다양한 시각에서 드러내 보이려는 그만의 고도의 예술적 전략으로 볼 수 있다.

예전의 고전주의나 낭만주의 작품에서 볼 수 있듯이 인간들은 언제나 정신과 육체, 영혼과 자연, 이념과 물질, 꿈과 현실, 죽음과 삶, 무의식과 의식이 하나로 통일되었던 보편적인 세계 속에 살아왔고 또한 그것을 꿈꾸어왔다. 그러나 언제인지는 알 수 없으나 그 통일된 두 세계 사이에는 건널 수 없는 간극이 생겼다. 꿈과 환상,

정신과 영혼, 그리고 무의식과 상상력이 머물던 정신세계는 멀리 사라져버렸고, 권력과 욕망, 물질과 의식, 그리고 메커니즘화되고 이데올로기화된 현실세계만이 우리 인간을 지배하는 것 같다. 이렇듯 괴리된 정신세계와 현실세계 사이의 모순 관계를 카프카는 자신의 잠언에서 다음과 같이 표현하고 있다.

인간은 자유로우면서도 얽매여 있는 지상의 시민이다. 왜냐하면 그는 모든 지상을 활보할 수 있는 길이의 쇠사슬에 묶여 있기 때문이다. 그러나 그는 지상의 경계를 넘어설 수 없는 길이만을 가지고 있을 뿐이다. 그와 동시에 그는 역시 자유로우면서도 얽매여 있는 천상의 시민이기도 하다. 왜냐하면 그는 지상에서와 유사한 길이의 천상의 쇠사슬에 매여 있기 때문이다. 그가 이제 지상으로 가려 한다면, 천상의 목걸이가 그를 죄어올 것이고, 그가 천상으로 가려 한다면 지상의 목걸이가 그를 죄어올 것이다. 그럼에도 그는 모든 가능성을 가지고 있으며, 또한 그것을 느끼고 있다.

비록 이 두 세계가 양극화된 모순 속에 있지만 인간들은 그 두 세계의 통합 가능성을 늘 염두에 두고 있었고, 또 그것을 어느 정도 의식하고 느끼고 있다고 자위했다. 그러나 목적과 소유 관계만을 갈망하는 키클롭스적 인간들은 어느 순간엔가 자신도 모르게 그 가능성도, 그것에 대한 동경심도 상실하고 말았다.

카프카는 초기 작품들에서 이미 인간을 정신과 영혼의 세계를 완전히 상실한 박제화된 존재로 묘사한다. 모자이크식 여러 단장斷章들로 구성된 초기 작품 『투쟁의 기록(1904)』에서 인간들은 "은박지 종이로 만들어진 인형들"처럼 거리를 지나가고 있고, 미완성 소설 『시골에서의 결혼 준비(1907)』의 주인공 라반은 자기 스스로를 주체적이고 창조적인 "나"가 아닌 획일화되고 기능화된 "세인世人"으로 부른다. 카프카에게 있어 지상의 인간은 이데올로기의 노예로, 메커니즘화된 제도권의 기능적인 부속물로, 경제체제 속의 숫자놀이에만 몰두해 있는 존재로 나타난다. '세인'으로서의 인간에게는 정신, 영혼, 사랑, 인간다움 등은 거부된다. 즉 '세인'들에게는 개인적인 것, 사적인 것, 정신적인 것은 일상에 불필요할 뿐만 아니라 오히려 방해물이 된다. 그것들은 일상생활을 위해 필요한 것이 아니라 오히려 섬뜩한 것, 낯선 것, 그로테스크한 것으로 나타난다. 인간은 자신의 지위에 의해 호칭되고, 등급이 매겨지며, 그 등급에 따라 존재 가치가 평가된다. 그리고 그렇게 살아가는 것이 자신의 필연적인 실존방식이 된다.

그러나 카프카에 따르면 이런 '세인'에게도 가끔은 꿈과 잠을 통해서 혹은 고독한 명상의 순간이나 죽음이 임박한 순간에 저 망각된 정신세계나 영혼의 세계가 유령처럼 찾아온다. 카프카는 바로 이 점에 착안하여 그것을 자신의 서술기법에 적용한다. 그는 권력적인 것, 물질적인 것, 현상적인 것에만 집착해 있는 인간들이 잠이나 꿈 혹은 순간적으로 방심한 사이에 그들이 망각했던 정신세계와 영혼의 세계를 마술적으로 침투시킴으로써 그들을 충격과 혼란에 빠뜨린다.

카프카에게 있어 꿈이나 잠 혹은 무의식의 세계는 숨어 있던 '정신적인 것', '영혼적인 것'이 자신의 모습을 드러내는 순간이며, 그로 인해 인간들이 기계적으로 복속되어 있어서 전혀 전망할 수 없는 일상생활의 상태를 새롭게 조망할 수 있는 비판적 시각을 갖게 되는 순간이기도 하다. 카프카는 『소송』에 관한 한 유고 단장에서 이것과 연관하여 다음과 같이 기술하고 있다.

사람들은 잠과 꿈속에서, 적어도 깨어 있는 상태와는 근본적으로 다른 상태에 있는 것 같다. 이러한 상태에서는 무한한 정신이 현존하거나 혹은 영혼에 대해서도 현실에서보다 더 나은 준비태세가 되어 있어서 눈을 활짝 뜨는 순간에도(…) 현재 존재하는 모든 정황을 파악할 수 있다. 그렇기 때문에 깨어 있는 순간에도 이러한 것들이 하나의 진기한 것으로 다가올 수 있는 것이다.

이 인용문에서 볼 수 있듯이 카프카는 꿈과 잠 속에서 정신적인 세계와 영혼적인 세계가 열리며, 그 정신적·영혼적 상태가 깨어 있는 의식의 순간에까지 미쳐서 현재 우리가 살고 있는 일상적인 현실 세계를 새롭게 조망할 수 있고 파악할 수 있다고 생각한다. 그는 우리가 망각하고 있던 정신적·영혼적 세계와 그와 상반되는 현실세계가 만나는 중간 상태를 자신의 서술사건의 시작으로 보여줌으로써 독자에게 서로 괴리되어 있던 두 세계를 동시에 접하게 한다. 이때 독자는 파악할 수 없고, 설명할 수 없는 낯선 세계로서의 정신세계와 비인간적이고, 희생적이며, 폭력적인 세계로서의 현실세계를 동시에 경험하게 된다. 카프카의 이러한 마술적이고 창조적인 글 쓰기의 순간과 계기는 그의 일기에서도 분명하게 드러난다. 그는 당대의 유명한 신비주의적인 신지학자이며 살아 있는 인성 교육의 창시자였던 루돌프 슈타이너 박사를 찾아가 자신의 글 쓰기는 항상 꿈과 잠, 비몽사몽의 중간 상태에서 혹은 깊은 침잠의 순간에 많은 문학적 착상을 얻는다고 고백하고 있다. 꿈이나 잠 혹은 깊은 명상은 카프카에게 있어 신비적 체험과 성찰을 낳는 순간이며 그의 시적 상상력과 직관능력을 한층 고양시키는 창작적 계기이기도 하다.

인간이 잠과 꿈에서 깨어나면 즉각 그의 의식은 작동한다. 의식의 작동과 더불어 그는 자유롭고 무한한 꿈과 무의식 상태로부터 벗어나 일상의 질서 속으로 돌아간다. 그 순간부터 그는 일상적인 법칙과 질서에 맞게 생각하고 판단하고 행동한다. 정치적·사회적 제도와 체제에 순응하게 되고 거기에서 존재 이유를 찾는다. 여기에서는 오직 합리적이고 메커니즘적인 목적과 소유의 관계만이 존재할 뿐 사적이고 개인적인 것은 거부된다. 그러나 카프카의 주인공들의 치명적인 사건들은 앞서 말한 것처럼 그들이 아직 잠과 꿈의 상태에서 완전히 벗어나지 못하고 이제 막 일상적인 의식의 세계로 돌아가려는 과정에서 일어나거나 이미 일어나 있다. 「변신」의 주인공 '그레고르 잠자'는 평상시보다 늦게까지 침대에 누워 있다가 해충으로 변신한 자신의 모습을 발견한다. 이 사건은 '잠자'의 사적인 또는 개인적인 무의식의 세계, 또는 정신적·영혼적인 세계가 일상의 의식 상태로 완전히 전환되기 직전에 일어난 것이다. '잠자'는 이 순간 이중의 상태, 즉 일상세계와 정신적인 세계, 의식과 무의식의 중간 상태에 머물러 있다. 이 중간 상태란 꿈과 현실, 잠과 깨어남, 무의식과 의식, 정신세계와 일상세계 등이 서로 공존함과 동시에 상호 경계를 넘나드는 순간이다. 바로 이런 요소 때문에 '잠자' 뿐만 아니라 독자 역시 초현실적이면서 리얼한 세계, 의식과 무의식의 세계, 현실과 꿈의 세계, 환상적인 세계와 일상적인 세계를 구분할 수 없게 되고, 사건이 벌어지는 시간과 공간이라는 직관형식의 경계도 무너지는 것을 보게 된다. 이것은 독자에게 이중의 시각을 요구하고 또한 이중의 해석의 가능성을 낳게 하는 계기이기도 하다. 그리하여 모든 사건과 이미지, 그리고 기호들의 의미 자체가 양가성을 띠게 된다. 독자가 일상의 규범에 얽매여 있는 가족이나 변신 이전의 '잠자'의 의식적 시각에 서 있다면, 일상적 의식으로 돌아오지 못한 채 무의식의 상태 혹은 사적인 상태에 머물러 있는 '잠자'의 내면세계는 분명히 낯선 것, 그로테스크한 것으로 보일 것이다. 일상적인 것, 물질적인 것, 경제적 가치체계에 얽매여 있는 '세인'들에게 무의식적인 것, 정신적인 것, 영혼적인 것은 낯선 이미지로 느껴지기 때문이다. 이 낯선 이미지가 바로 섬뜩한 해충으로 빗대어 표현된 것이다. 한편 변신된 해충의 시각 — 무의식적 또는 정신적 시각 — 에서 보면, 가족들이나 직장동료들이 그에게 대하는 태도를 통해서 '잠자'가 지금까지 살아온 직장생활이 얼마나 무의미하고 희생적이었으며 비인간적인 것, 폭력적인 것이었는가를 분명하게 깨닫게 된다. 가족들이나 직장 상사들은 이제 경제적 기능과 가치를 상실한 채 내면세계에 머물러 있는 '잠자'를 한 개인으로서가 아닌 무가치하고 혐오스러운 동물로 느낄 뿐이다. 개인적인 것, 사적인 것, 정신적인 것은 경제적인 측면에서 볼 때 무가치할 뿐만 아니라 그들의 생존 자체를 위협할 수 있는 흉측하고 공포스러운 것으로 느껴질 것이다. 이렇게 '잠자'라는 해충은 이중의 시각으로 조망되고 이중으로 해석되어야 하며, 바로 여기에 카프카 작품의 난해성이 있다.

카프카의 모든 작품의 공통된 주제와 서술기법 또는 서술구조를 담았다고 볼 수 있는 미완성 작품 『사냥꾼 그라쿠스』(카프카는 이 짧은 단장을 무려 다섯 개의 미완성 판본으로 남기고 있다) 역시 이러한 이중적인 시각과 해석의 가능성을 내포하고 있다. 이 작품에서 카프카는 예전의 통일적인 보편적 세계의 상실과 일상생활의 굴레 속에서 정신적·영혼적 세계를 망각한 채 살아가고 있는 현대 인간의 실존 상황과 정신세계와 현실세계가 서로 양극화된 채 영원히 평행선을 달리고 있는 인간사를 독특한 비유적 시각으로 조망하고 있다.

아주 먼 옛날 사냥꾼 그라쿠스는 산속에서 산양을 쫓다 바위로부터 굴러 떨어져 죽는다. 그는 자신이 생전에 자연과 더불어 행복하

게 살았던 것처럼 죽음과 동시에 저 "영원한 아름다운 고향"으로 돌아갈 것을 기대하며 기꺼이 수의를 입고 기쁨에 찬 노래를 부른다. 그러나 그를 실은 거룻배는 어쩐 일인지 죽음의 세계에도 지상의 세계에도 안주하지 못한 채 "반은 죽고 반은 살아 있는 존재"로 이승과 저승의 경계선상을 영원히 떠돌게 된다. 지상의 인간들은 자신의 일상적인 일에만 매달려 있을 뿐 그라쿠스의 이 불행한 이야기에는 전혀 관심이 없다. 이제 그라쿠스는 세계를 떠돌면서 이 불행한 일이 일어나기 이전의 세계, 즉 정신과 자연, 죽음과 삶, 영혼과 육체가 하나였던 저 통일적이고 보편적인 세계에 대한 이야기와 함께 그 두 세계가 붕괴되어져 간 과정을 파편화된 이야기를 통해서 끊임없이 지상의 인간들에게 들려주려 한다. 그러나 그의 이야기에 전혀 관심이 없는 그들은 그를 "고의적으로" 회피한다. 그라쿠스는 처음에 바랐던 영혼의 세계로의 귀의를 스스로 포기한다. 그는 지상적인 것에 매달려 있는 "세인"들인 인간들에게 잃어버린 "아름다운 세계"를 전달하려는 중재자로 남기를 원한다.

삶과 죽음, 이승과 저승, 영혼과 육체 사이에서 방황하는 그라쿠스의 존재상황과 그 불행한 상태에서도 이 괴리된 두 세계를 새로운 형상 언어로 중재하고자 하는 그라쿠스의 모습(그라쿠스는 현재와 과거, 가족을 부양하느라 오직 일상적인 일에 매달려 있는 인간들과 먼 옛날의 선조들 사이의 "통역사"가 되고자 한다)은 이중의 또 다른 의미를 담고 있다. 전자가 파편화된 현대 인간의 실존상황을 반영하는 것이라면, 후자는 경계선상을 떠돌면서 영원히 "평행선"처럼 갈라져버린 정신적인 세계와 현실세계를 다시금 연결시키고 통합하려는 카프카 자신의 예술가상을 반영하고 있다. 실제로 '그라쿠스'라는 이름은 라틴어로 '카프카'와 같은 뜻인 '까마귀'를 의미한다. 카프카는 이 경계선상에 있는 그라쿠스의 상을 통해서 현대 인간의 비극적 실존상황을 보여주고 있으며, 또한 갈라진 두 세계를 동시적으로 조망하고자 애쓰는 그의 불행하지만 이상적인 예술가상을 드러내고 있다.

　소설 『소송』도 예외는 아니다. 이 소설의 배후에도 지금까지 서술한 이중적 의미의 함축적인 세계가 숨겨져 있다.

　은행 대리인 요제프 K는 자신의 30세 되는 생일날 아침 자기 침대에서 아무런 이유 없이 체포당한다. 그는 처음엔 이 일을 직장동료들의 장난쯤으로 생각한다. 그러나 이야기가 전개되면서 사건은 점차 미로로 빠져든다. 요제프 K는 끝없는 노력에도 불구하고 자신의 죄가 무엇인지, 자신이 도달하고자 하는 법원(법)의 의미가 무엇인지 끝까지 밝히지 못한 채 두 명의 사형 집행인들에 의해 "개처럼" 처형된다.

　이 작품에서는 이유 없는 체포와 근거 없는 처형이 이루어진다. 체포되기 전만 해도 은행 대리로 근무했던 요제프 K는 충실하고 평범한 직장인이었다. 그는 매일 여덟 시경에 아침식사를 하고, 아홉 시까지 은행에 나가고, 저녁을 먹고 친지들과 함께 혹은 홀로 산보를 한 후에 밤에는 단골 맥주집에서 열한 시까지 사회 저명인사들의 사교모임에 참석하며, 일주일에 한 번씩 술집 여급으로 일하는 자신의 애인 '엘자'를 찾아간다. 이렇게 시계추처럼 규칙적이던 요제프 K가 자기 침대에 누워 머뭇거리는 사이에 체포(법의 심판)를 당한 것이다. 그는 아무런 법적인 죄를 짓지 않은 자신을 압박해오는 이 낯설고, 이해할 수 없는 법 앞에 속수무책이다. 요제프 K는 자신의 체포가 자신이 근무하고 있는 은행 사무실에서 일어났다면, 그는 항상 정신이 말짱하고 사전 준비가 되어 있는 상태여서 이런 사건은 일어나지 않았을 것이라고 주장한다. 사실 그의 체포는 「변신」에서와 유사하게 잠과 꿈의 무의식 상태에서 일상적인 의식의 상태로 전환되는 과정에서, 그것도 자신의 사적인 공간인 하숙집 안에서 일어난 것이다. 이 사건은 요제프 K에게 일상의 혼란을 가져옴으로써 지금까지 확고했던 그의 사회적 지위를 위협하게 된다.

요제프 K는 이 실존적 위협을 피하고 정상적이던 일상적인 질서의 회복을 위해서 자신을 기소한 법원(법)을 찾아 나선다. 그러나 여러 정황으로 보아 그 법은 분명 정상적이고 합리적인 법은 아닌 것 같다. 왜냐하면 요제프 K는 법에 저촉될 만한 아무런 죄도 짓지 않았고, 그의 첫 번째 심리가 열리는 법원은 외딴 교외에 있는 초라한 임대주택의 다락방에 자리를 잡고 있거니와, 또한 그는 어떤 합법적인 재판 절차나 판결도 없이 무자비하게 처형되기 때문이다. 이런 점으로 미루어보아 분명 그 법은 요제프 K의 말대로 "법치국가"에서 적용되고 있는 "합리적인 법"은 아니다. 그 알 수도 없고 이해할 수도 없는 법에 도달하려는 헛된 노력 끝에 결국 요제프 K는 마지막 두 번째 장인 "대성당에서" 교도소 신부를 만나게 된다. 신부는 이 자리에서 "법 앞에서"라는 비유설화를 들려줌으로써 요제프 K가 처해 있는 비극적 상황을 설명해주려고 한다.

한 시골 남자가 법 안으로 들어가고자 한다. 그러나 법문 앞을 지키는 문지기는 입장을 허락하지 않는다. 법에로의 입장이 후에는 가능할지 모르지만 "지금"으로서는 불가능하다는 것이다. 시골 남자는 법에로 입장하기 위해서 값진 물건들을 써가며 법에로 들어가기 위해 온갖 노력을 다한다. 그러나 문지기가 하는 말은 언제나 지금은 입장을 허락할 수 없다는 것이다. 결국 시골 남자는 첫 번째 문지기의 무서운 외양과 태도에 질려 내부에 있는 법에 대해서는 전혀 물으려 하지 않은 채 그의 입장 허락만을 한없이 기다리다가 결국 죽고 만다.

이 짧은 비유설화는 미완성 소설 『소송』과는 달리 카프카가 "만족해했고, 행복해했던" 작품이다. 카프카는 이 작품을 『소송』과는 별도로 잡지(1915)에 발표했다. 원래 카프카는 이 비유설화를 "성담聖譚"이라고 장르를 정했는데, '성담'이란 '성인이나 혹은 현자'들의 모범적인 삶의 이야기로 주로 삶의 지혜나 성스러운 종교적인 의미를 담고 있다. 그러나 대부분의 카프카 연구가들의 의견처럼 이것은 역설적인 형식과 심미적 기능이 결합된 카프카 특유의 '움직이는 비유설화'의 유형으로 이해할 수 있다. 소설 『소송』 작품의 끝부분에 실려 있는 이 짤막한 비유설화는 알 수도 없고 도달할 수도 없는 "법원(법)"과 그것에 도달하고자 하는 요제프 K와의 미묘한 관계를 하나의 압축한 모델 형식으로 보여줌으로써 소설 『소송』을 이해하는 데 '핵심적인 기능'을 한다. 법으로 입장하려는 시골 남자는 소설 속의 요제프 K를 의미하며, 문지기는 알 수도 없고 도달할 수도 없는 법을 수호하는 "법원에 속해 있는 모든 사람들"을 의미할 것이다. 그들은 모두 법에 속해 있다고는 하나, 실상은 그들 자신도 알 수 없는 절대적인 법(그것은 보는 시각에 따라 형이상학적·종교적으로 이념, 신, 율법, 진리, 존재 등등으로 해석될 수 있고, 정치적으로는 절대적인 관료주의 제도나 혹은 전체주의적 체제로, 그리고 사회철학적으로는 '권력과 욕망의 상관구조' 등으로 해석될 수 있다)을 전제로 했다고 생각되는 현실적인 제도나 체제에 속한, 즉 구체적인 인간 법제도에 봉사하는 사람들이다. 그들은 법의 생리를 알고 있기는 하나 시골 남자와 마찬가지로 절대적인 법을 본 적도, 그 안으로 들어간 적도 없는 자들이다. 그러므로 그들 역시 문지기와 마찬가지로 법 '안'에 있는 것이 아니라 법 '밖'에 있는 것이다. 그들은 함부로 법 안을 드나들려는 자들을 막기도 하고, 또한 뇌물을 받기도 하며 여인들을 성적 대상으로 삼기도 한다. 그들이 읽고 있는 법률 서적들에는 '대중 연애소설'이나 '춘화' 등이 끼여 있다. 시골 남자로 대변되는 요제프 K 역시 예외는 아니다. 그는 자신의 죄를 묻고 있는 이해할 수 없는 소송 자체를 누군가 "꾸며낸 장난"이거나 "일종의 은행 사업"으로 생각하여, 뇌물로 법원에 속한 자들의 환심을 사려 하거나 법원 관리들과 가까운 여인들을 자기 소송 목적이나 성적 수단으로 생각한다. 게다가 그는 겸허함보다 명망을 중시하고, 의무보다 승진을 생각하고, 자신의 출세를 위해서 기만과 거짓을 일삼고 있으며, 지위 향상을 위해서는 위선적이고 비열한 행동을 서슴지 않는다.

이런 관점에서 볼 때 요제프 K를 대변하는 인물인 '시골 남자(원래 히브리어로 무지자無知者란 뜻)'의 법에로의 입문은 처음부터 불가능한 것이다. 그는 자신의 내면 깊숙이 감추어져 있는 알 수 없는 '절대적인 법'에 대해서는 완전히 망각한 채 오직 '현상적인 것'에만 매달려 있는 '세인'인 것이다. '시골 남자'는 '문지기'의 환심을 사기 위해서 자기가 가져온 값진 것을 뇌물로 사용하거나 그의 모피 코트에 붙어 있는 벼룩에게까지 애걸하는 촌극을 벌인다. 그는 자신의 죄를 묻고 있는 비합리적이고 초월적인 그 알 수 없는 법으로 들어가기 위해 '세인'적인 가치 계산으로 온갖 수치스런 수단과 방법을 가리지 않는다. 그러므로 '시골 남자'뿐만 아니라 요제프 K도 저 내부에 있는 본래의 법은 잊은 채 법 밖에 있는 현상적인 존재들(문지기를 비롯하여 법원 관리들, 변호사, 법원에 관계된 여인들 등)에 매달려 있기 때문에 첫 번째 관문도 통과할 수 없는 것이다. 사실 법에로의 문은 그가 생각하고 있듯이 닫혀 있는 것이 아니라 "항상 열려 있다". 그러나 시골 남자와 요제프 K는 '초월적이고 비합리적인 법'을 '현상적인 법이나 구체적인 법'으로 착각한 나머지 저 법을 합리적인 방법으로 이해하고 그곳에 들어가려고 한다. 신부 말대로 문지기가 시골 남자를 속인 것이 아니라, 시골 남자가 문지기를 착각하고 있는 것이다. 그래서 요제프가 자신의 재판 과정에 대해 묻자 "그대의 소송은 하급법원을 전혀 넘지 못할 것"이라고 신부는 대답하는 것이다. 그 법이 진리이건, 율법이건, 존재의 세계이건, 신의 세계이건 혹은 초자아의 세계이건, 그것은 언제나 모든 인간에게 평등하게 열려 있다. 그리고 그 법에로 이르는 길은 사람마다 각자 다 다르다. 그러므로 '시골 남자'나 요제프 K가 선택해야 하는 법으로의 길은 오직 그들에게만 정해져 있다. 카프카에게 있어 진리에로 이르는 길은 언제나 각각의 개인에게만 열려 있고 또 각자의 실존적 선택에 달려 있다. 각 개인의 고유한 삶과 죽음이 있듯이 진리에로의 길 역시 각자 다른 것이다. 카프카의 잠언에 나타나듯이 '진리의 세계'는 오직 각 개인의 고유한 '직접적인 체험과 직관'에 의해서만 인식이 가능하다. 그러나 현상세계, 즉 현실세계의 목적과 소유의 관계 속에 얽매여 있는 현대 인간은 이미 자아의 자유로운 주체성과 정체성을 상실한 '세인'이므로 그가 진리로, 법으로, 존재로 접근한다는 것은 이제 불가능한 것이다. 그것이 바로 문지기가 "지금" 법에로 입장할 수 없는 이유인 것이다. "영원한 생을 얻기 위해서 우리는 우리의 생을 포기해야 한다"는 역설적인 그의 잠언이 말해주듯이 저 알 수 없는 법, 저 초법적인 법에로의 귀의는 인간 각자의 그 어떤 결단적인 도약에 의해서만 가능한 것이다.

이외에도 카프카의 『소송』은 읽는 이의 시각에 따라 여러 가지로 해석될 수 있다. 여기에 언급되는, 도달 불가능하면서 초법적인 능력을 지니고 있는 이 "법정" 혹은 "법"은 도처무처에 현존하면서 인간의 죄를 언제든지 묻고 처벌할 수 있다는 점에서 「구약성

서」적인 의미의 "신"의 세계이거나 종교적인 율법의 세계일 수도 있고, 존재론적 철학의 의미에서의 현존재의 근원으로서의 "존재의 세계"일 수도 있으며, 프로이드의 심리학의 정신분석적 의미로서 "자아"에 대하여 선악을 판단하고 양심에 따라 행동하게 하는 무의식의 한 부분으로서 "초자아"를 나타내거나, 조지 오웰의 소설 『1984년』에서처럼 모든 인간의 일거수일투족이 초법적인 국가권력에 의해, 특히 극단으로 발전된 기술 정보매체에 의해 완벽하게 통제되고 감시되고 있어서 개인적인 사고나 행동이 전혀 불가함을 반영하거나, 카프카 사후에 다가올 나치 정권에 의한 유태인 탄압과 학살 혹은 전후 제3세계의 군사 독재정권과 같은 초법적인 정권에 의해 개인에게 자행되는 정치적 폭력을 예견한 작품으로 볼 수도 있다.

본 번역본 소설 『소송』은 1982년부터 지속적으로 발간되어 온 카프카 학술비판본(KKA) 중 M. 패슬리에 의해 편집된 『소송』(1990)을 원본으로 사용했다. 이 소설은 원래 카프카가 1914년 8월과 1915년 1월 사이에 쓴 것으로 미완으로 남겨졌다. 1920년 막스 브로트는 자신의 카프카에 관한 평론에 참고하기 위해서 이 『소송』 원고를 카프카에게서 직접 넘겨받았는데, 카프카 사후 이것을 정리하여 1925년 슈미데 출판사에서 처음으로 발간했다. 이 소설에 나타나는 '죄에 대한 주제', 그리고 '법과 법정에 대한 모티프'는 원래 약혼녀 펠리체 바우어와의 첫 번째 파혼(1914년 7월 12일)시에 작가 자신이 느꼈던 "죄의식"이 직간접으로 반영된 것으로 생각할 수 있다. 왜냐하면 카프카는 자신의 일기에서 당시 파혼이 이루어졌던 베를린의 "아스카니셔 호텔"을 가리켜 "법정" 혹은 "법원"으로 표시하고 있고, 펠리체와의 관계에서 자기 스스로를 처벌되어야 할 "범죄자"로 기술하고 있기 때문이다. 또한 카프카는 소송을 쓴 해인 1914년에 도스토예프스키의 『죄와 벌』과 어느 러시아 시인의 「강제수용소에서 온 편지」를 읽었는데, 이것들 역시 『소송』의 문학적 소재들로 사용되었다. 특히 『죄와 벌』의 주인공 '라스콜리니코프'가 전당포 노파의 살해에서 느끼게 되는 '죄의식'과 '양심의 법'에 대한 갈등과 고백은 『소송』의 주인공인 요제프 K의 인물과 성격, 그리고 소설 내용에도 많은 영향을 주었다고 볼 수 있다. 그러나 카프카의 모든 작품들이 그렇듯이 이 소설 역시 카프카 자신의 개인적이고 자전적인 체험의 한계에 머물지 않고 시간과 공간을 뛰어넘는 '초개인적이고 보편적인 인간 상황'의 문제로 확대 심화된 것이다.

또한 이 소설 『소송』은 카프카의 어느 작품보다도 원전 텍스트 비판 문제로 가장 논란이 많았던 작품 중의 하나다. 주지하다시피 패슬리의 비판본 소설 『소송』이 1990년에 나오기 전까지 기존의 『소송』 텍스트는 막스 브로트판이 유일한 것이었다. 브로트가 1920년 카프카에게서 직접 『소송』의 원고를 건네받음으로써 그 원고를 독점하고 있었기 때문이다. 그러나 브로트는 원고의 내용의 참고와 카프카 생존시 그 작품에 대해 논의했던 기억을 더듬어 『소송』을 임의적으로 수정·보완하여 발표했다. 브로트는 이 사실을 1925년에 나온 『소송』 초판 서문에서 "장의 할당과 각 장의 제목은 카프카 자신이 정한 것이었다. 장의 배열은 내 판단에 따른 것이다. 미완성의 장들 중에서 한 개의 장만은 내가 넉 줄을 약간 변경하고, 제8장(이것은 브로트의 착각으로 원래는 4장 '뷔르스트너 양의 여자 친구'이다)으로 삼아 여기에다 넣었다. 글 자체에는 물론 내가 변경한 것이 전혀 없다. 다만 생략된 많은 부분을 원래의 모습으로 고쳐 썼을 뿐이다"라고 쓰고 있다. 1946년의 제3판 후기에서는 "원고를 새로 교열하다 보니 현재 제5장으로 표시한 에피소드를 카프카가 제2장으로 삼을 수도 있었다는 생각이 든다. 카프카는 각 장에 제목은 붙였으나, 그 순서의 번호는 적어두지 않았다. 나는 전후의 구체적인 의미 관계에 따라 장의 순서를 정했다……"라고 적고 있다. 이렇게 브로트판의 텍스트 배열은 그 자체에 적지 않은 문제점이 있었다. 'H. 우이스터스프로트', 'D. P. 로체' 그리고 'R. 크레이' 등은 일찍부터(1970년대) 브로트판의 배열상의 문제점을 지적하고 그것에 관한 논문을 발표했다. 1982년에는 카프카의 자전적인 것을 토대로 실증주의적 방법을 적용하여 H. 빈더가 '막스 브로트판'의 3장, 4장, 5장을 4장, 5장, 3장의 순서로 바꾸었고, 또한 미완성의 장들 역시 전체 이야기 속에 그 위치를 고정시키고 완성의 장들을 다시 세분화해서 전체 장을 16장으로 늘려야 한다는 주장을 폈다. 이로 인해서 카프카의 『소송』 텍스트의 장의 순서와 배열의 진위 문제, 그리고 '브로트판'의 임의적인 수정·보완 등의 문제가 계속되었고, 그 결과 새로운 비판본이 요구되었다. 카프카의 원고들은 M. 브로트의 사후 1961년 카프카 유족들에게 넘겨지게 되었고, 1962년 카프카의 원고 소유권자였던 여 조카 마리안네 슈타이너의 요구대로 영국 독문학자인 M. 패슬리의 중재에 의해서 옥스퍼드대학 보들리언 도서관에 보존되었다. 그 원고를 관리하게 된 패슬리는 다른 카프카 연구가들과 더불어 그 원고에 기초해서 새로운 카프카 학술 비판본(KKA)들을 1982년부터 발간하게 된 것이다.

패슬리가 직접 편집한 『소송』 비판본에서는 막스 브로트판의 모순점들을 극복하기 위해서 누구나 확실하게 알아볼 수 있는 철자의 실수 등과 같은 사소한 것들을 제외하고는 카프카 원고가 그대로 편집되었다. 그것은 브로트판보다 카프카 자신이 배열하고 간접적으로 암시하고 있는 원고의 장의 구분 등이 카프카 작품 구성에 더 적합하고 타당할 것이라는 이유에서였다. 브로트가 임의적으로 완성한 소설 구성보다 카프카의 있는 그대로의 원고 구성과 배열이 카프카의 독특한 글 쓰기 방식에 더 어울린다는 것이다. 카프카는 원고를 '완성된 장'과 '미완성된 장'으로 분류하여 원고를 따로 분류하였는데, 브로트는 그것을 하나의 완성된 소설을 만들기 위해서 임의로 수정하고, 보충하고 작가가 지운 부분을 다시 되살려 넣거나 원고의 '완성된 장'과 '미완성된 장'을 하나의 통일된 내용과 구성에 맞도록 새로이 짜 맞추었다. 브로트판에서의 소설 『소송』은 모두 10장의 '완성된 장'들과 '여섯 개의 미완성된 장'들로 나누어져 있고, 제1장에 '체포', '그루바흐 부인과의 대화', '다음에 뷔르스트너 양'이 포함되어 있으며, 원래 카프카의 원고에서 '미완성 장'들에 속해 있던 '뷔르스트너 양의 여자 친구'는 넉 줄을 약간 변경해서 제4장에 첨가시켰다. 그리고 한쪽 분량의 '단편斷片'은 '미완성 장'들에 포함되어 있으며, '미완성 장'들에 속해 있는 '차장과의 싸움', '관청', '어머니에게로 가는 길'에서는 카프카의 원고에는 들어 있지 않은 문장들이 여러 곳에 첨가되어 있다.

반면 패슬리의 학술 비판본에서는 카프카의 원고대로 장의 번호 구분 없이 '완성의 장'들과 '미완성의 장'들로 분류, 배열되어 있고, 브로트판에 있던 4장 '뷔르스트너 양'은 원고대로 '미완성의 장'으로 되돌려놓았다. 그리고 브로트판에는 있으나 카프카 원고에는 없는 '미완성의 장'들의 첨가된 부분들과 '단편斷片'은 미완성 장에서 제외시키고 있다.

이러한 차이들을 구분해서 브로트판과 패슬리의 비판본을 도표로 비교해보면 다음과 같다.

	막스 브로트판	M. 패슬리의 비판본
제 1 장	체포 · 그루바흐 부인과의 대화 · 다음에 뷔르스트너 양	체포
제 2 장	첫 심문	그루바흐 부인과의 대화/다음에 뷔르스트너 양
제 3 장	빈 법정에서 · 대학생 · 사무처	첫 심문
제 4 장	뷔르스트너 양의 여자 친구	빈 법정에서/대학생/사무처
제 5 장	태형리	태형리
제 6 장	숙부 · 레니	숙부/레니
제 7 장	변호사 · 제조업자 · 화가	변호사/제조업자/화가
제 8 장	상인 블로크 · 변호사와의 해약	상인 블로크/변호사와의 해약
제 9 장	대성당에서	대성당에서
제 10 장	종말	종말
미완성 장	엘자에게로 · 어머니에게로 가는 길 · 검사 · 관청 · 차장과의 싸움 · 단편	B의 여자친구/검사/엘자에게로/차장과의 싸움/관청/어머니에게로 가는 길

　　브로트 자신이 『소송』 후기들에서 밝힌 바와 같이, 그가 카프카에게서 들었던 기억을 되살려서, 그리고 소설의 흐름에 맞도록 '완성된 장'들과 '미완성된 장'들을 적절히 배합하고 수정해서 독자가 쉽게 읽을 수 있도록 일종의 종결된 형식을 취하려고 했다면, 패슬리의 비판본은 카프카의 독특한 파편화된 구성과 미완의 형식을 그대로 되살림으로써 "완결된 작품이 아니라 열려 있는 것, 종결될수 없는 것, 불완전한 것"의 형식을 살려놓음으로써 작품이 끊임없는 변화 속에 살아 움직일 수 있도록 편집하려 했다고 할 수 있다. 그로써 패슬리의 비판본은 브로트판에서 비롯되는, 원래의 원고 텍스트와는 동떨어진 해석을 잠재우고, 카프카의 고유한 방식의 글

쓰기를 직접 접하게 함으로써 제대로 이해하고 해석할 수 있는 길을 열었다고 할 수 있다.

　나름으로 성의와 정열을 쏟았으나 과문한 탓으로 오역이 없지 않을 것이다. 독자 여러분의 가차 없는 질책과 충고를 바란다. 끝으로 이 책이 세상의 빛을 보게 해주신 솔출판사의 임우기 선생님, 그리고 꼼꼼하고 세심하게 교정을 보아준 편집부 여러분들의 노고에 감사드린다.

노고산 연구실에서 2005년 10월
이주동

■ 옮긴이 **이주동** 서강대 독문과와 동 대학원을 졸업하고, 독일 뷔르츠부르크 대학에서 문학박사를 받았다. 서강대 교수를 역임했으며, 현재는 서강대학교 명예교수이다. 서강대 인문과학연구소장과 한국 카프카학회 회장을 역임했다.
「카프카 작품에 나타난 도가적 세계관」을 비롯, 현대 소설 및 문예학 일반에 관한 다수의 논문이 있으며, 저서로 *Taoistische Weltanschauung im Werke Franz Kafkas*, 『현대 비유설화의 구조와 기능—브레히트와 카프카』, 『세기전환기 서구문학과 모더니티』(공저), 『카프카 평전—실존과 구원의 글쓰기』 등과 옮긴 책으로는 『이것은 파이프가 아니다』, 『모더니즘과 포스트모더니즘의 변증법』(공역) 외 다수가 있다.

카프카 전집 3
소송 장편소설

1판 1쇄 발행	2006년 1월 7일
개정1판 1쇄 발행	2017년 5월 25일
개정1판 4쇄 발행	2024년 9월 30일

지은이	프란츠 카프카
옮긴이	이주동
펴낸이	임양묵
펴낸곳	솔출판사

편집	윤정빈, 임윤영
경영관리	박현주

주소	서울시 마포구 와우산로29가길 80(서교동)
전화	02-332-1526
팩스	02-332-1529
블로그	blog.naver.com/sol_book
이메일	solbook@solbook.co.kr
출판등록	1990년 9월 15일 제10-420호

ISBN   979-11-6020-018-8   (04850)
        979-11-6020-006-5   (세트)

• 잘못된 책은 구입한 곳에서 바꿔드립니다.
• 책값은 뒤표지에 표시되어 있습니다.